태평양을 막는 제방

Un barrage contre le Pacifique

UN BARRAGE CONTRE LE PACIFIQUE
by Marguerite Duras

세계문학전집 387

태평양을 막는 제방

Un barrage contre le Pacifique

마르그리트 뒤라스

윤진 옮김

민음사

로베르에게

차례

1부

셋 모두 그 말을 사는 게 좋은 생각이라고 보았다. 그래 봤자 조제프의 담뱃값을 버는 게 전부였지만 말이다. 우선 어쨌든 생각이었으니 세 사람이 아직 생각을 할 수 있음을 증명해 주었다. 나아가 그 말을 통해 바깥세상과 이어지니 덜 외로웠고, 어쨌든 이 세상으로부터 무언가를, 설사 보잘것없고 형편없다 해도 이전에는 자신들 것이 아니었던 무언가를 끌어내서 소금기에 전 이곳 평야의 자기들 땅으로, 권태와 회한에 전 자기들 셋에게로 끌어올 수 있을 것 같았다. 원래 운송이 그렇다. 설령 아무것도 자라지 않는 사막이더라도 다른 곳에 사는 사람들, 세상에 속한 사람들을 지나가게 함으로써 무언가 나오게 만들 수 있다.

일주일 동안 그랬다. 너무 늙은 말이었다. 사람 나이로 치면 어머니보다 더 늙은, 백 살 먹은 노인네였다. 늙은 말은 자신에게 요구된, 이미 오래전부터 힘에 부쳐 온 일을 성실하게 해내려 애쓰다가 죽었다.

말을 잃고 평야의 자기들 땅에 남겨진 그들은 한결같은 외로움과 불모성에 진저리가 났고, 너무도 진저리 나서 바로 그날 저녁에 이튿날 람에 가서 그나마 세상을 보며 위안을 얻기로 했다.

그리고 이튿날 람에서 셋 모두의 삶을 바꾸어 놓게 될 사람을 만나게 된다.

결국 생각이란 언제나 좋은 생각이다. 무언가를 하게 만들기 때문이다. 설령 일이 틀어져서, 예를 들면 비실비실한 말 때문에 옆길로 빠져 버린다 해도 아무튼 무언가를 하게 만든다. 결국 그런 류의 생각이란 설령 도중에 비참하게 좌초되고 만다 해도 언제나 좋은 생각이다. 적어도 조급해지게 만들기 때문이다. 어떤 생각을 곧바로 나쁜 생각이라고 치부해 버렸으면 절대 조급해지지 않았다.

오후 5시경에 람 방향 비포장도로에 멀리 조제프의 마차가 내는 거친 소리가 들려온 것은 결국 그날이 마지막이었다.

어머니가 고개를 저었다.

"일찍 돌아오네. 사람이 많지 않았던 게야."

잠시 후 채찍질 소리, 조제프의 고함 소리와 함께 마차가 비포장도로에 모습을 드러냈다. 조제프는 앞에 앉았다. 뒷좌석에는 말레이족 여자 두 명이 타고 있었다. 말은 아주 느리게 움직였다. 걸음을 옮긴다기보다 발로 땅을 긁는 것 같았다. 조제프가 채찍질을 했지만, 땅에 대고 채찍을 휘둘렀다 해도 별반 다르지 않을 만큼 말은 아무 반응이 없었다. 조제프가 방갈로로 들어오는 입구에서 마차를 세웠다. 말레이족 여자들은 내린 뒤 캄을 향해 계속 걸어갔다. 조제프는 마차에서 뛰어내려 말고삐를 잡고서 방갈로로 이어지는 좁은 길로 들어섰다. 어머니가 베란다 앞쪽에 돋아 놓은 마당에서 기다리고 있었다.

"말이 앞으로 가려 들질 않아요." 조제프가 말했다.

쉬잔은 베란다 아래 기둥에 기대앉아 있었다.[1] 그녀는 일어서서 마당으로 나오긴 했지만 그늘을 벗어나지는 않았다. 조제프는 말을 풀기 시작했다. 그는 몹시 더워했고, 모자 밑으로 흘러내리는 땀이 두 뺨을 적셨다. 말을 마차에서 풀어 주고 나서는 한 걸음 뒤로 물러나 말의 상태를 살폈다. 말을 사서 운송업을 하면 많지는 않아도 돈을 좀 벌 수 있겠다는 생각을 처음 떠올린 게 지난주였다. 200프랑을 들여 말과 마차, 마구까지 샀다. 하지만 생각했던 것보다 너무 늙은 말이었다. 말은 첫날부터 마차에서 풀려나면 곧장 방갈로 맞은편의 모판이 깔린 비탈면으로 갔다. 그리고 고개를 떨군 채 몇 시간이고 꼼짝하지 않았다. 이따금 모판에서 어린 벼를 뜯어 먹기도 하는데 마치 절대로 하지 않겠다 맹세해 놓고는 어쩌다 맹세

---

[1] 인도 벵골 지방 특유의 주택 양식에서 유래한 방갈로는 기둥을 세우고 그 위에 넓은 베란다와 함께 지은 필로티형 단층 주택이다.

를 잊고 무심코 하는 것처럼 건성이었다. 늙은 말이라는 것 외에 또 무슨 문제가 있는지 알 길이 없었다. 어제는 식욕을 돋우기 위해 조제프가 쌀빵과 각설탕을 가져다주었지만 냄새만 한 번 맡더니 다시 막 자라기 시작한 모판을 넋 놓고 바라보았다. 말은 평생 숲속의 통나무를 평야로 실어 나르면서 벌채된 땅에서 자라는 누렇게 마른 풀만 먹은 탓에 아예 다른 먹이를 먹지 못하게 되어 버렸다.

조제프가 다가가 목덜미를 쓰다듬었다. 그러다가 고함쳤다.

"먹어! 좀 먹으라고!"

말은 먹지 않았다. 조제프는 말이 결핵에 걸렸을 거라고 했었다. 어머니는 그렇지 않다고, 그냥 자기 같은 거라고, 자기처럼 사는 데 지쳐서 그냥 죽고 싶은 거라고 했다. 어쨌든 그때까지 말은 방테²⁾와 방갈로를 왕복해 냈고, 저녁에 마차에서 풀려나면 근근이 어쨌든 혼자 모판 옆으로 걸어갔다. 오늘은 아니었다. 마차에서 풀려난 말은 마당에 그대로 조제프 앞에 서 있었다. 이따금 살짝 비틀거리기도 했다.

"젠장!" 조제프가 말했다. "오늘은 아예 움직일 생각도 안 하네."

어머니가 다가왔다. 어머니는 맨발에 눈썹 위까지 내려오는 큰 밀짚모자를 썼다. 가늘게 땋은 희끗희끗한 머리카락은 폐타이어 고무줄로 묶어 등 뒤로 늘어뜨렸다. 원주민들이 입는

---

2) 이 소설의 주된 배경은 방테 해안의 평야 지역으로 서쪽의 람과 동쪽의 캄 사이에 위치한다. 방테, 람, 캄은 각기 캄보디아 해안 지역의 프레이놉, 레암, 캄포트를 허구화한 지명이다.

헐렁한 옷을 살라 만든 검붉은 원피스는 소매 없이 품이 헐렁했고 가슴 쪽이 낡아 있었다. 많이 처졌어도 아직 살집이 많은 어머니의 가슴이 옷 아래서 출렁거렸다.

"내가 사지 말라고 했잖니. 다 죽어 가는 말에다 제대로 가지도 못하는 마차를 사느라고 200프랑을 썼으니……."

"계속 떠들면 난 나가 버려요." 조제프가 말했다.

쉬잔이 방갈로 밑에서 다가왔다. 어머니처럼 밀짚모자를 썼고, 모자 밑으로 불그스레한 밤색 머리카락이 몇 가닥 삐져나왔다. 조제프와 어머니처럼 쉬잔도 맨발이었고, 무릎을 살짝 가리는 검은색 바지와 소매 없는 파란색 블라우스를 입었다.

"나가 버린다니 좋은 생각이야." 쉬잔이 말했다.

"네 생각 물어본 적 없어." 조제프가 말했다.

"말하는 건 내 맘이야."

어머니가 갑자기 딸에게 달려가서 뺨을 때리려 했다. 재빨리 피한 쉬잔은 다시 방갈로 아래 그늘로 들어가 버렸다. 어머니는 푸념을 늘어놓기 시작했다. 말은 뒷다리가 거의 마비된 듯 아예 걸음을 떼지 못했다. 고삐를 잡고 말을 끌어당기려 애쓰던 조제프는 결국 고삐를 놓고 뒤에서 엉덩이를 밀었다. 말은 가다 서다 하고 계속 비틀거리면서 비탈면으로 향했다. 간신히 다 가서는 가만히 서서 연한 녹색의 모판에 코를 박았다. 조제프와 어머니와 쉬잔은 동작을 멈추고 잔뜩 기대에 차서 말을 쳐다보았다. 하지만 아니었다. 말은 코를 모판에 한 번, 그리고 또 한 번 스치더니 머리를 조금 들었다가 곧 다시 떨구었다. 말의 머리는 두꺼운 입술이 어린 볏잎 끝에 닿을락 말락 하게, 움직임 없이, 무겁게, 긴 목 끝에 늘어져 있었다.

조제프는 망설이다가 돌아섰고, 담배에 불을 붙였고, 마차 쪽으로 돌아갔다. 그는 마구들을 앞 좌석에 얹고는 마차를 방갈로 아래로 끌고 갔다.

평소에는 마차를 계단 옆에 두지만 오늘 저녁은 가운데 기둥들 사이에 깊숙이 집어넣었다.

그러고 나서 궁리하는 표정이었다. 그는 말을 향해 한 번 더 돌아섰다가 결국 창고로 갔다. 방갈로 기둥에 기대앉은 쉬잔을 그제야 본 모양이었다.

"거기서 뭐 해?"

"더워." 쉬잔이 대답했다.

"누구나 더워."

창고에 들어간 조제프는 카바이드 포대를 가지고 나와서 양철통에 부었다. 그러고는 포대를 창고에 도로 가져다 놓고 돌아와 손으로 카바이드를 으깨기 시작했다. 그러다가 코로 공기를 들이마시며 냄새를 맡았다.

"사슴 썩은 내가 너무 심하네. 내다 버려야겠어. 넌 어떻게 거기에 앉아 있어?"

"오빠가 만지는 카바이드 냄새보다 나아."

조제프가 몸을 일으킨 뒤 카바이드 통을 들고 창고로 향했다. 그러다가 마음을 바꾸어 마차에 다가가더니 바퀴를 힘껏 걷어찼다. 이어 단호하게 방갈로 계단을 올라가 버렸다.

어머니는 다시 잡초를 뽑고 있었다. 마당 주위 둔덕에 어머니가 붉은 칸나를 심은 것은 이번이 세 번째였다. 매번 가뭄 때문에 시들어 버렸지만 어머니는 고집을 꺾지 않았다. 어머니 앞쪽에서 하사가 둔덕의 흙에 물을 주고 괭이로 긁고 있었다. 하사는 귀가 점점 더 나빠져서 무언가를 시키려면 점점 더 크게 소리를 질러야 했다. 하사의 아내와 딸은 비포장도로 쪽 다리 앞의 늪에서 물고기를 잡고 있었다. 벌써 한 시간째 진흙탕 속에 쭈그리고 있었다. 삼 년 동안 매일 저녁 저렇게 잡은 늘 똑같은 물고기가 모두의 식량이었다.

방갈로 아래는 비교적 평온했다. 조제프가 창고 문을 열어 둔 터라 암사슴 냄새가 잔뜩 밴 서늘한 공기가 나왔다. 창고에 암사슴 네 마리와 수사슴 한 마리가 있었다. 수사슴과 암사슴 한 마리는 조제프가 그저께 사냥해 왔고, 나머지는 사흘 전에 잡았다. 사흘 된 암사슴들은 이제 피를 흘리지 않았다. 나머지는 벌어진 주둥이에서 아직 피가 한 방울씩 떨어졌다. 조제프는 사냥을 자주 했고, 이틀에 한 번 밤 사냥을 나갔다. 어머니는 잡아 봐야 사흘 뒤면 냇물[3]에 던져 버리고 말 텐데 뭣 때문에 총알을 낭비하느냐고 고함을 질렀다. 하지만 조제프는 절대로 숲에서 빈손으로 돌아올 수 없었다. 결국 매번 그 고기를 먹을 것처럼 암사슴을 방갈로 아래 매달아 놓았고, 그러다 썩으면 냇물에 던져 버렸다. 모두 암사슴 고기에 물린 터라 더는 먹고 싶어 하지 않았다. 차라리 얼마 전부터 조제프가 불하지의 바다 쪽 경계를 이루는 소금기 가득한 넓은 늪에서

---

3) 원어는 'rac'이다. 베트남어 'rạch'(개천, 수로)에서 온 말로, 산의 급류에서 흘러내린 물을 뜻한다.

사냥해 오는 물떼새 고기가 나왔다.

쉬잔은 조제프가 헤엄치러 가자고 부르길 기다렸다. 미리 방갈로 그늘 밖으로 나설 마음은 없었다. 그냥 기다리는 편이 나았다. 조제프와 함께 있으면 어머니가 소리를 덜 질렀다.

조제프가 내려왔다.

"빨리 와. 안 기다려 줄 거야."

쉬잔은 수영복을 입으러 방갈로로 뛰어 올라갔다. 미처 다 입지도 못했는데 조금 전에 딸이 방갈로에 들어가는 것을 본 어머니가 소리를 지르기 시작했다. 어머니는 뭔가 할 얘기가 있어서 더 잘 들리게 하려고 소리를 지르는 게 아니었다. 마치 무대 위에 서서 무대 밖 인물을 향해 말하는 배우처럼 큰 소리로 상황과 관련 없는 말들을 쏟아냈다. 쉬잔이 방갈로에서 내려오니 조제프는 어머니가 소리를 지르든 말든 다시 말과 씨름하고 있었다. 말의 코가 모판 깊숙이 들어가도록 힘껏 머리를 눌렀다. 말은 순순히 고개를 숙였지만 모판은 건드리지 않았다. 쉬잔이 다가갔다.

"가자, 오빠."

"끝난 것 같아. 이놈은 죽고 말 거야." 조제프가 슬프게 말했다.

조제프는 마지못해 말을 놓아주었고, 남매는 나무다리 쪽으로 냇물이 제일 깊어지는 자리까지 걸어갔다.

비포장도로에서 놀던 아이들이 조제프가 냇물로 향하는 것을 보자마자 따라와서 물속에 뛰어들었다. 먼저 온 아이들은 조제프와 함께 잠수를 했고, 그 뒤를 따라 다른 아이들도 줄줄이 잿빛 거품 속으로 달려들었다. 조제프는 늘 아이들을 데리고 놀았다. 목말을 태워 주고, 들어 올렸다 빠뜨리고, 때로는 황홀해하는 아이를 목에 매단 채로 헤엄치면서 다리 너머 마을 어귀까지 데려다주었다. 하지만 오늘 조제프는 흥이 나지 않았다. 그는 마치 어항 속의 물고기처럼 물속의 좁고 어두운 공간을 맴돌았다. 말은 여전히 둔덕에서 냇물을 내려다보며 꿈쩍도 하지 않았다. 햇볕 아래 자갈투성이 땅 위에 꼼짝 않고 서 있는 말은 흡사 안을 들여다볼 수 없는 닫힌 사물 같았다.

"왜 저러는지 모르겠어." 조제프가 말했다. "어쨌든 죽을 거야. 그건 분명해."

조제프는 아이들을 이끌고 다시 자맥질을 시작했다. 쉬잔은 조제프만큼 헤엄을 잘 치지 못했다. 그녀는 도중에 몇 번이나 물에서 나와 둑에 앉아 비포장도로를 바라보았다. 한쪽은 람 방향이고 다른 쪽은 캄, 더 멀게는 도시, 800킬로미터 떨어진 식민지의 수도[4]로 이어지는 길이었다. 언젠가 저 길을 달려온 자동차가 방갈로 앞에 멈춰 서는 날이 오리라. 그 차에서 남자 혹은 여자가 내려 조제프나 쉬잔에게 무언가를 묻거나 도움을 청할 것이다. 어떤 종류의 정보를 물어볼지는 막연했다. 람에서 캄을 거쳐 도시로 이어지는 비포장도로는 이곳 평야를 지나는 유일한 길이었다. 그러니 길을 잃을 위험은 없다.

---

4) 프랑스령 인도차이나는 베트남 북부의 통킹, 중부의 안남, 남부의 코친차이나, 프랑스령 캄보디아, 프랑스령 라오스로 나뉘었다. 이 소설에서 '도시'로 지칭되는 '수도'는 코친차이나의 수도 사이공이다.

그래도 미처 준비하지 못한 일이 일어날 수 있지 않은가. 쉬잔은 희망을 버리지 않았다. 언젠가 다리 옆에서 그녀를 본 남자가 차를 세울지도 모른다. 그리고 그녀가 마음에 들어 도시로 함께 가지 않겠냐고 물어볼지 누가 아는가. 하지만 평야의 비포장도로에는 장거리 버스를 제외하면 지나는 차가 거의 없었다. 종일 두세 대가 전부였다. 그나마 60킬로미터 떨어진 람으로 향하는 늘 똑같은 사냥꾼들의 차였고, 며칠 뒤에 다시 그차들이 반대 방향으로 지나갔다. 사냥꾼들의 차는 비포장도로에서 놀고 있는 아이들을 쫓기 위해 쉼 없이 클랙슨을 울려대며 전속력으로 달렸다. 먼지구름과 함께 차들이 모습을 드러내기 한참 전부터 숲 쪽에서 귀가 아프도록 요란스러운 클랙슨 소리가 들려왔다. 조제프 역시 방갈로 앞에 차가 멈춰 서기를 기다렸다. 555[5]를 피우는, 진한 화장에 옅은 금발의 여자가 타고 있으리라. 누가 아는가, 여자가 내려 펑크 난 타이어 바꾸는 것을 도와 달라고 할지.

어머니는 칸나 위로 거의 십 분에 한 번씩 고개를 들고서 쉬잔과 조제프를 향해 손짓하며 소리를 질렀다.

그나마 둘이 함께 있으면 가까이 오지 않았다. 그냥 소리만 질렀다. 방조 제방이 무너진 뒤로 어머니는 무슨 말이든 하려고 하면 거의 매번 소리부터 질렀다. 전에는 어머니가 화를 내도 자식들은 별로 걱정하지 않았다. 하지만 제방이 무너진 이후 어머니는 병이 났고, 의사 말로는 자칫 죽을 뻔했다. 이미

---

5) 영국산 담배 스테이트 익스프레스 555.

세 번 발작이 일어났고, 의사 말로는 그 세 번 모두 치명적일 수 있었다. 어머니가 잠깐 소리 지르는 것은 괜찮지만 너무 오래는 안 된다고, 화를 내다가 발작이 일어날 수 있다고 했다.

의사는 제방이 무너진 충격을 발작의 원인으로 진단했다. 아마도 틀린 생각이다. 어머니가 품고 있는 그토록 깊은 원한은 아주 서서히, 한 해 한 해, 하루하루 쌓여 온 것일 수밖에 없다. 한 가지 이유만 있는 게 아니다. 천 가지 이유가 있다. 무너진 방조 제방, 세상의 불의, 냇물에서 헤엄치는 두 자식의 모습도 그중에 포함되었다.

젊었을 때 어머니는 말년에 이 정도로 심한 불운을 맞을, 의사 입에서 불행해서 죽을 수 있다는 말이 나올 정도의 불운이 준비되어 있는 운명은 아니었다.

어머니는 농부의 딸로 태어났지만 공부를 잘해서 부모의 반대 없이 상급 과정6)까지 진학할 수 있었다. 그 뒤에 이 년 동안 프랑스 북부 지방의 한 마을에서 초등학교 교사 생활을 했다. 1899년이었다. 일요일이면 어머니는 면사무소에 붙은 식민지 광고 포스터 앞에서 몽상에 젖곤 했다. "식민지 군대에 지원합시다." "젊은이들이여, 식민지로 오십시오. 기회가 기다립니다." 미소를 지어 보이며 분주히 일하는 원주민들을 뒤로 하고, 주렁주렁 매달린 열매의 무게로 쓰러질 듯한 바나나 나무 그늘 아래 식민지에 정착한 한 부부가 흰색 옷을 입고서 흔들의자에 편안히 앉아 있었다. 어머니는 자기와 똑같이 북

---

6) 옛 프랑스의 교육 체계에서 초등 교사 자격증을 주던 과정.

부 어느 마을의 초등학교 교사이자 피에르 로티[7]의 책에 빠져 당장이라도 떠나고 싶어 하던 남자와 결혼했다. 부부는 곧 식민지의 교사직에 지원했고, 프랑스령 인도차이나라고 불리던 넓은 영토에 교사로 임용되었다.

쉬잔과 조제프는 부모가 식민지에 도착한 뒤 첫 두 해 동안에 태어났다. 쉬잔이 태어난 뒤 어머니는 교육 공무원 일을 그만두고 프랑스어 개인 교습만 했다. 어머니의 말에 따르면 아버지가 원주민 학교의 교장이 된 뒤에는 자식들을 키우면서 넉넉한 생활을 할 수 있었다. 그 몇 년 동안이 어머니의 삶에서 이론의 여지 없이 가장 좋았던 행복한 시절이었다. 적어도 어머니의 말에 따르면 그랬다. 어머니는 마치 꿈에 그리는 어느 먼 땅을, 어느 섬을 회상하듯 말했다. 늙어 가면서 횟수가 줄어들기는 했지만 어쩌다 다시 이야기를 시작하면 변함없이 열정적이었다. 매번 지난 시절의 완벽함에 또 다른 완벽함이 더해졌고, 남편에게는 새로운 장점이, 당시 생활의 편안함에는 또 다른 면, 즉 호사스러움이 더해졌다. 조제프와 쉬잔은 어머니의 말에 의심을 품게 되었다.

어머니가 남편을 여의었을 때 두 자식은 아직 어렸다. 어머니는 이후의 시기는 좀처럼 떠올리려 하지 않았다. 그저 힘들었다고, 어떻게 그 시절을 겪어 냈는지 모르겠다고 했을 뿐이다. 어머니는 이 년 동안 프랑스어 개인 교습을 계속했고, 그

---

7) Pierre Loti(1850~1923). 19세기 말 프랑스의 해군 장교이자 작가. 타히티섬, 세네갈, 이스탄불, 일본 등을 배경으로 한 이국 취향의 소설들을 썼다.

것만으로 부족하자 피아노 교습도 했다. 그것도 부족하자 에덴 시네마에서 피아니스트로 일하기 시작했다.[8] 십 년 뒤에 어머니는 식민지 토지국에 토지 불하 신청을 할 수 있을 만한 돈을 모았다.

남편이 사망했고, 전직 교사이고, 아이 둘을 부양한다는 조건 덕분에 어머니에게는 우선권이 주어졌다. 그럼에도 불구하고 그 땅을 불하받기까지 이 년을 더 기다려야 했다.

조제프와 쉬잔을 데리고 지금도 그대로 가지고 있는 시트로엥 B. 12를 몰고서 어머니가 이곳 평야에 온 지 육 년째였다.

첫해에 어머니는 불하지의 절반에 작물을 심었다. 첫 수확을 거두면 방갈로를 짓느라 들인 돈을 거의 메울 수 있으리라 기대했다. 하지만 7월의 바닷물이 평야로 밀려왔고, 수확을 앞둔 작물들이 그 물에 잠겨 버렸다. 어머니는 바닷물이 그해만 특별히 세게 들이닥친 거라 믿었고, 그래서 평야 사람들의 만류에도 불구하고 다음 해에 다시 시작했다. 바닷물도 다시 밀려왔다. 어머니는 현실을 받아들일 수밖에 없었다. 어머니가 불하받은 땅은 경작 불가능한 땅이었다. 매해 바닷물에 침수되는 땅이었다. 물론 바닷물이 매해 같은 높이로 올라오지는 않았지만 직접 덮치든 땅에 스며들어 죽이든 소금기를 머금은 바닷물은 작물을 전부 말려 죽이기에 충분했다. 비포장도로 쪽에 있는 5헥타르의 땅, 방갈로를 지어 놓은 땅만이 예외였다. 그러니까 어머니는 십 년간 모은 돈을 태평양의 파도 속에

─────────────

8) 무성 영화가 상영될 때 흔히 피아노 등 음악을 연주했다.

던져 넣은 것이다.

　불행은 어머니의 어처구니없는 순진함에서 비롯되었다. 얼마 안 되는 급여를 받아 가며 에덴 시네마의 피아노 앞에 앉아 보낸 세월, 자신을 완전히 희생한 그 십 년 동안에 새로운 운명의 공격, 인간들의 공격에서 멀리 떨어져 있었던 탓에 어머니는 무언가에 맞서 싸우지도 불의를 제대로 경험하지도 못했다. 십 년 만에 터널 밖으로 나온 어머니는 처음 들어갔을 때와 똑같이 어디에도 물들지 않은, 홀로 살아가는, 악의 기운을 한 번도 접해 보지 못한, 사실상 항상 둘러싸여 살아온 식민지의 가혹한 착취에 대해 절망스러울 정도로 무지한 상태였다. 경작 가능한 불하지를 얻으려면 보통 두 배의 돈을 내야 했다. 그 돈의 절반은 신청자들에게 토지를 나눠 주는 토지국 관리들의 주머니로 들어갔다. 그들은 불하지 시장을 손에 쥐고 흔들면서 점점 더 많은 것을 요구했다. 설령 미리 알아서 경작 불가능한 불하지를 피하고 싶었다 한들 어차피 어머니는 어떤 특수한 상황도 고려하지 않는 토지국 관리들의 게걸스러운 탐욕을 충족시키지 못했을 테니 결국 분양 자체를 포기하고 말았을 것이다.

　뒤늦게 모든 것을 알게 된 어머니는 평야의 불하지를 관리하는 캄 토지국으로 달려갔다. 그리고 순진하게도 그곳 관리들에게 욕을 퍼부었고, 윗선에 이의를 제기하겠다고 협박했다. 돌아온 것은 자신들은 이 착오와 아무런 관련이 없다는 대답뿐이었다. 이미 본국으로 떠나 버린 전임자가 책임자였으니 맞는 말일 수도 있었다. 어머니는 포기하지 않고 다시 찾아갔고, 토지국 관리들은 어머니를 떼어 내기 위해 겁을 주는 수밖에 없었다. 계속 찾아와서 항의한다면 예정된 기한 전에 불하지를 회수하겠다고 한 것이다. 자기들 손으로 만들어 낸 희생자들을 입 다물게 만드는 가장 효과적인 방법이었다. 희생자들로서는 아무것도 안 가진 것보다는 허울뿐이라 하더라도 불하지를 가지고 있는 게 더 나았기 때문이다. 토지 불하는 언제나 조건부로만 행해졌다. 주어진 기한 안에 전체가 경작되지 않은 불하지는 토지국이 환수할 수 있었다. 소유권이 절대 완전히 양도되지 않았다. 경작 불가능한 토지는 토지국 관리들이 경작 가능한 진짜 불하지에서 막대한 수입을 얻게 해 주었다. 신청자에게 토지를 골라 배정할 권한을 가진 그들은 경작 불가능한 넓은 땅을 비축해 두었다가 적절히 배분함으로써 이익을 취했다. 주기적으로 불하되었다가 그에 못지않게 주기적으로 환수되는 그 땅은 말하자면 비상시를 위해 비축해 둔 완충 기금이었다.

캄 평야의 불하지 약 열다섯 곳에 토지국 관리들이 정착시키고, 망하게 만들고, 쫓아내고, 다시 정착시키고, 다시 망하게 만들고, 다시 쫓아낸 집이 100여 가구에 이를 것이다. 평야에 남은 사람들은 페르노[9]나 아편을 거래하며 생계를 유지했고, 토지국 관리들은 변칙적인, 그들 말로는 '불법적'인 수입을 묵인하는 대가로 다시 일정 몫을 떼어 갔다.

---

9) 19세기에 유행한 독주 압생트가 20세기 들어 금지되자 페르노사에서 대체품으로 개발한 술이다. 맛은 유사하지만 알코올 함량이 낮고 향쑥 성분 대신 아니스 향이 들어간다.

어머니의 분노는 정당했지만 그렇다고 정착 이 년 후의 1차 조사가 면제되지는 않았다. 그것은 순전히 형식적인 조사로 토지국 관리가 불하지를 방문해 기억을 일깨워 주는 게 전부였다. 그러니까 1차 계약 기간이 지났음을 알려 주는 것이다.

"이 땅에서 무언가를 자라나게 할 수 있는 사람은 세상 어디에도 없어요……." 어머니가 애원했다.

"우리 총독부에서 경작할 수 없는 토지를 분양했을 리 없습니다." 토지국 관리가 응수했다.

토지국 관리들의 독직 행위를 파악하기 시작한 어머니가 방갈로를 내세웠다. 물론 방갈로가 완성되지는 않았지만 어쨌든 이 땅을 개간하기 시작했다는 반박 불가능한 증거이므로 기간을 연장해 주어야 한다고 주장한 것이다. 토지국 관리들이 받아들였다. 어머니는 일 년을 더 얻었다. 그해, 그러니까 평야에서 보내는 세 번째 해에 비로소 같은 일을 되풀이해 봐야 소용없다는 판단을 내린 어머니는 태평양의 물이 평야를 마음껏 적시도록 내버려 두었다. 사실 전처럼 무언가를 심고 싶어도 더는 돈이 없었다. 방갈로 공사를 끝내려고 한두 차례 대출을 신청했을 때에도 식민지 은행들은 제일 먼저 토지국에 조회했다. 나중에 조금이나마 융자를 얻을 수 있었던 것은 방갈로 덕분이었다. 방갈로 공사를 마칠 돈을 빌리기 위해서 아직 완성되지 않은 상태의 방갈로를 저당 잡혔다. 어쨌든 방갈로만은 온전히 어머니 소유의 재산이었으니 어머니는 방갈로를 짓기 잘했다고 매일 흡족해했다. 가난해질수록 어머니의 눈에는 방갈로가 더 가치 있고 더 든든해 보였다.

1차 조사 이후에 2차 주사도 있었다. 바로 올해, 제방이 무너지고 난 다음 주였다. 그사이 조제프가 나설 수 있는 나이가 되었다. 조제프는 총을 능숙하게 다루었다. 그가 총을 꺼내와서 앞에 들이밀자 토지국 관리는 더 버티지 못했고, 불하지 시찰용인 작은 자동차를 몰고 돌아갔다. 그 뒤로 어머니는 그 문제에 관해서는 상대적으로 마음을 놓을 수 있었다.

방갈로를 내세워 유예 기간을 얻어 낸 데 고무된 어머니는 캄 토지국의 관리들에게 새 계획을 알렸다. 불하지에 인접한 땅을 일구며 근근이 살아가는 평야의 농부들과 함께 바닷물을 막는 방조 제방을 쌓겠다는 계획이었다. 어머니는 모두에게 유익한 제방이 될 거라고, 태평양 쪽으로, 그리고 냇물 쪽도 7월의 바닷물이 닿는 경계까지 제방을 쌓겠다고 했다. 토지국 관리들은 놀라며 조금 유토피아적인 계획이라고 지적했지만 반대하지는 않았다. 일단 계획안을 작성해서 보내 보라고 했다. 원칙적으로 평야의 간척 사업은 총독부에서 관장하는 일이라고, 그러나 자기들이 아는 한 불하지를 경작하는 사람이 제방을 쌓아서는 안 된다는 규정은 없다고, 단지 관할 토지국에 미리 알리고 승인을 받아야 한다고 했다. 어머니는 며칠 밤을 새워 계획안을 작성해 보내 놓고 승인을 기다렸다. 오랫동안 포기하지 않고 기다렸다. 어머니는 그런 종류의 기다림에 익숙했다. 그런 기다림은, 어쩌면 그런 기다림만이 어머니를 세상의 권력들과, 즉 어머니의 모든 것을 쥐고 있는 토지국이나 은행과 이어 주는 막연한 끈이었다. 몇 주를 기다려도 답이 없자 어머니는 직접 캄에 찾아가기로 했다. 관리들은 어머니가 보낸 계획안을 이미 받아 보았다. 그러고도 답을 주지 않은 것은 불하지의 간척 사업에 별다른 관심이 없었기 때문이었다. 어쨌든 그들은 어머니에게 제방을 쌓아도 좋다는 암묵적인 승인을 내주었다. 어머니는 자신이 얻은 결과를 뿌듯해하며 집으로 돌아왔다.

제방을 맹그로브 통나무로 받쳐 주어야 했다. 통나무를 구하는 비용은 당연히 어머니 혼자 충당해야 했다. 공사가 끝나지 않은 방갈로를 저당 잡혀 막 대출받은 돈이 있었다. 어머니는 그 돈으로 맹그로브 통나무를 샀고, 방갈로 공사는 영원히 끝내지 못했다.

결국 의사의 말이 그리 틀리지는 않았다. 모든 문제가 그때 시작되었다고 판단할 만했다. 갑작스러운 광적인 희망으로 마침내 오랜 마비 상태에서 깨어난 평야의 농부 수백 명이 온 힘을 쏟아부어 제방을 쌓았는데, 그 제방이 태평양 파도의 단순하고 가차 없는 공격으로 단 하룻밤 사이에, 마치 카드로 쌓은 성처럼 그대로 무너져 버린 광경을 어느 누가 비탄과 분노 없이 떠올릴 수 있겠는가? 또 어느 누가 도대체 그런 어처구니없는 희망이 왜 생겨났는지 밝히기보다는 그냥 모든 것을, 그 평야를 지배해 온 비참한 가난부터 어머니의 발작까지 모든 것을 운명적인 그날 밤의 사건 하나로 설명하고 싶은, 천재지변이라는 간략한, 하지만 매력적인 설명으로 만족하고 싶은 유혹을 이겨 낼 수 있겠는가?

조제프는 늘 그러듯이 다시 물에 들어오라고 쉬잔을 불렀다. 그는 쉬잔이 헤엄을 잘 쳐서 람의 바닷물에 함께 들어가고 싶었다. 하지만 쉬잔은 내키지 않았다. 이따금, 특히 우기때 밤새 내린 비에 숲이 잠기면서 다람쥐나 사향쥐 혹은 새끼 공작이 냇물로 떠내려오면 쉬잔은 질겁했다.

어머니가 여전히 소리 지르며 한탄을 이어 가자 조제프는 그만 물에서 나가기로 했다. 쉬잔도 비포장도로를 지나는 차를 살피기를 그만두고 조제프를 따라갔다.

"젠장, 내일 람에나 가자." 조제프가 말했다.

이어 어머니를 향해 고개를 들고 소리쳤다.

"가요, 간다고요. 제발 악 좀 그만 써요."

조제프는 어머니 생각을 하느라 죽어 가는 말은 잠시 잊었다. 그는 서둘러 어머니가 있는 곳으로 갔다. 어머니는 병이 난 뒤로 늘 그랬던 것처럼 벌겋게 달아오른 얼굴로 눈물범벅이었다. 그래도 악을 쓰며 한탄을 계속했다.

"소리 좀 그만 지르고 약을 좀 먹어요." 쉬잔이 말했다.

"내가 도대체 무슨 죄를 지었기에 자식들이 이리도 끔찍하게 말을 안 듣는다니!" 어머니가 고함쳤다.

조제프는 어머니 앞을 그대로 지나 방갈로로 올라가더니 잠시 후 물과 알약을 가지고 내려왔다. 늘 그렇듯이 어머니는 처음에는 안 먹겠다 했고, 하지만 늘 그렇듯이 결국 먹었다. 매일 저녁 조제프와 쉬잔은 냇물에서 헤엄치고 난 뒤 어머니를 진정시키기 위해 알약 한 알을 먹여야 했다. 어머니에게 가장 참기 힘든 것은 자식들이 아무 생각 없이 평야의 삶을 즐기는 광경이었다. "정말 이상해졌어." 쉬잔이 말했다. 조제프도 그렇게 생각했다.

쉬잔은 욕실로 가 항아리의 윗물을 떠서 몸을 살짝 헹군 뒤에 옷을 입었다. 조제프는 씻지 않았다. 늘 이튿날 아침까지 수영복을 그대로 입고 있었다. 쉬잔이 욕실에서 나왔을 때 베란다에는 이미 축음기가 돌아가고 있었다. 긴 의자에 누운 조제프는 진저리 치는 표정으로 말을 쳐다보면서 다시 어머니가 아니라 말 생각을 했다.

"운이 없어." 조제프가 말했다.

"축음기를 팔아. 괜찮은 말 한 마리를 새로 사면 하루 한 번이 아니라 세 번까지 운행할 수 있을걸." 쉬잔이 말했다.

"내가 축음기를 팔면 떠나는 거야. 당장."

조제프의 삶에서 축음기는 중요한 자리를 차지했다. 조제프에게는 레코드판이 다섯 장 있었고, 저녁에 헤엄치고 난 뒤 매번 그 다섯 장을 다 들었다. 이렇게 사는 게 신물 나도록 싫어질 때면 다 듣고 난 뒤 곧장 다시 들었다. 밤새도록, 어머니가 두세 번 나와서 축음기를 냇물에 던져 버리겠다고 으름장을 놓을 때까지 계속 틀어 놓을 때도 있었다. 쉬잔이 안락의자를 끌고 와서 옆에 앉았다.

"축음기를 팔아서 새 말을 사면 보름 후에 새 축음기를 살 수 있을 거야."

"축음기 없이 지내는 보름 동안 난 여길 떠나 버릴 거야."

쉬잔은 포기했다.

어머니는 저녁 식사를 준비했다. 아세틸렌등도 벌써 밝혀 놓았다.

평야에는 날이 아주 빨리 저물었다. 해가 산 뒤로 넘어가기 무섭게 농부들은 맹수들이 나오지 못하도록 생나무로 불을 피웠고, 아이들은 시끄럽게 재잘대며 우리와 다름없는 오두막 집으로 들어갔다. 농부들은 아이들이 말을 알아듣는 나이가 되면 곧 밤의 늪지대가 얼마나 무서운지, 맹수들이 얼마나 무서운지 가르쳤다. 하지만 정작 호랑이들은 아이들만큼 배고프지 않았고, 그래서 아이들이 호랑이한테 잡아먹히는 일은 극히 드물었다. 이곳 늪지대 캄 평야에서 아이들이 죽는 가장 큰 이유는 다른 데 있었다. 한쪽에는 남중국해가, 젊은 어머니가 꿈을 실현하기 위해 찾아온 것은 쓸데없이 복잡하게 만드는 작은 바다가 아니라 태평양이었기에 왠지 촌스러운 남중국해라는 이름 대신 어머니가 고집스레 태평양이라고 부르는 바다가 있고, 반대로 동쪽에는 산맥이, 아시아 내륙의 고원 지대에서 시작하여 해안의 곡선을 따라 시암만[10]으로 들어갔다가 다시 나와 수많은 섬들, 점점 더 작아지는, 하지만 하나같이 짙은 열대의 숲으로 덮인 섬들까지 이어지는 산맥으로 막힌 이곳 평야에서 아이들은 호랑이가 아니라 굶주림 때문에 죽었고, 굶주림으로 인한 질병, 굶주림을 달래기 위해 나섰다가 당하는 사고 때문에 죽었다. 비포장도로는 폭이 좁고 옆으로 길게 이어진 평야를 길게 가로질렀다. 원래는 평야에서 생산될 부(富)를 람으로 옮기기 위해서 낸 길이었지만 정작 가난뿐인 평야에 재산이라고는 굶주림으로 늘 분홍색 입을 벌

---

10) 인도차이나반도와 말레이반도 사이에 위치한 타이만의 옛 이름.

리고 있는 아이들이 전부였다. 결국 비포장도로는 사냥꾼들과 아이들이 차지했다. 사냥꾼들은 그 길을 지나갈 뿐이었고, 그 길에 모인 아이들은 배가 고파도 즐거웠다. 아이들은 아무리 배가 고파도 신나게 놀았다.

"오늘 밤에 갈 거예요." 조제프가 불쑥 선언하듯 말했다.

화로 앞에서 분주하게 움직이던 어머니가 하던 일을 멈추고 조제프 앞으로 왔다.

"안 돼. 분명히 말하는데, 안 된다."

"갈래요." 조제프가 대답했다. "할 게 없잖아요. 가야겠어요."

베란다에서 계속 숲을 바라보고 있다 보면 조제프는 사냥하러 가고 싶은 욕망을 누르지 못했다.

"나도 데려가. 같이 갈래." 쉬잔이 말했다.

어머니가 다시 악을 쓰기 시작했다.

"여자는 사냥에 안 데려가. 그리고 어머니, 계속 그렇게 악을 쓰면 지금 당장 가 버릴 테니까 마음대로 해요." 조제프가 말했다.

조제프는 방에 들어가 마우저[11] 소총과 탄창들을 챙겨 나왔다. 주방으로 돌아간 어머니는 한탄을 늘어놓으며 식사 준비를 계속했다. 쉬잔은 아직 베란다에 있었다. 조제프가 밤 사냥을 가는 날이면 쉬잔과 어머니는 늦게야 자리에 누웠다. 그런 날이면 어머니는 자칭 '장부 정리'를 했다. 무슨 장부인지

---

11) 독일의 총기 회사.

는 아무도 몰랐다. 무엇보다 그런 날이면 어머니는 밤새 잠을 이루지 못했다. 장부 정리를 하다가 이따금 일어서서 베란다로 나가 숲의 소리를 들으며 조제프의 램프 불빛을 찾으려고 애썼다. 그러고는 다시 장부 정리를, 아들이 '정신 나간 늙은 여자의 장부 정리'라고 부르는 일을 시작했다.

"저녁 먹자." 어머니가 말했다.

역시나 물떼새와 쌀밥이었다. 하사의 아내가 가져온 구운 생선도 있었다.

"오늘도 잠자긴 틀렸구나." 어머니가 말했다.

희미한 전등 불빛 아래서 어머니의 얼굴은 더 창백해졌다. 약효가 돌기 시작한 것이다. 어머니가 하품을 했다.

"걱정 안 해도 돼요. 일찍 돌아올게요." 조제프가 상냥하게 말했다.

"너희가 힘들까 봐 그러지. 또 내가 발작을 일으킬까 봐."

어머니는 일어나 찬장에서 가염 버터와 연유를 가져와 식탁에 내려놓았다. 쉬잔은 쌀밥 위에 연유를 듬뿍 부었다. 어머니는 빵에 버터를 발라서 설탕을 넣지 않은 커피에 적셨다. 조제프는 물떼새를 먹었다. 살짝 익힌 짙은 색의 살코기였다.

"이상하게 비린내가 나. 영양은 좋지만." 조제프가 말했다.

"그게 중요하지." 어머니가 말했다. "꼭 조심해야 한다."

어머니는 자식들을 먹일 때만큼은 부드러웠다.

"걱정하지 말라니까요. 조심할게요."

"람에 오늘 저녁엔 못 가겠네." 쉬잔이 말했다.

"내일 가자." 조제프가 말했다. "거기 가도 넌 어차피 못 찾

아. 가 봤자 결혼한 남자들뿐이야. 남은 건 아고스티뿐이라고."

"아고스티한테는 절대 못 준다." 어머니가 말했다. "매달려도 안 줄 거야."

"아고스티가 그럴 리 없어요." 쉬잔이 말했다. "그리고 여기서 찾을 거 아니에요."

"얼씨구나 할걸?" 어머니가 말했다. "내 말이 맞지. 아무리 그래 봐라, 절대 못 준다."

"아고스티는 얘한테 관심도 없어요." 조제프가 말했다. "어려울 거예요. 돈 없이 결혼하는 여자들도 있지만, 그러려면 아주 예뻐야지. 그나마 드문 일이고요."

"어쨌든 그래서 람에 가려는 거 아니야." 쉬잔이 말했다. "람에 우편선이 들어오는 날은 북적거려서 좋아. 군부대 회관 바에는 전기가 들어오고 멋진 축음기도 있고."

"람 타령 좀 그만해." 조제프가 말했다.

어머니는 방갈로 앞을 지나는 장거리 버스를 통해 사흘에 한 번 구하는 쌀빵을 조제프와 쉬잔 앞에 놓았다. 그리고 땋았던 머리를 풀기 시작했다. 거칠어진 손가락 사이에서 머리카락이 흡사 마른풀처럼 서걱댔다. 어머니는 식사를 끝내고 조제프와 쉬잔이 먹는 것을 바라보았다. 먹고 있는 자식들 앞에 앉아 몸짓 하나하나를 지켜보았다. 어머니는 쉬잔이, 그리고 조제프도 더 자랐으면 했다. 아직 그럴 수 있을 것 같았다. 조제프는 곧 스무 살이었고, 어머니보다 훨씬 컸다.

"물떼새 고기도 먹어라." 어머니가 쉬잔에게 말했다. "연유는 영양이 부족해."

"이도 썩게 만들지." 조제프가 말했다. "연유 때문에 내 어금니가 썩었잖아. 지금도 조금씩 썩고 있고."

"돈이 좀 마련되면 이를 새로 해 주마." 어머니가 말했다. "쉬잔, 물떼새도 좀 먹으렴."

쉬잔은 물떼새 고기를 한 조각 덜었다. 구역질이 날 것 같아서 아주 조금씩 먹었다.

식사를 마친 조제프는 사냥용 램프에 카바이드를 채웠다. 어머니는 머리카락을 땋으면서 조제프가 마실 커피를 데웠다. 조제프는 카바이드를 채운 램프를 켜서 모자에 고정했다. 이어 모자를 쓰고 베란다로 나가 시야를 확인했다. 그날 저녁에 처음으로 말 생각을 잊었을 것이다. 하지만 바로 그때 아세틸렌 램프 불빛에 말이 보였다.

"젠장! 정말이야, 죽었어!" 조제프가 소리쳤다.

어머니와 쉬잔이 달려왔다. 램프 불빛이 가닿는 자리 한가운데에 말이 보였다. 말은 마침내 바닥에 뻗어 버렸다. 머리는 비탈면에 놓였고, 모판에 처박힌 콧구멍이 잿빛 물에 닿을락 말락 했다.

"끔찍해라." 어머니가 말했다.

어머니는 절망의 몸짓으로 손을 이마에 가져다 댄 채 조제프 곁에 서서 움직이지 않았다.

"가까이 가서 죽었는지 확인해 보려무나." 어머니가 말했다.

조제프는 천천히 계단을 내려갔고, 모자에 달린 램프 불빛을 앞세워 비탈면으로 걸어갔다. 쉬잔은 조제프가 말에 다가가는 걸 끝까지 보지 못하고 방갈로로 들어와서는 다시 식탁에 앉아 남은 물떼새 고기를 먹으려고 애썼다. 하지만 아주 조금 남아 있던 식욕마저 달아나 버렸다. 쉬잔은 먹기를 포기하고 거실로 갔다. 그리고 말이 있는 쪽을 등지고 등나무 안락의자에 웅크려 앉았다.

"불쌍한 것." 어머니가 신음하듯 말했다. "저 몸으로 오늘도 방테까지 다녀왔으니."

어머니가 보이지 않아도 한탄 소리는 들렸다. 보나 마나 어머니는 베란다에서 조제프의 움직임을 지켜보고 있었다. 지난주에 방갈로 뒤편의 작은 마을에서 아이 하나가 죽었을 때에도 밤새도록 지켜보던 어머니는 결국 아이가 아침에 숨을 거두자 지금처럼 신음 같은 한탄을 내뱉었다.

"어쩌면 좋아!" 어머니가 외쳤다. "조제프, 어떻게 됐니?"

"아직 숨은 쉬어요."

어머니는 안으로 들어왔다.

"뭘 해야 할까? 쉬잔, 차에 가서 낡은 체크무늬 담요 좀 가져오렴."

쉬잔은 말이 누워 있는 쪽을 쳐다보지 않으려 애쓰며 방갈로 아래로 내려갔다. B. 12 뒷자리에서 담요를 꺼내 다시 올라가서 어머니에게 건넸다. 어머니는 담요를 들고 조제프가 있는 곳으로 갔고, 몇 분 후 조제프와 함께 방갈로로 돌아왔다.

"끔찍하구나." 어머니가 말했다. "그놈이 우릴 쳐다봤단다."

"말 이야긴 이제 그만둬요." 쉬잔이 말했다. "내일 람에나 가요."

"뭐라고?" 어머니가 물었다.

"오빠가 간다고 했어요." 쉬잔이 말했다.

조제프는 테니스 샌들을 신었다. 그러고는 성마른 표정으로 방갈로를 나섰다. 어머니는 식탁을 치운 뒤 장부 정리를 시작했다. 조제프가 '정신 나간 늙은 여자의 장부 정리'라고 부르는 그것이었다.

람에 갈 때면 어머니는 땋은 머리를 틀어 올리고 신발을 신었다. 검붉은색 면 원피스는 그대로 입었다. 사실 어머니는 잠잘 때가 아니면 그 옷을 벗지 않았다. 자리에 눕기 전에 빨아서 자는 동안에 말렸다. 쉬잔도 신발을 신었다. 쉬잔이 가진 단 한 켤레의 구두, 람에서 세일할 때 어머니와 함께 찾은 검은색 공단 구두였다. 그래도 옷은 때에 맞춰 바꿨다. 쉬잔은 말레이족들이 입는 전통 바지 대신 원피스를 입었다. 조제프는 평소와 같았다. 단지 원래는 거의 신발을 안 신지만 시암에서 우편선이 들어오는 날에는 테니스용 샌들을 신었다. 여자 승객들과 춤추기 위해서였다.

그들이 람의 군 회관에 도착해 보니 안마당에 멋진 검은색

칠인승 리무진이 서 있었다. 차 안에 제복 입은 운전사가 앉아 진득이 기다리고 있었다. 세 식구 모두 처음 보는 차였다. 사냥꾼의 차는 아니다. 사냥꾼들은 리무진이 아니라 토르페도[12]를 탔다. 조제프는 황급히 B. 12에서 내렸다. 그리고 리무진에 다가가 차 주위를 천천히 두세 바퀴 돌았고, 이어 엔진이 있는 앞쪽에 서서 운전사의 놀란 눈길에 아랑곳하지 않고 한참 동안 관찰했다. 그런 뒤에 말했다. "탈보 아니면 레옹 볼레야." 조제프는 차종을 분명하게 정하지 못한 채로 쉬잔과 어머니를 따라 계단을 올라갔다.

바 안에는 람에서 근무하는 공무원 세 명이 앉아 있고, 여자 승객들과 합석한 해군 장교들, 우편선이 입항하는 날을 절대 놓치지 않는 아고스티가 보였다. 그리고 리무진의 주인으로 보이는 의외의 젊은 남자가 혼자 앉아 있었다.

카운터 자리 안쪽에서 바르 영감이 일어나 천천히 어머니에게 다가왔다. 바르 영감은 지난 이십 년 동안 회관의 운영권을 가지고 있었다. 단 한 번도 이곳을 떠나지 않았다. 이곳에서 늙었고, 이곳에서 살이 쪘다. 지금 그는 뇌졸중 환자이고, 비만이고, 페르노에 절어 있는 오십 대 남자였다. 몇 해 전 이곳 평야의 아이 하나를 양자로 삼은 덕분에 모든 일에서 벗어났다. 아이는 일하다 틈이 나면 페르노에 취해서 카운터 뒤에 부처처럼 버티고 앉아 있는 바르 영감에게 부채질까지 했다. 온종일 땀에 흥건히 젖은 바르 영감 옆에는 마시던 페르노가

---

12) 20세기 초반에 유행했던 유선형의 무개 자동차.

놓여 있었다. 그는 손님이 새로 들어와야 비로소 움직였다. 그나마 그가 하는 유일한 일이었다. 한 번 보면 잊기 힘든 그야말로 압생트 술통만 한 배 때문에 걸음을 제대로 옮기지 못해 발을 질질 끌면서 마치 물에서 나오는 바다 괴물처럼 느릿느릿 손님들에게 다가왔다. 정말로 바르 영감은 술 마시는 것 말고는 아무 일도 안 했다. 이제껏 페르노 밀매로 먹고살았고, 부자가 되었다. 페르노를 구하기 위해 아주 멀리서, 북쪽의 농장들에서도 찾아왔다. 그는 자식이 없고, 가족도 없었다. 하지만 돈에 대한 집착이 워낙 커서 누구에게도 돈을 빌려주지 않았다. 어쩌다 빌려주기로 하면 어처구니없이 높은 이자를 요구해서 평야 사람 누구도 미치거나 모종의 계략 없이는 절대 받아들일 수 없었다. 그가 노리는 바이기도 했다. 그는 평야 사람들에게 빌려준 돈은 잃어버린 돈이라고 믿었다. 그럼에도 불구하고 바르 영감은 이곳 평야를 사랑한다고 여겨지는 유일한 백인이었다. 실제로 그는 이곳에서 살아갈 방책뿐 아니라 살아갈 이유까지 찾았다. 페르노 말이다. 더구나 평야의 아이를 입양한 뒤로 선량한 사람이라는 평판까지 얻었다. 물론 아이는 그를 위해 부채질까지 해야 했지만, 들판의 뙤약볕 아래서 물소들을 지키는 것보다는 부채질이 훨씬 나았다. 평야의 아이를 입양한 선한 행동과 그로 인해 따라온 긍정적인 평판은 바르 영감이 마음 놓고 페르노 밀거래를 할 수 있게 해 주었다. 식민지 총독부가 그에게 일종의 격오지인 이곳에서 이십 년 동안이나 회관을 운영하며 프랑스의 영예를 지킨 공로로 레지옹 도뇌르 훈장을 수여한 것 역시 상당 부분 그렇게 얻은 평판 덕분이었다.

"일은 좀 풀려요?" 바르 영감이 어머니와 악수하며 물었다.

"괜찮아요, 그럭저럭." 어머니가 건성으로 대답했다.

"손님들이 근사하네요." 조제프가 말했다. "젠장, 밖에 있는 리무진이……."

"북쪽에서 고무 농장을 한다는 사람 차라네. 그쪽 부자는 이곳과 급이 다르지."

"바르 씨가 그렇게 불평하시면 안 되죠." 어머니가 말했다. "일주일에 세 번 우편선이 들어오잖아요. 페르노도 있고."

"위험 부담이 있죠. 이젠 매주 그렇답니다. 매주 전쟁을 치르는 것 같아요."

"북쪽에서 왔다는 농장주는 어디 있어요?" 어머니가 물었다.

"저기 구석에, 아고스티 옆자리에 있는 남자예요. 파리에 다녀오는 길이라더군요."

조금 전 바에 들어설 때 아고스티 옆자리에 앉아 있던 남자였다. 그는 혼자 왔다. 작잠견[13] 양복을 입었고, 스물다섯 살쯤 되어 보였다. 역시 작잠견으로 만든 중절모자는 벗어서 테이블 위에 얹어 놓았다. 페르노를 한 모금 삼키는 남자의 손가락에 아름다운 다이아몬드 반지가 시선을 끌었다. 특히 어머니는 너무 놀라서 멍하니 반지만 쳐다보았다.

"젠장, 차가 정말 굉장해." 조제프가 말했다. 그리고 곧 덧붙였다. "차 말고는 꼭 원숭이 같지만."

---

13) 인도와 중국 남부 원산의 야잠견. 방풍성이 좋아 여름 의복에 쓰인다.

다이아몬드가 엄청나게 컸고, 작잠견 양복은 훌륭한 맵시를 뽐냈다. 조제프는 지금껏 작잠견 양복을 입어 본 적이 없었다. 보들보들한 모자도 영화에서 볼 법한 것이었다. 여자 때문에 울적해져서 재산의 절반을 경마에 걸려고 롱샹[14]으로 향하는 남자 주인공이 40마력 자동차에 오르기 전에 무심하게 머리에 얹는 그런 모자였다. 하지만 얼굴은 정말로 못생겼다. 어깨가 좁고, 팔이 짧고, 키는 평균도 안 될 것 같았다. 자그마한 두 손은 잘 가꾸었고, 가는 편이고, 예뻤다. 게다가 다이아몬드가 은근히 퇴폐적인 왕가의 분위기를 더해 주었다. 그는 혼자 왔고, 농장주였고, 젊었다. 그가 쉬잔을 바라보았다. 쉬잔을 바라보는 그를 어머니가 바라보았다. 어머니도 쉬잔을 바라보았다. 전깃불 아래서는 환한 햇빛 속에서 볼 때보다 주근깨가 눈에 덜 띄었다. 확실히 예쁜 아이였다. 빛이 나는, 눈빛이 오만한, 젊은, 사춘기의 절정에 이른, 수줍음이 없는 아이였다.

"왜 그렇게 얼굴이 어둡니?" 어머니가 말했다. "좀 상냥한 표정으로 있지 그러니?"

쉬잔이 북부의 농장주에게 미소를 지어 보였다. 두 개의 긴 음반에서 폭스트롯이, 이어서 탱고가 흘러나왔다. 세 번째 음반에서 다시 폭스트롯 곡이 나오자 북부의 농장주가 쉬잔에게 춤을 청하기 위해 일어섰다. 그는 정말로 볼품없었다. 남자가 쉬잔에게 다가오는 동안 바르 영감, 아고스티, 어머니, 쉬잔

---

14) 19세기 말 파리 불로뉴 숲에 세워진 경마장.

까지 모두의 시선이 다이아몬드를 향했다. 배에서 내린 사람들은 달랐다. 그들은 이런 다이아몬드를 처음 보는 게 아니었다. 원래 자동차만 쳐다보는 조제프 역시 다이아몬드에 눈길을 주지 않았다. 하지만 평야 사람들의 눈길은 모두 다이아몬드에 고정되었다. 정작 반지 주인은 잊었을 테지만 캄 평야의 불하지 전체를 합한 것보다 비싼 반지였다.

"춤을 청해도 될까요?" 북부의 농장주가 어머니 앞에 와서 고개를 숙이며 물었다.

어머니는 세상에, 물론이죠 하면서 얼굴을 붉혔다. 이미 해군 장교들이 여자 승객들과 플로어에서 춤을 추고 있었다. 아고스티는 세관원의 아내와 춤을 추었다.

북부의 농장주는 춤 솜씨가 제법 좋았다. 천천히, 마치 열심히 공부하듯 춤을 추었다. 쉬잔에게 자신의 춤 솜씨와 세련됨, 배려심을 보여 주고 싶어 하는 것 같았다.

"어머님께 저를 소개해 주시겠습니까?"

"그럼요." 쉬잔이 말했다.

"이곳에 사시나요?"

"맞아요, 이곳에 살아요. 밖에 서 있는 자동차, 당신 거죠?"

"어머님께 조 씨라고 소개해 주십시오."

"어디서 만들었죠? 멋지던데."

"그런 차를 좋아하시나요?" 조 씨가 미소를 지으며 물었다.

보통의 농장주들 혹은 사냥꾼들과 다른 목소리였다. 다른 곳에서 온 목소리, 부드럽고 기품 있는 목소리였다.

"무척 좋아해요." 쉬잔이 대답했다. "여긴 저런 차가 없거든요. 기껏해야 토르페도죠."

"당신처럼 아름다운 분이 이곳 평야에서 지내자면 무료하시겠군요……." 조 씨가 쉬잔의 귀 가까이에서 말했다. 두 달 전 어느 날 저녁에 이곳 전축에서 「라모나」[15]가 흘러나올 때 아고스티가 쉬잔을 밖으로 데리고 나갔다. 그는 부두에서 쉬잔에게 아름답다고 말했고, 입을 맞추었다. 한번은 한 달 전 우편선의 어느 장교가 배를 구경시켜 주겠다면서 쉬잔을 데리고 갔다. 배에 오른 뒤 그는 곧장 일등칸 선실로 가서 쉬잔에게 아름답다고 말했고, 입을 맞추었다. 쉬잔은 가만히 키스를 받았다. 그러니까, 아름답다고, 세 번째 듣는 말이었다.

"차 상표가 뭐죠?" 쉬잔이 다시 물었다.

"모리스 레옹 볼레. 내가 제일 좋아하는 차죠. 한번 같이 타고 돌아 볼까요? 절 어머님께 소개하는 거 잊지 마시고요."

"몇 마력인데요?"

"아마 24마력일 겁니다."

"모리스 레옹 볼레는 한 대가 얼마나 해요?"

"저 차는 파리에 특별 주문해서 받은 한정판입니다. 5만 프랑 들었죠."

B. 12는 4000프랑짜리였고, 어머니는 4000프랑을 사 년 걸려 갚았다.

"기막히게 비싸네요." 쉬잔이 말했다.

---

15) 에드윈 카레위의 영화 「라모나」(1928)의 주제가로 프랑스에서도 프레드 구앵, 티노 로시 등 여러 가수가 불러 인기를 끌었다.

조 씨의 눈길이 쉬잔의 머리카락에 점점 가까워졌고, 아래로 향한 누 눈에도, 그리고 이따금 그 눈 아래, 그녀의 입에도 가까워졌다.

"우리도 그런 차가 있으면 저녁마다 람에 올 텐데. 삶이 달라지겠죠. 람은 물론이고 어디든 갈 수 있을 테니까."

"돈이 행복을 만들진 않는답니다. 생각하시는 것과 달라요." 조 씨가 무언가를 아련하게 떠올리는 표정으로 말했다.

어머니는 늘 부르짖었다. "행복을 만드는 건 오로지 돈뿐이야. 돈이 있어도 행복하지 않다고 믿는 건 어리석은 인간들뿐이지." 그리고 덧붙였다. "돈이 많으면 계속 현명하도록 애써야 해." 조제프는 더 단호했다. 돈이 행복을 만든다고, 군말이 필요 없다고 했다. 조 씨의 리무진만 있으면 조제프는 행복할 수 있었다.

"글쎄요." 쉬잔이 말했다. "돈이 있으면 우린 어떻게든 그 돈이 행복을 만들 게 했을 것 같아요."

"당신은 아직 어려서 그래요." 조 씨가 속삭이는 목소리로 말했다. "아, 당신은 몰라요."

"내가 어린 게 아니라 당신이 너무 부자인 거죠." 쉬잔이 말했다.

조 씨가 쉬잔을 힘껏 껴안았다. 폭스트롯 곡이 끝나자 아쉬워했다.

"더 추고 싶은데……."

쉬잔이 자리로 돌아가자 조 씨도 따라왔다.

"소개할게요. 이분은 조 씨래요." 쉬잔이 어머니에게 말했다.

어머니는 자리에서 일어나 인사를 하고 조 씨에게 미소를 지어 보였다. 조제프는 일어서지도 미소를 지어 보이지도 않았다.

"합석하시죠." 어머니가 말했다. "같이 뭐 좀 먹어요."

"제가 대접하겠습니다." 조 씨가 조제프의 옆자리에 앉으며 말했다. 그러고는 바르 영감 쪽으로 고개를 돌렸다.

"차갑게 해 놓은 샴페인 가져다주십시오. 파리에서 돌아온 뒤로 맛있는 샴페인을 못 마셨어요."

"우편선이 들어오는 날 저녁엔 늘 샴페인이 있지요." 바르 영감이 말했다. "맛이 좋을 겁니다."

환한 미소를 짓는 조 씨의 고운 치아가 드러났다. 조제프가 조 씨 전체에서 그의 가지런한 치아만 쳐다보았다. 조금 억울하다는 표정이었다. 자기 이는 엉망진창인데 손도 대 보지 못하고 있었다. 이 치료 외에도 해야 할 일이 너무 많았기 때문이다. 나중에라도 치료할 수 있을지 막막하기만 했다.

"파리에 다녀오셨다고요?" 어머니가 물었다.

"돌아오는 길입니다. 이곳엔 사흘 동안 머물 예정이고요. 라텍스 선적을 확인하려고 들렀습니다."

어머니는 얼굴을 붉히고 미소를 지으며 조 씨의 말에 집중했다. 조 씨는 아주 기분 좋아 보였다. 누군가가 어머니만큼 경탄 어린 표정으로 말을 들어 준 적이 없었으리라. 조 씨는 어머니에게 정성 어린 눈길을 보냈고, 마음이 가 있는 쉬잔에게는 지나친 관심을 드러내지 않으려 애썼다. 또 한 사람 조제프에 대해서도 경계하는 기색은 없었다. 아직은 아니었다. 단지 화난 듯한 음울한 표정으로 때로 그의 치아를, 또 때로 플로어를 노려보는 조제프에게 쉬잔의 눈길이 고정되어 있다는 사실을 알아차렸다.

"이분의 차, 모리스 레옹 볼레래." 쉬잔이 말했다.

쉬잔은 제삼자가 같이 있을 때면 늘 조제프가 더 가깝게 느껴졌다. 특히 오늘처럼 조제프가 눈에 띄게 심술을 부리는 날은 더 그랬다. 쉬잔의 말이 조제프를 깨웠다.

"그런 차는 몇 마력이죠?" 조제프가 시무룩한 목소리로 물었다.

"24마력." 조 씨가 건성으로 대답했다.

"젠장, 24마력이라니……. 4단 기어죠?"

"그렇죠. 4단 맞습니다."

"2단 넣고 출발할 수도 있겠네. 그렇죠?"

"그렇긴 한데 변속 장치에 안 좋죠."

"잘 달려요?"

"시속 80킬로미터로 가면 아주 편하죠. 하지만 난 저 차는 별로 안 좋아합니다. 2인승 로드스터를 한 대 가지고 있는데 그건 100킬로미터를 밟아도 아무 문제 없거든요."

"기름은 100킬로미터에 얼마나 들죠?"

"도로에서 달리면 15리터. 시내에서는 18리터. 여러분은 어떤 차를 가지고 계시죠?"

조제프는 어리둥절한 표정으로 쉬잔을 바라보다가 갑자기 웃음을 터트렸다.

"말할 가치가 없는데……."

"시트로엥이에요." 어머니가 대신 대답했다. "낡은 시토로엥이지만 그동안 아주 잘 썼죠. 이곳 도로에선 그걸로 충분하답니다."

"어머니는 운전을 잘 안 하니까요." 조제프가 말했다.

다시 음악이 나왔다. 조 씨는 다이아몬드 반지를 낀 손가락으로 테이블을 가볍게 두드리면서 조용히 박자를 맞췄다. 조금 전 연달아 질문을 던진 뒤로 조제프의 길고 완강한 침묵이 이어졌다. 그래도 조 씨는 대화의 주제를 바꿀 엄두가 나지 않았다. 사실 그는 조제프의 질문에 대답하는 내내 쉬잔에게서 한시도 눈을 떼지 않았다. 마음 놓고 그럴 수 있었다. 쉬잔이 조제프만 쳐다보면서 그의 반응에 정신이 팔려 있었기 때문이다.

"그럼 로드스터는요?" 조제프가 물었다.

"네?"

"100킬로미터 가는 데 얼마나 드느냐고요. 로드스터 말이에요."

"더 들죠. 도로에서 18리터예요. 30마력이니까."

"젠장!"

"시트로엥은 덜 들죠?" 조 씨가 물었다.

조제프가 큰 소리로 웃었다. 그는 샴페인 잔을 다 비운 뒤한 잔을 더 따랐다. 갑자기 신나게 즐기기로 작정한 듯했다.

"24리터."

"설마!"

"이유가 있죠."

"아무리 그래도 많이 드네요."

"원래는 12리터인데 이유가 있어요. 카뷰레터가 더는 카뷰레터가 아니거든요. 사이로 다 빠져나가는 여과기예요."

조제프의 폭소에는 전염력이 있었다. 숨 막히는, 아직 어린 애 같은, 참을 수 없이 격정적으로 터져 나오는 웃음이었다. 어머니는 상기된 얼굴로 힘겹게 참으려고 애썼지만 결국 웃음을 터뜨렸다.

"그뿐이면 아무것도 아니게요." 조제프가 다시 말했다.

어머니가 목청껏 웃어 댔다.

"정말이에요. 카뷰레터가 다가 아니에요……." 어머니가 말했다.

쉬잔도 같이 웃었다. 쉬잔의 웃음은 조제프의 웃음과 달랐다. 살짝 휘파람 소리 같은 더 날카로운 웃음이었다. 순식간에 벌어진 일이었다. 조 씨는 당혹스러웠다. 이러다 자칫 다 된 밥에 재가 뿌려질 터였다. 위기에 대처할 방법을 찾아야 했다.

"라디에이터도 문제예요!" 쉬잔이 거들었다.

"신기록을 세웠죠. 당신은 구경도 못 해 봤을 만한 기록이에요." 조제프가 말했다.

"얼마까지 올라갔는지 알려 드려……." 쉬잔이 말했다.

"내가 조금 손을 봐서 나아졌지만 전엔 100킬로미터에 50리터까지 들었죠." 조제프가 말했다.

"아! 정말 보기 드문 일이잖아요. 100킬로미터에 50리터라니." 어머니가 다시 웃음을 터뜨리며 말했다.

"그래도 카뷰레터와 라디에이터, 그게 다였으면 괜찮게요?"

조제프가 다시 말했다.

"맞아요. 그게 다면…… 그 정도면 괜찮죠." 어머니가 맞장구쳤다.

조 씨는 같이 웃어 보려 애썼다. 억지로 아주 조금 웃었다. 그는 이러다가 이 사람들이 아예 자기 존재를 잊어버릴지 모른다는 생각이 들었다. 모두 조금 정신 나간 사람들 같았다.

"타이어도 있으니까!" 조제프가 말했다. "우리 차는 타이어가…… 그러니까…….'

조제프는 웃음 때문에 말을 잇지 못했다. 쉬잔과 어머니 역시 무적의 신비한 웃음 속에서 허우적댔다.

"타이어 안에 우리가 뭘 쑤셔 넣을지 맞혀 봐요." 조제프가 말했다. "한번 맞혀 보라고요."

"그래요. 맞혀 봐요." 쉬잔도 거들었다.

"맞힐 리가 없지." 조제프가 말했다.

바르 영감의 양아들이 조 씨가 주문한 두 번째 샴페인을 가져왔다. 옆에서 대화를 듣고 있던 아고스티도 마구 웃었다. 장교들과 여자 승객들 역시 영문을 모른 채 따라 웃기 시작했지만 그래도 그들은 조용히 웃었다.

"맞혀 봐요. 어서요." 쉬잔이 다시 말했다. "참, 아무리 그래도 매번 그렇진 않아요. 다행이죠."

마침내 조 씨가 이런 분위기에서 어떻게 장단을 맞춰야 하는지 알아냈다는 표정을 지으며 입을 열었다.

"글쎄요. 오토바이 튜브가 아닐까요?"

"전혀요. 정답과 거리가 멀어요." 쉬잔이 말했다.

"바나나 잎인걸요." 조제프가 말했다. "바나나 잎을 쑤셔 넣었다고요."

처음으로 조 씨가 진짜 웃었다. 하지만 조제프나 쉬잔만큼 크게 웃지는 않았다. 아마도 기질의 문제였을 것이다. 조제프는 신나게 웃다가 숨이 막혔고, 소리가 사라지면서 웃음도 잦아들었다. 조 씨는 쉬잔에게 춤을 청할 엄두가 나지 않았다. 이 상황이 지나가기만 참고 기다렸다.

"참신한 방법이군요. 파리 사람들이 쓰는 말로는 신박한 방법이에요."

아무도 조 씨의 말에 귀를 기울이지 않았다.

"우리가 어디라도 가려면……." 조제프가 다시 말했다. "하사를 차 흙받기에 묶어 두고 물뿌리개를 들고 있게 하죠."

조제프는 한마디 할 때마다 딸꾹질을 했다.

"헤드라이트 자리예요." 쉬잔이 말했다. "하사가 헤드라이트도 대신하거든요. 우리 차의 라디에이터고 또 헤드라이트죠."

"아, 숨을 못 쉬겠구나…… 그만하렴…… 그만해……." 어머니가 말했다.

"그리고 차 문은…… 그래요, 철사로 잡아매 놔요." 조제프가 말했다.

"난 기억도 안 나는구나. 우리 차 문의 손잡이가 어떻게 생겼는지 기억도 안 나." 어머니가 말했다.

"우린 손잡이 같은 거 필요 없어요. 그냥 얍! 뛰어올라 타니까. 물론 발판이 달린 쪽으로 뛰어올라요. 익숙해지면 할 만하죠." 조제프가 말했다.

"우린 익숙해서 괜찮아요." 쉬잔이 거들었다.

"그만해라." 어머니가 말했다. "이러다가 또 발작이 일어나겠구나."

어머니는 얼굴이 벌겋게 상기되었다. 어머니는 늙었고, 너무 많은 불행을 겪었고, 웃을 일이 거의 없었다. 그래서 지금처럼 웃음이 터지면 그 웃음은 어머니를 휘어잡아 위험할 정도로 흔들어 댔다. 어머니가 웃어도 그 웃음의 힘이 어머니에게서 나오는 것 같지 않았다. 그래서 보고 있기 거북하고 어머니가 제정신이 맞는지 의심스러웠다.

"우린 헤드라이트가 필요 없어요." 조제프가 말했다. "사냥용 랜턴으로 대신하죠."

조 씨는 언젠가 끝나기는 할까 궁금해하는 눈길로 세 사람을 쳐다보았다. 그러면서도 참을성 있게 모든 말을 들어 주었다.

"여러분처럼 유쾌한 사람들을 만나게 돼서 무척 즐겁습니다." 조 씨가 말했다. 끝없이 이어지는 B. 12 이야기에서 화제를 돌리고 이 미로를 벗어나고 싶었을 것이다.

"우리가 유쾌하다고요······?" 놀란 어머니가 말했다.

"세상에, 우리가 유쾌하다고?" 쉬잔이 다시 말했다.

"이런! 알지도 못하면서! 젠장! 알고 나면······." 조제프가 말했다.

조제프는 여전히 의욕을 잃지 않았다.

"더 있어요. 그게 다가 아니라고요. 연료 탱크, 헤드라이트······ 그것뿐이라면야······."

어머니와 쉬잔이 강렬한 눈빛으로 조제프를 쳐다보았다. 어떤 걸 더 찾아냈을까? 어머니와 쉬잔은 아직 답을 알지 못했지만 수그러들기 시작했던 웃음이 다시 몰려오기 시작했다.

"철사, 바나나 잎…… 그것뿐이라면……."

"맞아. 그게 다가 아니잖아……." 쉬잔이 답을 묻는 눈길로 말했다.

"차만 그런 게 아니죠." 조제프가 말했다.

"차만 그런 거면 괜찮지. 그건 아무것도 아니지……." 어머니가 거들었다.

참지 못하고 먼저 터진 조제프의 웃음이 곧 어머니와 쉬잔에게 번져 나갔다.

"차만 그런 게 아니고 그놈의 방조 제방, 그 제방까지……."

조제프의 말에 어머니와 쉬잔이 강렬하고 날카로운 만족의 탄성을 내질렀다. 옆에서 아고스티도 웃음을 터뜨렸다. 카운터 쪽에서 꾸르륵 소리가 나는 걸로 보아 바르 영감 역시 웃음에 합류했다.

"그래요! 게가 있었어…… 그놈의 게들이……." 어머니의 탄성이 터졌다.

"게들이 제방을 먹어 치웠죠." 조제프가 말했다.

"맞아요, 게들이…… 그래요, 게들마저 달려들었어요." 쉬잔이 거들었다.

"그래, 게들마저 그랬구나. 게들도 우리 편이 아니었어." 어머니가 말했다.

플로어에서는 이미 춤이 시작되었다. 쉬잔네 이야기를 잘 아는 아고스티는 계속 웃었다. 그는 쉬잔네 이야기를 자기 이야기처럼 잘 알았다. 그것은 자기 이야기가 될 수 있었고, 이 평야에 땅을 불하받은 사람 누구나의 이야기일 수 있었다. 땅을 지키기 위해 어머니가 쌓은 방조 제방은 엄청난 불행이었고, 대단한 우스갯거리였다. 어떤 날에 등장하느냐에 따라서 달라졌다. 그것은 엄청난 불행을 소재로 하는 대단한 우스갯거리였다. 끔찍했고, 동시에 웃겼다. 어느 편에 서느냐에 따라서, 그러니까 단 한 방으로 제방을 날려 버린 바다 편에, 제방에 구멍을 내어 놓은 게들 편에 서느냐, 아니면 반대편에, 바다와 게들이 어떤 일을 벌일지 그 뻔한 피해를 완전히 잊은 채로 여섯 달 동안 방조 제방에 매달린 사람들 편에 서느냐에 따라 달랐다. 바다와 게들을 잊고 함께 제방을 쌓은 사람의 수가 놀랍게도 자그마치 200명이었다.

그때 어머니는 불하지 인근의 마을들에 하사를 보냈고, 연락을 받은 농부들이 전부 왔다. 어머니는 그들을 방갈로 주변에 모아 놓고 자신의 계획을 설명했다.

"우리 힘으로 수백 헥타르의 논을 얻을 수 있어요. 토지국 개자식들의 도움 없이 말이에요. 방조 제방을 쌓읍시다. 두 종류로 쌓는 겁니다. 바다와 나란히 하나 쌓고, 다른 것도 더."

농부들은 조금 놀랐다. 우선 수천 년 전부터 바다가 들판을 침범하는 일에 너무도 익숙해진 그들은 바다를 막을 수 있다는 생각을 단 한 번도 해 본 적이 없었다. 또한 너무도 지독한 가난 속에 살아온 터라 아이들이 굶주려 죽고 작물이 바닷물의 소금기에 말라 죽어도 손 놓고 감내해 왔다. 그들은 사흘 연달아 어머니의 부름에 달려왔고, 모이는 인원도 매번 늘어났다. 어머니는 방조 제방을 어떻게 쌓을지 설명했다. 흙을 쌓고 맹그로브 통나무로 버팀목을 세워야 한다고, 통나무를 구할 방법은 어머니가 이미 알아 놓았다고, 캄 부근에 비포장도로 공사가 끝난 뒤 안 쓰는 맹그로브 통나무를 쌓아 놓은 곳이 있다고, 업자들이 저렴한 가격에 주기로 했다고 말했다. 그 비용은 어머니가 혼자 대기로 했다.

100여 명이 처음부터 계획에 동조했다. 그들이 다리 밑에서 보트를 타고 제방을 쌓을 자리로 이동하기 시작하자 더 많은 농부들이 합류했다. 일주일 후에는 거의 모두가 제방 공사에 합류했다. 평야 사람들을 오랜 수동성에서 끌어내는 데에는 그리 큰 게 필요하지 않았다. 이제 싸우기로 결심했다는 한 가난한 늙은 여자의 말에 마치 처음부터 이 순간만을 기다려 왔다는 듯 모두 싸움에 나섰다.

그런데 어머니는 방조 제방이 정말로 효과가 있을지 기술자에게 자문을 구하지 않았다. 그냥 된다고 믿었다. 확신했다. 어머니는 늘 그렇게 혼자만의 확신과 논리에 따라 행동했다. 농부들이 믿어 주기까지 하자 평야의 삶을 바꾸기 위해 꼭 해야 할 일을 찾아냈다는 어머니의 믿음은 더욱 굳어졌다. 수백 헥타르의 논이 바닷물의 공격을 벗어날 테고 모두, 최소한 거의 모두 부자가 되리라 믿었다. 아이들이 더 이상 굶주림으로 죽지 않고, 의사의 진료를 받을 수 있고, 제방을 따라 바닷물에서 해방된 땅들을 잇는 긴 도로가 나리라고 믿었다.

통나무를 사 놓고 나서 석 달을 더 기다려야 했다. 바닷물이 완전히 빠지고 땅이 다 마른 뒤에 흙을 다져야 했기 때문이다.

기다리는 석 달 동안 어머니는 평생 최고의 희망을 품었다. 매일 밤 드디어 경작 가능한 땅이 될 500헥타르를 개간하는 일에 농부들을 어떤 식으로 참여시킬지 계획을 짜고 또 짰다. 어머니는 마음이 너무 앞서간 탓에 기다리며 계획만 세우는 것으로는 성이 차지 않았다. 결국 어머니는 통나무를 사고 남은 돈으로 냇가 초입에 오두막집 세 채부터 짓고 그곳에 파수촌이라는 이름을 붙였다. 많은 농부가 방조 제방의 성공을 믿었기 때문에 어머니는 자신의 성공을 조금도 의심하지 않았다. 농부들이 그처럼 성공을 믿은 것은 어머니가 너무도 확신에 찬 모습이었기 때문이라는 사실은 단 한 번도 의심해 보지 않았다. 어머니는 농부들에게 토지국 관리라도 듣고 나면 설득당하고 말았을 정도로 확신에 차서 말했다. 냇가 초입의 마을이 완성되자 어머니는 세 가족을 옮겨 오게 하고 쌀과 보트를, 그리고 바닷물에서 해방된 땅에서 수확을 거둘 때까지 먹을 것을 마련해 주었다.

드디어 제방을 쌓기 적당한 때가 왔다.

농부들은 비포장도로에 쌓여 있던 통나무를 바닷가로 옮겨 공사를 시작했다. 어머니도 새벽에 함께 내려갔다가 저녁에 함께 돌아왔다. 쉬잔과 조제프는 주로 사냥을 했다. 둘에게도 분명 희망의 시간이었다. 조제프와 쉬잔은 어머니가 하는 일을 믿었다. 그 땅에서 제대로 수확하기만 하면 도시에 가서 오래 머물 수 있다고, 삼 년 뒤엔 아예 평야를 떠날 수 있다고 믿었다.

어머니는 때로 저녁에 농부들에게 키니네[16]와 담배를 나누어 주면서 앞으로 삶이 어떻게 변할지 이야기했다. 농부들은 엄청난 양의 곡식을 수확하게 될 때 토지국 관리들이 어떤 표정을 지을지 이야기하며 어머니와 함께 웃었다. 어머니는 자신이 겪은 일을 하나하나 농부들에게 들려주었고, 토지 불하 시장이 어떻게 이루어져 있는지에 대해서도 길게 이야기했다. 또한 농부들의 열정을 계속 끌어내려고 얼마 전 많은 사람이 피해를 입은 일에 대해서도 설명했다. 초피나무를 심기 위해 토지를 징발한 것 역시 캄 토지국 관리들의 농간 때문이었다고 말이다. 캄 토지국 관리들이 지위를 이용해서 저지르는 부정행위를 다 알게 된, 이제 완벽하게 이해하게 된 어머니는 여러 사람에게 알리고 싶은 유혹에 빠져들어 그야말로 열정적으로 말을 쏟아냈다. 그동안 바보같이 환상과 무지 속에서 살았다고, 새로운 언어와 새로운 문화를 배운 기분이라고, 아무리 얘기해도 성에 차지 않는다고 했다. "개자식들이에요." 어머니가 말했다. "개자식들이라고요. 이제 제방으로 갚아 줄 겁니다." 농부들이 신나서 웃었다.

제방을 쌓는 동안 토지국에서 아무도 나오지 않았다. 어머니는 조금 놀랐다. 이 일의 중요성을 모를 리 없는데 어떻게 신경 쓰지 않는단 말인가. 그렇다고 편지를 쓸 엄두는 나지 않았다. 어쨌든 여전히 비공식적인 공사이니까 괜히 나서면 이

---

16) 기나나무 껍질에서 얻은 알칼로이드. 말라리아 치료약으로 쓰인다.

제 와서 그들이 가로막을까 봐 두려웠다. 어머니는 제방이 완성된 후에 용기를 냈다. 불하지 거의 전체라 할 수 있는 500헥타르의 땅이 이제는 경작될 거라고 알렸다. 토지국에서는 연락이 없었다.

우기가 시작되었다. 어머니는 이미 방갈로 옆에 넓은 모판을 준비해 두었다. 제방을 같이 쌓은 농부들이 제방으로 둘러싸인 장방형의 넓은 땅에 모를 심었다.

두 달이 지났다. 어머니는 자주 내려가서 벼가 자라는 모습을 지켜보았다. 벼는 계속 자랐다. 7월의 바닷물이 들이닥칠 때까지.

7월에 해마다 그렇듯이 바닷물이 들이닥쳤다. 제방은 버텨 내지 못했다. 논에 사는 난쟁이게[17]들이 이미 갉아 놓았다. 제방은 하루 만에 무너졌다.

냇가 초입에 옮겨 와 있던 세 가족은 보트와 살림살이를 끌고 해안의 다른 곳으로 떠났다. 불하지 인근 마을의 농부들은 집으로 돌아갔다. 아이들은 계속해서 굶주림으로 죽어 갔다. 아무도 어머니를 원망하지 않았다.

이듬해에 조금 남아 있던 제방까지 무너졌다.

"우리 제방 사건은 그야말로 배꼽 빠지는 얘기죠." 조제프가 말했다.

그러면서 테이블 위에 두 손가락을 세우더니 조 씨 쪽으로 움직였다. 방조 제방을 향해 몰려가는 게들의 걸음걸이를 흥

---

17) 동남아시아의 맹그로브 지대에 서식하는 작은 홍게.

내 낸 것이다. 조 씨는 여전히 참을성 있게, 게의 걸음걸이에는 아무런 관심 없이, 쉬잔이 고개를 들고 눈물이 그렁그렁한 눈으로 웃고 있는 모습만 쳐다보았다.

"재미있는 분들이군요. 대단하십니다." 조 씨가 말했다.

그는 춤추자고 쉬잔을 부추기려는 듯 흘러나오는 폭스 음악의 박자에 맞춰 몸을 움직였다.

"우리 제방 얘기는 땅을 칠 만큼 웃기죠." 조제프가 말했다. "모든 걸 다 준비했는데 정작 게들 생각은 못 했으니까요."

"제방 때문에 게들이 지나가는 길이 막혔어요." 쉬잔이 말했다.

"…… 그놈들이 당하고 있지 않은 거고요." 조제프가 다시 말했다. "게들이 노리고 있다가 집게발로 쾅 쾅 두 번 치니까, 와르르! 제방이 무너졌죠."

"진흙 색깔의 작은 게였어요…… 그놈의 게들이 기다렸다는 듯……." 쉬잔이 말했다.

"철근 콘크리트를 썼어야 했는데……." 어머니가 말했다.

"어디서 구해서요?" 조제프가 어머니의 말을 끊었다. 웃음이 잦아들었다.

"그러니까……." 쉬잔이 말했다. "우리가 산 건 땅이 아니었어요."

"물이었지." 조제프가 말했다.

"바다였어. 태평양." 쉬잔이 말했다.

"똥이었지." 조제프가 말했다.

"제정신이면 안 샀을 텐데……." 쉬잔이 말했다.

어머니가 웃음을 멈추고 갑자기 정색을 했다.

"입 다물어. 계속 떠들면 따귀를 갈겨 버릴 테니까." 어머니가 쉬잔에게 말했다.

조 씨는 깜짝 놀랐다. 하지만 놀란 사람은 그 혼자였다.

"정말 똥 덩어리였지." 조제프가 말했다. "뭐, 똥이든 물이든 마음대로 생각해요. 우린 거기서 멍청이들같이 똥이 다 빠지길 기다리는 중이니까."

"언젠간 없어질 거야." 쉬잔이 말했다.

"500년 후쯤에." 조제프가 말했다. "뭐, 우리야 가진 게 시간뿐이지만……."

"똥이었으면 차라리 낫게?" 구석 자리에 앉아 있던 아고스티가 말했다.

"그렇군. 똥에서 얻은 쌀이라도 아예 없는 것보다 나을 테니까." 조제프가 다시 웃으며 말했다.

그는 담배에 불을 붙였다. 조 씨가 555를 꺼내 쉬잔과 어머니에게 한 개비씩 주었다. 어머니는 웃음기 없이 아들의 말에 귀를 기울였다.

"그 땅을 처음 샀을 땐 그해에 바로 떼부자가 될 줄 알았죠." 조제프가 이야기를 이어 갔다. "방갈로를 지었고, 벼를 심어 놓고 자라길 기다렸어요."

"처음엔 늘 자라죠." 쉬잔이 말했다.

"그러다 곧 똥이 밀려왔죠." 조제프가 말했다. "그래서 제방을 쌓은 거고요. 그래요. 그렇게 된 거예요. 우린 지금 바보들같이 계속 기다리고 있어요. 뭘 기다리는지는 모르지만……."

"집 안에서 기다리는데, 그 집은……." 쉬잔이 말했다.

"그 집 역시 아직 완성되지 않았죠." 조제프가 말했다.

"애들 말 듣지 말아요. 아주 튼튼한 좋은 집이에요." 어머니가 나섰다. "지금 팔면 꽤 비싸게 받을 수 있어요. 3만 프랑은……." 어머니가 나섰다.

"어림없는 소리. 그걸 누가 사요?" 조제프가 말했다. "더럽게 운이 좋아서 우리같이 정신 나간 사람들이 나타나면 모를까."

이어 조제프가 갑자기 입을 다물었다. 짧은 침묵이 흘렀다.

"우리가 조금 미친 건 맞아……." 쉬잔이 몽상에 빠진 듯한 목소리로 말했다.

조제프가 쉬잔을 향해 미소를 지었다.

"완전히 미쳤지……."

대화가 저절로 끊어졌다.

쉬잔은 플로어에서 춤추는 사람들을 쳐다보았다. 조제프가 일어서더니 세관원의 아내에게 다가가 춤을 청했다. 조제프는 몇 달 동안 같이 잔 그 여자한테 언제부턴가 싫증이 났다. 갈색 머리의 마른 여자였다. 이제 그녀는 아고스티와 자는 사이였다. 조 씨는 곡이 바뀔 때마다 쉬잔에게 춤을 청했다. 어머니는 테이블에 혼자 앉아 있었다. 그리고 하품을 했다.

잠시 후 우편선의 장교들과 여자 승객들이 이제 가자고 서로 신호를 했다. 조 씨는 쉬잔과 한 곡을 더 추었다.

"제 자동차를 한번 타 보지 않으시겠습니까? 제가 댁까지 모셔다 드린 뒤에 람으로 돌아오겠습니다. 기회를 주시죠."

그러면서 조 씨는 쉬잔을 꽉 껴안았다. 깨끗한, 몸을 잘 가꾼 남자였다. 생긴 건 형편없지만 자동차는 근사했다.

"조제프가 운전해도 돼요?" 쉬잔이 물었다.

"쉽게 답하기 힘들군요." 조 씨가 망설였다.

"조제프는 어떤 차든지 다 몰 수 있어요."

"그건 다음으로 미뤄도 되겠습니까?" 조 씨가 정중하게 말했다.

"어머니한테 물어볼게요." 쉬잔이 말했다. "조제프가 앞서 가고 우리가 그 차를 따라가면 되니까."

"그럼…… 어머님께서 우리와 함께 타고 가시길 원하시나요?"

쉬잔은 조 씨에게서 몸을 떼고 그를 바라보았다. 그는 실망했다. 그러면 유리할 게 없었다. 혼자 테이블에 앉은 어머니는 쉴 없이 하품을 했다. 어머니는 무척 피곤했다. 너무 많은 불행을 겪었기 때문이고, 늙었기 때문이고, 거의 웃지 않다가 오늘 너무 많이 웃느라 지쳤기 때문이다.

"어머니도 그런 차를 한번 타 보면 좋겠어요." 쉬잔이 대답했다.

"절 다시 만나 주시겠습니까?"

"언제든지요." 쉬잔이 대답했다.

"고맙습니다."

조 씨는 쉬잔을 더 세게 안았다.

그는 정말로 정중한 사람이었다. 쉬잔은 조 씨를 바라보며 약간의 연민을 느꼈다. 앞으로 이 남자가 방갈로에 자주 찾아 온다면 조제프는 견뎌 내지 못할 것이다.

춤이 끝나자 어머니가 집에 돌아갈 채비를 하며 일어섰다.

어머니와 쉬잔을 방갈로까지 태워 주겠다는 조 씨의 제안을 모두 받아들였다. 조 씨가 바르 영감에게 술값을 냈고, 모두 안마당으로 내려왔다. 조 씨의 운전사가 차에서 내려 문을 열고 비켜나 있는 사이 조제프가 재빨리 올라탔다. 그리고 시동을 걸고 오 분 동안 변속 장치를 작동시켜 보았다. 이어 욕설을 내뱉으며 차에서 내린 조제프는 조 씨에게 인사도 없이 사냥용 램프를 머리에 끼고는 수동 크랭크로 B. 12에 시동을 걸고 출발해 버렸다. 조제프가 떠나는 모습을 보며 쉬잔과 어머니는 가슴이 쓰라렸다. 이미 조제프의 태도에 익숙해진 듯 조 씨는 별로 놀란 기색이 없었다.

어머니와 쉬잔은 뒷좌석에, 조 씨는 운전사 옆 좌석에 앉았다. 리무진은 곧 조제프의 차를 따라잡았다. 쉬잔은 레옹 볼레가 B. 12를 추월하지 않기를 바랐지만 어차피 조 씨는 이해하지 못할 터라 아무 말도 하지 않았다. 레옹 볼레의 헤드라이트 불빛이 조제프를 대낮처럼 환하게 비췄다. 조제프는 그나마 남은 앞 유리창을 끝까지 내리고서 B. 12로 최대의 속력을 내고 있었다. 바에서 출발했을 때보다 기분이 더 엉망인 것 같았고, 리무진이 추월해 가는 동안 이쪽으로 눈길 한 번 주지 않았다.

어머니는 차가 방갈로에 거의 도착할 즈음에 잠이 들었다. 아마도 오는 내내 자동차에는 아무 관심 없이 오로지 뜻밖에 굴러들어 온 행운, 즉 조 씨만 생각했을 테지만, 아무리 대단한 횡재라도 피곤을 이겨 내지 못하고 결국 잠이 든 것이다. 원래 어머니는 어디서나, 심지어 버스 안에서도, 심지어 앞 유리도 덮개[18]도 없이 노출된 B. 12 안에서도 늘 잠들었다.

방갈로에 도착하자 조 씨는 이미 바에서 한 요청을 되풀이했다. 덕분에 오늘 저녁 무척 즐거웠고, 다시 찾아뵙고 싶다는 것이었다. 잠이 덜 깬 어머니는 과하게 격식 차린 말로 우리 집은 언제나 열려 있다고, 언제든 오고 싶을 때 찾아오라고 대답했다. 조 씨가 돌아간 뒤에 곧 조제프가 왔다. 조제프는 여전히 이를 악문 채로 방갈로 문을 소리 나게 닫고 들어왔다. 그런 뒤에 자기 방에 틀어박혀 나오지 않았고, 이렇게 사는 게 지겹다는 생각이 들 때면 늘 그러듯이 밤늦게까지 총을 전부 꺼내서 분해하고 기름칠을 했다.

그들은 이렇게 만났다.

조 씨는 식민지에서 일확천금에 성공한 전형적인 투기꾼의 외아들이었다. 아버지는 식민지 최대 도시의 주변 땅에 투기를 했고, 도시의 급속한 확장에 힘입어 오 년 만에 다른 땅을 더 사들일 돈을 벌었다. 그런데 그는 땅을 더 사는 대신 자기가 가진 땅에 집들을 지었다. 식민지에서 처음 선보인 임대료가 낮은 '원주민용 칸막이 주택'이었다. 다닥다닥 붙은 집은 한쪽에 작은 마당이 역시 나란히 붙어 있고, 반대편은 길 쪽으로 나 있었다. 건축비가 많이 들지 않고 원주민 소상인 계층의 욕구에 부합하는 주택이었다. 크게 유행해서 십 년 후에

---

18) 토르페도형 B. 12는 차체의 지붕이 없이 틀에 고정하는 천으로 된 덮개가 있었다.

는 식민지 곳곳에 가득 세워졌다. 이런 주택이 페스트와 콜레라가 퍼지기 쉬운 환경을 만든다는 사실이 점차 밝혀졌지만 식민지 정부에서 추진한 연구의 결과는 집주인들에게만 통고되었기에 그곳에 세 들고 싶어 하는 사람은 계속 늘어났다.

조 씨의 아버지는 북쪽 고무 농장으로 관심을 돌렸다. 고무 수요가 급격하게 늘어나면서 능력도 없이 즉흥적으로 고무 농장에 뛰어드는 사람들이 많은 때였다. 그런 농장들은 금방 망했다. 조 씨의 아버지가 눈독을 들이고 지켜보다가 사들였다. 상태가 나쁜 농장이었기에 그야말로 헐값에 샀고, 관리를 시작해서 정상화시켰다. 그렇게 많은 수익을 냈지만 그의 눈에는 대단치 않았다. 그는 일이 년 후에 새로이 고무나무를 재배하려는 사람들에게 다시 금값으로 팔았다. 일부러 제일 경험 없는 사람을 골랐기 때문에 이 년 후에는 되살 수 있었다.

조 씨는 이처럼 창의적인 아버지 밑에서 태어난 터무니없이 어설픈 아들이었다. 아버지의 엄청난 재산을 물려받을 유일한 상속자였지만 상상력이라고는 눈 비비고 찾아봐도 보이지 않는 사람이었다. 자식한테는 투기가 불가능하다는 게 그 아버지의 삶에서 유일한 약점이자 결정적인 약점이었다. 독수리를 품었다고 생각했는데 방울새 한 마리가 책상 아래서 기어 나온 것이다. 어떻게 해야 할까? 이런 부당한 운명에 어떻게 맞서야 할까?

아버지는 아들을 유럽에 유학 보내기로 했다. 하지만 아들은 공부에 소질이 없었다. 아무리 어리석어도 나름의 혜안은 있는 법이라 아들은 공부를 포기했다. 그 사실을 알게 된 아버지는 아들을 불러들였고, 자기 사업 중에 어디든지 관심을 갖게 하려고 애썼다. 아들 역시 아버지에게 고통을 안기는 부당한 운명을 어떻게든 바로잡아 보려고 성심껏 노력했다. 그러나 때로는 어떤 일에도 소질이 없고 거의 노골적인 무위도식 생활조차 편안히 즐기지 못하는 사람이 있는 법이다. 어쨌든 아들은 진심을 다해 성실히 노력했다. 성실한 사람이었고, 진심도 있었기 때문이다. 다만 그래 봐야 소용이 없었다. 만일 아버지가 아들을 타고난 성정과 반대로 키우려 하지 않았더라면 그 아들은 아버지가 체념하고 받아들인 바보가 되지 않았을지 모른다. 아버지가 없었더라면, 아버지가 만들어 놓은 숨 막힐 듯 무거운 재산이라는 약점이 없었더라면 아마도 아들은 자신의 기질을 좀 더 성공적으로 바로잡을 수 있었을 것이다. 그런데 아버지에게는 아들 역시 부당한 운명의 희생자라는 생각이 단 한 번도 들지 않았다. 아들은 그저 자신에게 가해진 부당한 운명일 뿐이었다. 그 운명은 그야말로 본질적이고 고쳐질 수 없는 것이었기에 아버지는 슬퍼하는 것밖에 할 수 있는 일이 없었다. 또 다른 부당한 운명, 아들에게 가해진 운명의 원인은 끝내 깨닫지 못했다. 자기 손으로 그 운명을 바로잡을 수 있음을 알아채지 못했다. 상속권을 박탈하기만 하면, 유산 상속이라는 지나치게 무거운 세습에서 벗어나게만 해 주면 되는 일이었다. 조 씨의 아버지는 그런 가능성을 단 한 번도 생각하지 못했다. 그는 무척 영리한 사람이었지만 원래 영리함은 나름의 습관화된 사고방식을 가지고 있어서 자신의 조건을 제대로 깨달을 수 없게 만든다.

그렇게 어느 날 저녁 람에서 쉬잔 앞에 사랑에 빠진 남자가 나타났다. 또한 조제프와 어머니 앞에도 나타난 셈이다.

조 씨와의 만남은 그들 각자에게 결정적으로 중요했다. 그들은 조 씨를 두고 저마다의 방식으로 희망을 품었다. 처음 알게 되고 얼마 지나지 않아 조 씨가 정기적으로 방갈로에 찾아오는 게 확실해지자마자 어머니는 딸한테 청혼하길 기다린다는 암시를 했다. 어머니의 집요한 권유를 조 씨는 거절하지 않았다. 그때마다 약속을 하면서 주어지는 유예 기간 동안에 자신의 장점을 돋보이게 하려고 쉬잔에게 선물들을 안기며 어머니의 애를 태웠다.

　조 씨가 처음으로 값비싼 물건을 선물한 것은 만난 지 한 달 만이었다. 축음기였다. 얼핏 보면 담배 한 대 건네듯 그냥 주는 것 같았지만 사실은 어떻게든 그 선물을 통해 쉬잔에게서 무언가를 얻어 내려 했다. 있는 그대로의 자신에게는 쉬잔이 절대로 관심을 가지지 않으리라는 확신이 들었을 때 돈, 그 돈이 가진 능력을 이용하기로 한 것이다. 다시 말해 쉬잔 가족이 처한 감옥과 다름없는 현실에 틈을 내 주기로, 축음기를 통해 그 현실 밖으로 소리의 틈을 만들어 주기로 했다. 그날 조 씨는 쉬잔에게서 얻고 싶었던 사랑을 마음속에서 떠나보냈다. 그러한 냉정한 깨달음이 창백해진 그의 얼굴에 번개처럼 스쳐 간 것은 나중에 다이아몬드를 선물하기로 했을 때를 제외하면 그들이 알고 지낸 내내 그때가 유일했다.

그러니까 축음기 얘기를 꺼낸 건 쉬잔이 아니었다. 심지어 먼저 생각하지도 않았다. 조 씨가 먼저 생각하고 먼저 얘기를 꺼냈다.

늘 그렇듯이 방갈로에서 쉬잔과 단둘이 있는 날이었다. 그들은 늘 세 시간 동안 방갈로에 단둘이 있었고, 조제프와 어머니는 조 씨가 레옹 볼레를 타고 람으로 돌아갈 때까지 밖에서 이런저런 일을 하면서 기다렸다. 조 씨는 낮잠 시간이 지난 뒤에 왔다. 그는 모자를 벗고 안락의자에 힘없이 앉아서 세 시간 동안 쉬잔이 희망의 징표를 보여 주기를, 설사 미미한 것이라 해도 어제보다 나아졌다고 생각할 만한 고무적인 징표를 보여 주기를 기다렸다. 어머니는 딸이 조 씨와 세 시간 동안 단둘이 있다는 게 너무 좋았다. 시간이 갈수록 어머니의 희망은 더 커졌다. 방갈로 문을 열어 두게 한 것은 딸과 자고 싶은 욕망으로 달아오른 조 씨에게 결혼이 아닌 다른 방법을 허락하지 않기 위해서였다. 그래서 문은 계속 활짝 열려 있었다. 어머니는 늘 우스꽝스러운 밀짚모자를 쓰고 하사에게 괭이를 들고 따라오게 하면서 비포장도로와 방갈로 사이에 늘어선 바나나나무들 사이를 왔다 갔다 했다. 이따금 방갈로 문을 바라보며 흡족한 미소를 짓기도 했다. 저 문 너머에서 일어나는 일은 자신이 바나나나무들 사이에서 하는 척하는 일들과 전혀 다른 효율적인 일이었다. 조제프는 조 씨가 와 있는 동안 절대 방갈로 쪽에 나타나지 않았다. 말이 죽은 뒤로 그는 B. 12를 두고 하염없이 무엇인가를 했다. B. 12에 아무 문제가 없고 더 손볼 게 없으면 세차라도 했다. 방갈로 방향으로는 절대 눈길을 주지 않았다. 그러다가 B. 12가 싫증 나면 말을 새로 구해 보겠다며 농부들에게 갔다. 다른 말도 구하지 않을 때면 방갈로를 피하기 위해서 아무 이유 없이 람에 다녀왔다.

결국 조 씨가 람으로 돌아갈 때까지 쉬잔과 조 씨는 오후의 일부를 단둘이 보냈다. 쉬잔은 어머니가 가르친 대로 했다. 딱히 확신은 없었지만 어쨌든 조 씨가 점잖은 태도를 유지하도록 결혼에 대해 좀 더 정확히 말해 달라고 요구한 것이다. 결혼은 쉬잔 가족이 그에게 요구할 수 있는 유일한 것이었다. 조 씨는 어떤 것도 요구하지 않았다. 그저 흔들리는 눈으로 쉬잔을 바라보았고, 계속 바라보기만 했다. 정념에 짓눌린 사람들이 흔히 그렇듯이 그의 눈길에 또 다른 눈길이 더해졌다. 조씨가 그렇게 끝없이 쳐다보는 동안 쉬잔은 피곤하고 지루했다. 그녀가 한숨을 내쉬면 조 씨는 몽상에서 깨어났지만 여전히 더 강렬한 눈으로 쉬잔을 바라보았다. 그렇게 끝없이 이어졌다. 처음에 쉬잔은 자신이 조 씨에게 그런 유의 감정을 불러일으킨다는 사실이 싫지 않았다. 하지만 안타깝게도 보고 또 보다 보니 지겨워졌다.

그래도 축음기 얘기는 그녀가 꺼내지 않았다. 간절하게 기다리긴 했지만 어쨌든 조 씨가 먼저 말했다. 그날 그는 표정이 이상했고 눈빛도 평소와 다르게 흔들렸다. 그 짧은 번득임은 의미가 있었다. 늘 그런 것이 아니니까 분명 머릿속에 무언가 생각이 있다는 뜻이었다.

"이 축음기는 뭐죠?" 조 씨가 조제프의 낡은 축음기를 가리키며 물었다.

"보다시피 축음기죠. 조제프 거예요." 쉬잔이 대답했다.

쉬잔과 조제프가 아주 어릴 때부터 있었던 축음기다. 아버지가 세상을 떠나기 일 년 전에 샀고, 그 이후 어머니가 계속 가지고 있었다. 레코드판들은 불하지로 이사 오기 전에 팔았다. 어머니는 조제프에게 나중에 새로 사라고 했다. 다섯 장만 남겨 두었고, 그 다섯 장의 레코드판을 조제프는 자기 방에 정성스럽게 보관했다. 축음기는 오로지 조제프만의 것이었다. 자기 말고는 아무도 틀지 못하게, 심지어 만지지도 못하게 했다. 쉬잔이 절대 손댈 리 없었지만 그래도 조제프는 경계심을 늦추지 않았다. 매일 저녁 다 듣고 나면 레코드판을 방으로 가지고 들어가 정리해 놓았다.

"축음기를 왜 저렇게 좋아하는지 모르겠구나." 어머니가 말했다. 때로 어머니는 축음기를 괜히 여기까지 가져왔다고 후회했다. 조제프가 자꾸만 다 때려치우고 싶은 마음을 품는 게 음악 탓이라고 생각했기 때문이다. 쉬잔은 동의하지 않았다. 쉬잔이 보기에 축음기는 조제프에게 나쁘지 않았다. "우리가 이런 촌구석에서 뭘 하고 있는지 모르겠어." 음반 다섯 장을 다 듣고 난 조제프가 매번 이렇게 말할 때 어머니는 옆에서 소리를 질러 댔지만 쉬잔은 전적으로 동의했다. 「라모나」를 듣고 있노라면, 어김없이, 그들을 멀리 데려가 줄 자동차가 집 앞에 멈춰 서는 날을 기다리는 희망이 커졌다. "여자도 없고 극장도 없고 아무것도 없는데 축음기라도 있어야 그나마 덜 지겹지." 조제프가 축음기를 두고 말하면 어머니는 거짓말이라고 했다. 조제프는 여자들과 잤다. 람에서 남자와 잘 나이가 된 모든 백인 여자와 잤고, 람과 캄 사이 평야의 예쁜 원주민 여자들과 잤다. 마차에 손님을 태우고 다니던 때는 여자 손님들과 마차 안에서 자기도 했다. "안 그러려고 해도 어쩔 수가 없어요. 난 세상의 모든 여자와 잘 수 있을 것 같아." 조제프의 변명이었다. 하지만 평야의 어떤 여자도, 아무리 아름다운 여자라도 조제프를 축음기 없이 살 수 있게 만들지는 못했다.

"구형이네요. 아주 오래된 모델이에요." 조 씨가 말했다. "내가 축음기를 잘 알거든요. 집에 파리에서 올 때 가져온 전기 축음기도 있어요. 당신은 모르겠지만 난 음악을 무척 좋아해요."

"우리도 좋아해요. 하지만 당신이 가졌다는 전기 축음기는 전기가 들어와야 좋은 거죠. 우리 집엔 전기가 안 들어오기 때문에 그런 게 있든 말든 관심 없어요."

"전기 축음기만 있는 건 아니죠." 조 씨가 모종의 암시가 잔뜩 담긴 표정으로 말했다. "전기 축음기 못지않게 소리가 좋은 것도 여러 개 있답니다."

조 씨는 몹시 들뜬 표정이었다. 이미 쉬잔에게 원피스와 분

갑, 매니큐어, 립스틱, 고급 비누, 미용 크림을 선물했고, 지금까지는 미리 말하지 않고 즉흥적으로 선물을 들고 왔다. 그냥 주머니에서 작은 상자를 꺼내 쉬잔에게 내밀면서 짓궂은 장난처럼 말하곤 했다. "내가 뭘 가져왔는지 맞혀 봐요." 그러면 상자를 받아 든 쉬잔이 열어 보며 말했다. "세상에, 이런 걸." 보통은 그런 식으로 이루어졌다. 하지만 그날은 그렇지 않았다. 뭔가 달랐다.

정말로 달랐다. 축음기들에 대해, 그 축음기들의 다양한 장점에 대해 이야기한 뒤 조 씨는 이따 욕실에 들어가 씻을 때 문을 열어 놔 달라고, 그러면 '라 부아 드 송 메트르'[19] 최신 모델과 파리에서 유행하는 최신곡 레코드판들까지 가져오겠다고 했다. 정말로 저녁에 람으로 가기 전에 늘 그러듯이 쉬잔이 샤워를 하고 있을 때 조 씨가 조심스럽게 욕실 문을 두드렸다.

"문 열어 줘요." 조 씨가 나지막하게 말했다. "손대지 않을게요. 다가가지도 않고. 그냥 보기만 할게요. 제발 열어 줘요."

쉬잔은 움직임을 멈추고 어두운 욕실에서 조 씨가 뒤에 서 있는 문을 노려보았다. 지금껏 아무한테도 벗은 몸을 보여 주지 않았다. 물론 씻고 있을 때 조제프가 발 씻으러 잠시 들어온 적은 있지만 그것은 아주 어릴 때부터 자주 있었던 일이라 특별할 게 없었다. 쉬잔은 조 씨가 보여 달라고 요구하는 자기

---

19) '주인의 목소리'를 뜻하는 His Master's Voice(HMV)의 프랑스어 이름이다. EMI의 전신인 그라모폰 컴퍼니가 프랑시스 바로의 그림을 상표화해 출시했다.

모습을 한참 동안 머리부터 발끝까지 살펴보았다. 놀란 그녀가 대답 대신 빙그레 미소를 지었다.

"그냥 짧게 한 번 보기만 할게요." 다시 조 씨가 속삭이듯 말했다. "조제프와 어머니는 다른 쪽에 있어요. 제발요."

"싫어요." 쉬잔이 들릴락 말락 하게 말했다.

"왜요? 왜 싫다는 거죠? 쉬잔? 온종일 당신 곁에 있다 보니 정말 당신의 몸이 보고 싶어요. 정말 잠깐만 보여 줘요."

쉬잔은 조 씨의 말을 들어줘야 할지 생각하며 가만히 서 있었다. 입에서 싫다는 말이 저절로 나왔다. 거절했다. 우선은, 절대로, 싫었다. 하지만 조 씨가 다시 애원하자 거절이 서서히 뒤집혔고, 벽 속에 가만히 선 쉬잔은 방어를 풀었다. 조 씨는 그녀의 몸을 간절히 보고 싶어 했다. 남자의 욕망이다. 그리고 그녀가, 누구라도 보고 싶어 할 여자가 있었다. 문을 열기만 하면 된다. 아직 어떤 남자도 저 문 뒤에서 그녀를 본 적이 없었다. 하지만 어차피 숨겨 두라고 만들어진 게 아니다. 오히려 보이라고, 그래서 세상으로, 남자가 속한, 저 사람 조 씨가 속한 세상으로 나가라고 만들어졌다. 쉬잔이 막 어두운 욕실 문을 열어 조 씨의 눈길이 뚫고 들어오게, 마침내 이 신비가 환히 펼쳐지게 하려는 순간에 조 씨가 축음기 얘기를 꺼냈다.

"내일 축음기를 가져올게요. 당장 내일 가져올 수 있어요. 멋진 '부아 드 송 메트르'를 줄게요. 나의 쉬잔, 딱 일 초만 열어 봐요. 그러면 축음기는 당신 게 돼요."

쉬잔이 문을 열려는데, 마음대로 보라고 세상에 자기를 바치려는데 바로 그 순간에 세상이 그녀에게 매음을 시킨 것이다. 쉬잔이 손을 문고리에 얹은 채로 동작을 멈추었다.

"당신은 쓰레기야." 쉬잔이 나지막하게 말했다. "조제프 말이 맞았어. 당신은 쓰레기야."

저 남자의 얼굴에 침을 뱉으리라. 쉬잔은 입을 벌렸지만 침이 입 밖으로 나오지 않았다. 필요 없는 일이다. 무너진 제방처럼, 죽어 버린 말처럼 저 남자 역시 불운일 뿐이다. 아무도 아니고, 그저 불운이었다.

"보려면 봐요!" 쉬잔이 말했다. "내 벗은 몸으로 당신을 엿먹일 테야." 쉬잔이 말했다.

"내 B. 12로 그 작자를 엿 먹이고 말지!" 조제프가 레옹 볼레 옆을 지나갈 때마다 타이어를 발로 차면서 하는 말이었다. 조 씨는 문틀을 붙잡고 서서 쉬잔을 바라보았다. 얼굴이 벌겋게 달아올랐고, 마치 한 대 얻어맞아 곧 쓰러질 사람처럼 숨을 쉬지 못했다. 쉬잔이 문을 닫았다. 잠깐 동안 조 씨는 닫힌 문 앞에 멍하니 서 있었다. 잠시 후 그가 거실로 돌아가는 소리가 들렸다. 쉬잔은 재빨리 옷을 입었고, 그날 이후에도 볼 자격 없는 조 씨의 눈길에 하릴없이 몸을 내어 주고 나면 늘 그렇게 재빨리 옷을 입었다.

조 씨는 스스로 가장 확실한 품위로 꼽는 '내뱉은 말은 꼭 지킨다.'라는 원칙에 따라 이튿날 곧바로 축음기를 가져왔다.

쉬잔은 그가 걸어오는, 정확히는 그의 팔에 안긴 커다란 종이 상자가 다가오는 모습을 보았다. 축음기였다. 안락의자에 앉은 쉬잔은 자신이 촉발한 사건이 정말로 일어나서 놀라움을 몰고 오는 광경 앞에서 은밀하고 신성하기까지 한 기쁨을 맛보았다. 혼자만 상자를 보는 게 아니라 어머니와 조제프도 보고 있었다. 두 사람은 조 씨가 상자를 안고 방갈로로 이어진 길을 걸어오는 내내 쳐다보았고, 그가 방갈로에 들어가 버린 뒤에도 상자 안에 뭐가 들었는지 알려 줄 아주 작은 징표라도 얻을까 싶어 계속 문을 쳐다보았다. 어머니든 조제프든 상자의 내용물을 알기 위해 움직일 리는 없었다. 특히 조제프는 설사 상자가 자동차만 하다 해도 절대 아니다. 조 씨가 주는, 혹은 가져오는, 혹은 그냥 보여 주는 물건에 어머니와 조제프가 호기심을 드러내는 일은 일어날 리 없었다. 사실 지금까지 조 씨가 가져온 물건들은 그리 크지 않아서 주머니나 손 안에 들어 있었다. 조제프는 이번 것은 상자 크기로 볼 때 지금까지와 달리 모두를 위한 물건일 확률이 크다고 생각할 것이다. 기억하는 바로 지금껏 어떤 방식으로든 방갈로에 그들이 쓸 것으로 저 정도 크기의 물건이 온 적은 없었다. 맹그로브 통나무가 왔고, 이따금 토지국이나 은행에서 편지가 오고, 그리고 아고스티가 온 게 전부였다. 지난 육 년 동안 누구도, 그 어떤 새로운 혹은 새것인 물건도 오지 않았다. 저것은 조 씨가 들고 왔다 해도 조 씨보다 먼 곳에서, 어느 도시에서, 어느 상점에서 왔고, 새것이고, 그들만을 위한 것이었다. 그렇다 해도 조제프와 어머니는 곧장 방갈로로 올라갈 수 없었다. 조금 전 조 씨가 평소와 달리 일사병 걱정도 없이 모자를 벗고서 자신감 있는 목소리로 크게 인사를 건네며 지나갔지만 그것만으로 그들이 지금껏 유지해 온 신중함을 버릴 수는 없었다.

조 씨는 숨을 헐떡이며 쉬잔에게 다가가 상자를 거실 테이블에 내려놓고 안도의 한숨을 내쉬었다. 물건이 무거운 것이다. 쉬잔은 일어서지 않고 조 씨가 들고 온 상자를 계속 쳐다보았다. 정작 조 씨는 밖에서 지켜보는 어머니와 조제프뿐 아니라 쉬잔에게도 내용물을 알려 주지 않는 즐거움을 양껏 누리지 못했다.

"무겁네요. 축음기예요." 그가 말했다. 그리고 승리를 굳히기 위해 덧붙였다. "난 내가 한 약속은 꼭 지키죠. 당신이 날 제대로 알게 되었으면 해요." 자기 입으로 말해 주지 않으면 쉬잔이 미처 생각하지 못하리라 여긴 것이다.

한쪽으로 축음기가, 그러니까 테이블 위에 축음기가 있었다. 방갈로 안이었다. 다른 쪽, 열린 문틈으로 보이는 바깥으로 마치 철책 너머를 갈망하는 죄수들처럼 보고 싶은 갈증에 시달리는 어머니와 조제프가 있었다. 축음기가 테이블 위에 놓인 것은 쉬잔 덕분이었다. 아주 잠시 동안 조 씨의 병들고 추한 눈길이 자신의 몸을 파고들 수 있도록 욕실 문을 열어 준 덕분에 지금 축음기가 테이블에 놓였다. 축음기는 완벽하게 건강했고, 완벽하게 아름다웠다. 쉬잔은 스스로 축음기를 가질 자격이 있다고, 그리고 저 축음기를 조제프에게 줄 자격이 있다고 생각했다. 축음기류의 물건은 조제프의 것이 되는 게 당연했다. 자기는 혼자만의 능력으로 조 씨에게서 축음기를 얻어낸 것으로 충분했다.

조 씨는 전율하면서 의기양양하게 상자에 다가섰다. 그 순간 쉬잔이 벌떡 일어서서 가만히 있으라고 손짓했다. 조 씨는 당황해서 두 팔을 늘어뜨린 채 쉬잔을 바라보았다.

"어머니와 조제프를 기다려야 해요." 쉬잔이 말했다.

상자를 조제프가 보는 앞에서 열어야 했다. 조제프가 없는 자리에서 축음기가 모습을 드러내다니, 미지 상태를 벗어나다니 있을 수 없는 일이다. 하지만 그것을 조 씨에게 설명하는 일은 조제프가 어떤 사람인지 설명하는 것만큼 어려웠다.

조 씨는 다시 자리에 앉아 열심히 생각했다. 너무 열심히 생각한 탓에 이마에 주름이 잡히고 눈이 커졌다. 잠시 후 그가 혀를 차면서 입을 열었다.

"난 운이 없군요."

조 씨는 쉽게 낙담했다.

"물에 침 한 번 뱉는 것만큼 아무 표가 안 나요. 어떤 것도, 아무리 세심하게 배려한 것도 당신의 마음을 움직이지 못하죠. 당신이 어떤 유형의 남자를 좋아하는지 알겠지만……."

아! 축음기를 보면 조제프가 어떤 표정을 지을까. 조제프와 어머니가 곧 방갈로로 올라오리라. 아마도 축음기 때문인지 오늘 조 씨는 다른 날보다 늦게 왔고, 어머니와 조제프가 상자의 내용물을 더는 모를 수 없는 시간까지 얼마 남지 않았다. 정작 조 씨는 축음기를 쉬잔에게 준 바로 그 순간부터 이미 줘 버렸기 때문에 더는 존재하지 않는 사람이 되었다. 혹시라도 자동차와 작잠견 양복과 운전사가 사라진다면 아마 그는 안에 아무것도 놓여 있지 않은 빈 유리 진열장처럼 완벽하게 투명한 존재가 될 터였다.

"내가 어떤 유형의 남자를 좋아하는데요?" 쉬잔이 물었다.

"아고스티 같은, 그리고…… 조제프 같은 남자겠죠." 조 씨가 머뭇거리며 말했다.

쉬잔이 조 씨를 향해 환한 미소를 지어 보였고, 축음기의 힘으로 용기를 낸 조 씨가 이번에는 그 미소를 견뎌 냈다.

"그래요! 맞아요, 조제프 같은 남자죠." 조 씨가 용기 내어 말했다.

"당신이 축음기를 열 번을 가져다준다 해도 달라지지 않을 거예요."

낙담한 조 씨가 고개를 숙였다.

"난 정말 운이 없어요. 당신이 지금 이 축음기 때문에 나한테 심술을 부리고 있잖아요."

조제프와 어머니가 방갈로로 다가오고 있었다. 체면을 구기고 나서 침묵을 이어 가던 조 씨는 미처 보지 못했다.

"저기 오네요." 쉬잔이 말했다.

쉬잔이 일어서서 조 씨에게 다가갔다.

"인상 좀 펴요."

조 씨는 겨우 그 정도 말에도 다시 용기를 낼 수 있었다. 그는 일어서서 쉬잔을 끌어당긴 뒤 힘껏 껴안았다.

"당신이 좋아 미치겠어요. 나도 내가 왜 이러는지 모르겠어요. 이런 느낌은 처음이에요." 그가 침울한 목소리로 말했다.

"어머니와 조제프가 들어오면 절대 먼저 말하지 말아요."

쉬잔은 조 씨의 두 팔에서 기계적으로 몸을 뺐다. 조제프를 향한, 다가오는 순간을 향한 미소는 거두지 않았다.

"당신의 벗은 몸을 보고 나서 어젯밤에 한숨도 못 잤어요."

"어머니와 조제프가 상자 안에 뭐가 들었냐고 묻거든 내가 말하게 당신은 가만있어요."

조 씨는 다시 낙심했다.

"당신한테 난 정말 아무것도 아니군요. 매일 점점 더 그렇게 느껴져요."

조제프와 어머니가 방갈로 계단을 올라왔고, 조제프가 앞장서서 거실로 들어왔다. 둘 다 먼지를 뒤집어쓰고 땀투성이에 발은 말라붙은 진흙 범벅이었다.

"잘 지냈죠?" 어머니가 인사를 했다.

"네, 감사합니다. 다 괜찮으시죠?" 조 씨가 말했다.

자리에서 일어나고, 마음속으로 증오하는 어머니에게 고개 숙여 인사하고, 조 씨는 이 모든 걸 해낼 줄 알았고, 아주 잘 해냈다.

"그래야죠. 이번엔 바나나나무를 기르기로 했어요. 우리가 좀 더 버틸 수 있게 해 주겠죠."

조 씨는 조제프에게 한두 걸음 다가가다가 역시나 기권해 버렸다. 조제프는 절대 조 씨와 인사를 나누려 하지 않았다. 계속 청해도 소용없었다.

어머니와 조제프가 테이블 위에 놓인 상자를 못 봤을 리 없었다. 그럴 수는 없었다. 하지만 딱히 상자를 봤다고 말할 수도 없었다. 다만 두 사람이 일부러 상자를 안 보려고 애쓰고 너무 가까이 가지 않기 위해서 테이블을 피해 돌아가는 것 같았다. 마치 아무것도 안 보이는 듯했다. 또 한 가지, 어머니가 오늘 저녁은 소리도 지르지 않고 피곤하다고 불평도 하지 않았다. 오히려 기분 좋게 피로를 버텨 냈고, 얼굴에 미소 같은 게 번졌다.

조제프는 식당을 지나 욕실로 갔다. 어머니는 알코올램프에 불을 붙인 뒤 하사를 찾았다. 고함을 질러 봐야 소용없었고, 어머니도 차라리 하사의 아내를 불러 남편에게 알리도록 하는 편이 낫다는 사실을 알고 있었다. 하사의 아내는 어디에 있든 매번 쏜살같이 남편에게 달려가 등을 쳐서 불렀다. 이 시각이면 하사는 늘 방갈로 앞마당에 웅크려 앉아 있었다. 드디어 허락된 휴식을 즐기며 그날의 두 번째 버스가 지나가기를 경건하게 기다렸다. 하사는 틈이 날 때마다 도로를 쳐다보았다. 주인 식구가 람에 가고 없을 때면 한 시간 동안도 그렇게 앉아서 시속 60킬로미터 속도의 버스가 소리 없이 숲에서 등장하는 순간을 기다렸다.

"하사가 점점 더 못 듣네. 귀가 아예 안 들려." 어머니가 말했다.

식품 창고에 갔다가 식당으로 돌아온 어머니는 여전히 눈을 내리깔고 있었다. 하지만 테이블 위에 놓인 상자는 방갈로 안의 그 어떤 것보다 눈에 잘 띄었다.

"귀도 안 들리는 사람을 데리고 계신다는 게 저로서도 늘 놀라웠습니다. 이곳 평야에 하인으로 쓸 사람이 충분할 텐데요." 조 씨가 평범한 대화조로 말했다.

평소에는 이 시각에 조제프와 어머니가 방갈로로 돌아오면

다 같이 람에 가는 날이라면 모를까 조 씨는 곧바로 방갈로를 떠났다. 그런데 오늘 저녁 그는 방갈로 문에 기대서서 자기가 주인공이 될 축음기의 시간을 기다리며 버텼다.

"당연히 많이 있죠. 하지만 처음 왔을 때 보니까 얼마나 많이 얻어맞았던지 놀랐어요. 그 다리 때문에 내 남은 인생 동안 먹여 살려 주겠다고 다짐했죠." 어머니가 말했다.

이제 그만 어머니와 조제프에게 상자의 내용물을 알려 주어야 했다. 그러지 않으면 일이 틀어질지도 몰랐다. 조제프가 달아오른 호기심을 더는 버티지 못하고 등나무 테이블을 걸어찬 뒤 B. 12를 몰고 혼자 람으로 가 버릴지 몰랐다. 하지만 조제프가 흥분을 주체하지 못하고 난리 치는 일에 어느 정도 익숙한 쉬잔은 여전히 안락의자에 앉아 아무 말도 하지 않았다. 방갈로로 올라온 하사는 상자를 발견하고 한참 동안 쳐다보더니 쌀밥을 테이블에 내려놓은 뒤 식기를 챙기기 시작했다. 하사가 식탁 준비를 마치자 어머니는 왜-아직까지-여기-이러고-있는-거야 하는 표정으로 조 씨를 쳐다보았다. 람으로 돌아갈 시간이 지났는데 조 씨는 알아차리지 못하는 것 같았다.

"괜찮으면 저녁 먹고 가요." 어머니가 조 씨에게 말했다.

원래 어머니는 그렇게까지 친절하지 않았다. 굳이 저녁을 먹고 가라고 권한 것은 겉으로 드러내진 않았지만 조제프와 쉬잔의 괴로움을 연장시키려는 의도였다. 어머니에게는 다 꺼지지 않은 젊음의 불씨가 남아 여전히 장난기가 불쑥 솟아오르곤 했다.

"감사합니다. 기꺼이 먹겠습니다." 조 씨가 말했다.

"먹을 만한 게 없어요." 쉬잔이 말했다. "미리 말해 두는데 늘 지긋지긋한 물떼새뿐이에요."

"절 잘 모르는군요." 조 씨가 이번에는 심술이 살짝 섞인 말투로 대답했다. "전 입맛이 까다롭지 않습니다."

욕실에서 나온 조제프가 왜-아직까지-여기-이러고-있는-거야 하는 표정으로 조 씨를 쳐다보았다. 이어 테이블에 접시가 네 개 놓여 있는 것을 보고는 이미 정해진 일임을 알아차렸고, 어찌 됐든 밥은 먹어야겠다는 생각에 자리에 앉았다. 하사가 다시 올라와서 아세틸렌등을 밝혔다. 이제 그들은 밤의 어둠에 둘러싸였고, 테이블 위의 상자와 함께 방갈로에 갇혔다.

"젠장, 배고파." 조제프가 말했다. "또 그놈의 지긋지긋한 물떼새예요?"

"앉아요." 어머니가 조 씨에게 말했다.

조제프는 어느새 식탁에 앉아 있었다. 조 씨는 조제프가 앞에 있을 때면 늘 그러듯이 담배를 뻑뻑 빨아 댔다. 그는 이유없이 조제프가 두려웠다. 본능적으로 조제프 맞은편 자리에 앉았다. 어머니가 그에게 물떼새 고기 한 조각을 덜어 준 뒤아마도 아들의 비위를 맞추기 위해 상냥하게 말했다.

"네가 이 새들을 사냥해 오지 않으면 뭘 먹고 살지 막막하구나." 이어 조 씨를 쳐다보며 덧붙였다. "비린내가 조금 나기는 하지만 그래도 맛이 괜찮고 영양가도 좋아요."

"영양가는 있을 거예요. 맛이 형편없어서 그렇지." 쉬잔이 말했다.

자식들이 식사할 때면 어머니는 너그러워졌고 잘 참았다.

"저녁마다 똑같네요. 아이들은 늘 불평하죠."

그들은 등나무 테이블 위에 터지지 않은 폭탄처럼 아직 건드리지 않은 채로 놓여 있는 상자와 식탁에 놓인 물떼새 사이에 마치 무슨 은밀한 관련이 있기라도 한 듯 계속 물떼새 이야기를 했다. 조제프는 평소보다 더 교양 없이 한입 가득 집어넣고 허겁지겁 씹었다. 사실 그가 삼킨 것은 분노였다.

"맞아요. 저녁마다 똑같아요." 쉬잔이 말했다. "저녁마다 똑같이 물떼새 고기를 먹죠. 다른 건 한 번도 없어요."

그때 어머니가 탈출구를 찾아냈다. 그리고 짓궂은 장난기가 담긴 아름다운 미소를 지으며 말했다.

"사실 드문 일이죠. 이곳 평야에선 어떤 점으로든 새롭다고 할 만한 일이 좀처럼 일어나지 않으니까요."

쉬잔이 미소를 지었다. 조제프는 아직 알아들은 내색을 하지 않았다.

"이따금 생기기도 하죠." 쉬잔이 말했다.

처음 식탁에 앉을 때만 해도 난생처음 보는 음식 앞에서 파리 사람 같은 태도로 맛을 보던 조 씨는 어머니의 말을 알아듣고 난 뒤에 기분이 좋아져 한입 가득 넣고 먹기 시작했다.

"저거 축음기야." 쉬잔이 불쑥 내뱉었다.

조제프의 손놀림이 멎었다. 반쯤 치켜올린 눈까풀 아래 두 눈이 반짝였다. 쉬잔과 어머니, 심지어 조 씨까지 모두의 눈길이 조제프를 향했다.

"우리도 축음기 있잖아." 조제프가 말했다.

"제가 가져온 게, 뭐라고 해야 할까요, 더 신식입니다." 조 씨가 말했다.

쉬잔이 일어서서 상자에 다가갔다. 그리고 종이테이프를 뜯고 상자를 열어서 축음기를 꺼낸 뒤 조심스럽게 식탁으로 들고 왔다. 화강암처럼 오돌토돌한 검은색 케이스에 크롬 손잡이가 달려 있었다. 조제프는 이미 식사를 마쳤다. 그는 담배를 피웠고, 쉬잔이 축음기를 만지는 동안 홀린 듯한 표정으로 바라보았다. 어머니는 조금 실망했다. 축음기는 사냥과 함께 조제프가 안기는 재앙이었다. 쉬잔이 뚜껑을 열자 축음기 내부가 드러났다. 초록색 나사 천이 깔린 플레이트, 크롬 금속으로 만든 톤 암이 눈부시게 아름다웠다. 뚜껑 안쪽에 붙은 동판에는 폭스테리어 한 마리가 자기보다 세 배는 큰 축음기의 나팔 앞에 앉아 있고, 그 아래 '라 부아 드 송 메트르'라고 쓰여 있었다. 눈을 치켜뜬 조제프가 전문가연하는 태도로 작은 동판을 살피고, 이어 크롬 톤암을 움직여 보았다. 축음기를 직접 눈으로 보고 만져 본 조제프는 다른 모든 것을 잊었다. 쉬잔도, 조 씨도, 축음기가 조 씨에게서 왔다는 사실도, 그들이 지금 자기가 행복해하는 모습을 즐기고 있다는 사실도, 그리고 아마도 새 축음기 앞에서 절대 놀라지 않기로 한 다짐까지 다 잊었다. 조제프는 몽유병 환자처럼 멍하니 태엽을 감았고, 크롬 톤암에 니들을 끼워 작동시켰고, 멈췄다 작동시켰다 했다. 쉬잔은 상자가 놓인 거실 테이블로 가서 레코드판 봉투를 꺼내 왔다. 「싱가포르에서 하룻밤」이라는 노래 빼고는 전부 영어로 된 것이었다. 조제프는 하나씩 전부 살펴보았다.

"멍청한 노래들밖에 없네. 그래도 괜찮아." 조제프가 나지막하게 말했다.

"파리에서 유행하는 최신곡들로 고른 겁니다." 조 씨가 조심스럽게 말했다. 흥분한 조제프 앞에서, 조제프가 그러거나 말거나 신경 쓰지 않는 어머니와 쉬잔 앞에서 조 씨는 모든 게 당황스러웠다. 조제프는 더 우기지 않았다. 그는 축음기를 들고 거실로 가서 테이블에 내려놓고는 그 옆에 앉았다. 그리고 초록색 나사 천이 깔린 플레이트에 음반 하나를 올려놓고 바늘을 얹었다. 목소리가 흘러나왔다. 모두 말없이 지켜보는 가운데 이상하고 경망스럽고 거의 외설스러운 노래가 흘러나왔다.

하룻밤, 싱가포르에서
　　하룻밤,
　　사랑의 밤.
하룻밤, 종려나무 아래서
　　여름날의
　　하룻밤.

노래가 끝났을 때는 얼음이 이미 녹아 버렸다. 조제프가 큰 소리로 웃었고, 쉬잔도 함께 웃었다. 심지어 어머니도 "멋지구나." 하며 좋아했다. 조 씨의 마음속에는 이 가족이 더는 자기를 무시하지 않기를 바라는 기대가 부풀어 올랐다. 그는 마침내 자신이 은인으로 받아들여지기를 기대하며 한 명씩 쳐다보았다. 헛일이었다. 셋 중 어느 누구도 축음기와 그것을 준 사람을 연관 짓지 않았다. 조제프는 「싱가포르에서 하룻밤」
에 이어 다른 음반들도 하나씩 틀어 보았다. 그가 내내 무심
한 표정인 것은 영어를 모르기 때문이었다. 사실 그날 저녁의
조제프를 보노라면 정말로 음악을 좋아하는지 말하기 어려웠
다. 어쩌면 그의 관심은 오로지 축음기를 어떻게 조작하는지,
혹은 축음기가 제대로 작동하는지 이런 것들이었다.

조 씨는 결국 돌아갔다. 그가 떠나고 나자 어머니는 쉬잔에
게 축음기 가격이 얼마인지 아느냐고 물었다. 쉬잔은 깜박하
고 조 씨에게 못 물어봤다고 했다. 조금 실망한 어머니는 늘
하던 대로 조제프에게 이제 그만 끄라고 했다. 하지만 그날 저
녁에 그런 요구는 조제프에게 숨 쉬지 말라는 말과 다르지 않
았다. 어머니는 더 강요하지 않고 방으로 들어가 버렸다. 곧
조제프가 쉬잔에게 말했다. "우리 「라모나」 듣자." 그는 가장
소중한 「라모나」를 포함해서 오래전부터 가지고 있던 레코드
판들을 들고 나왔다.

라모나, 난 멋진 꿈을 꾸었어요.
라모나, 우리 둘이 함께 떠났죠.
우리 같이
천천히 걸었죠.
질투의 눈길들로부터 멀리 갔어요.
우리 아닌 연인들은 아무도 알지 못할
감미로운 밤들을 함께 보냈죠.

조제프도 쉬잔도 「라모나」를 곡조만 흥얼거렸지 가사로 불러 본 적은 없었다. 「라모나」는 그들이 이제껏 들어 본 모든 노래 중에 가장 아름답고 가장 감동적인 노래였다. 「라모나」가 흘러나오면 달콤한 꿀이 흐르는 것 같았다. 조 씨 말로는 파리에서는 「라모나」의 유행이 이미 몇 년 전에 끝났다지만 그래도 상관없었다. 조제프가 「라모나」를 틀어 놓으면 그 순간 모든 게 더 분명해졌고 더 진짜가 되었다. 그러니까 그 노래를 좋아하지 않는 어머니는 더 늙어 보였고, 쉬잔과 조제프에게는 자신들의 젊음이 마치 새가 새장을 두드리듯 관자놀이를 두드리는 소리가 들렸다. 조제프는 어쩌다 어머니가 너무 많이 악을 쓰지 않아 냇물에서 서둘러 나오지 않아도 될 때면 「라모나」를 휘파람으로 불었다. 쉬잔은 언젠가 그들이 이곳 평야를 떠나게 될 때 「라모나」를 휘파람으로 불며 가리라 생각했다. 그들에게 「라모나」는 미래를, 출발을, 인내의 끝을 기리는 노래였다. 그들은 스러져 가는, 전설 같은, 사랑으로 가득 찬 도시들이 안기는 아찔한 현혹에서 태어난 「라모나」가, 그 현혹을 위해 만들어졌고 그 현혹 속에서 노래 불리는 「라모나」가 좋았다. 조제프에게 「라모나」는 도시의 여자들을 향한, 평야의 여자들과 완전히 달라서 어떤 모습인지 잘 상상할 수도 없는 여자들을 향한 욕망을 깨웠다. 바르 영감의 바에도 조제프의 것보다 상태가 더 좋은 「라모나」 음반이 있었다. 언젠가 아고스티가 갑자기 쉬잔을 바에서 데리고 나가 항구로 간 것도 「라모나」에 맞춰 춤을 춘 뒤였다. 그는 쉬잔에게 아름다운 아가씨가 되었다고 말하고 입을 맞추었다. "나도 왜 이러는지 모르겠어. 갑자기 너와 키스를 하고 싶어." 그날 아고스티는 쉬잔을 방갈로까지 데려다주었다. 조제프는 야릇한 표정으로 쉬잔을 바라보다가 슬픔과 이해심이 뒤섞인 표정으로 미소를 지었다. 이후 아고스티는 그날 일을 잊은 것 같았다. 쉬잔 역시 별로 떠올리지 않았지만, 그래도 「라모나」 곡조에는 계속 그날 일이 이어져 있었다. 조제프가 「라모나」를 틀 때마다 그 선율에는 장 아고스티의 입맞춤이 실려 있었다.

곡이 끝나자 쉬잔이 물었다.

"이 축음기 어때?"

"멋져. 태엽도 부드럽게 돌아가네."

그리고 잠시 후.

"네가 달라고 했어?"

"난 아무 말도 안 했어."

"그런데 줬다고…… 그냥?"

쉬잔은 한순간도 망설이지 않았다.

"그냥 줬어."

조제프는 소리 없이 웃었다.

"멍청한 놈이네. 어쨌든 축음기는 아주 멋져."

조 씨가 축음기를 가져오고 얼마 지나지 않은 어느 날 저녁
람에서 조제프는 그에게 말하기로 했다.

　조 씨는 후추와 라텍스 선적을 관리해야 한다는 핑계로 평
야에 좀 더 머물고 있었다. 람의 회관에 방 하나를 잡아 두고
캄에도 하나 더 구해 놓고서 아마도 아버지의 감시를 피하기
위해 두 곳을 오가며 지냈다. 이따금 도시에 가기도 했지만
하루나 이틀 이상 묵지 않았다. 그리고 매일 오후 쉬잔을 찾
아왔다. 그는 자신의 재력이 쉬잔에게 효력을 발휘하길 기대
했지만 실망하기 시작했고, 어쩌면 그 실망 덕분에 쉬잔에게
진지하게 끌리기 시작했다. 어머니와 조제프가 경계할수록 조
씨의 감정은 고조되기만 했고, 스스로도 곧 그것이 깊은 감정
임을 알게 되었다.

조 씨가 처음에 단순하게 내세운 이유는 람에 가서 춤추고 즐기자는 것이었다.

"여러분을 모시고 바람 쐬러 가고 싶습니다." 그가 씩씩하게 말했다.

"바람은 여기도 충분한데." 조제프가 대답했다. "비만큼이나 많지."

하지만 곧 늦은 오후가 되면 람에 가서 놀고 오는 게 습관이 되었다. 너무도 자연스러운 일과가 되어 버리면서 조 씨가 가자고 청할 필요도 없었다. 몇 시에 출발할지 정하는 것은 보통 쉬잔이었다. 조제프는 그다지 내키지 않았지만 그래도 같이 갔다. 우선 B. 12로 한 시간 걸리는 거리가 레옹 볼레로는 삼십 분이면 가능했으니 그것만으로도 충분한 이유가 되었고, 하물며 조 씨가 내는 돈으로 술 마시고 때로 저녁 식사까지 하는 걸 굳이 마다할 이유가 없었다. 심지어 조제프는 사람들이 왜 술 마시기를 좋아하는지 알게 되었다.

그러나 조 씨가 자꾸만 람에 가려 하는 것은 매번 쉬잔 식구들이 선물을 기다리듯 그에게서 기다리는 이야기를 피하기 위해서라는 사실을 모르는 사람은 없었다. 람으로의 외출은 곧 싫증과 분노의 분위기로 바뀌었고, 조 씨의 친절과 너그러움도 더는 그 분위기를 누그러뜨리지 못했다. 그들이, 특히 조제프가 술에 취해 조 씨의 존재를 잊게 될 즈음에야 비로소 견딜 만해졌다. 당연히 셋 모두 샴페인을 별로 마셔 볼 수 없었던 형편이었기에 원하는 효과는 금방 나타났다. 심지어 술이라면 질색을 하던 어머니도 마셨다. 어머니는 '수치심을 술

속에 빠뜨리기' 위해서 마신다고 했다.

"샴페인이 두 잔 들어가고 나면 내가 왜 람에 와 있는지도 생각이 안 나는구나. 저 사람이 아니라 내가 속임수를 쓰고 있는 기분이야."

조 씨는 많이 마시지 않았다. 자기 말로는 전에 많이 마셨고, 이제는 마셔도 거의 취하지 않는다고 했다. 마셔 봐야 쉬잔에 대해 더욱 우울한 열정에 휩싸일 뿐이었다. 조 씨는 쉬잔과 춤추는 동안 이따금 침울한 표정으로 그녀를 바라보았다. 바 안에 흥미를 끄는 다른 게 없을 땐 심지어 조제프도 가끔 그의 얼굴을 흥미롭게 살필 정도였다.

"자기가 루돌프 발렌티노[20]라도 되는 줄 아나 보네?" 조제프가 말했다. "그래 봐야 송아지 꼬락서닌데."

어머니는 아들의 표현이 마음에 들어서 환하게 웃었다. 플로어에서 춤을 추던 쉬잔은 어머니와 조제프가 왜 웃는지 궁금했다. 하지만 조 씨는 궁금하지 않았다. 정확히 말하자면 이 사람들이 왜 갑자기 신이 났는지 이유를 찾을 엄두조차 내지 못했다.

"송아지가 얼마나 예쁜데 그러니……." 어머니가 맞장구를 쳤다.

이런 날에 조제프가 사용하는 비유들은 그 취향이 의심스러울 만했지만 어머니는 상관하지 않았다. 어머니 눈에는 완

---

20) Rudolph Vallentino(1895~1926). 이탈리아 태생의 미국 영화배우. 아름다운 외모로 20세기 초 할리우드에서 큰 인기를 끌었다.

벽한 비유로 보였다. 환멸이 절정에 이르면 어머니는 다 떨쳐 내려 잔을 들어 올렸다.

"자, 일단……." 어머니가 말했다.

"물론이죠." 조제프가 맞장구치며 웃음을 터트렸다.

"우리를 위해 건배하나 봐요." 조 씨와 춤을 추면서 쉬잔이 말했다.

"그럴 리가요." 조 씨가 대답했다. "우리가 있을 땐 한 번도 그런 적이 없었는데……."

"쑥스러워서 못 하는 거죠." 쉬잔이 미소 지으며 말했다.

"당신 미소는 넋을 빼앗아 버리는군요." 조 씨가 아주 작은 소리로 말했다.

"자, 일단……." 어머니가 다시 말했다. "내 평생에 샴페인을 이렇게 많이 마신 적이 없구나."

조제프는 천박한 즐거움에 한껏 젖은 어머니가 보기 좋았다. 오직 조제프만이 만들 수 있는 모습이었다. 조제프는 저녁 내내 지겨워질 때마다, 심지어 조 씨가 함께 앉아 있을 때에도, 그럴 땐 조금 덜 직접적이지만 어쨌든 그런 식의 우스갯소리를 했다. 예를 들어 조 씨가 춤추러 나가지 않고 쉬잔을 바라보면서 나지막한 목소리로 적당히 중의적이라 여겨지는 노래들을 흥얼거릴 때 그랬다. 파리여, 그대를 사랑해, 그대를 사랑해, 그대를 사랑해……. 조 씨가 흥얼거리는 동안 조제프는 머릿속으로 송아지가 노래 부르는 모습을 상상하며 그대로 따라 했다. 그대를 사랑해, 그대를 사랑해……. 그러면 모두가 웃었다. 조 씨만은 미소를, 너무도 힘겹게, 그냥 미소를 지어 보였다.

보통은 춤추고 마셔 대느라 조제프가 조 씨에게 신경 쓰는 일이 별로 없었다. 때로는 아고스티와 잡담을 했고, 선창으로 가서 우편선에 짐 싣는 광경을 바라보기도 했다. 해변에 가서 수영도 했다. 그럴 때는 미리 알렸고, 쉬잔과 어머니도 따라 나섰다. 다시 그 뒤를 조 씨가 멀찌감치 따라갔다. 술을 과하게 마신 날이면 조제프는 해변에서 제일 가까운 3킬로미터 떨어진 섬까지 헤엄쳐 가겠다고 했다. 술기운 없이는 절대 엄두를 못 낼 계획이었지만 조제프는 자기가 해낼 수 있다고 믿었다. 그러나 정말로 그랬다가는 섬 가까이도 못 가고 바닷물에 빠져 버리고 말 터였다. 다행히 어머니가 고함을 질러 댔다. 조 씨에게 당장 레옹 볼레에 시동을 걸라고 했다. 조제프가 문제의 계획을 잊어버리도록 만들 수 있는 것은 오로지 부르릉대는 모터 소리뿐이었다. 조 씨로서는 자기를 못 잡아먹어 안달인 조제프의 계획이 그리 싫지 않아서 어머니 말에 마지못해 따르는 기색이 역력했다.

조제프가 조 씨에게 쉬잔 이야기를 꺼낸 것은 그런 식으로 람의 바에서 보내던 어느 날 저녁이었다. 그날 조제프는 확실하게 생각을 밝혔다. 그 뒤로는 정말로 조 씨에게 단 한마디도 하지 않았다. 그야말로 완벽하게 그를 무시했다.

그날 쉬잔은 평소처럼 조 씨와 춤을 추고 있었다. 어머니는 슬픈 눈길로 그 모습을 바라보았다. 이따금, 특히 취하지는 않고 샴페인 기운에 조금 몽롱해지기만 한 어머니는 조 씨를 보고 있다 보면 더 슬퍼졌다. 그날은 바에 사람이 꽤 많고 심지어 여자 승객들도 있었는데 조제프는 춤추러 나가지 않았다.

저녁마다 춤추다 보니 지겨워졌을 수도 있고, 아니면 조 씨에게 입장을 밝히겠다는 결심 때문에 춤 생각이 달아났을 수도 있다. 그는 다른 날보다 자유롭게 쉬잔과 춤추는 조 씨를 바라보았다.

"저런 게 낙오자지." 조제프가 불쑥 내뱉었다.

어머니의 의견은 조금 달랐다.

"그런 말은 해서 뭐 하니. 나도 누구 못지않은 낙오자인걸."

어머니의 표정이 더 어두워졌다.

"딸을 저 낙오자와 결혼시키는 게 내가 생각하는 유일한 해결책이라는 게 그 증거지."

"경우가 다르죠. 어머니는 운이 없었을 뿐이에요. 사실 어머니 말이 맞긴 해요. 다르다고 해 봤자 아무 의미 없죠. 중요한 건 저자가 결심하게 만드는 거예요. 지겨워서 더 못 기다리겠어요."

"난 너무 오래 기다렸다." 어머니가 처량하게 말했다. "불하지 때문에 기다렸고, 방조 제방 때문에 기다렸지. 5헥타르 땅의 저당권 하나 때문에만 이 년을 기다렸고."

조제프가 계시를 받은 듯한 얼굴로 어머니를 바라보았다.

"그래요, 우린 기다리기만 했어요. 이제 더는 기다리지 않겠다고 결심하면 돼요. 내가 말할게요."

춤을 마치고 조 씨와 쉬잔이 자리로 돌아오고 있었다. 조 씨가 플로어를 지나는 동안 어머니가 말했다.

"어떨 때 저 사람을 보고 있자면 마치 내 인생을 보는 기분이 든단다. 보기 좋은 인생은 아니지."

조 씨가 자리에 앉자마자 조제프가 시작했다.

"젠장, 돌겠군."

조 씨는 조제프의 말투에 이미 이골이 나 있었다.

"미안합니다. 샴페인 한 병 더 주문하죠."

"그게 아니라 당신 때문에 돌겠다고."

조 씨의 얼굴이 눈까지 벌게졌다.

"조금 전 당신 얘기를 했어요." 어머니가 나섰다. "좀 지친다는 말을 했죠. 이런 식으로 지낸 지 너무 오래됐으니까. 당신이 뭘 원하는지는 분명하고. 아무리 당신이 저녁마다 우리를 람에 데리고 와도 아무도 안 속아요."

"내 동생과 자고 싶어 하면서 한 달 넘게 버티는 게 정상이 아니라는 말도 했죠. 나라면 절대 참지 못했을 텐데." 조제프가 말했다

조 씨가 눈을 내리깔았다. 쉬잔은 조 씨가 일어나서 가 버릴 줄 알았다. 하지만 상상력이 너무 없는 사람이라 그런지 조 씨는 일어설 생각조차 하지 못했다. 조제프는 술을 많이 마시지 않았고, 그보다는 슬픔과 싫증에 허우적대며 말했다. 그동안 조제프가 너무 억눌러 온 감정들을 드러내는 것을 보면서 쉬잔과 어머니는 오히려 안도감을 느꼈다.

"쉬잔에 대해 깊은 감정을 품고 있다는 걸 숨기진 않겠습니다." 조 씨가 나지막한 소리로 대답했다.

사실 조 씨는 매일 쉬잔에게 그녀를 향한 감정에 대해 이야기했다. 만일 저 사람과 결혼한다면 난 아무 감정 없이 하는 거야, 난 감정 같은 거 없어. 쉬잔은 자기 마음이 어느 때보다

도 강렬하게 조제프 곁에 있음을 느꼈다.

"그걸 어떻게 믿죠?" 어머니가 갑자기 조제프를 따라 하듯 거칠게 물었다.

"당신 말이 맞을지도 모르지. 그러거나 말거나 상관은 없지만. 모든 건 당신이 내 동생과 결혼하느냐에 달렸어." 조제프가 말했다.

그러면서 어머니를 가리켰다.

"어머니를 위해서야. 사실 난 당신을 알면 알수록 점점 마음에 안 들거든."

그사이 조 씨는 조금 평정심을 되찾았다. 그는 눈을 내리깔고 고집스레 버텼다. 모두 속을 알 수 없는 그의 얼굴을 바라보았다. 토지국과 은행과 태평양 못지않게 맹목적인, 토지국과 은행과 태평양의 힘 앞에 속수무책이듯 그들이 아무것도 할수 없이 마주하고 있는 큰 재산을 가진 얼굴이었다. 사실 아는 게 거의 없는 조 씨라도 쉬잔과 결혼할 수 없다는 사실만큼은 알고 있었다.

"누군가와 결혼하겠다고 보름 만에 결심할 수는 없어요." 조 씨가 소심하게 대답했다.

조제프가 빙그레 웃었다. 일반적으로는 맞는 말이었다.

"특별한 경우라면 보름 안에 결심할 수 있지. 지금이 그런 경우고."

조 씨는 한순간 눈을 올려 떴다. 그는 조제프의 말을 이해하지 못했다. 조제프가 어떻게든 설명해야 했지만 그러기 너무 어려운 일이었다. 조제프는 설명하지 못했다.

"우리가 부자라면 다르겠죠." 어머니가 나섰다. "부자들은 이 년이라도 기다릴 수 있을 테니까."

"당신이 이해하든 못 하든 상관없고." 조제프가 말했다. "내 말대로 하든지, 아니면 집어치웁시다."

조제프는 잠시 기다렸다가 천천히, 또박또박, 다시 말했다.

"내 동생이 자기가 원하는 사람하고 자겠다는 걸 막을 생각은 없어. 하지만 당신은 내 동생과 자고 싶으면 결혼을 해야 해. 우린 당신 같은 사람들을 이렇게 엿 먹이거든."

조 씨가 다시 고개를 들었다. 노골적일 정도로 솔직한 조제프의 말에 어찌나 놀랐는지 불쾌감을 드러내는 것조차 잊었다. 그 말이 아주 멀게 느껴지기도 했다. 어쩌면 조제프는 자기가 막 찾아낸 말, 그러니까 조금 전 조 씨를 두고 한 말 중에 제일 마지막 말, 그 말을 소리 내어 하고 싶어서 혼잣말을 했을 수도 있다.

"한참 전부터 하려던 말이오." 조제프가 덧붙였다.

"참 가혹한 분들이로군요." 조 씨가 말했다. "오늘 말을 꺼내면서 이렇게까지 하실 줄은……."

그는 거짓말을 하고 있었다. 일주일 전부터 모두가 이런 순간을 예상하고 있었다.

"억지로 결혼하라는 말은 아니에요." 어머니가 타협의 어조로 말했다. "단지 우리 입장을 알리는 거죠."

조 씨는 감내했다. 그의 우직한 모습은 많은 사람을 감동시킬 만했다.

"우리가 축음기며 샴페인이며 다 넙죽 받아 봤자 아무 소용

없지." 조제프가 갑자기 웃음을 터뜨리며 말했다.

어머니가 조 씨를 향해 모호한 연민의 눈길을 보냈다. 그리고 설명하듯 말했다.

"우린 아주 불행한 사람들이랍니다."

마침내 조 씨가 어머니를 향해 눈을 들었다. 그는 이렇게 부당한 운명 앞에서 자기도 설명할 권리가 있다고 생각했다.

"저 역시 한시도 행복해 본 적이 없습니다." 조 씨가 말했다. "항상 하고 싶지 않은 일을 억지로 해야 했죠. 보름 전부터 그나마 하고 싶은 일을 조금 하고 있는데 이렇게……."

조제프는 이미 조 씨에게 신경 쓰지 않았다.

"집에 돌아가기 전에 같이 춤추고 싶어." 그가 쉬잔에게 말했다.

그러더니 바르 영감에게 가서 「라모나」를 틀어 달라고 했다. 조제프와 쉬잔은 춤추러 나갔다. 조제프는 조금 전 조 씨와 나눈 말에 대해 한마디도 하지 않았다. 「라모나」 이야기만 했다.

"돈이 좀 생기면 「라모나」 판을 새로 살 거야."

어머니는 자식들이 춤추는 모습을 테이블에서 바라보았다. 맞은편에 앉은 조 씨는 손가락의 다이아몬드 반지를 뺐다 꼈다 했다.

"저 아이가 거칠게 굴 때가 있죠." 어머니가 말했다. "저 아이 잘못이 아니에요. 제대로 교육을 못 받아서 그래요."

"쉬잔은 저한테 전혀 관심이 없습니다." 조 씨가 나지막하게 말했다. "지금껏 아무런 언질도 없었어요."

"당신이 너무 부자라서……." 어머니가 말했다.

"그건 상관없습니다. 전혀 아니죠."

조 씨는 보기만큼 멍청하지는 않았다.

"저도 그냥 당할 수만은 없습니다." 조 씨가 선언하듯이 말했다.

어머니는 앞에 앉은 남자가 그냥 당하지 않기 위해 맞서야 할 상대들을 바라보았다. 그들은 「라모나」에 맞춰 춤을 추고 있었다. 아름다운 아이들. 어쨌거나 바로 그녀가 저 아름다운 아이들을 만들어 냈다. 아이들은 함께 춤추며 행복해 보였다. 어머니가 보기에 두 아이는 닮았다. 둘은 어깨가 똑같다. 어머니의 어깨 그대로였다. 얼굴색도, 약간 붉은 머리카락도, 가슴도 같고 행복한 오만함이 담긴 눈빛도 같았다.

"쉬잔은 어립니다." 조 씨가 깊은 상심에 짓눌린 어조로 말했다.

"그렇게 많이 어리진 않죠." 어머니가 미소를 지으며 말했다. "내가 당신이라면 결혼할 거예요."

춤이 끝났다. 조제프는 다시 자리에 앉으려 하지 않았다.

"그만 가요." 그가 말했다.

그날 이후 조제프는 다시는 조 씨에게 말을 걸지 않았다.

그들의 관계는 점점 멀어졌다. 실제로 쉬잔 가족은 조 씨에게 전보다 더 자유롭게 말하고 행동했다.

여전히 거실에서, 여전히 어머니의 시선에 감싸인 채로 조 씨는 쉬잔에게 매니큐어 칠하는 법을 가르쳐 주었다. 쉬잔은 맞은편에 앉았다. 축음기 이후에 조 씨가 선물해 준 파란색 실크 원피스 차림이었다. 테이블에는 색이 다른 매니큐어 세 개와 크림 한 통, 그리고 향수가 놓여 있었다.

"살갗을 잘라 놓으니까 아프잖아요." 쉬잔이 투덜댔다.

조 씨는 서둘지 않았다. 아마도 최대한 오래 쉬잔의 손을 잡고 싶었을 것이다. 이미 세 번이나 발라 보았다.

"이 색이 제일 잘 어울리네요." 조 씨가 전문가의 눈길로 자신의 작품을 응시하며 말했다.

쉬잔은 손톱을 보기 위해 한 손을 들어 올렸다. 조 씨가 고른 매니큐어는 오렌지빛이 도는 붉은색으로, 쉬잔의 피부색을 더 짙어 보이게 했다. 쉬잔은 별다른 의견이 없었다. 그녀는 다른 손을 조 씨에게 내밀었고, 조 씨는 그 손을 잡고 손바닥에 입을 맞추었다.

"빨리 해요." 쉬잔이 말했다. "람에 가야 하는데 아직 한쪽 손이 남았잖아요."

열린 문 사이로 조제프가 보였다. 그는 하사를 데리고 방갈로 길 위의 작은 나무다리를 고치고 있었다. 태양이 이글거리는 무더위였다. 이따금 조제프는 누가 봐도 조 씨를 겨냥한 게 분명한 욕설을 퍼부었다. 하지만 그런 대우에 이골이 난 조 씨는 자기 얘기가 아니라는 듯 못 들은 척했다.

"빌어먹을 자식, 망할 놈의 24마력 차! 엿이나 먹어라!"

"맞는 말이잖아요." 쉬잔이 조 씨에게 말했다. "당신 때문에 다리가 망가졌어요. 차를 비포장도로에 세워 둬요." 쉬잔이 말했다.

손톱이 끝나자 조 씨는 발톱을 시작했다. 거의 끝났다. 조 씨가 한쪽 발에 마지막 '수정'을 하는 동안 쉬잔은 나머지 발을 테이블에 올려 매니큐어를 말렸다.

"이제 그만해도 될 것 같아요." 쉬잔이 조 씨가 아무리 더 하고 싶다 한들 그에게는 그럴 권한이 없다는 사실을 잊고서 말했다.

조 씨는 한숨을 내쉬며 쉬잔의 발을 놓아준 뒤 안락의자에 등을 기댔다. 다 끝났다. 그는 살짝 땀을 흘렸다.

"람에 가지 말고 그냥 춤추는 건 어때요?" 조 씨가 물었다. "새 축음기 틀어 놓고 춤출까요?"

"조제프가 손대지 말래요." 쉬잔이 말했다. "춤추기 지겹기도 하고요."

조 씨가 또다시 한숨을 내쉰 뒤 애원하는 표정을 지었다.

"아무리 안 그러려고 해도 자꾸 당신을 껴안고 싶어요……."

"난 누구한테도 안기고 싶지 않아요." 쉬잔이 만족스러운 얼굴로 손과 발을 쳐다보며 말했다.

조 씨가 고개를 숙였다. 그리고 상심한 어조로 말했다.

"난 당신 때문에 너무 힘들어요."

"옷 갈아입고 람에 갈 준비할게요. 당신은 여기 있어요. 당신이 안 보이면 엄마가 나한테 또 고함칠 거예요."

"걱정 말아요." 조 씨가 더없이 슬픈 미소를 지으며 말했다.

쉬잔이 베란다로 나가서 조제프를 불렀다.

"오빠! 람에 가자!"

"내가 간다고 해야 가지!" 어머니가 고함쳤다. "내가 가고 싶어야 가는 거야!"

"저렇게 말해도 좋아서 따라나설 거예요." 쉬잔이 조 씨를 돌아보며 말했다.

조 씨는 이 집 식구들의 언쟁에는 관심이 없었다. 그의 눈길은 실크 원피스 아래 비치는 쉬잔의 다리를 향했다.

"원피스 아래 당신의 맨살이 있는데 난 할 수 있는 게 없어요." 조 씨가 말했다.

조 씨는 깊이 절망한 모습이었다. 그는 담배에 불을 붙였다.

"내가 어떻게 해야 당신이 날 사랑할 수 있을까요? 우리가 결혼한다면 난 끔찍하게 불행해지겠군요."

쉬잔은 옷을 입으러 가다 말고 다시 조 씨 앞에 앉아 호기심 어린 눈빛으로 쳐다보았다. 하지만 곧, 거의 곧바로 그녀의 관심은 조 씨를 떠났다. 눈길은 여전히 조 씨를 향했지만 공허한 눈길이었다. 조 씨는 투명한 존재였고, 짜릿한 돈의 약속을 엿보기 위해 거쳐 가야 하는 얼굴일 뿐이었다.

"우리가 결혼한다면 당신을 가둬 둘까 봐요." 조 씨가 체념한 듯 말했다.

"결혼한다면 나한테 어떤 차를 줄 건데요?"

벌써 서른 번째 묻는 질문이었다. 쉬잔은 이런 종류의 질문에 대해서는 절대 지치지 않았다. 조 씨는 관심 없는 척했다.

"당신이 원하는 걸로 줄게요. 이미 말했잖아요."

"조제프는요?"

"조제프도 차를 줄지 그건 모르겠어요." 조 씨가 서둘러 대답했다. "약속할 수 없어요. 이미 말했잖아요."

쉬잔의 눈길은 아름다운 횡재의 땅을 탐험하기를 멈추고 그 땅 안으로 깊이 들어가지 못하게 가로막는 장애물이 놓인 곳으로 돌아왔다. 얼굴에서 미소가 사라졌다. 그녀의 표정이 너무 달라져서 조 씨는 곧바로 고쳐 말할 수밖에 없었다.

"당신한테 달렸어요. 잘 알잖아요. 당신이 나를 어떻게 대하는지에 달렸다고요."

"그럼 어머니 차를 사 줘요. 그러면 마찬가지니까." 쉬잔이 상대를 설득하려는 부드러운 목소리로 말했다.

"어머니께 차를 사 드릴 생각은 해 본 적 없어요." 조 씨가 절망한 얼굴로 말했다. "난 당신이 생각하는 것만큼 부자가 아니에요."

"어머니는 됐어요. 하지만 조제프한테 차를 안 사 줄 거면 내 차도 필요 없어요. 다 당신 가져요. 결혼은 당신이 원하는 여자와 하고요."

조 씨는 쉬잔이 더는 잔인해지지 않도록 그녀의 손을 잡았다. 거의 애원하는 표정으로 당장이라도 울 것 같았다.

"조제프한테도 차를 줄 거라는 거 당신도 알잖아요. 당신은 자꾸 나를 심술부리게 만들어요."

쉬잔은 조제프 쪽으로 고개를 돌렸다. 나무다리를 다 고치고 이제 비포장도로에서 주워 온 돌멩이들로 기둥을 고이는 중이었다. 조제프는 여전히 분을 삭이지 못한 채로 소리쳤다.

"다음엔 직접 와서 고치라고 해. 망할 자식들, 또 이 꼴로 만들어 놓기만 해 봐. 카뷰레터에 모래를 처넣어 버릴 테니까. 안 그래도 여긴 모래가 지천으로 깔려 있다고."

얼마 전부터 쉬잔은 조제프를 생각할 때마다 가슴이 아팠다. 그나마 자기한테는 조 씨라도 있는데 조제프에게는 아무도 없었다.

"당신 손만 잡아도 더없이 좋아요." 조 씨가 감정에 북받친 목소리로 말했다.

쉬잔은 손을 빼지 않았다. 때로, 예를 들어 그들이 결혼하면 조제프에게 어떤 차를 사 줄지 얘기할 때는 잠시 잡고 있도록 해 주었다.

조 씨는 쉬잔을 쳐다보았고, 그녀의 냄새를 들이마셨고, 그녀를 껴안았다. 그러고 있으면 더할 나위 없이 기분이 좋았다.

"조제프가 내 오빠가 아니었어도 난 자동차를 선물하고 싶을 거예요." 쉬잔이 말했다.

"나 역시 기쁠 겁니다. 내 말 믿어요."

"차를 받으면 조제프는 좋아 미칠 거예요." 쉬잔이 말했다.

"분명히 받을 겁니다. 쉬잔. 그럴 거예요, 내 사랑."

쉬잔이 빙그레 웃었다. 밤중에 조제프가 사냥 나가고 없을 때 차를 방갈로에 가져다 놓자. 카드에 '조제프를 위해'라고 써서 핸들에 매달아 두자.

쉬잔이 기분이 좋아져서 방심하게 만들 수만 있다면 조 씨는 하사한테까지 차를 사 주겠다고 말할 수 있었다. 쉬잔의 손을 잡고 있던 조 씨의 손이 팔꿈치 조금 위까지 올라왔다. 쉬잔이 알아차렸다.

"옷 갈아입고 올게요." 쉬잔이 팔을 빼면서 말했다.

그러고는 일어서서 욕실로 들어갔다. 잠시 후 조 씨가 문을 두드렸다. 축음기 이후로 그는 늘 그렇게 했고, 그녀도 늘 그렇게 했다. 매일 저녁 그랬다.

"문 좀 열어 봐요, 쉬잔. 열어 봐요."

"어머니가 지금 올라오면 좋겠어. 정말 그러면 좋겠어⋯⋯."

"잠시만. 잠시 보기만 할게요⋯⋯."

"조제프라도 올라오면 좋겠어. 조제프는 힘이 세요. 한 번만 걷어차도 사람들을 냇물에 처넣을 수 있다고요."

조 씨의 귀에는 아무 말도 들리지 않았다.

"그냥 아주 잠시만. 딱 한 번만요."

조 씨는 지금 자기가 어떤 위험을 무릅쓰고 있는지 모르지 않았다. 하지만 쉬잔의 몸 위로 떨어지는 물소리를 듣는 동안 조제프에 대한 두려움마저도 그 물소리를 이겨 내지 못했다. 조 씨는 온 힘을 다해 문에 매달렸다.

"당신이 다 벗고 있는데, 다 벗고 있는데……." 조 씨가 잠긴 목소리로 말했다.

"그게 뭐 대단하다고…… 당신이 나 대신 이 안에 들어와 있으면 난 당신을 보고 싶지 않을 거예요."

저 남자, 다이아몬드가 없고 모자가 없고 리무진이 없는 조 씨를, 이를테면 수영복 차림으로 람의 해변을 거니는 조 씨를 떠올리면 쉬잔은 화가 치밀어 올랐다.

"왜 당신은 람에서 한 번도 물에 안 들어가죠?"

조 씨가 조금 침착해지며 문을 밀던 손에서 힘을 조금 뺐다. 그리고 최대한 단호하게 말했다.

"난 바닷물에서 헤엄치면 안 돼요."

쉬잔은 행복한 기분으로 비누칠을 했다. 조 씨가 라벤더 향 비누를 사다 준 뒤로 몸에서 향기가 나는 게 좋아 하루에 두 세 번 샤워를 했다. 라벤더 향기가 쉬잔이 씻는 단계가 어디까 지 왔는지 알려 줌으로써 조 씨에게 더 섬세한 고통을 안겼다.

"왜 바다에서 헤엄치면 안 되죠?"

"난 약한 체질이라 바다에서 헤엄치면 금방 지쳐요. 열어 줘요, 제발, 쉬잔…… 한 번만……."

"거짓말 말아요. 부실한 거면서."

쉬잔은 문에 달라붙어 있을, 결국은 이기리라는 것을 알기 때문에 그녀가 하는 말을 다 참아 내고 있을 조 씨의 모습을 떠올렸다.

"한 번만, 딱 한 번만……."

그녀는 조제프가 람에서 했던 말도 떠올렸다. "내 동생이 자기가 원하는 사람하고 자겠다는 걸 막을 생각은 없어. 하지만 당신은 내 동생과 자고 싶으면 결혼을 해야 해. 우린 당신 같은 사람들을 이렇게 엿 먹이거든."

"조제프 말이 맞아……."

조 씨가 몸으로 문을 밀었다.

"조제프가 뭐라고 말하든지 상관없어요."

"거짓말하지 말아요. 당신은 조제프를 무서워해요. 아예 벌벌 기면서."

조 씨는 다시 말을 그치고 천천히 문에서 몸을 뗐다.

"당신만큼 못된 사람은 정말 처음 봐요." 조 씨가 나지막하게 말했다.

몸을 헹구던 쉬잔이 멈칫했다. 어머니도 같은 말을 했었다. 정말 그런 걸까? 쉬잔은 거울을 보며 그 말이 맞는지 아닌지 알려 줄 징표를 찾아보려 했지만 허사였다. 조제프는 그렇지 않다고, 쉬잔은 못된 게 아니라 단지 좀 냉정하고 자존심이 강한 거라면서 어머니를 달랬다. 그러나 쉬잔은 그런 말을 들으면, 심지어 조 씨에게서 들어도 덜컥 겁이 났다. 조 씨가 그렇게 말하면 쉬잔은 문을 열어 주곤 했다. 그래서 조 씨는 그 말을 점점 더 자주 했다.

"어머니와 조제프가 가까이 없는지 보고 와요."

조 씨가 재빨리 거실로 달려가는 소리가 들렸다. 그는 방갈로 문턱에 서서 담배에 불을 붙였다. 마음을 가라앉히려고 애썼지만 손이 떨렸다. 조제프와 하사는 여전히 다리 기둥을 고이는 중이었다. 금방 방갈로에 들어올 것 같지 않았다. 어머니도 그쪽에 가 있었다. 아들이 하는 일을 지켜볼 때면 늘 그러듯이 어머니는 몰두해 있었다. 조 씨는 욕실로 돌아왔다.

"전부 저 아래 있어요. 어서! 쉬잔!"

쉬잔이 문을 조금 열어 주었다. 조 씨가 황급히 다가갔다. 쉬잔이 거칠게 문을 닫았다. 조 씨는 계속 문 앞에 서 있었다.

"이제 거실로 가요." 쉬잔이 말했다.

그녀는 옷을 입기 시작했다. 거울도 보지 않고 서둘러 입었다. 어제 조 씨는 쉬잔에게 며칠만 도시에 같이 가겠다고 하면 다이아몬드 반지를 가져오겠노라고 했다. 쉬잔은 다이아몬드가 얼마짜리인지 물어보았고, 조 씨는 정확한 액수 대신 방갈로에 맞먹을 거라고 했다. 쉬잔은 조제프한테 말하지 않았다. 조 씨는 다이아몬드가 자기 집에 있다고, 쉬잔이 결심만 하면 가져오겠다고 했다. 쉬잔은 원피스를 입었다. 이제 욕실 문을 열어 주는 것으로는 충분하지 않았다. 축음기는 그 정도로 충분했지만 다이아몬드는 달랐다. 다이아몬드는 축음기보다 열 배, 스무 배 비쌌다. 도시에 사흘 머무는 동안 당신한테 손끝도 대지 않을게요. 그냥 영화 보러 갑시다. 어제저녁에 람에서 춤출 때 조 씨가 나지막한 목소리로 딱 한 번 말했다. 방갈로 한 채 값의 다이아몬드였다.

쉬잔은 욕실 문을 열었고, 베란다로 나가 밝은 데서 화장을 했다. 이어 조 씨가 기다리는 거실로 돌아왔다. 하루 중 유일하게 이 남자도 어느 정도 연민을 누릴 자격이 있지 않을까 막연히 생각하게 되는 순간이었다. 욕실에서 쉬잔의 몸을 보고 나면 허약한 조 씨의 기운은 무거운 욕망의 짐에, 욕망의 폭풍에 짓눌려 버렸다. 그런 시련을 겪어야 한다는 사실이 조 씨에게 무언가 인간적인 면모를 부여했다. 쉬잔은 조 씨에게 말해 주고 싶었다. 하지만 어떻게 말해야 오해하지 않을지 아무리 애써도 답을 찾지 못했다. 결국 포기했다. 어차피 매일 저녁 그때는 람에 갈지 말지 정하는 시간이었기에 그 결정이 이내 다른 모든 일을 덮어 버렸다. 조제프가 다리 고치는 일을 다 끝낸 뒤에도 어머니는 여전히 알 수 없는 무언가에 대해 말하고 있었다.

"당신은 아름다워요." 조 씨가 고개를 숙인 채로 말했다.

어느새 냇물에서 아이들이 떠들며 노는 소리가 들렸다. 어머니는 람에 가는 일에 별 관심이 없었다. 어머니는 늙었다. 어머니는 제정신이 아니고 성미가 고약했다. 람에 가면 남자들, 그러니까 사냥꾼과 농장주들이 있지만, 그런들 어머니가 뭘 어쩌겠는가? 쉬잔은 언젠가 이곳 평야를 떠나고, 어머니를 떠날 것이다. 쉬잔은 조 씨를 쳐다보았다. 결국 저 남자와 함께 떠나게 될지 모른다. 그녀는 너무 가난했고, 이곳 평야는 남자들이 있는 도시와 너무 멀었다.

"당신은 아름답고 매력적이에요." 조 씨가 말했다.

쉬잔이 조 씨에게 미소를 지었다.

"난 겨우 열일곱 살이에요. 앞으로 더 아름다워질 거예요."

조 씨가 고개를 들었다.

"내가 당신을 여기서 데리고 나가면 당신은 날 버리고 떠나겠죠. 분명해요."

어머니와 조제프가 방갈로 계단을 올라왔다. 그들은 몹시 더워했다. 조제프는 손수건으로 이마를 닦았다. 밀짚모자를 벗어 든 어머니의 관자놀이에 벌건 자국이 보였다.

"꼴이 그게 뭐야?" 조제프가 쉬잔에게 말했다. "넌 화장을 참 못해. 꼭 매춘부 같잖아."

"생기길 그렇게 생긴 거지." 어머니가 말했다. "저런 거 잔뜩 가져다줘 봐야 다 무슨 소용이겠니?"

어머니는 안락의자에 털썩 주저앉았고, 조제프는 만사 귀찮은 표정으로 자기 방에 들어갔다.

"람에 가요?" 쉬잔이 물었다.

"둘이서 뭘 했어요?" 어머니가 조 씨에게 물었다.

"부인, 전 따님을 존중하기 때문에……." 조 씨가 대답했다.

"뭐든 내 눈에 띄기만 하면 억지로라도 일주일 안에 결혼시킬 테니 그리 알아요."

조 씨는 자리에서 일어나 문에 기대섰다. 그는 어머니나 조제프가 있는 자리에서는 늘 줄담배를 피웠다.

"아무 짓도 안 했어요." 쉬잔이 말했다. "손끝도 안 닿았으니까 걱정 안 해도 돼요. 나도 그렇게 바보는 아니에요. 다 안다고요……."

"입 다물어. 넌 아무것도 몰라."

조 씨는 베란다로 나갔다. 쉬잔은 람에 갈 건지 더는 궁금해하지 않았다. 어머니한테 물어야 어차피 답을 얻을 수 없었다. 조제프에게도 기대할 수 없기는 마찬가지였다. 조제프는 조 씨를 너무 싫어해서 사실은 매일 가고 싶으면서도 람 얘기는 절대 꺼내지 않았다. 어머니는 안락의자 하나를 끌어당겨 다리를 얹었다. 어머니의 발바닥이 보였다. 하사의 발바닥과 비슷했다. 굳은살이 박이고 마당의 자갈에 쓸렸다. 어머니는 이따금 깊은 한숨을 내쉬고 이마의 땀을 닦았다. 얼굴이 벌겋게 상기되어 있었다.

"커피 좀 가져와라."

쉬잔이 일어나 부엌 찬장 위에 놓인 식은 커피 주전자로 향했다. 한 잔을 따라서 들고 왔다. 어머니는 커피 잔을 받아 들며 나지막하게 신음하듯 말했다.

"안 되겠다. 약 좀 가져다 다오."

쉬잔이 어머니의 약을 가져왔다. 어머니가 시키면 쉬잔은 말없이 따랐다. 군말 말고 시키는 대로 하는 게 가장 좋았다. 그러면 어머니의 분노는 저절로 수그러들었다. 조 씨는 여전히 베란다에 있었다. 조제프는 샤워를 했다. 욕실에서 깡통 바가지가 물 항아리에 부딪히는 소리가 났다. 해는 거의 다 졌다. 아이들은 물에서 나와 어느새 집으로 뛰어가고 있었다.

"안경 좀 다오."

쉬잔은 어머니 방에서 안경을 찾아왔다. 그 뒤에도 장부를, 가방을, 계속 다른 것들을 가져오라고 시킬 수 있다. 하라는 대로 해야 한다. 자식들의 인내를 시험하는 것이 어머니의 기쁨이고 낙이었다. 어머니는 안경을 받아 들어 곧바로 썼고, 그런 뒤에 주의 깊게 쉬잔을 훔쳐보기 시작했다. 문을 마주 보고 앉은 쉬잔은 어머니가 자기를 보고 있다는 사실을 알고 있었다. 이제 어떤 일이 일어날지도 알았다. 쉬잔은 어머니의 시선을 피하려고 애썼다. 람 생각은 더는 하지 않았다.

"얘기했니?" 마침내 어머니가 물었다.

"늘 얘기해요. 아버지 때문에 결심을 못 하는 것 같아요."

"제대로 물어봐야지. 지금부터 사흘 안에 결심을 못 한다면 내가 얘기할 거다. 일주일 말미를 주겠다고."

"싫다는 게 아니고 아버지 때문이라니까요. 아들을 부잣집 딸하고 결혼시키려고 해요."

"그게 마음대로 된다던? 부자면 뭐 해. 부잣집 딸은 자기가 남자를 고르려 하지. 당연히 싫다고 할 테고. 우리 같은 처지가 아니고야 어떤 어머니가 저런 사람한테 딸을 줄까."

"내가 말할게요. 걱정 그만해요."

어머니는 더 이상은 말하지 않았다. 계속 쉬잔을 쳐다보기만 했다.

"저 사람하고 아무 일도 없었어? 정말?"

"아무 일도요. 무엇보다 내가 마음이 없어요."

어머니가 한숨을 내쉬었고, 이어 나지막한 소리로 망설이듯 말했다.

"만일 정말 그렇게 되면 어떻게 할래……?"

쉬잔이 고개를 돌려 미소를 지으며 어머니를 바라보았다. 하지만 어머니는 미소 짓지 않았고, 입꼬리가 떨렸다. 다시 울음이 터질 기세였다.

"잘할 거예요. 왜 내가 못 해 낼……."

"정 어쩔 수 없으면 그냥 여기 남아 있거라. 전부 다 내 잘못이구나……."

"그런 말 말아요, 말도 안 돼요. 누구의 잘못도 아니에요."

"아니, 내 말이 맞아."

"그만해요, 바보 같은 말 그만해요." 쉬잔이 애원하듯 말했다. "람에 가요."

"그래, 가자, 그거라도 하자. 너희가 그렇게 좋으면 가야지."

어머니가 생각을 바꾸었다. 앞으로는 아무리 문을 열어 놓아도 쉬잔과 조 씨가 방갈로 안에 단둘이 있어서는 안 된다고 결정했다. 그대로는 조 씨의 조바심을 더 이상 자극할 수 없다고 판단한 것이다. 어머니는 그가 빨리 청혼하지 않고 무언가를 기다리기만 한다고, 그게 뭔지 알겠다고, 더는 안 되겠다고 했다.

　이제 쉬잔은 냇가의 비탈면에서, 다리 아래 그늘에서 조 씨를 맞았다. 조 씨가 결심할 때까지 그러기로 했다. 어머니가 이미 일주일의 말미와 함께 통고했고, 조 씨도 받아들였다. 그는 아버지가 다른 혼처를 찾고 있다고, 이곳 식민지에는 그에게 걸맞은 재산을 가진 아가씨가 많지 않지만 그래도 아버지의 뜻을 꺾기 어려울 만큼은 있다고 솔직히 털어놓았다. 그러면서 최선을 다해 보겠다고 했다. 그리고 할 수 있는 것을 다해 보겠다고 말한 날들이 하루하루 지나는 동안 그는 쉬잔에게, 오직 그녀에게만 점점 더 자주 다이아몬드 이야기를 꺼냈다. 방갈로 가격과 맞먹는 다이아몬드였다. 쉬잔이 사흘 동안 함께 도시에 가 주겠다고만 하면 다이아몬드를 가져오겠다고 했다.

쉬잔은 몇 주 전까지 사냥꾼들의 차를 지켜보던 자리에서 조 씨를 맞았다.

"지금껏 이런 대우는 처음이에요." 조 씨가 말했다.

쉬잔이 웃었다. 사실 그녀도 어머니 말처럼 조 씨를 방갈로 밖에서 맞는 게 더 좋았다. 조 씨가 다리 밑에서 기다리니까 샤워할 때도 마음이 편했다. 어쨌든 조 씨는 참을 수 없이 우스꽝스러워졌고, 쉬잔으로서는 견뎌 내기가 좀 쉬워졌다.

"친구들에게 이 얘기를 하면 아무도 안 믿을 거예요." 조 씨가 말했다.

여전히 뜨거운 오후였고 해가 하늘 높이 솟아 있었다. 제일 어린 아이들은 아직 망고나무 그늘에서 낮잠을 자고, 더 큰 아이들은 물소들을 지켰다. 물소 등에 올라탄 아이도 있고 늪에서 물고기를 잡으며 지켜보는 아이들도 있었다. 모두 노래를 불렀다. 타는 듯이 뜨겁고 고요한 공기 속으로 자그마하고 날카로운 아이들 목소리가 퍼져 나갔다.

어머니는 바나나나무들의 가지를 잘라 주고 있었다. 하사가 어머니를 따라가며 나무가 잘 서 있도록 받쳐 주고 물도 주었다.

"평야엔 이미 바나나나무가 너무 많아요." 조 씨가 빈정거리 듯 말했다. "여기선 돼지한테도 바나나를 주잖아요."

"어머니가 하고 싶은 대로 해야 해요." 쉬잔이 말했다.

어머니는 바나나나무를 남들과 달리 정성 들여 키우면 특별히 좋은 열매가 맺힐 거라고, 그러면 내다 팔 수 있을 거라고 믿는 척했다. 하지만 꼭 그렇지 않아도 어머니는 원래 뭐든지 심기 좋아했다. 그래서 이미 이곳 평야에 넘쳐 나는 바나나까지 심은 것이다. 방조 제방이 무너진 뒤에도 어머니는 하루도 빼놓지 않고 무언가를 심었다. 땅에서 자라나는 것, 목재나 열매나 잎을 주는 것, 혹은 아무것도 주지 않고 그저 자라기만 하는 것까지 가리지 않고 심었다. 몇 달 전에는 용설란한 그루를 심었다. 꽃이 피는 데 100년이 걸린다는, 가구 세공사들이 좋아하는 나무였다. 슬픔에 젖은 어느 날에, 앞날에 대한 모든 희망을 잃어버리고 더는 생각을 할 수 없게 된 날에 어머니는 용설란을 심었다. 심고 나서는 눈물 흘리며 나무를 쳐다보았고, 꽃이 피는 것도 볼 수 없을 이 나무 말고는 이 땅에 살았다는 쓸모 있는 흔적을 남기지 못하는 처지를 한탄했다. 이튿날 어머니가 다시 가 보니 아무것도 없었다. 조제프가 뽑아서 냇물에 던져 버린 것이다. 어머니가 화를 내자 조제프가 말했다. "100년 걸린다면서요! 그런 걸 매일 볼 생각을 하면 난 끔찍해요." 어머니는 포기했고, 갑자기 마음을 바꾸어 빨리 자라는 나무들이 뭐가 있을지 찾기 시작했다. 조제프가 말했다. "안 그래도 울 일이 많은데 다른 걸 뭣 하러 더 찾아요? 그냥 바나나나무를 심어요." 어머니는 조제프의 말대로 바나나나무를 심었다.

　나무 외에 어머니가 관심을 쏟는 것은 아이들이었다.

　들판에는 아이들이 많았다. 일종의 재앙이었다. 나무에 혹
은 울타리에 혹은 물소 등에 올라앉아 멍하니 있는 아이들,
늪에서 물고기를 잡는 아이들, 논바닥 진흙 속에서 난쟁이게
를 찾는 아이들, 어디에나 아이들이 있었다. 아이들은 냇물에
들어가서 걷고 장난치고 헤엄치기도 했다. 태평양의 푸른 섬
을 향해 난바다로 나가는 정크선 뱃머리에 놓인 버드나무 광
주리 안에도 목만 내민 아이들이 세상 누구보다도 환한 미소
를 짓고 있었다. 누구든 산비탈의 마을들에 들어서려면 가장
초입에 있는 망고나무에 이르기 전에 모기에 물리지 않으려
고 몸에 사프란을 잔뜩 바른 숲속 마을 아이들과 마주쳤다.
그 아이들 뒤로 아이들의 친구, 아이들이 어딜 가든 따라다니
는 뼈가 앙상하도록 마른 몸에 옴이 가득한 들개들이 따라왔
다. 마을에 사는 말레이족 농부들은 개들이 닭을 훔쳐 가려
할 때 돌을 던져 쫓을 뿐 기근이 아주 심한 때가 아니면 워낙
비쩍 마르고 질긴 가죽밖에 남지 않은 그 개들을 잡아먹지도
않았다. 개들을 좋아하는 건 아이들뿐이었다. 사실 아이들의
똥이 주된 식량이었기에 만일 아이들을 따라다니지 않으면
개들은 살아남기 힘들었다.

　해가 지면 아이들은 곧장 초가집으로 사라졌다. 들어가서
밥을 먹고는 쪼갠 대나무를 엮어 만든 깔판에 누워 잠들었다.
날이 밝으면 다시 들판으로 달려 나왔고, 밤새도록 오두막 아
래 말뚝 사이에, 혹은 열기가 남아 뜨듯하고 악취를 풍기는 진

흙 속에 웅크리고 있던 들개들도 일어나 다시 아이들을 따라 다녔다.

내리는 비만큼이나, 주렁주렁 달린 열매만큼이나, 잦은 홍수만큼이나 아이들이 많았다. 주기적으로 밀려오는 바닷물처럼, 혹은 곡식을 수확하듯, 혹은 꽃이 피어나듯 해마다 아이들이 태어났다. 평야의 여자들은 남편의 욕망을 들쑤실 수 있을 만큼 젊기만 하면 매해 아이를 낳았다. 농사일이 한가해지는 건기가 되면 남자들은 우기 때보다 더 많이 사랑을 떠올렸고, 그래서 그 계절에 여자를 많이 품었다. 그러고 나면 여자들은 배가 불러 갔다. 그러니까 이미 세상에 나온 아이들 말고도 여자들의 배 속에 든 아이들이 있었다. 식물의 리듬에 맞춰 마치 길고 깊은 호흡처럼 규칙적으로 되풀이되는 일이었다. 매해 여자들의 배가 아이를 품고 부풀어 올랐고, 아이를 세상에 내놓았고, 다른 아이를 다시 품었다.

첫돌까지 아이들은 어머니가 배와 어깨에 걸친 면 포대기에 들어가 있었다. 머리는 혼자 머릿니를 잡을 수 있는 열두 살이 될 때까지 모두 밀어 버렸다. 옷도 없이 발가벗고 지냈다. 그 뒤에는 허리에 두르는 간단한 면옷을 입었다. 어머니는 돌지난 아이를 더 큰 아이들에게 맡겨 두었다가 밥 먹일 때만 데려갔다. 밥을 입에 넣고 씹어 아이의 입에 넣어 주었다. 우연히 그 모습을 본 백인이 혐오감에 고개를 돌렸다. 어머니는 비웃었다. 백인이 느끼는 혐오감이 이 들판에서 무슨 의미가 있겠는가? 이곳에서는 어머니들이 이미 오랜 세월 동안 그런 식으로 아이들을 먹여 왔다. 아니 아이들을 몇 명이라도 죽음에서 구해 내려고 애썼다. 너무도 많은 아이들이 죽어 나갔다. 죽어서 이 들판의 진흙 속에 묻힌 아이들이 살아남아 물소에 올라타고 노래를 부르는 아이들보다 훨씬 많았다. 너무 많이 죽는 아이들을 위해서 어른들은 더는 슬퍼하지 않았고, 이미 오래전부터 아이가 죽어도 무덤조차 만들지 않았다. 일을 마치고 돌아온 아버지가 집 앞에 작은 구덩이를 파고 죽은 아이를 눕히는 게 전부였다. 아이들은 아무런 절차 없이, 언덕 위에 자라는 야생 망고가 그렇고 냇가 초입에 사는 새끼 원숭이들이 그러듯이 그저 흙으로 돌아갔다. 덜 익은 망고를 먹고 콜레라에 걸려 죽는 아이들이 많았지만, 평야 사람들은 아무도 그 이유를 알지 못했다. 해마다 망고 열매가 열릴 때면 굶주린 아이들이 나뭇가지에 올라갔고 혹은 나무 아래 서서 기다렸다. 그리고 며칠 뒤에 많이 죽었다. 이듬해가 되면 다른 아이들이 똑같이 나뭇가지에 올라갔고, 또 죽었다. 굶주린 아이들은 덜 익은 망고를 놓고 참을 수 없었다. 아이들은 냇물에 빠져 죽기도 했다. 일사병에 걸리거나 눈이 멀어 버리는 아이들도 있었다. 떠도는 들개들과 똑같은 기생충이 배 속에 가득 차서 숨을 헐떡이며 죽기도 했다.

사실 아이들은 죽어야 했다. 평야는 좁았고, 여전한 어머니의 바람과 달리 바다는 앞으로도 긴 세월 동안 물러나지 않을 터였다. 바닷물은 해에 따라 조금 더 혹은 덜 올라왔지만 어쨌든 매년 들판을 적셨고, 수확을 앞둔 곡식을 말라 죽게 한 뒤 다시 물러갔다. 그런데 바닷물이 어디까지 올라오든 아이들은 악착같이 태어났다. 그래서 아이들이 죽어야 했다. 만

120

일 몇 년 동안 죽지 않으면 들판은 아이들로 가득 찰 테고, 다 먹일 수 없는 그 아이들을 개에게 주어 버리거나 숲 어귀에 데려다 놓을지도 몰랐다. 어쩌면 호랑이들마저 아이들을 먹는 게 신물이 나서 더는 잡아먹지 않으리라. 결국 아이들은 이렇게 혹은 저렇게 계속 죽었고 또 계속 태어났다. 아이들에게 평야가 줄 수 있는 것이라곤 쌀과 물고기와 망고가 전부였고, 숲에서 나오는 것도 옥수수와 멧돼지, 후추가 전부였다. 굶주림 때문에 아이들은 볼그레한 입술을 늘 벌리고 있었다.

처음 이곳에 와서 몇 해 동안 어머니는 평야의 아이 한둘을 집에 데리고 있었다. 지금은 조금 질린 상태였다. 어머니의 불운은 아이들에게도 다르지 않았기 때문이다. 어머니가 마지막으로 돌본 아이는 신작로를 지나던 여자에게 돈을 주고 받은 돌배기 계집애였다. 여자는 한 발을 다친 상태로 람에서 방갈로까지 일주일을 걸어왔다. 오는 동안 누구한테라도 아이를 주려고 했다. 마을 사람들이 말해 주었다. "방테에 가 봐요. 거기 가면 아이들한테 관심 많은 백인 여자가 있으니까." 그렇게 여자는 간신히 불하지까지 왔다. 자기는 북쪽으로 돌아가야 하는데 아이 때문에 힘들다고, 절대 아이를 데려갈 수 없다고 했다. 여자의 한쪽 발에는 발꿈치부터 시작된 끔찍한 상처가 있었다. 여자는 아이를 너무나 사랑한다고, 그래서 그 아이를 어머니에게 맡기기 위해 발을 제대로 딛지도 못하는 상태로 35킬로미터를 걸어왔다고 했다. 그녀는 더는 아이가 필요 없었다. 버스 지붕 자리를 구해서 북쪽의 고향으로 돌아가고 싶었다. 람에서 일 년 동안 짐 나르는 일을 한 뒤였다. 어머니는 여자를 며칠 동안 묵게 하면서 다리를 치료해 주려고 애썼다. 며칠 동안 여자는 방갈로 그늘에 돗자리를 깔고 잤다. 먹을 때만 일어났다가 아이가 어떻게 되었는지는 묻지도 않고 곧바로 다시 잠들었다. 그리고 며칠 후 어머니에게 인사를 하고 떠났다. 어머니는 북쪽까지 가는 동안 한 구간만이라도 버스를 탈 수 있게 돈을 조금 쥐여 주었다. 아이도 돌려주려 했지만 여자는 아직 젊고 아름다웠고, 살고 싶었다. 여자가 고집스레 버텼다. 어머니가 아이를 맡았다. 한 살 난 아이였는데 태어난 지 석 달밖에 안 되어 보였다. 아이들의 상태를 잘 아는 어머니는 첫날부터 그 아이가 오래 살지 못하리라는 것을 알았다. 하지만 어째서 그렇게 어처구니없는 생각을 했는지는 몰라도 아무튼 아이를 위해 작은 요람을 만들게 해서 어머니 방에 들여놓았다. 아이의 옷까지 지었다.

아이는 석 달을 살았다. 어느 날 아침에 씻기려고 옷을 벗기던 어머니는 아이의 발이 부은 것을 보았다. 어머니는 아이를 그대로 다시 눕혔고, 한참 동안 입을 맞췄다. "이제 끝이야. 내일은 다리까지 붓고, 그다음엔 심장이 부을 거야." 아이가 죽기 전 꼬박 이틀 동안 어머니는 아이를 지켜보았다. 아이는 숨을 쉬지 못했고, 목구멍으로 벌레들이 기어 나왔다. 어머니는 그 벌레들을 손가락에 감아 가며 끄집어냈다. 조제프가 아이를 요람에 넣어 산속 빈터에 묻어 주었다. 쉬잔은 아이의 죽은 모습을 보지 않기로 했다. 아이의 죽음은 말의 죽음보다, 다른 무엇보다, 무너진 제방보다, 조 씨보다 고약한 불운이었다. 이미 죽음을 예상했던 어머니마저도 며칠 동안 울었고, 화를 내기 시작했고, '가까이서든 멀리서든' 다시는 아이를 맡지 않겠다고 맹세했다.

하지만 어느 일에나 그렇듯이 어머니는 또 시작했다. 단지 집에 들이지는 않았다.

"어쩔 수 없어요." 쉬잔이 말했다. "어머니가 원하면 누구도 못 막아요."

지금 어머니는 쉬잔과 조 씨가 단둘이 방갈로 안에 있지 않기를 원했다.

"말도 안 돼요. 난 이런 대우를 받아 본 적이 한 번도 없어요." 조 씨가 다시 말했다.

조 씨는 증오가 가득 담긴 눈빛으로 어머니를 곁눈질했다. 이제 어머니 때문에 매일 그의 생명이 위태로웠다. 다리 아래라고 늘 그늘이 있는 것은 아니기 때문에 자칫 일사병에 걸릴 수 있었다. 조 씨가 그 얘기를 하자 어머니가 대답했다. "결혼을 서둘러야 할 이유가 하나 더 생겼네."

"요즘 극장에 아주 좋은 영화들이 나왔어요." 조 씨가 쉬잔에게 말했다.

맨발인 쉬잔은 발가락으로 풀잎을 따는 놀이를 하고 있었다. 맞은편 비탈면에 물소 한 마리가 천천히 지나가고, 등에 앉은 티티새가 신나게 물소의 이를 잡았다. 평야에 펼쳐지는 영화는 그게 전부였다. 그 외에는 끝없이 이어지는, 람에서 캄까지 검붉은 잿빛 하늘 아래 계속 펼쳐지는 논밖에 없었다.

"어머니가 절대 허락 안 할 거예요." 쉬잔이 말했다.

조 씨가 히죽거리며 웃었다. 자신이 속한 계층에서는 여자들이 결혼 전까지 순결을 지켜야 했다. 하지만 다른 곳, 다른 계층에서는 그렇지 않다는 사실을 그도 알았다. 쉬잔이 속한 계층을 고려할 때 조 씨가 보기에는 무척이나 자연스럽지 않은 일이었다.

"젊은 사람답지 않게 왜 그래요." 조 씨가 말했다. "어머니는 젊었던 때를 잊은 거예요. 말도 안 되죠."

이곳 평야, 매일 죽어 가는 아이들, 왕처럼 높이 자리 잡고 끝없이 빛을 쏟아 내는 태양, 물기 가득한, 끝이 보이지 않는 땅. 쉬잔은 모든 게 지긋지긋했다.

"그런 말이 아니잖아요. 어머니는 내가 당신하고 자면 안 된다는 거예요."

조 씨는 대답하지 않았다. 쉬잔이 잠시 기다렸다. 그러다가 물었다.

"매일 극장에 갈 건가요?"

"매일." 조 씨가 단언했다.

조 씨는 옷을 더럽히지 않기 위해 신문을 깔고 앉았다. 땀도 많이 흘렸다. 꼭 더위 때문이라기보다는 쉬잔의 머리카락 아래 천천히 드러나는 목덜미를 쳐다보느라 그랬다. 지금껏 저 목을 한 번도 만져 보지 못했다. 나머지 식구들이 눈에 불을 켜고서 지켜보고 있었다.

"매일 극장에 가죠?" 쉬잔이 다시 물었다.

"매일." 조 씨가 다시 대답했다.

조제프나 쉬잔에게 매일 저녁 극장에 간다는 것은 자동차를 타고 달려 보는 것과 함께 인간의 행복이 취할 수 있는 형태 중 하나였다. 영혼이든 육신이든, 길 위에서든 혹은 삶보다 더 진짜 같은 스크린의 몽상 속에서든, 어쨌든 느릿느릿 회선하는 젊음을 빨리 살아 낼 수 있다는 희망을 주는 것, 그게 바로 행복이었다. 조제프와 쉬잔은 도시에 두세 번 가서 며칠 머물 때 매일 온종일 극장에 있었다. 영화를 보고 나서는 마치 실제로 함께 겪은 일을 떠올리듯이 시시콜콜 영화 이야기를 주고받았다.

"영화 끝나면요?"

"춤추러 갑시다. 모두 당신을 처다보겠죠. 여자들 중에 당신이 제일 아름다울 테니까."

"그야 모르죠. 그다음엔요?"

어머니가 보내 줄 리 없다. 설사 어머니가 받아들인다 해도 조제프는 절대 그럴 리 없다.

"자러 가야죠." 조 씨가 대답했다. "당신 몸에 손대지 않을게요."

"거짓말."

쉬잔은 더 이상 그 여행을 믿지 않았다. 조 씨의 깜짝 선물도 더는 나올 게 없었다. 어차피 상관없었다. 며칠 전부터 도시와 극장들과 결혼에 대해 조 씨와 이야기하는 동안 쉬잔의 눈은 기계적으로 사냥꾼들의 차가 지나갈 비포장도로를 향했다.

"우리 언제 결혼해요?" 쉬잔이 역시 기계적으로 물었다. "어머니가 말한 날이 얼마 안 남았잖아요."

"다시 한번 말하지만 당신이 사랑의 증거부터 보여 줘야 해요." 조 씨가 느릿느릿 말했다. "나하고 도시에 가겠다고 하면 여행에서 돌아와 청혼할게요."

쉬잔이 다시 웃고는 고개를 돌려 조 씨를 쳐다보았다. 조 씨가 눈을 떨구었다.

"거짓말." 쉬잔이 다시 말했다.

조 씨가 얼굴을 붉혔다.

"아직은 집에 말할 수 없어요. 말해 봐야 소용없어요."

"당신 아버지가 상속권을 박탈할 테니까요. 아니라고 말하진 못하겠죠?"

쉬잔은 어머니가 조 씨와 나눈 이야기를 이미 전해 들었다.

"당신 아버지는 조제프 말대로 형편없는 멍청인가 봐요. 조제프는 당신도 똑같대요."

조 씨는 대답하지 않았다. 그는 담배에 불을 붙인 뒤 이 순간이 지나가길 기다렸다. 쉬잔은 하품을 했다. 어머니는 매일 그녀에게 조 씨한테 꼭 물어보라고 했다. 어머니는 마음이 급했다. 쉬잔이 결혼만 하면 조 씨에게서 돈을 구해 방조 제방을 다시 쌓고(이번에는 전보다 두 배 크고 시멘트 들보로 받쳐서), 방갈로 공사를 마무리하고, 지붕의 이엉을 새로 이고, 자동차를 바꾸고, 조제프의 이를 치료해 줄 생각이었다. 어머니는 자신의 계획이 지체되는 책임을 모두 쉬잔에게 돌렸다. 쉬잔에게 꼭 결혼해야 한다고 말했다. 조 씨와의 결혼은 그들이 평야를 벗어날 수 있는 유일한 기회였다. 이 결혼이 성사되지 않는다면 방조 제방의 실패와 다름없는 또 한 번의 실패였다. 어머니의 말을 조용히 듣고 있던 조제프가 결론을 맺었다. "절대안 될 거예요. 안 되는 편이 쉬잔한테도 낫고요." 쉬잔 역시 이 결혼이 이루어질 수 없음을 알았다. 조 씨에게도 더는 할 말이 없었다. 그동안 조 씨는 그들이 결혼했을 때 쉬잔이 갖게 될 돈과 자동차에 대해 수없이 이야기했다. 이제 그런 대화는 소용없었다. 나머지도 마찬가지였다. 조 씨가 조르는 짧은 여행과 그의 다이아몬드도 소용없었다.

쉬잔은 갑자기 더 지루해졌다. 빨리 조 씨를 돌려보내고 조제프와 냇물에서 헤엄치고 싶었다. 조 씨가 오면 조제프는 어디론가 사라져 거의 눈에 띄지 않았다. 우선 조제프는 조 씨가 옆에 있으면 '숨을 못 쉬겠다'고 했다. 또 어머니의 계획에 따라 쉬잔과 조 씨가 최대한 오래 단둘이 있을 수 있도록 가까이 가지 말아야 했다. 람의 바에 가는 날에나 조제프를 볼 수 있었다. 그는 가끔 쉬잔에게 춤을 청하기도 했고, 바닷물에 같이 들어갈 때도 있었다. 하지만 조 씨는 바닷물에 들어가지 않았고, 어머니가 보기에 그를 혼자 기다리게 하는 것은 어설픈 짓이었다. 실제로 람의 바다에서 남매가 헤엄을 치는 동안 조 씨는 당장 죽여 버리고 싶은 눈으로 조제프를 노려보았다. 그래 봐야 조제프의 주먹 한 방이면 끝날 터였다. 그것은 조제프와 조 씨가 같이 서 있는 모습만 봐도 아는 너무나 분명한 사실이었기에 조 씨도 오히려 마음이 놓였다. 조제프를 상대하기에 그는 너무 약하고 너무 가벼웠고, 그래서 마음 놓고 조제프를 증오할 수 있었다.

"가져왔어요." 조 씨가 차분한 목소리로 말했다.

"뭘요? 다이아몬드요?" 쉬잔이 물었다.

"그래요. 고르기만 하면 돼요. 우선 골라 봐요. 어찌 될지 모르잖아요?"

쉬잔은 믿기지 않는 눈으로 조 씨를 쳐다보았다. 조 씨는 이미 주머니에서 얇은 포장지로 싼 작은 케이스 하나를 꺼내 들고 있었다. 그리고 천천히 포장을 벗겼다. 포장지 세 장이 바닥에 떨어졌고, 그의 손바닥 안에 반지 세 개가 모습을 드러냈다. 지금껏 쉬잔이 본 다이아몬드는 전부 누군가 손가락에 낀 것이었고, 손가락에 낀 다이아몬드도 가까이서 보기는 조 씨의 것이 처음이었다. 그런데 지금 그가 내민 손바닥에 누구의 손가락에 끼지 않은 반지들이 놓여 있었다.

"우리 어머니가 쓰시던 것들이에요. 어머니가 이 반지들을 정말 좋아하셨죠." 조 씨가 감정에 젖어 말했다.

반지들이 어디서 왔건 상관없었다. 쉬잔의 손가락에는 반지가 없었다. 그녀는 손을 뻗었고, 알이 제일 굵은 반지를 집어 허공에 들어 올린 뒤 한참 동안 진지한 표정으로 바라보았다. 잠시 후 손을 내려 반지를 앞으로 내밀어 보고는 약지에 끼웠다. 쉬잔의 눈길은 한순간도 다이아몬드를 떠나지 않았다. 쉬잔은 다이아몬드를 향해 미소를 지었다. 어렸을 때, 아버지가 아직 살아 있을 때 어린이용 반지가 두 개 있었다. 하나는 작은 사파이어, 또 하나는 고운 진주가 박혀 있었다. 두 개 다 어머니가 팔아 버렸다.

"이 반지 얼마짜리예요?"

조 씨는 기다렸다는 듯 빙그레 웃었다.

"모르겠어요. 아마 2만 프랑쯤."

쉬잔은 본능적으로 조 씨가 낀 문장 반지를 쳐다보았다.

저 다이아몬드는 지금 끼고 있는 것보다 세 배 더 굵다. 그러면…… 상상하기도 힘들었다. 다이아몬드는 다른 세상에 속했다. 다이아몬드의 가치는 광채나 아름다움에서 나오는 게 아니라 바로 가격에서, 상상조차 할 수 없는 그 교환 가능성에서 나왔다. 다이아몬드는 과거와 미래를 매개하는 물건이었다. 미래를 열고 과거를 봉인하는 열쇠였다. 마침내 다이아몬드의 순수한 물을 뚫고 미래가 눈부시게 펼쳐졌다. 그 안에 들어서도 빛에 눈이 멀고 정신이 멍했다. 은행에 남은 어머니의 돈은 1만 5000프랑이 전부였다. 불하지를 사기 전에 어머니는 한 시간에 15프랑을 받으며 개인 교습을 했고, 십 년 동안 매일 하룻저녁에 40프랑을 받으면서 에덴 시네마에서 피아노를 쳤다. 그렇게 매일 40프랑씩을 모아서 십 년 후 마침내 땅을 불하받았다. 쉬잔은 그 모든 액수를 다 알고 있었다. 은행에서 대출받은 돈이 얼마인지, 기름값이 얼마인지, 제방 1제곱미터를 쌓는 데 얼마가 들었는지, 얼마를 받고 피아노 개인 교습을 했는지, 구두 한 켤레가 얼마인지 전부 알았다. 그때까지 모른 것은 다이아몬드 가격이었다. 조 씨가 다이아몬드를 들고 와 보여 주기 전에 방갈로와 맞먹는 값이라고 이미 말해 주었다. 그런 비교가 별로 와닿지 않았던 쉬잔은 반지를, 작은 다이아몬드를 드디어 한 손가락에 낀 지금에야 비로소 실감했다. 그녀는 자신이 아는 모든 가격표를 이 다이아몬드와 비교해 보았다. 절망이 밀려왔다. 쉬잔은 비탈면에 드러누우며 방금 알게 된 것들에 대해 눈을 감아 버렸다. 조 씨는 놀랐다. 그러나 놀라는 데도 이미 익숙해졌는지 아무 말도 하지 않았다.

"그 반지가 제일 마음에 들어요?" 잠시 후 조 씨가 부드러운 목소리로 물었다.

"모르겠어요. 난 제일 비싼 게 좋아요." 쉬잔이 말했다.

"당신은 그런 생각밖에 안 하는군요." 조 씨가 조금 냉소적으로 웃으며 말했다.

"제일 비싼 거요." 쉬잔이 정색을 하고 다시 한번 말했다.

조 씨는 화가 났다.

"날 사랑한다면……."

"내가 당신을 사랑한다 해도 마찬가지예요. 어차피 안 돼요. 혹시라도 이걸 나한테 주면 우린 팔아 버릴 거예요."

멀리 비포장도로에 조제프가 나타났다. 그는 다른 말을 구하겠다고 결심한 뒤 일주일째 마을마다 돌아다니고 있었다. 쉬잔은 조제프를 보자마자 일어섰다. 날카로운 소리로 경쾌하게 웃었고, 조제프를 부르며 다가갔다.

"이것 좀 봐!"

조제프가 천천히 다가왔다. 그는 카키색 셔츠에 같은 색 반바지를 입었다. 모자는 머리 뒤쪽으로 젖혀져 있었다. 늘 그렇듯이 맨발이었다. 조 씨를 알게 된 이후로 쉬잔의 눈에는 조제프가 더 잘생겨 보였다. 조제프가 가까이 오자 쉬잔이 손을 내밀었다. 손 위에서 다이아몬드가 빛났다. 조제프는 별로 놀라지 않았다. 어쩌면 다이아몬드는 너무 작았다. 자동차라면 많이 놀랐겠지만 다이아몬드는 달랐다. 조제프는 쉬잔이 다이아몬드에 대해 알게 된 것들을 아직 알지 못했다. 쉬잔은 안타까웠다. 이제 곧 조제프도 알게 될 것이다.

별 관심 없이 반지를 보고 난 조제프가 쉬잔에게 말 얘기를 했다.

"500프랑 밑으로는 사기 힘들어. 이 지방은 말이 살기 좋은 곳이 아니야. 심지어 말한테도 안 좋은 땅이라니. 다 죽어 버리잖아."

쉬잔이 옆에 서서 손을 내밀었다.

"이것 좀 보라니까!"

조제프가 다시 다이아몬드를 쳐다보았다.

"반지잖아."

"다이아몬드 반지야. 2만 프랑짜리래."

조제프가 다시 반지를 쳐다보았다.

"2만 프랑? 젠장!"

조제프는 처음에 미소를 지었다. 그러더니 곰곰 생각에 잠겼다. 그러고 나서 돌연 조 씨에 대한 반감을 누르기로 마음먹고 50미터쯤 떨어진 다리 아래 앉아 있는 그에게 걸어갔다. 쉬잔이 따라왔다. 조제프는 조 씨 곁에 다가가 바닥에 앉았고, 그를 빤히 쳐다보다가 물었다.

"저걸 왜 애한테 준 거요?"

조 씨는 파랗게 질린 얼굴로 자기 발만 쳐다보았다. 쉬잔이 나섰다.

"준 거 아냐." 그녀는 조제프와 같이 조 씨를 보며 말했다.

조제프는 이해하지 못하는 표정이었다.

"빌려준 거야. 한 번 끼어 보라고."

조제프는 입을 씰룩이더니 냇물에 침을 뱉었다. 그리고 그 사이 담배를 피우고 있는 조 씨를 쳐다보았다. 한참 보고 나더니 다시 냇물에 침을 뱉었다. 그게 계속되었다. 조제프는 곰곰이 생각했고, 생각하는 도중에 자꾸 냇물에 침을 뱉었다.

"줄 것도 아닌데 뭐 하러 가지고 있어." 조제프가 말했다.

"천천히 줘도 돼요." 조 씨가 떨리는 목소리로 말했다.

"돌려줘." 조제프가 쉬잔에게 말했다.

그리고 다시 조 씨 쪽으로 고개를 돌렸다.

"그냥 보여 주기만 하려고 가져왔다고?"

조 씨는 대답할 말이 떠오르지 않았다. 지금 앞에 앉은 조제프는 무언가 저지르고 싶은 것을 억누르는 기색이 역력했다. 소리를 지르지는 않았지만 목소리가 거칠고 빨랐다. 조 씨의 얼굴이 점점 더 창백해졌다. 쉬잔이 벌떡 일어서더니 조 씨를 마주 보고 서서 쳐다보았다. 조 씨가 어떤 사람인지 지금 말하지 않으면 나중에는 절대 말할 수 없을 것 같았다. 게다가 이미 절반은 말한 셈이었다. 조 씨는 이번엔 버텨 내지 못할 것이다. 사실 쉬잔은 지겨워지기도 했다. 언젠가는 끝내야 할 일이었다.

"내가 같이 떠나면 주겠대." 쉬잔이 말했다.

조 씨는 쉬잔을 말리려는 듯 손을 내밀었다. 얼굴이 더 창백해졌다.

"떠나? 어딜 가는데?" 조제프가 물었다.

"도시에."

"아주 떠나자고?"

"일주일."

조 씨는 그게 아니라는 듯 허공에 손을 저었다. 창백한 얼굴은 낭상이라도 기절해 버릴 듯했다.

"그런 게 아니고……." 그는 거의 애원조였다.

조제프는 더 이상 듣지 않았다. 냇물 쪽으로 고개를 돌려 버렸다. 조제프의 태도를 보면 결혼을 하든 안 하든 절대 조 씨와 함께 도시에 갈 수 없었다.

"당장 돌려주지 않으면 내가 냇물에 던져 버릴 거야." 조제프가 차분한 목소리로 말했다.

쉬잔은 반지를 빼서 조제프의 등 뒤로 조 씨에게 건네 주었다. 조제프가 반지를 빼앗아 냇물에 던지게 할 수는 없었다. 이 점에서는 쉬잔도 조 씨의 공모자가 된 기분이었다. 다이아몬드를 지켜야 했다. 조 씨는 반지를 받아 주머니에 넣었다. 조제프는 고개를 돌려 조 씨를 보았다. 그러더니 일어서서 방갈로 쪽으로 가 버렸다.

"이제 다 틀렸군요." 잠시 후 조 씨가 말했다.

"어쩔 수 없었어요." 쉬잔이 말했다. "어차피 늘 이래요."

"그러게 어쩌자고 반지 얘길 했어요?"

"어차피 했을 거라고요. 계속 말 안 할 순 없어요."

쉬잔과 조 씨는 잠시 말이 없었다. 지난밤에는 람에서 늦게까지 있다 왔다. 그래서인지 쉬잔은 졸렸다.

조 씨는 망연자실한 얼굴이었다. 그의 차가 다리 너머 길 건너편에 있었다. 정말로 멋진 리무진. 저 차는 이제 떠나온 곳, 북쪽으로 돌아간다. 조 씨 역시 같이 간다. 아마도 조 씨는 깨닫지 못했을 것이다.

"이제 올 필요 없을 것 같아요." 쉬잔이 말했다.

"끔찍하군요. 반지 얘길 왜 했어요?" 조 씨가 말했다.

"난 다이아몬드를 처음 봐요. 참을 수가 없었다고요. 나한 테 보여 주지 말았어야죠. 당신은 이해하지 못해요."

"끔찍하군요." 조 씨가 조금 전 한 말을 되풀이했다.

하늘에 상오리들과 굶주린 독수리들이 날아다녔다. 이따금 상오리 한 마리가 내려와 뿌연 냇물 위에서 춤을 추었다. 앞으로 몇 달 동안, 그 뒤에 또 몇 달 동안 내가 볼 세상은 저게 전부다.

"언젠가 여길 지나가는 사냥꾼이나 이쪽 출신 농장주를 찾을 거예요." 쉬잔이 말했다. "람에 자리 잡으러 오는 직업 사냥꾼도 괜찮겠죠. 어쩌면 아고스티일 수도 있고. 그가 마음을 정한다면."

"안 돼요. 말도 안 돼요." 조 씨가 신음했다.

그는 감당할 수 없는 장면을 떠올리며 발버둥치는 듯했다.

"안 돼요. 안 된다고요." 조 씨가 발을 구르며 다시 말했다.

이 사람이 가고 나면 조제프와 헤엄치러 가야지.

"쉬잔!" 조 씨가 마치 쉬잔이 이미 떠나기라도 한 듯 큰 소리로 불렀다.

그는 일어서 있었고, 멋진 생각이 떠올라 후련한 듯 기뻐 어쩔 줄 모르는 표정이었다. 드디어 방법을 찾아낸 것이다.

"그 반지 당신에게 줄게요! 가서 조제프에게 말해요!"

쉬잔도 일어섰다. 조 씨가 반지를 꺼내 쉬잔에게 건넸다. 쉬잔은 반지를 다시 쳐다보았다. 이제 반지는 그녀의 것이다. 쉬작은 반지를 들고서 손가락에 끼지 않고 손바닥에 얹은 채로 주먹을 꽉 쥐고서 조 씨에게 잘 가라는 인사도 없이 방갈로를 향해 달려갔다.

쉬잔은 방갈로까지 뛰었다. 조제프가 보이지 않았다. 어머니는 화로 앞에 서서 저녁 준비를 하고 있었다. 쉬잔이 반지를 힘차게 내밀었다.

"이것 봐요. 반지예요. 2만 프랑짜리래요. 나한테 줬어요."

어머니는 조금 멀리서 쳐다보았다. 아무 말도 하지 않았다.

조 씨는 다리 아래서 쉬잔이 돌아오길 기다리다가 그냥 돌아갔다.

한 시간 후 식탁에 앉기 조금 전에 어머니가 반지 좀 보자고 쉬잔에게 상냥한 목소리로 말했다. 그새 거실에 와서 앉은 조제프도 그 말을 들었다.

"좀 줘 보렴. 아깐 제대로 못 봤구나." 어머니가 상냥하게 말했다.

쉬잔이 반지를 건넸다. 어머니는 받아 든 반지를 손바닥에 놓고 한참 동안 들여다보았다. 그러더니 아무런 설명도 없이 방에 들어가 문을 쾅 닫아 버렸다. 갑자기 화난 척하며 방으로 들어가는 어머니를 보면서 조제프와 쉬잔은 알아차렸다. 반지를 숨기러 간 것이다. 어머니는 뭐든지 숨겼다. 키니네, 통조림, 담배, 팔거나 살 수 있는 것은 모두 숨겨 두었다. 반지 역시 쉬잔이 너무 어려서 계속 가지고 있다가는 잃어버릴지 모른다는 미신적인 두려움 때문에 숨겼을 것이다. 이제 반지는 벽의 판자 틈에, 혹은 쌀자루 안에, 혹은 침대 매트리스 밑에 들어갔거나 가는 끈으로 목에 걸려 어머니의 원피스 아래로 갈 것이다.

저녁 식사 때까지 아무도 반지 얘기를 꺼내지 않았다. 쉬잔과 조제프는 식탁에 앉았다. 어머니는 아니었다. 어머니는 식탁과 떨어져서 벽 쪽에 놓여 있는 안락의자에 앉았다.

"좀 드세요." 조제프가 말했다.

"괜찮다." 어머니의 목소리가 좋지 않았다.

어머니는 저녁을 먹지 않았다. 버터빵 한 조각 입에 넣지 않았고, 평소에 늘 마시는 커피도 찾지 않았다. 조제프는 불안한 눈빛으로 어머니를 보았다. 어머니는 아무것도 쳐다보지 않았다. 증오심이 어른대는 표정으로 초점 없는 눈길이 마룻바닥에 고정되어 있었다. 식사 시간에 어머니가 그렇게 벽 쪽에 혼자 앉아 있으면 그 이유가 무엇이든, 어떤 이유로 그러든 조제프는 참지 못했다.

"왜 그렇게 인상을 써요?" 조제프가 물었다.

어머니가 얼굴을 붉혔다. 그리고 악을 쓰기 시작했다.

"그 사람이 싫어. 진저리 나게 싫어. 반지는 영영 돌려주지 않을 거다!"

"그 말이 아니잖아요." 조제프가 말했다. "좀 드시라고요."

"그렇지 않니? 누구라도 우리처럼 안 돌려줄 거야!"

어머니는 발을 구르며 악을 쓰다가 조용해졌다. 잠시 시간이 흘렀다.

"커피 마셔요. 커피라도 마시라고요." 조제프가 말했다.

"생각 없다. 난 늙었고, 피곤하고, 지쳤구나. 진절머리 나는 자식들 때문에……."

어머니는 망설였다. 다시 얼굴이 시뻘게졌고 두 눈에 눈물이 고였다.

"진절머리 나는 딸 때문에……."

어머니는 새로운 타령을 쏟아 내기 시작했다.

"사실 세상에 보석처럼 역겨운 건 없지. 아무 쓸모가 없으니까. 정말 아무짝에도 쓸모가 없어. 게다가 보석을 걸치고 다니는 건 정작 별로 필요하지도 않은 사람들이지. 제일 필요 없는 사람들."

어머니는 다시 조용해졌다. 꽤 오래 침묵이 이어진 것으로 보아 온몸이 굳어 버리지 않았다면 이제 진정된 것이다. 조제프는 더는 먹으라고 권하지 않았다. 어머니 평생에 처음으로 2만 프랑짜리 물건을 손에 넣었다. "좀 줘 보렴." 조금 전 어머니는 상냥하게 말했다. 그리고 쉬잔에게 건네받았다. 반지를 한참 동안 쳐다보았고, 반지에 취했다. 2만 프랑, 방갈로를 담부 잡혀서 빌린 돈의 두 배였다. 어머니가 다이아몬드를 쳐다보는 모습을 조제프는 고개 돌려 외면했다. 어머니는 말없이 방으로 들어가서 숨겨 놓고 왔다. 어머니는 밥이 넘어가지 않았다.

"그렇게 질 나쁜 인간이 어디 있니? 저 애한테 반지를 주다니. 치욕이야, 치욕. 그동안 와서 그렇게 지저분하게 굴더니."

쉬잔과 조제프는 어머니를 쳐다보지도 어머니 말에 대답을 하지도 않았다. 지금 어머니는 반지를 가졌기 때문에, 반지를 돌려주지 않기로 했기 때문에 병이 났다. 돌려줄 수 없어, 절대 안 돼. 어머니는 계속 마룻바닥을 응시하며 수치심에 휩싸여 백치처럼 같은 말을 되풀이했다. 보고 있기 힘들었다. 쉬잔이 반지를 보여 줄 때 무슨 일이 일어난 걸까? 반지를 본 그 순간이 어머니의 내면에 젊음을, 억압되어 있던 오래된 격정을, 그때까지 알아차리지 못했던 욕정을 깨운 걸까? 그때 이미 어머니는 반지를 돌려주지 않겠다고 결심했을 것이다.

쉬잔이 식탁에서 일어서는 순간 드디어 일이 터졌다. 마침내 어머니가 일어섰다. 어머니는 쉬잔에게 달려들었고, 남아 있는 힘을 다 모아 주먹으로 때렸다. 자신의 권리를, 그리고 그만큼의 의혹을 다 끌어모아서 때렸다. 쉬잔을 때리면서 어머니는 방조 제방과 은행과 자신의 병과 방갈로 지붕과 피아노 교습과 토지국을, 자신의 늙음과 고단함을, 자신의 죽음을 이야기했다. 조제프는 나서지 않고 가만히 지켜보았다.

두 시간 동안 이어졌다. 어머니는 일어나서 쉬잔에게 달려들고, 그러다가 피로로 정신이 멍해지며 흥분이 가라앉으면 안락의자에 주저앉았다. 하지만 다시 일어나 또 쉬잔에게 달려들었다.

"말해, 그러면 그만할 테니까."

"그 사람하고 안 잤어요. 그냥 줬어요. 내가 달라고 하지도 않았다고요. 나한테 보여 주고는 그냥, 아무 대가 없이 그냥 줬어요."

어머니는 어떤 필연성이 놓아주지 않고 계속 밀어 대기라도 하는 듯 다시 쉬잔을 때리기 시작했다. 옷이 찢겨 맨몸이 드러난 쉬잔은 어머니의 발아래 주저앉아 울었다. 몸을 일으키려 하면 어머니가 발길질로 다시 넘어뜨리며 악을 썼다.

"말해! 말하라고! 그럼 그만한다잖아!"

절대 일어서게 두지 않겠다는 듯 어머니는 쉬잔이 몸을 일으키기만 하면 때렸다. 쉬잔은 두 팔로 머리를 감싸고 그냥 참아 냈다. 지금 가해지는 힘이 어머니에게서 오는 것임을 잊고 바람의 힘, 파도의 힘, 어떤 비인격적인 힘이라 여기면서 감내했다. 힘을 쓰느라 넋이 나간 어머니가 안락의자에 주저앉을 때, 쉬잔은 오히려 그럴 때 겁이 났다.

"말해!" 어머니가 여러 번 되풀이했다. 때로는 거의 차분해진 목소리였다.

쉬잔은 더는 대답하지 않았다. 어머니는 지쳤고, 잊었다. 이따금 하품을 했고, 스르르 눈이 감기면서 고개가 기울어지기도 했다. 하지만 쉬잔이 움직이려고만 하면, 혹은 기울어지던 고개를 떨구다가 잠이 깼을 때 주저앉은 쉬잔이 보이기만 하면 어머니는 다시 일어나서 때렸다. 조제프는 그들이 가진 유

일한 책, 육 년 된 낡은 책이지만 질리지 않고 계속 읽고 있는
『할리우드 영화』를 뒤적거렸다. 어머니가 다시 때리기 시작하
자 책장을 넘기던 조제프가 멈췄다. 그리고 불쑥 내뱉었다.

"젠장! 쉬잔이 그 작자하고 안 잔 거 알잖아요. 그런데 왜
애를 잡아요?"

"내가 죽여 버리고 말 거다. 어쩔래?"

조제프는 이런 상태의 어머니와 쉬잔을 단둘이 두지 않기
위해서 계속 자리를 지키고 있었다. 그건 확실했다. 아마도 마
음이 놓이지 않았을 것이다. 조제프가 소리를 지르고 난 뒤에
도 어머니는 쉬잔을 때렸지만 좀 덜 세게, 좀 더 짧게 때렸다.
그래서 조제프는 어머니가 쉬잔을 때리면 큰 소리로 외쳤다.

"잤으면 어쩔 건데요? 어머니랑 상관없잖아요!"

때리는 어머니의 손에 자신감이 떨어졌다. 어머니는 이 년
전부터 조제프에게는 손찌검을 하지 않았다. 그전에는 조제프
도 많이 때렸다. 조제프가 어머니가 휘두르는 팔을 붙잡고 말
없이 꼼짝 못 하게 만들어 버린 날이 마지막이었다. 처음에 당
황하던 어머니는 결국 조제프와 함께 웃음을 터뜨렸다. 마음
속으로는 아들이 강해져서 행복했다. 그날 이후 조제프는 더
이상 때리지 않았다. 조제프가 어려워지기도 했고, 또 조제프
가 자기 입으로 더는 참지 않을 거라고 말했기 때문이다. 조
제프는 부모가 자식을, 특히 딸을 때리는 데 찬성했지만 지나
치게 때려서는 안 된다고, 다른 방법이 더 없을 때에만 때려야
한다고 생각했다. 하지만 방조 제방이 무너진 뒤, 더는 조제프
를 때리지 않게 된 뒤 어머니는 쉬잔을 전보다 자주 때렸다.

"더 이상 때릴 사람이 없으면 자기 얼굴이라도 때릴 거야." 조
제프가 말했다.

어머니가 자러 들어가지 않는 한 조제프는 자리를 지킬 것
이다. 그건 확실했다. 쉬잔은 마음이 놓였다.

"쟤가 반지를 얻으려고 그 작자와 잤어도 그게 뭐 대단한
일이냐고요!"

마음속 깊이 만족스럽고 평온했다. 어머니가 난리 쳐도 상
관없다. 반지는 이제 집 안에 있다. 2만 프랑이 집에 있다. 그
것만이 중요했다. 보나 마나 어머니는 2만 프랑으로 무엇을 할
지 이미 결정했다. 오늘 저녁에는 아직 물어보지 못하지만 내
일이면 자유롭게 얘기할 수 있다. 이미 반지를 돌려주는 것은
불가능해졌다. 평소에 쉬잔은 어머니한테 맞는 게 싫었지만
오늘 저녁은 반지를 건네받은 어머니가 아무렇지도 않게 평소
처럼 식탁에 앉은 것보다 차라리 마음이 편했다.

"반지, 그래 봤자 그게 뭔데? 돌려주지 못할 때도 있지."

"더구나 어떻게 얻었는데!" 조제프가 말했다.

누가 반대하겠는가? 이제 새 자동차를 살 수 있고, 방조 제
방을 한쪽만이라도 다시 세울 수 있다. 어쩌면 반지를 발판 삼
아 조 씨와 관련 없는 재산을 갖게 될지도 모른다. 어머니가
고함을 지르든 말든 상관없었다.

오늘 저녁은 중요했다. 조 씨에게서 문제의 반지를 받아 냈
고, 반지는 방갈로 어딘가에 있다. 이제 세상 어떤 힘도 반지
를 가져갈 수 없다. 오늘 저녁이 오기까지 아주 오래 걸렸지만
어쨌든 드디어 왔다. 좀 더 일찍 왔어도 좋았으련만. 지난 몇

년 동안 모든 계획이 스러지기만 하지 않았는가. 반지는 그들에게 첫 성공이었다. 기회가 아니라 성공. 몇 년 전부터 기다려왔는데 그저 기다리기만 해서 마침내 반지를 얻었다. 오래 걸렸지만 어쨌든 반지가 왔다. 반지가 그들이 있는 쪽으로 넘어왔다. 그들의 세상으로 왔다. 이제 반지를 손에 넣었다. 조 씨가 이 반지를 내어놓은 것은 쉬잔에게 다가오기 위해서, 다리밑 그늘에서라도 계속 그녀에게 다가오기 위해서였다. 그런데 모든 공격을 버티고 얻어 낸 그 승리를 아무하고도 나누지 못하다니. 심지어 조제프하고도.

"그깟 반지가 뭐라고. 싫다고 하는 게 죄 짓는 거지."

누가 아니라고 하겠는가. 그렇다. 세상 어느 누가 반박할 수 있겠는가. 가지라고 주는 걸 거절하다니 상상할 수 없다. 필요로 하는 사람이 세상에 얼마나 많은데, 아름다운 보석함 속에 들어앉아 아무것도 못 하는 돌멩이가 말이 되는가. 마침내 손에 들어온 다이아몬드는 보석함에서 나와 자신의 길을 가면서 풍성한 결실을 맺을 것이다. 카탕가[21]의 악몽 같은 강들에서, 그곳 어느 강에서, 어느 흑인의 피 흐르는 손이 강바닥 자갈층에서 캐낸 다이아몬드가 처음으로, 자유롭게, 옥지기들의 비인간적이고 탐욕스러운 손을 벗어났다.

어머니는 때리길 멈췄다. 딴생각에 정신이 팔린 것 같았다. 아마도 다이아몬드로 무엇을 할까 생각 중이리라.

"차를 바꿔요." 쉬잔이 부드럽게 말했다.

---

21) 콩코 남부 지역. 다이아몬드 광산이 많다.

조제프는 뒤적거리던 『할리우드 영화』를 테이블에 내려놓았다. 그리고 어머니처럼 생각에 잠겼다. 그런데 바로 그때 어머니가 딸을 힐끗 쳐다보더니 다시 악을 쓰기 시작했다.

"차 안 바꿔! 은행 빚을 갚아야지, 크레디 퐁시에[22]에! 지붕이엉도 갈고. 내가 하고 싶은 걸 할 거다."

끝난 줄 알았는데 아직 아니었다. 더 기다려야 했다.

"크레디 퐁시에 돈을 갚아요. 지붕 이엉도 갈아 주고요." 쉬잔이 말했다.

왜 그랬을까? 쉬잔이 미소 짓는 걸 보았기 때문일까? 어머니가 일어서더니 쉬잔에게 달려들어 넘어뜨렸다.

"더는 못 참겠어. 이제 가서 자야겠어……."

쉬잔이 고개를 들고 어머니를 쳐다보았다.

"그 사람하고 잤어요. 그래서 그 사람이 나한테 다이아몬드를 줬어요."

어머니가 안락의자에 주저앉았다. 날 죽이겠지, 조제프도 말리지 못할 거야. 쉬잔은 생각했다. 하지만 당장이라도 달려들 것처럼 두 팔을 들어 올리고 쉬잔을 노려보던 어머니가 이내 팔을 아래로 늘어뜨리고 침착하게 가라앉은 목소리로 말했다.

"그렇지 않아. 거짓말 마라."

조제프가 일어서서 어머니에게 다가갔다. 그리고 나지막하게 말했다.

---

22) 19세기 말에 설립된 프랑스의 부동산 투자 은행.

"얠 또 건들면…… 한 번만 더 건들면 내가 데리고 람에 가버릴 테니 알아서 해요. 어머니는 제정신이 아니에요. 이제 확실히 알겠어."

어머니가 조제프를 바라보았다. 그 순간에 조제프가 웃음을 터뜨렸으면 어머니도 같이 웃었을 것이다. 하지만 조제프는 웃지 않았다. 그러자 어머니는 주체할 수 없는 슬픔에 짓눌려 알아보기 힘들 만큼 일그러진 얼굴로 멍하니 앉아 있었다. 쉬잔은 조제프의 안락의자 발치에 길게 엎드려서 울었다. 어머니는 왜 다시 때리기 시작했을까? 미친 걸까? 삶은 끔찍했고, 어머니도 삶 못지않게 끔찍했다. 조제프는 다시 의자에 앉아 쉬잔을 쳐다보았다. 쉬잔의 삶에서 유일한 다정함은 조제프였다. 쉬잔은 조제프가 웬만해서 드러내지 않지만 딱딱한 표면 아래 가려진 다정함을 발견했고, 그와 동시에 조제프가 그런 다정함을 드러내지 않을 수 없게 만들려면 많이 맞고 많이 참아야 함을, 어쩌면 더 맞고 더 참아야 함을 깨달았다. 그래서 쉬잔은 울었다.

잠시 후 어머니가 정말로 잠들었다. 그러다가 갑자기 고개를 떨구고 입을 살짝 벌린 채로 젖처럼 흐르는 잠 속에 완전히 빠져들었다. 가벼워져서, 충만한 순수 속을 떠다녔다. 더는 어머니를 원망할 수 없었다. 어머니는 삶을 무한히 사랑했고, 삶을 향한 지칠 줄 모르는 치유 불가능한 희망이 지금의 어머니를 만들었다. 어머니는 바로 그 희망에 절망했다. 그 희망이 어머니를 마멸시키고 부서뜨리고 발가벗겼다. 그나마 희망을 내려놓고 쉬게 해 주던 잠도, 어쩌면 죽음까지도 더는 그 희망을 넘어서지 못했다.

쉬잔은 조제프의 방문 앞으로 기어가 조제프가 하려는 것을 기다렸다.

조제프는 어머니가 안락의자 팔걸이를 손으로 움켜쥔 채 눈썹을 찌푸리고 잠든 모습을 한참 동안 지켜보았다. 그러다 일어서서 다가갔다.

"방에 가서 자요. 침대가 더 편하잖아요."

어머니가 화들짝 놀라 깨어나서 두리번거렸다.

"앤 어디 갔니?"

"들어가서 자요……. 걘 그 작자하고 안 잤어요."

조제프는 어머니의 이마에 입을 맞췄다. 지금까지 조제프가 어머니에게 입 맞추는 모습을 쉬잔이 본 것은 딱 한 번, 발작을 일으킨 어머니가 혼수상태에 빠졌을 때였다. 그때 조제프는 어머니가 죽을 거라고 생각했다.

"아! 아! 나도 알아." 어머니가 울면서 말했다.

"반지도 걱정 말아요. 팔아도 돼요."

어머니가 두 손으로 얼굴을 감싸고 울었다.

"아아! 난 미친 늙은이야……."

조제프는 어머니를 일으켜 방으로 데려갔다. 그 뒤로는 쉬잔이 있는 곳에서는 안 보였다. 쉬잔은 조제프의 방에 들어가 침대에 걸터앉았다. 조제프는 어머니를 침대에 눕히고 있을 터였다. 잠시 후 조제프가 식당으로 돌아가서 램프를 챙겨 들고 방으로 들어왔다. 바닥에 램프를 내려놓고는 침대 발치에 놓인 쌀자루 위에 앉았다.

"어머니는 잠자리에 들었어. 가서 자." 조제프가 말했다.

쉬잔은 더 있고 싶었다. 원래 조제프의 방에는 잘 들어오지 않았다. 방갈로에서 가구가 제일 없는 방이었다. 침대가 유일한 가구였다. 그 대신 벽에는 소총들이 걸렸고, 조제프가 직접 무두질한 가죽들도 벽에서 불쾌하고 역겨운 냄새를 풍기며 서서히 썩어 갔다. 방 제일 안쪽은 냇가 쪽으로 문이 나 있는 창고의 벽이었다. 어머니가 베란다를 칸막이로 막아 만든 창고였다. 지난 육 년 동안 어머니는 그곳에 통조림, 연유, 포도주, 키니네, 담배를 쌓아 두고는 열쇠를 끈에 묶어 밤낮으로 목에 걸고 지냈다. 반지도 이미 그 창고 안에, 연유 깡통 밑에 놓여 있을지 모른다.

쉬잔은 울음을 그쳤다. 그리고 조제프 생각을 했다. 조제프는 가장 아끼는 소총들과 가죽들 가운데 쌀자루에 앉아 있었다. 조제프는 사냥을 잘했다. 사냥만 잘했다. 철자는 아직도 쉬잔보다 많이 틀렸다. 어머니는 늘 아들이 공부에 소질이 없다고, 기계 장치나 자동차, 사냥 쪽에만 머리가 돌아간다고 말했다. 맞는 말일 수 있었다. 하지만 아들을 계속 공부시키지 못한 자신을 정당화하기 위한 말일 수도 있었다. 조제프는 이곳 평야에 살게 된 뒤에 사냥을 시작했다. 열네 살에 이미 숲에 가서 밤 사냥을 했고, 사냥 망루를 자기 손으로 설치할 줄 알았고, 맨발로 몰이꾼 하나 없이 어머니 몰래 혼자 떠나곤 했다. 냇가 초입에서 검은 호랑이를 기다리는 때가 그가 세상에서 가장 좋아하는 시간이었다. 날씨에 상관없이 진흙 바닥에 엎드린 채 며칠 밤낮을 혼자 기다릴 수 있었다. 한번은 이

틀 밤 사흘 낮을 기다린 끝에 두 살 먹은 검은 표범을 잡았다. 조제프는 뱃머리에 표범을 매달고 돌아왔고, 냇가 둑에 모인 평야의 농부들이 그 모습을 지켜보았다.

오늘 저녁처럼 힘겹고 권태롭게 무언가를 깊이 생각하는 조제프는 너무도 아름다웠고, 사랑하지 않을 수 없었다.

"가서 자, 걱정하지 말고……." 조제프가 다시 말했다.

조제프는 피곤해 보였다. 쉬잔에게 가서 자라고 말하고는 곧 쉬잔이 옆에 있다는 사실도 잊어버렸다.

"지겹지?" 쉬잔이 물었다.

조제프가 눈을 들어 옷이 찢어진 채로 자기 침대에 걸터앉아 있는 쉬잔을 바라보았다.

"괜찮아. 아팠어?"

"그건 괜찮아……."

"지겨워?"

"모르겠어."

"뭐가 지겨운데?"

"전부. 오빠하고 같아. 모르겠어."

"젠장, 어머니 생각도 해야지 별수 없잖아. 어머니는 늙었어, 그걸 알아야 해. 우리보다 더 많이 지겨울 거고. 그리고 어머니한텐 이제 끝났잖아……."

"뭐가?"

"장난치며 웃는 거. 한 번도 그래 본 적이 없고, 앞으로도 없겠지. 그러기엔 너무 늙었으니까. 어머니한텐 시간이 없어……. 자, 가서 자. 나도 잘래."

148

쉬잔이 일어섰다. 그때 조제프가 방을 나서는 쉬잔에게 물었다.

"그 작자하고 잤어 안 잤어?"

"안 잤어."

"난 널 믿어. 남자와 잤는지 안 잤는지가 중요한 게 아니라 그 작자하고 자는 게 안 돼. 나쁜 놈이야. 내일 오거든 다시는 오지 말라고 해."

"다시는?"

"다시는."

"그런 다음엔?"

"몰라. 좀 두고 보자."

이튿날 평소처럼 조 씨가 왔다. 쉬잔은 다리 옆 비포장도로에 나와 기다리고 있었다.

바나나무를 돌보던 어머니는 레옹 볼레의 클랙슨 소리가 들리자 곧바로 하던 일을 멈추고 비포장도로 쪽을 쳐다보았다. 어머니는 모든 일이 잘 해결되리라는 희망을 포기하지 않았다. 다리 건너편의 늪 옆에서 몸을 숙여 세차를 하다가 비포장도로를 등지고 선 조제프는 어머니가 움직이지 못하도록, 조 씨에게 가지 못하도록 지켜보고 있었다.

쉬잔은 어머니의 헌 옷으로 만든 파란색 면 원피스 차림에 맨발이었다. 조 씨가 사 준 원피스는 감춰 두었다. 그녀와 조 씨의 만남의 흔적은 손톱과 발톱에 칠해진 매니큐어만 남아 있었다.

그날 점심 식사 중에 조제프가 조 씨와 끝내야 한다고, 그가 더는 쉬잔을 보러 오면 안 된다고 결정했다.

"이제 그자는 올 필요 없어요. 쉬잔이 직접 확실하게 말해야 해요." 조제프가 말했다.

어려운 일이었다. 어머니는 아침에 눈을 뜨자마자 이런저런 계획들을 늘어놓으며 전율하기까지 했다. 그리고 결정했다면서 도시로 가서 반지를 팔자고 했고, 조제프도 동의했다. 그때만 해도 조제프는 이제 조 씨를 못 오게 하겠다는 말은 꺼내지 않았다. 어머니는 쉬잔과 단둘이 있을 때 반지가 얼마짜리냐고 다시 묻기까지 했다. 2만 프랑이라고 쉬잔이 대답했다. 어머니는 조 씨가 이것 말고 다른 다이아몬드도 많냐고, 이것처럼 쉽게 줄 것 같으냐고 물었다. 쉬잔은 조 씨가 반지 세개 중에 하나를 고르라고 했다고, 나머지 두 개는 다이아몬드가 이것처럼 크진 않지만 예뻤다고, 하지만 나머지 두 개까지줄 것 같지는 않다고 대답했다. 실제로 조 씨는 줄곧 반지 한개라고만 얘기했었다.

"그 반지 세 개만 있으면 벗어날 수 있을 텐데. 네가 잘 설명하면 그 사람이 이해하지 않겠니? 그럼 우린 살 수 있어."

"우리가 벗어나든 말든 그 사람은 관심 없어요."

어머니는 딸의 말을 믿지 않았다.

"네가 액수들을 알려 주면서 잘 설명하면 이해하지 못할 리가 없지. 그 사람한텐 어차피 반지들이 있으나 없으나 별 상관없잖니? 반지 세 개를 한꺼번에 끼고 다닐 수도 없을 테고. 우리한텐 사느냐 못 사느냐의 문제인데."

쉬잔이 어머니의 말을 전했지만 조제프는 조 씨와 관계를 끊겠다는 결정을 거두지 않았다. 그리고 점심 식탁에서 선언한 것이다.

"끝이라고?" 어머니가 물었다. "왜 네가 나서니?"

조제프가 차분한 목소리로 대답했다.

"끝이에요. 얘가 말 안 하면 내가 할 거예요."

어머니는 얼굴이 시뻘게져서 식탁에서 일어섰다. 눈빛으로 쉬잔에게 조제프가 왜 저러느냐고 물었다. 아마도 쉬잔이 나서서 무슨 말이든 하길 바랐을 것이다. 하지만 쉬잔은 눈을 내리깔고 계속 먹기만 했다. 어머니는 두 자식의 공모를 알아채고 절망했다. 단 일격에 무너져 버린 어머니는 쉬잔과 조제프 사이에 서서 다시 악을 쓰기 시작했다. 하지만 평소보다는 덜 거칠고 조금 소심했다.

"그럼 이제 어떻게 하니?"

"좀 두고 봐요." 조제프가 조용히 말했다. "여기 오는 사냥꾼들은 여자가 없잖아요. 고원에 올라가 보면 사냥꾼들이 가득해요. 북쪽도 마찬가지고요. 좀 두고 봐요. 어쩌면 거기까지 가야 할 수도 있겠죠. 어쨌든 조 씨와는 끝이에요."

어머니는 버텼다. 조제프의 어조를 볼 때 소용없는 일이 분명했지만 그래도 버텼다.

"사냥해서는 못 먹고살아. 난 그 사람이 좀 더 안심이 되는구나."

조제프는 여전히 부드러운 표정으로 어머니를 응시했다. 그러더니 일어서서 다가왔다. 눈을 내리깐 쉬잔은 차마 두 사람을 쳐다보지 못했다.

"내 말 잘 들어요. 그 작자를 아직 제대로 못 봤어요? 쉬잔은 절대 그 작자하고 안 자요. 얘가 가진 게 아무리 없어도 그 작자와 자는 꼴은 내가 못 봐요."

어머니가 다시 앉았다. 속임수를 써 보기로 했다.

"하지만 지금 당장 그 사람과 관계를 끊을 건 없잖니. 조금 기다려 보자. 네 생각은 어떠니, 쉬잔?"

조제프는 여전히 반지 얘기는 꺼내지 않으면서 더 단호해졌다.

"당장 해야 해요. 쉬잔 생각은 물을 필요 없어요. 쟨 아직 아무하고도 자 본 적 없어요. 그게 어떤 건지도 모른다고요."

"그래도 의견을 말해야지."

"난 사냥꾼이 더 좋아요." 쉬잔이 말했다.

"그놈의 가난뱅이 사냥꾼들, 그러다간 끝까지 이 꼴이지." 어머니가 말했다.

쉬잔도 조제프도 대답하지 않았다. 그 뒤로는 아무도 다시 입을 열지 않았다.

평소와 같은 시간, 다리 옆쪽으로 뒷좌석에 조 씨를 태운 멋진 리무진이 나타났다. 밤에 비가 내린 탓에 자동차는 진흙투성이였다. 조 씨는 쉬잔을 만나러 날씨에 상관없이 매일 거의 50킬로미터를 왔다. 쉬잔을 발견한 조 씨가 다리 근처에서 차를 세우게 했다. 쉬잔이 차 문 쪽으로 다가갔고, 작잠견 양복을 입은 조 씨가 곧 차에서 내렸다. 조제프는 한 번도 작잠견 양복을 입어 보지 못했다. 조 씨의 양복은 모두 작잠견이었다. 입다가 색이 바래면 운전사에게 주었다. 조 씨는 작잠견이 면보다 더 시원하다고, 자기는 피부가 약해서 작잠견이 아니면 못 입는다고 했다. 조 씨와 그들 사이에는 참으로 큰 차이가 있었다.

"날 기다린 건가요? 친절하게도……." 조 씨가 말했다.

쉬잔은 조 씨의 곁에 섰다. 조 씨가 그녀의 손에 입을 맞췄다. 조제프와 어머니가 가만히 서서 지켜보고 있었지만 조 씨는 아직 보지 못했다. 보통 때 어머니와 조제프는 조 씨의 인사를 받고 응답하는 번거로움을 피하기 위해 그가 올 때면 일부러 더 열심히 일했기 때문이다. 쉬잔은 조 씨가 잡고 있던 손을 빼낸 뒤 그대로 서 있었다.

"이젠 오지 말라고 말하러 왔어요."

조 씨의 표정이 변했다. 그는 모자를 들어 올렸다가 잠시 후 다시 쓰면서 갈 곳 잃은 눈길로 쉬잔을 바라보았다.

"그게 무슨 말이죠?"

조 씨의 목소리가 갑자기 작아졌다. 보통 때처럼 주머니에서 신문을 꺼내 땅에 펴 놓는 것도 잊은 채 옷이 더러워지든 말든 그대로 비탈면에 앉았다. 쉬잔은 계속 옆에 서서 그가 이해하길 기다렸다. 멀리서 어머니와 조제프도 기다렸다. 마침내 조 씨가 그들을 보았다. 어머니는 여전히 모든 일이 잘 해결되기를, 지금의 위협이 효과를 발휘해서 조 씨가 지난번 실수를 만회하기 위해 양쪽 주머니에 다이아몬드를 가득 채워 다시 오기를 바랄 터였다. 그런 어머니 때문에 조제프는 조 씨가 빨리 상황을 이해하길 바랐다.

"이젠 오지 말아요. 질내 오년 안 돼요." 쉬잔이 말했다.

조 씨는 말소리가 잘 안 들리는 것 같았다. 땀을 흘리기 시작했고, 마치 다른 동작은 아무것도 할 줄 모르게 된 사람처럼 모자를 썼다 벗었다 하기만 했다. 눈길이 쉬잔에게서 어머니로, 어머니에게서 조제프로, 쉬잔에게서 조제프로 쉬지 않고 움직였다. 그는 여러 가지 가설 사이에서 길을 잃고는 이해하려고 애썼다. 다이아몬드를 준 다음 날에 더는 찾아오지 말라는 말을 들었다. 조 씨는 계속해서 모자를 벗었다 썼다 했다. 분명 온전히 이해할 때까지 계속 반복할 터였다.

"누가 결정했죠?" 조 씨가 목소리를 가다듬어 물었다.

"어머니요." 쉬잔이 대답했다.

"어머니요?" 조 씨가 믿기지 않는다는 듯 다시 물었다.

"그래요. 조제프도 같은 생각이고요."

조 씨가 어머니를 쳐다보았다. 어머니는 여전히 다정한 눈길을 보내고 있었다. 어머니의 결정일 리 없었다.

"무슨 일이 일어난 거죠?"

이 사람이 가고 나면 난 조제프에게 간다. 오늘 조 씨는 그의 자동차와 같고, 자동차는 또 그와 같다. 자동차와 사람이 똑같은 가치다. 어제만 해도 조 씨의 자동차는 그들과 무관하지 않았다. 언젠가 그들의 소유가 되는 일이 완전히 불가능하지는 않았기 때문이다. 하지만 오늘은 쉬잔에게서 멀리 아주 멀리 가 버렸다. 쉬잔과 자동차를 이어 주는 어떤 끈도, 아주 가느다란 끈도 없었다. 자동차는 이제 성가시고 추한 물건이었다.

"어머니도 조제프도 당신이 마음에 안 든대요. 반지 때문이기도 하고요."

조 씨가 모자를 들어 올렸다. 그는 다시 생각에 잠겼다.

"내가 반지를 줘서, 그렇게, 당신에게 그냥 줘서……."

"설명하기 힘들어요."

조 씨는 결국 이해하지 못한 채 다시 모자를 썼다. 여전히 답을 얻지 못했다. 그대로는 돌아갈 마음이 없어 보였다. 그는 설명을 기다렸다. 시간은 많으니까. 반면에 쉬잔은 그렇지 않았다. 이야기가 길어지면 어머니의 희망이 점점 커질 위험이 있었다.

"끔찍하군요. 너무 부당한 일이에요." 조 씨가 말했다.

그는 무척 괴로워했다. 하지만 그 괴로움 역시 그의 자동차와 마찬가지라 평소보다 더 성가시고 더 추했다. 그를 쉬잔과 이어 주는 어떤 끈도, 아주 가느다란 끈조차도 없었다.

"그만 가요." 쉬잔이 말했다.

조 씨가 갑자기 냉소적인 억지웃음을 터뜨렸다.

"그럼 반지는요?"

이번에는 쉬잔이 웃음을 터뜨렸다. 조 씨가 반지를 돌려받고 싶어 한다면 상황이 우스꽝스러워질 것이다. 조 씨는 순진한 사람이었다. 그는 너무 부자이기 때문에 그들 옆에서 그저 순진한 애송이였다. 반지를 돌려받을 수 있다고 생각하다니. 쉬잔은 환하고 자연스럽게 웃었다.

"내 거예요. 반지는 내 거죠." 쉬잔이 말했다.

"그렇다면 한번 말해 봐요." 조 씨가 냉소에 약간의 악의까지 더하며 물었다. "그 반지를 어떻게 할 생각이죠?"

쉬잔이 다시 웃었다. 엄청난 재산에도 불구하고 조 씨는 타고난 순진함을 그대로 간직했다. 반지는 당연히 그들의 것이다. 이미 먹어서 소화까지 시킨, 이미 그들의 살 속에 녹아든 반지를 어떻게 돌려받겠는가.

"내일 도시로 가서 팔 거예요."

"이런, 이런, 이런." 모든 게 분명해졌다는 듯 조 씨가 말했다. 그리고 히죽거렸다. 어쩌면 의미심장한, 그럴 수도 있는 웃음이었다.

"내가 다시 달라고 하면요?"

"돌려받지 못할 거예요. 그만 가요."

조 씨는 웃음을 그쳤다. 그리고 한참 동안 쉬잔을 바라보다가 얼굴이 뻘게졌다. 조 씨는 아무것도 이해하지 못했다. 다시 모자를 벗었고, 달라진 슬픈 목소리로 말했다.

"나를 사랑하지 않았군요. 당신이 원한 건 반지였어요."

"특별히 반지를 원하진 않았어요. 생각도 안 했어요. 반지 얘기를 꺼낸 건 당신이잖아요. 난 반지보다 더 큰 걸 원했어요. 어쨌든 반지는 이제 우리 거니까 당신에게 돌려주느니 차라리 냇물에 던져 버리겠어요."

조 씨는 떠나지 못했다. 다시 한번 생각에 잠겼고, 그의 생각이 너무 오래 이어지는 것을 참지 못한 쉬잔이 다시 말했다.

"그만 가라고요."

"정말로 부도덕한 인간들이군요." 조 씨가 깊은 확신이 담긴 어조로 말했다.

"맞아요, 우린 그래요. 이제 가요."

조 씨는 간신히 일어섰다. 그는 자동차 문의 손잡이를 잡았고, 잠시 가만히 있다가 위협적인 어조로 선언하듯 말했다.

"끝났다고 생각하지 말아요. 나도 내일 도시에 갈 거니까."

"그럴 필요 없어요. 소용없어요."

조 씨가 마침내 차에 올라타 운전사에게 무언가 말했다. 운전사는 그 자리에서 차를 돌렸다. 좁은 비포장도로에서는 더디고 힘든 일이었다. 평소에는 방갈로 길로 들어갔다가 후진해 나오면서 방향을 바꿨는데 오늘은 의연하게 그 길을 피한 것이다. 조제프는 늪가에서 차의 움직임을 지켜보았다. 어머니는 십자가에 매달린 사람처럼 여전히 꼼짝 않고 서서 조 씨의 돌이킬 수 없는 출발을 지켜보다가 차가 완전히 돌아서기 전에 급히 방갈로로 들어가 버렸다. 쉬잔은 조제프가 있는 쪽으로 걸어갔다. 마주 오는 자동차 창유리 너머로 조 씨의 애원하는 듯한 눈길이 스쳐 지나갔다. 쉬잔은 최대한 빨리 조제프에게 가기 위해 논을 비스듬히 가로질렀다.

조제프는 세차를 끝내고 타이어 바람을 채우는 중이었다.

"말했어." 쉬잔이 말했다.

"진작 이랬어야 했어."

타이어에 구멍이 세 개가 나 있었다. 튜브 상태는 아직 나쁘지 않았다. 조제프는 튜브와 타이어 사이에 낡은 타이어 조각을 끼워 보강했다. 그리고 집어넣은 조각들이 움직이지 않도록 타이어를 빵빵하게 채웠다. 쉬잔은 늪가에 앉아서 지켜보았다.

"오래 걸려?"

"삼십 분, 왜?"

"그냥."

날씨가 무척 더웠다. 쉬잔은 조제프를 지켜보다 말고 반대쪽으로 돌아앉아서는 원피스를 걷어 올린 뒤 두 발을 늪에 담갔다. 이어 손으로 물을 조금 떠서 다리에서 허벅지까지 뿌렸다. 감미로웠다. 문득 이 순간을, 마음 놓고 치마를 걷어 올리고 다리를 물에 담글 수 있는 순간을 한 달 전부터 기다려 왔음을 깨달았다. 쉬잔의 손발이 움직이면서 물 표면에 퍼져 나가는 잔주름을 만들자 물고기들이 놀라 도망쳤다. 쉬잔은 낚싯대를 가져오고 싶은 희미한 욕구를 느꼈지만 조제프 없이 혼자 방갈로에 들어갈 엄두는 나지 않았다. 조제프는 기본 타이어를 끝내고 보조 타이어를 고치기 시작했다. 우선 타이어에서 튜브를 꺼냈다. 조제프가 자동차를 붙잡고 있는 동안은 누구도 그를 도와줄 수 없었다. 때로 조제프는 욕설을 퍼부었다.

"이런 젠장! 거지 같은 똥차!"

늪 속에 희뿌연 하늘 위로 물결치는 산의 형체가 그려졌다. 밤에 다시 비가 오려나 보다. 바다 쪽으로 굵은 보랏빛 구름이 올라오고 있었다. 밤새 폭우가 쏟아지고 나면 내일은 좀 선선해질 것이다. 도중에 너무 지치지만 않는다면 내일 저녁 늦게는 도시에 도착할 수 있다. 그러면 모레 오전에 반지를 팔자. 도시에서 제일 먼저 해야 할 일이었다. 도시에는 남자가 수없이 많다. "이 아름다운 아가씬 누굴까? 남쪽에서 왔는데 아무도 이 아가씨를 모르네." 어머니가 뭐라든 도시에 가면 그녀를 위한 남자 하나쯤 있을 것이다. 사냥꾼일 수도 있고 농장주일 수도 있지만, 어쨌든 분명히 있다.

조제프의 일이 끝났다.

"산에 갈까? 내일 가는 길에 먹을 닭 구하러 가자." 조제프가 말했다.

쉬잔이 벌떡 일어서서 조제프를 향해 웃었다.

"가자, 당장 가."

"차부터 방갈로 아래 세워 두고."

조제프도 오랜만의 도시 나들이여서 기분이 좋았다.

조제프는 방갈로 아래에 자동차를 세워 놓았지만 올라가지는 않기로 했다. 조 씨가 떠난 지 얼마 되지 않았으니 아직은 안 된다. 보통 때라면 총 없이 숲에 가는 일은 절대 없었다.

조제프와 쉬잔은 방갈로 옆으로 비포장도로와 산 사이에 펼쳐진 들판을 지나갔다. 완만한 경사가 시작되면서 논 대신 키 크고 딱딱한 그루터기 밭이 나타났다. '호랑이 풀'이라고 불리는 그 그루터기 밭에는 밤이면 맹수들이 내려왔다. 숲까지는 십오 분 정도 더 걸어야 했다.

"그자가 뭐래?" 조제프가 물었다.

"자기도 도시에 간대."

조제프가 웃었다. 행복해 보였다.

길이 좁아지고 경사가 더 가팔랐다. 잠시 후 염소와 돼지가 풀을 뜯도록 풀어놓는 빈터가 나왔다. 숲에 가까워진 것이다.

이어 몇 집밖에 살지 않는 아주 가난한 동네를 지났고, 개간지의 끝을 나타내는 뚜렷한 선을 그리며 숲이 시작되었다. 평야 사람들은 저 선 너머는 단 한 번도 개간하지 않았다. 굳이 할 필요가 없었다. 후추나무에 적합한 땅은 훨씬 높이 산으로 올라가야 했고, 염소 몇 마리를 먹이는 데는 그다지 넓은 풀밭이 필요하지 않았다.

"반지 얘긴 안 했어?" 조제프가 다시 물었다.

쉬잔은 한순간 망설였다.

"아무 말도 안 했어."

조제프와 쉬잔이 숲으로 들어서자 곧 길이 좁아졌다. 폭이 사람의 가슴너비밖에 안 되는 좁은 길에 검고 빽빽한 나무들이 하늘을 가려 마치 터널 안 같았다.

"멍청한 인간이야. 나쁜 놈은 아닌데 정말 멍청해." 조제프가 말했다.

칡넝쿨과 난초들이 초현실적일 정도로 온통 기괴하게 휘감아 숲 전체가 빽빽한 덩어리를 이루었다. 깊은 바닷속처럼 침범할 수 없는 숨 막히는 분위기였다. 칡넝쿨이 몇백 미터씩 길게 나무들을 휘감으며 이어졌고, 나무들 꼭대기에는 더 이상 상상할 수 없을 만큼 자유롭게 만개한 난초들이 밑에서는 그 가장자리밖에 보이지 않는 거대한 '수반'을 하늘을 향해 펼치고 있었다. 사방으로 뻗어 나간 난초의 수반들, 빗물이 가득 고여 때로 평야의 늪에 사는 물고기들까지 들어 있는 그 꽃송이들 아래 조용히 숲이 쉬고 있었다.

"우리가 부도덕한 인간들이래." 쉬잔이 말했다.

조제프가 다시 웃었다.

"그야! 분명 맞는 말이지."

모기들이 왱왱거리는 놀랍도록 시끄러운 소리, 새들이 쉬지 않고 날카롭게 지저귀는 소리가 숲 전체에 가득했다. 조제프가 앞서 걸었고, 쉬잔은 두 발자국 뒤에 따라갔다. 평야와 나무꾼 마을 중간쯤 되는 곳에서 조제프의 걸음이 느려졌다. 몇 달 전에 바로 저 자리에서 표범을 잡았다. 맹수들이 사냥한 먹이를 햇볕에 두었다가 먹는 작은 빈터였다. 누런 풀들 위로 수북이 쌓인 냄새 나는 마른 깃털 가운데에 파리 떼가 구름처럼 모여들어 있었다.

"내가 직접 설명할 걸 그랬어. 그자는 이해 못 했을 거야." 조제프가 말했다.

"뭘 설명하는데?"

"우리가 어째서 네가 그자와 자는 걸 싫어하는지. 그 사람처럼 돈이 많으면 이해하기 힘들겠지."

빈터를 가로지르는 냇물을 지나자 망고나무의 나뭇진 냄새가 나고 아이들의 고함 소리가 들렸다. 산의 이쪽은 이미 햇빛이 사라졌다. 그리고 이미 흙에서, 모든 꽃에서, 모든 종에서, 암살자인 호랑이에서, 그 호랑이들에게 죽어 햇볕에 살이 익은 죄 없는 먹잇감들에서, 태초의 세상에서처럼 미분화 상태로 하나가 된 그 모든 것에서 세상의 향기가 나오고 있었다.

마을 사람들이 조제프와 쉬잔에게 망고를 주었다. 조제프와 쉬잔은 아이들을 도와 닭을 잡아 왔다. 여자들이 닭의 목을 따는 동안 조제프는 남자들과 사냥 사정이 어떤지 얘기했다. 마을 사람들은 조제프와 쉬잔이 찾아와서 기뻤다. 남자들은 조제프와 자주 사냥을 해서 잘 아는 사이였다. 어머니는 잘 계시냐고도 물었다. 방갈로를 지을 때 목재를 구해 준 것도 바로 이 마을 남자들이었다. 그들은 나무를 해서 먹고살았다. 세금을 내지 않기 위해, 땅이 수용되는 것을 피하기 위해 평야를 떠나서 아직 백인들의 토지 관리 대상에 오르지 않은 숲속에 들어가 살았다.

아이들은 냇가 쪽으로 쉬잔과 조제프를 따라왔다. 벌거숭이로 머리부터 발끝까지 사프란을 바른 아이들은 덜 익은 망고를 닮았다. 색깔이 같고 반들거리는 것도 똑같았다. 조제프는 냇가 바로 앞에서 아이들이 달아나도록 박수를 쳤고, 야생의 아이들은 논에서 우는 새들 울음소리와 비슷한 날카로운 비명을 내지르며 달아났다. 어머니는 이 년 전부터 이곳에 오기를 포기했다. 말라리아 때문에 아이들이 너무 많이 죽었기 때문이다. 대부분의 아이들이 들판을 지나는 비포장도로의 즐거움을 알지 못한 채로, 그 도로까지 가기 위해 거쳐야 하는 2킬로미터의 숲길을 도움 없이 지나갈 힘을 갖기 전에 죽었다.

어머니는 식당에 있었다. 아세틸렌등은 켜 놓지 않았다. 어머니는 어둠 속에 앉아 있고 옆에 놓인 화로에서는 물떼새 스튜가 약불에 끓고 있었다. 어머니는 두 아이가 산에 들어간 것을 알았고 조제프가 총 없이 간 사실을 알아챘을 터다. 이미 한 시간 전부터 아이들이 언제 올지 궁금해하면서 기다렸다. 분명 불빛 때문에 멀리 오고 있는 아이들이 잘 보이지 않을까 봐 등도 켜지 않았다. 그러면서 정작 쉬잔과 조제프가 방갈로로 들어설 때 어머니는 아무 말도 하지 않았다.

"내일 가면서 먹을 닭을 구해 왔어요." 조제프가 말했다.

어머니는 대답하지 않았다. 조제프는 등을 켠 뒤 밖으로 나가서 하사에게 닭을 건네주며 구우라고 했다. 그리고는 방갈로에 올라오며 「라모나」를 휘파람으로 불었다. 쉬잔도 따라 불었다. 어머니는 아세틸렌등 불빛이 눈부셔 눈을 깜빡이면서 자식들에게 미소를 지었다. 조제프도 어머니를 보며 빙그레 웃었다. 이제 어머니는 화가 다 풀렸다. 단지 숨겨 놓은 다이아몬드가 인생의 유일한 다이아몬드라서, 더 가질 수 있는 샘이 말라 버려 슬플 뿐이었다.

"내일 가면서 먹을 닭을 구해 왔어요." 조제프가 다시 한번 말했다.

"어디 갔는지 알아요? 냇가 뒤 빈터 지나서 두 번째 마을에 갔어요." 쉬잔이 말했다.

"안 간 지 오래됐지만 그래도 알지." 어머니가 말했다.

"사람들이 어머니 소식을 물었어요." 조제프가 말했다.

"총도 안 들고 갔더구나. 어쩌려고……."

"급하게 가느라 그랬어요."

조제프는 거실로 가서 조 씨가 준 축음기의 태엽을 감기 시작했다. 어머니는 일어서서 접시 두 개를 식탁에 놓았다. 마치 어둠 속에서 오래 기다리느라 영혼까지 뻣뻣해진 사람처럼 움직임이 느렸다. 화로를 끈 뒤 두 접시 사이에 커피 사발도 내려놓았다. 쉬잔과 조제프의 눈길은 얼마 전 늙은 말의 움직임을 지켜볼 때처럼 잔뜩 희망을 품고 어머니를 좇았다. 어머니가 미소를 지었다고 생각할 수도 있겠지만 그보다는 지쳐서 무기력해진 탓에 얼굴의 윤곽선이 부드러워졌을 뿐이다. 지쳐서 무기력해졌기 때문에, 포기했기 때문에.

"와서 먹어라. 다 됐다."

어머니는 식탁에 물떼새 스튜를 내려놓은 뒤 커피 사발 앞에 앉았다. 그런 뒤에는 매일 저녁 이 순간이 되면 늘 그러듯이 길게 조용히 하품을 했다. 조제프는 스튜를 접시에 덜었고, 쉬잔도 똑같이 했다. 어머니는 땋은 머리를 풀어 잠자리를 위해 다시 매만졌다. 어머니는 배가 고프지 않은 듯했다. 오늘 저녁은 방갈로 안이 너무 고요해서 칸막이 판자들이 삐걱거리는 소리까지 다 들렸다. 방갈로가 그다지 튼튼하지 않았다. 잘 버티고 있기는 하지만, 어머니가 너무 서두른 탓에 덜 말린 목재로 지었다. 판자들이 많이 갈라지고 사이가 떴다. 지금은 침대에 누워서도 해가 뜨는 게 보였고, 밤중에 사냥꾼들을 태우고 람에서 돌아오는 자동차의 헤드라이트 불빛이 방 안의 벽을 훑고 지나갔다. 하지만 불평하는 것은 어머니뿐이었다. 쉬잔과 조제프는 그래서 더 좋았다. 바다 쪽 하늘이 크고 환한 붉은빛으로 타오르고 있었다. 비가 오려는 모양이었다. 조제프는 게걸스럽게 먹었다.

"맛있어요." 조제프가 말했다.

"맛있어요. 진짜로 맛있어요." 쉬잔도 말했다.

어머니가 미소를 지었다. 자식들이 맛있게 먹으면 어머니는 늘 행복했다.

"백포도주를 한 방울 넣었단다. 그래서 그래."

어머니는 자식들이 산에서 돌아오길 기다리며 스튜를 만들었다. 창고로 가서 백포도주를 꺼내고, 병을 따서는 경건하리만치 조심스럽게 스튜에 부었으리라. 쉬잔한테 너무 모질게 군 날, 혹은 좀 많이 지겨워진 날, 혹은 좀 많이 슬퍼진 날 어머니는 연유를 넣은 타피오카,[23] 혹은 바나나튀김, 혹은 물떼새 스튜를 만들었다. 그런 맛있는 음식을 먹는 즐거움을 늘 우울한 날을 위해 아껴 둔 것이다.

"너희가 좋아하면 또 만들어 주마."

쉬잔과 조제프는 스튜를 더 덜었다. 어머니의 긴장이 완전히 풀렸다.

"그 사람한테 뭐라고 말했니?" 어머니가 물었다.

조제프는 잠자코 있었다.

"설명해 줬어요." 쉬잔이 계속 접시를 쳐다보면서 대답했다.

"그랬더니 아무 말 안 하고?" 어머니가 다시 물었다.

"알아들었어요."

어머니는 생각에 잠겼다.

"반지는?"

"우리가 가져도 된대요. 그 사람한테 반지 하나쯤은 아무것

---

23) 카사바(마니옥) 알뿌리에서 채취하는 녹말. 수프를 만들기도 하고 우유에 넣어 디저트를 만든다.

도 아니잖아요."

어머니는 잠시 기다렸다.

"넌 어떻게 생각하니? 조제프?"

조제프는 잠시 망설이다가 곧 뜻밖의 단호한 목소리로 대답했다.

"쉬잔도 이제 원하는 사람을 마음대로 가질 수 있어요. 전에는 그렇게 생각 안 했는데 이젠 확신이 들어요. 어머니도 더는 걱정하지 말아요."

쉬잔은 어리둥절해서 조제프를 바라보았다. 무슨 마음을 먹고 저런 말을 하는 걸까? 그냥 어머니를 안심시키려는 걸까?

"무슨 말이야?" 쉬잔이 물었다.

조제프는 쉬잔을 향해 고개를 들지 않았다. 쉬잔의 말에 대답도 하지 않았다.

"쟤도 알아서 할 수 있어요. 자기가 원하는 사람하고 원할 때 할 거라고요."

어머니가 고통에 가까운 강렬한 감정이 담긴 눈길로 조제프를 바라보았다. 그러다가 갑자기 웃기 시작했다.

"네 말이 맞을지도 모르겠구나."

쉬잔은 먹기를 그치고 몸을 뒤로 젖혀 의자에 등을 기댔다. 그리고 어머니와 함께 조제프를 바라보았다.

"반지를 갖게 된 것만 봐도 그렇지." 어머니가 말했다.

"원하기만 하면 다 할 수 있어요." 조제프가 대답했다.

쉬잔이 몸을 일으켜 앉으며 웃었다.

"오빠 일도 맨날 걱정할 필요 없어요." 쉬잔이 말했다.

어머니는 다시 진지해졌고, 잠시 몽상에 젖은 듯했다.

"그래, 내가 늘 걱정을 하긴 해……."

어머니는 곧 달콤한 흥분에 사로잡혔다.

"다행히도 부자들만 차지하는 건 아니지! 상대가 부자라고 무조건 당하면 안 되고말고!" 어머니가 외쳤다.

"젠장!" 조제프가 말했다. "부자들만 있는 게 아니에요. 다른 사람들도 있어요. 우리도 있다고요. 우리도 부자예요……."

어머니는 홀린 사람 같았다.

"우리가 부자라고? 부자?"

조제프가 주먹으로 식탁을 내리쳤다.

"우리가 원하면 부자죠." 그가 단호하게 말했다. "원하면 우리도 남들만큼 부자라고요. 젠장, 부자가 되겠다고 마음만 먹으면 돼요. 그러면 정말로 부자가 돼요."

다같이 웃었다. 조제프는 주먹으로 식탁을 여러 번 세게 내리쳤다. 어머니는 말리지 않았다.

조제프는 영화 속 인물이 되었다.

"그래, 어쩌면 정말 그렇겠구나." 어머니가 말했다. "정말로 원하면 부자가 되는 거야."

"젠장!" 조제프가 말했다. "부자가 되면 누구든 깔아뭉개 버려요. 보일 때마다 다 깔아뭉개 버리자고요."

조제프는 가끔 이런 식으로 이상해졌다. 그러면 물론 아주 드문 일이었지만 영화처럼 멋졌다.

"그래, 그러자! 깔아뭉개자꾸나!" 어머니가 말했다. "우리 생각을 말해 주고, 깔아뭉개자!"

"봐주지 말아요!" 쉬잔이 말했다. "우리가 뭘 가졌는지 다 보여 줘요! 절대 주지 말고!"

보여 줘요! 절대 주지 말고!"

2부

넓고 아름다운 강 양편으로 10만의 인구가 살아가는 대도시였다.

식민지 도시들이 늘 그렇듯이 그 안에는 두 개의 도시가 있었다. 하나는 백인들의 도시이고, 백인이 아닌 이들의 도시가 하나 더 있었다. 백인들의 도시 안에도 차이가 존재했다. 번화한 도심을 둘러싸고 별장과 주택이 지어진 지역은 제일 널찍하고 쾌적했지만 무언가 세속적인 느낌이 났다. 그 안에 들어앉은 중심지는 거대한 도시가 사방에서 가하는 힘에 밀려 해마다 더 위로 빌딩들을 밀어 올렸다. 그곳은 공식적인 권력인 총독부 관저 대신 심층의 힘, 이 메카의 사제들인 금융가들의 자리였다.

그 시절에는 세계 어느 곳이나 식민지 도시의 백인 거주 구역은 완전한 청결을 자랑했다. 도시만 깨끗한 게 아니라 백인들도 깨끗했다. 그들은 식민지에 도착하자마자 아기들처럼 매일 목욕하는 법을 배웠고 식민지의 제복, 면책과 순수의 상징인 흰옷을 입는 법을 배웠다. 그렇게 식민지에서 첫걸음을 내디뎠다. 흰 피부에 흰옷이 더해지면서 백인들과 다른 이들, 하늘에서 떨어지는 빗물과 진흙 섞인 강물로 몸을 씻는 이들의 거리는 더 멀어졌고, 처음의 차이는 몇 배로 늘어났다. 사실 흰색은 너무 쉽게 때가 타는 색깔이다.

백인들은 늘 씻은 몸에 늘 말끔한 새 옷 차림으로 더없이 하얘졌다. 쉽게 더러워지는 옷을 입은 야수들은 별장의 그늘에서 오수를 즐겼다.

도심 지역에는 백인 중에도 돈 있는 사람들만 살 수 있었다. 그곳의 도로와 인도는 백인들이 얼마나 초인적인 규모의 일을 벌이고 있는지 보여 주려는 듯 어마어마하게 넓었다. 휴식을 취하며 어슬렁거리는 힘 있는 사람들의 발길을 위한 불필요한 낭비의 공간이 마련된 것이다. 넓은 도로에는 성능 좋은 고무 타이어와 서스펜션 장치를 갖춘 자동차들이 놀라울 만큼 조용히 거의 소리 없이 지나다녔다.

어디나 아스팔트가 깔린 널찍한 도로 양쪽으로 인도에는 희귀한 나무들을 심었다. 중앙에 잔디밭과 화단으로 분리된 인도들을 따라 번쩍거리는 토르페도 택시들이 늘어서 있었다. 하루에 몇 차례 물을 뿌려 주고 푸른 나무들이 자라고 꽃이 피어 있는 그 길들은 희귀종인 백인들이 서로를 지켜보는 어느 거대한 동물원 속 산책로처럼 잘 가꾸어졌다. 도심 지역

중심부는 백인들의 진정한 성소였다. 오직 그곳에만 타마린드 나무 그늘 아래 넓은 카페테라스들이 펼쳐졌다. 저녁이면 백인들끼리 그곳에서 만났다. 원주민은 카페의 웨이터들뿐이었는데, 그들은 백인으로 위장하고 테라스용 야자수가 화분 속에 들어가 앉은 것처럼 턱시도 안에 들어가 있었다. 화분과 턱시도 안의 야자수들과 웨이터들 뒤로 밤늦도록 페르노, 위스키소다, 혹은 마르텔페리에를 홀짝거리는 백인들이 그 공간과 하나가 되어 식민지의 위용을 떨쳤다.

윤기 흐르는 자동차들, 상점 진열장들, 물 뿌려진 머캐덤 도로, 사람들의 흰옷이 눈부시고 꽃이 핀 화단이 싱그러운 기운을 쏟아 내는 도심 번화가는 백인종을 위한 마법의 매음굴이었다. 그곳에서 백인들은 다른 종과 섞이지 않는 평화 속에 자신들의 존재를 성스러운 장면으로 연출해 냈다. 옷 가게, 향수 가게, 미국 담배 가게 할 것 없이 거리의 상점들은 실용적인 물건은 절대 취급하지 않았다. 심지어 돈마저 아무 쓸모가 없어 보였다. 백인들은 자신들의 부마저 귀찮아했다. 그곳에는 오로지 고귀함만 있었다.

그야말로 번성하던 시기였다. 수십만의 원주민 노동자들이 수십만 헥타르의 붉은 흙에 뿌리 내린 나무들의 피를 뽑아냈고, 수십만 헥타르의 땅, 공교롭게도 엄청난 부를 쌓은 백인 농장주 몇백 명이 그 땅을 차지하기 전부터 이미 붉은 흙이라고 불려 온 그 땅의 나무들에 칼자국을 내느라 피를 흘렸다. 라텍스가 흘렀다. 피도 같이 흘렀다. 하지만 라텍스만이 귀중했다. 원주민 노동자들은 라텍스를 모으고 또 모았고, 그것은 돈이 되었다. 피는 대가 없이 버려졌다. 그때만 해도 머지않아 많은 사람이 핏값을 내어놓으라고 몰려오리라는 생각은 하지 못했다.

전차 선로는 도심 지역을 정밀하게 피해 갔다. 사실 도심에서는 누구나 자동차로 다니기 때문에 굳이 전차가 필요하지 않았다. 원주민들, 그리고 도심 지역에 진입하지 못한 가난한 백인들만이 전차를 이용했다. 결국 전차 선로가 도심 지역이라는 낙원의 경계선을 정확히 그어 놓았다. 중심으로부터 적어도 2킬로미터 거리에 원을 그리며 도심 지역을 둘러싼 위생학적 경계를 이루었다.

또 다른 도시, 백인들의 도시가 아닌 다른 도시의 모습은 현기증 날 만큼 뜨거운 태양 아래 먼지를 뽀얗게 뒤집어쓴 채 원주민을 가득 싣고 달리는, 요란스러운 고철 소리를 내며 거의 빈사 상태로 느릿느릿 움직이는 전차들로 그려졌다. 본토에서 용도를 다한 낡은 전차들, 다시 말해 온대 지방의 환경에 맞춰 제작된 전차들을 대충 수리해 여러 식민지에서 재사용했다. 원주민 기관사는 이른 아침에 차려 입고 일을 시작한 제복을 10시경이면 이미 벗어서 옆에 내려놓았고, 일을 마칠 때면 웃통을 아예 벗은 채로 땀을 흘렸다. 전차가 정거장에 설 때마다 녹차도 크게 한 사발씩 마셔 주어야 했다. 이 일을 시작한 초기에 이미 기관사는 땀을 흘린 뒤 바람에 몸을 식히기 위해서 운전석 유리창을 가차 없이 깨뜨려 버렸다. 승객들도 전차에서 살아 나오기 위해 객차의 유리창을 깨뜨릴 수밖에 없었다. 그런 대비책을 다 취하고 나자 전차는 그럭저럭 타고 다닐 만했다. 늘 만원으로 달리는 많은 전차는 식민지의 비약적 발전을 보여 주는 가장 분명한 상징이었다. 원주민 거주 지역이 점점 발전하고 점점 멀리 확장되었기에 놀랄 만한 성공을 거둘 수밖에 없었다. 따라서 백인들은, 적어도 백인이라는 이름으로 불릴 만한 백인이라면 전차를 타려 하지 않았다. 혹시라도 탔다가 남의 눈에 띄면 식민지 지배자의 체면을 잃게 될 위험이 있었다.

돈이 없고 식민지 지배자의 자격을 갖추지 못한 백인들은 부자 백인들이 사는 도심 지역과 원주민들이 사는 변두리의 중간 구역으로 밀려났다. 그곳에는 가로수가 없었다. 잔디도 없었다. 백인을 위한 상점들 대신에 조 씨의 아버지가 비법을 찾아낸 원주민용 칸막이 주택들이 있었다. 그곳의 거리는 일주일에 한 번씩만 물을 뿌렸다. 거리마다 아이들이 모여 신이 나서 떠드는 소리, 열기 가득한 먼지 속에서 행상들이 목이 쉬도록 외치는 소리가 울려 퍼졌다.

어머니와 쉬잔, 조제프가 도착한 곳은 그 구역에 자리 잡은 상트랄 호텔이었다. 한쪽에는 강이 흐르고 또 한쪽은 도심 지역을 둘러싼 전차 선로를 바라보는 반원형의 건물 2층이었다. 1층에는 정해진 값에 여러 나라 음식을 파는 식당, 아편 흡연장, 중국 식료품점 들이 있었다.

상트랄 호텔에는 우선 장기 투숙객들이 묵었다. 영업하러 다니는 사람들, 자기 돈으로 숙박료를 내며 머무는 매춘부 두 명, 재봉사로 일하는 여자 하나가 있었고, 그들보다 더 많은 수의 세관과 우체국 하급 직원들이 있었다. 잠시 머무는 손님들 중에도 본국으로 돌아갈 날을 기다리는 공무원들이 있었다. 그 외에 사냥꾼들, 농장주들이 있었고, 우편선이 기항할 때면 해군 장교들도 왔다. 무엇보다 여러 나라 출신의 매춘부들이 기간은 각기 다르지만 상트랄 호텔에서 실습을 거친 뒤 도심 지역의 사창가 혹은 태평양 항로를 오가는 선원들이 주기적으로 들이닥치는 항구의 사창가에 자리를 잡았다.

상트랄 호텔의 주인은 예순다섯 살의 마르트 부인이었다. 본토 출신인 그녀는 항구의 사창가에서 일하다가 곧바로 이곳의 주인이 되었다. 마르트 부인에게는 카르멘이라는 딸이 있었다. 아버지가 누구인지는 어머니도 알지 못했다. 어머니는 딸에게 자기와 같은 운명을 물려주지 않기 위해서 이십 년의 매춘부 생활 동안 저축한 돈으로 식민지 숙박업회의 주식을 사서 상트랄 호텔 경영권을 얻었다.

지금 카르멘은 서른다섯 살이었다. 마드무아젤 카르멘이라고 불렀고, 단골손님들은 그냥 카르멘이라고 불렀다. 카르멘은 어머니를 더할 나위 없이 존경하는 정직하고 착한 딸이었다. 이제 어머니를 쉬게 하면서 혼자 까다로운 호텔 일을 꾸려 나갔다. 카르멘은 키가 제법 크고 말끔했다. 눈은 작았지만 맑고 투명한 파란색이었다. 태어날 때 우연히 닥친 불행 탓에 턱뼈가 많이 튀어나오지만 않았더라면 그리 못생기지 않은 얼굴이었다. 그나마 넓고 고른 치열이 턱뼈 문제를 부분적으로 벌충해 주었다. 고운 치열이 어찌나 눈에 띄는지 마치 일부러 드러내 보이려 애쓰는 것 같았고, 입 모양도 잘 먹고 고기를 좋아하는 보기 좋은 입이 되었다. 그러나 카르멘을 카르멘에게 하는 것, 카르멘을 다른 누구도 대신할 수 없고 그녀가 호텔을 꾸려 나가는 매력을 다른 어떤 것도 대신할 수 없게 만든 것은 바로 다리였다. 정말로 카르멘의 다리는 놀라우리만치 아름다웠다. 만일 금상첨화로 얼굴까지 다리만큼 아름다웠더라면 카르멘은 이미 오래전에 어느 은행장이나 북쪽의 부유한 농장주를 따라 도심 지역에 들어가 황금으로 치장했을 테고, 스캔들의 영광을 누리는, 스캔들쯤은 아주 잘 처리해 내면서 여전히 그녀답게 살아가는 모습으로 사람들을 기쁘게 했을 것이다. 하지만 카르멘이 가진 것은 다리뿐이었다. 그녀는 죽을 때까지 상트랄 호텔을 꾸려 갈 터였다.

상트랄 호텔은 한쪽 끝은 식당이고 반대편 끝은 바깥 테라스로 이어진 상당히 긴 복도 양편에 방들이 있는 형태였다. 카르멘은 하루의 대부분을 그 복도를 오가며 보냈다. 아무런 장식 없이 양쪽 끝에만 조명이 설치된 긴 파이프 형태의 복도는 맨살을 드러낸 카르멘의 두 다리를 위한 곳이었다. 카르멘의 다리는 온종일 복도에서 아름다운 곡선을 뽐냈다. 따라서 상트랄 호텔의 모든 고객은 아무리 원하지 않아도 카르멘의 다리를 완전히 못 본 체할 수 없었다. 심지어 일부 손님들은 온종일 그 다리를 떠올리며 늘 함께 살아가야 했다. 게다가 카르멘은 다리를 제외한 나머지 부분에 대해서 설욕이라도 하듯, 물론 나머지 부분도 그녀의 활기찬 성격을 조금도 바꾸지 못했지만, 어쨌든 늘 무릎이 완전히 드러나는 짧은 치마를 입고 다녔다. 그녀의 무릎은 완벽했다. 매끈하고 동글동글하고 유연했고, 피스톤과 크랭크축을 잇는 봉처럼 움직임이 섬세했다. 그녀의 다리만으로, 그 아름다움만으로, 관절을 움직이고 접고 펴고 자세 잡고 작동하는 더없이 영리한 방식만으로도 남자들은 카르멘과 잘 수 있었다. 그리고 실제로 잤다. 두 다리가 너무도 아름다웠기 때문에, 그 두 다리를 너무도 호소력 있게 사용했기 때문에 카르멘은 굳이 도심 번화가에 가서 애인을 찾을 필요가 없었다. 게다가 그런 다리를 가졌다는 만족감과 관련이 없지 않을 테지만 늘 한결같이 상냥했기에 애인들은 모두 호텔의 단골손님이 되었고, 심지어 이 년 동안 태평양을 돌아다닌 뒤에 다시 상트랄 호텔을 찾기도 했다. 호텔은 번창했다. 카르멘은 인생에 대해 그리 씁쓸한 철학을 지니지 않았다. 운명을 대범하게 받아들였고, 기분을 헤칠 애착 관계는 절대 만들지 않았다. 진정한 매춘부로, 같이 자는 남자들이 쉬지 않고 오고 가는 것에, 돈벌이의 냉혹함에, 어디에도 얽매이지 않고 지냈다. 물론 그런 카르멘에게도 특별히 좋아하는 사람들이 없지 않았다. 우정, 아마 사랑까지도 있었다. 그녀는 그런 관계들의 우연을 기꺼이 받아들였다.

카르멘은 어머니에 대해 우정과 존경심을 지녔다. 어머니가 올 때마다 강 쪽으로 난 조용한 방을 내주고는 전차 선로 쪽 방 가격으로 계산했다. 그리고 이 년 전에 고귀한, 그렇지만 나름의 동기에 근거한 충동으로 조제프의 동정을 빼앗은 것도 카르멘이었다. 그 이후로 조제프가 올 때마다 몇 밤을 연달아 함께 보내곤 했다. 방값은 받지 않았다. 세심하게도 자신이 베푸는 너그러움을 함께한 쾌락으로 가려 버린 것이다.

어머니가 조 씨의 다이아몬드를 팔 수 있도록 돕는 일은 당연히 카르멘의 차지가 되었다. 어머니는 저녁에 호텔에 도착하자마자 카르멘에게 호텔 손님 중에 살 사람이 있을지 물어보았다. 카르멘은 어머니가 비싼 반지를 가지고 있다는 사실에 놀라워했다.

"조 씨라는 사람이 쉬잔에게 이 다이아몬드를 줬어." 어머니가 자랑스럽게 말했다. "쉬잔과 결혼하고 싶어 했는데 조제프가 마음에 들어 하지 않으니까 쉬잔도 싫다고 했지."

카르멘은 쉬잔 가족이 이곳에 온 이유가 오로지 다이아몬드를 팔기 위한 것임을 곧바로 알아차렸다. 이 일이 어머니에게 얼마나 중요한지 알고 도와주려고 나섰다. 그녀는 호텔에 묵는 손님 중에는 이렇게 비싼 반지를 살 만한 사람이 있을 것 같지 않다고, 그래도 한번 알아보겠다고 했다. 그리고 이튿날 몇 사람에게 얘기를 꺼내 보았다. 심지어 "아름다운 다이아몬드 팝니다. 호텔 사무실에 문의하세요."라고 쓴 종이를 호텔 사무실 안 탁자 위쪽에 잘 보이도록 붙여 놓았다.

하지만 며칠이 지나도록 호텔에서는 다이아몬드에 관심을 갖는 사람이 없었다. 카르멘은 그럴 줄 알았다며, 그래도 배가 기항할 때 해군 장교들이 오면 충동적으로 살 가능성이 있으니 종이는 계속 붙여 두겠다고 했다. 그러면서 어머니에게 보석 가게에 가 보거나 다이아몬드 중개인을 만나서 알아보라고, 혹시 호텔에서도 사겠다고 나서는 사람이 있을지 모르니 낮에는 어머니가 반지를 가지고 다니다가 저녁에는 자기한테 달라고 했다.

사흘이 지나도록 이 모든 전략은 아무런 결과를 얻지 못했다.

어머니는 다이아몬드 반지를 조 씨가 가져온 포장 그대로 가방 깊숙이 넣고서 조 씨가 말한 2만 프랑에 팔기 위해 시내를 돌아다니기 시작했다. 하지만 처음 만난 중개인은 1만 프랑을 제시했다. 다이아몬드에 큰 문제가, 그러니까 '흠집'이 있다고, 그래서 값이 상당히 떨어진다고 했다. 처음에 어머니는 믿지 않았다. 어머니는 2만 프랑을 원했다. 그런데 두 번째 중개인도 흠집 이야기를 꺼내자 정말일지 모른다는 생각을 했다. 다이아몬드 속에 '두꺼비'[24]가 들어가 있다니, 가장 순수한 다이아몬드가 그럴 수 있다니. 어머니는 난생처음 듣는 소리였다. 흠이 있건 없건 지금껏 다이아몬드를 가져 본 적이 없

---

24) 프랑스어로 보석의 흠집을 지칭하는 '크라포'는 원래 '두꺼비'를 뜻한다.

었기 때문이다. 네 번째 중개인이 똑같이 흠집 얘기를 꺼낼 즈음 어머니는 이름 자체가 의미심장한 다이아몬드의 결함과 조 씨라는 사람 사이에 모종의 관계를 맺기에 이르렀다. 사흘 동안 다이아몬드를 팔기 위해 돌아다닌 뒤 아주 모호한 방식으로 입에 올리기 시작했다.

"그럴 줄 알았어. 생각했어야 하는데……."

결함과 조 씨의 관계는 곧 조 씨 얘기를 하면서 이름을 잘못 부르거나, 혹은 조 씨를 다이아몬드와 똑같이 '두꺼비'라고 부를 정도로 깊은 관계가 되었다.

"처음부터, 람의 바에서 처음 봤을 때부터 그 두꺼비를 믿지 말았어야 했어."

기만하는 광채를 뿜어내는 다이아몬드, 이것을 그들에게 준 주인의 엄청난 재산 때문에 착각했다. 이 반지를 받으면서 망설임 없이 백만금을 내어 줄 수 있는 사람이라고 믿었다. 어머니는 마치 조 씨가 그 돈을 훔쳐 가기라도 한 것처럼 치를 떨었다.

"그 두꺼비나 이 두꺼비나 막상막하야." 어머니는 둘을 뒤섞어서 똑같이 증오하며 말했다.

어머니는 그러면서도 계속 2만 프랑을 원했고, '단 한 푼도' 깎으려 하지 않았다. 악착같이 버텼다. 신기하게도 거래가 실패하는 횟수에 비례해서 더욱 악착스러워졌다. 상대가 다이아몬드 가격을 낮게 부를수록 어머니는 2만 프랑이라는 액수에 더 매달렸다. 닷새 동안 그런 식으로 다이아몬드 중개인들을 찾아다녔다. 처음에는 백인 중개인들이었다. 최대한 자연스럽게 들어가서는 집안에 전해 내려온 다이아몬드라고, 이젠 더 필요하지 않아서 처분하고 싶다고 말했다. 그러면 중개인이 보여 달라고 하고, 어머니가 반지를 꺼내고, 중개인이 돋보기를 들고 다이아몬드를 살피고, 흠집을 확인했다. 중개인은 8000프랑을 제시했다. 그다음 간 곳에서는 1만 1000프랑. 또 다음에는 6000프랑이었다. 어머니는 다이아몬드를 가방에 넣고 뛰쳐나오다시피 밖으로 나왔고, 그러고 나면 보통은 조제프와 함께 B. 12 안에서 기다리는 쉬잔에게 악을 썼다. 조 씨가 다이아몬드 세 개를 보여 줬는데 쉬잔이 일부러 그런 것처럼 제일 '나쁜' 것을 골랐다는 것이다.

어머니는 고집을 꺾지 않았다. 다이아몬드의 상태가 좋든 나쁘든 무조건 2만 프랑을 받으려 했다.

백인 중개인과 보석상을 다 만나 본 뒤에는 다른 이들, 그러니까 아시아인과 흑인 중개인을 찾아 나섰다. 누구도 8000프랑 넘게 부르지 않았다. 백인 아닌 상점이 백인 상점보다 많았기에 전부 찾아다니는 데는 전보다 시간이 더 걸렸다. 하지만 어떤 실망과 분노와 혐오감에도 어머니의 고집은 흔들리지 않았다. 무슨 일이 있어도 2만 프랑을 받으려 들었다.

백인이든 아니든 도시에서 다이아몬드를 거래하는 사람을 전부 만나 보고 나서 어머니는 어쩌면 전술이 좋지 않았다는 생각을 했다. 결국 어느 날 저녁 쉬잔에게 이 상황을 벗어나는 방법은 단 한 가지뿐이라고, 조 씨를 다시 만나야 한다고 했다. 물론 쉬잔한테만 말했다. 조제프가 아무리 똑똑해도 어리석은 면이 있다고, 아무리 조제프라도 다 이해할 수는 없다고, 그러니 전부 다 말해서는 안 된다고 했다. 어머니는 쉬잔에게 요령껏 잘하라고, 일부러 찾아다닌 표를 내지 말고 우연히 만난 척하고 전과 같은 관계를 다시 맺으라고 했다. 서둘지 말 것. 다시 관계를 맺을 것. 조 씨가 착각하게 만들고, 그의 마음속에 다시 무언가를 주고 싶은 욕망을 불러일으킬 것. 다시 흥분시키고, 다시 이성이 흐려져 전처럼 절망하게 하고, 그래서 나머지 두 개의 반지를, 적어도 둘 중 하나를 내어 주게 만들 것.

쉬잔은 지나다니다가 혹시라도 조 씨를 마주치게 되면 꼭 다시 만나겠다고, 하지만 자기가 찾지는 않겠다고 했다. 찾는 일은 어머니가 맡기로 했다. 하지만 도시 어디에서 찾는단 말인가. 그는, 당연히, 주소를 가르쳐 주지 않았다. 어머니가 빠뜨리고 아직 못 만난 중개인들을 찾아다니면서 조 씨도 같이 찾기로 했다. 극장 입구에서 그가 나오는지 보려고 기다렸고, 카페테라스를, 거리를, 고급 상점을, 호텔을 마치 사랑에 빠진 젊은 여인이 연인을 찾듯이 마구 뒤지고 다녔다.

처음에는 쉬잔과 조제프도 다이아몬드 중개인들을 만나러 다니는 어머니와 함께 다녔다. 하지만 그들의 열의는 다이아몬드의 '두꺼비' 이야기를 이겨 내지 못했다. 이틀 후 조제프는 다녀 봐야 소용없다고 선언한 뒤 당연히 B. 12를 몰고 혼자 나가 버렸다. 어머니는 받아들이지 않을 수 없었다. 그동안의 경험을 통해 조제프가 도시에 머무는 동안 충분히 즐기지 못해 나중에 겪게 될 회한이 어머니가 혼자 걸어서 혹은 전차를 타고 중개인들의 끔찍한 통찰력을 마주하며 겪게 될 고통보다 더 쓰라릴 것임을 알고 있었다. 더구나 조 씨를 찾아 나서기로 마음먹은 터라 차라리 조제프가 없는 게 생각지 못한 행운일 수 있었다. 조 씨를 찾는 일을 포기한 이후 비로소 어머니는 아들의 부재에 절망하며 방조 제방이 무너진 뒤에 그랬듯이 온종일 누워서 잤다.

처음 며칠 동안은 조제프가 저녁에는 호텔로 돌아왔고, 어머니는 아무리 짧게라도 어쨌든 아침에는 아들의 얼굴을 볼 수 있었다. 하지만 곧 세 식구가 도시에 머무는 동안 가장 중요한 일이 일어났다. 조제프가 밤에도 들어오지 않은 것이다. 조제프는 B. 12와 함께 아예 사라졌다. 평야를 떠나기 직전에 무두질해서 가져온 짐승 가죽 몇 장을 호텔의 뜨내기손님에게 팔고 난 뒤 그 돈을 들고 사라졌다. 카르멘은 어머니에게 교묘히 숨겼다. 적어도 다이아몬드를 팔러 다니고 또 조 씨를 찾는 일에 정신이 팔린 동안에 어머니는 아침에 조제프가 보이지 않아도 걱정하지 않았다. 어머니가 나간 사이 오후에 조제프가 왔었다고 쉬잔이나 카르멘이 말하면 그대로 믿었다.

보석상을 만나고 나와서 매번 악을 써 대는 어머니를 감당하는 일이 부질없다고 생각하기 시작한 날 쉬잔은 자연스레 카르멘의 극성스러운 보살핌의 먹잇감이 되었다. 조제프가 당분간 돌아오지 않으리라고 확신한 카르멘은 더 극성스러워졌고, 어머니의 필사적인 집착에서 쉬잔을 빼내기 위해 심지어 자기 방에서 자게 했다. 마치 남매가 따로 그녀에게 똑같은 헌신을 불러일으키는 것 같았다. 처음에는 조제프, 이제 쉬잔이 카르멘의 열성을 받게 된 것이다. 카르멘은 쉬잔 가족이 호텔에 머무는 동안 무엇보다 그녀의 말을 빌리자면 쉬잔을 '깨우쳐 주기' 위해 애썼다.

카르멘은 쉬잔의 운명이 너무 불행해 보인다고 말했고, 뼈저리게 아픈 말들로 설득하려 했다. 어머니는 어떻게든 쉬잔을 최대한 빨리 결혼시키려 한다고, 혼자 남았을 때 마음 놓고 죽으려 한다고, 하지만 그것은 해결책이 아니라고, 쉬잔처럼 아직 아무것도 모르는 나이에는 결혼이 절대 해결책이 될 수 없다고 했다. 카르멘에 따르면 "여자들은 원래 처음에는 다 어리석기만 했다." 그녀는 결혼이 해결책이 되려면 결혼할 남자가 멍청하면서 부자여야 한다고, 그래서 그가 주는 물리적 조건의 힘으로 쉬잔이 다름 아닌 그에게서 벗어날 수 있어야 한다고 덧붙였다. 카르멘은 이미 조제프에게 조 씨 얘기를 들었고, 쉬잔에게 딱 맞는 이상적인 남자였다며 몹시 아쉬워했다. "결혼하고 석 달만 지나면 다른 남자를 만날 수 있었을 텐데, 그러면 다 해결되는데……." 하지만 조 씨가, 아니 정확히는 조 씨의 아버지가 걸림돌 아닌가. 카르멘은 이곳에서도 남편을 찾기 어려울 거라고, 도시에서도 마찬가지라고, 무엇보다 조 씨처럼 이상적인 남편은 구하기 어렵다고 말했다. 그렇다고 열일곱 살에 남자를 사랑해서 결혼하는 것도 있을 수 없는 일이라고 했다. 이곳 세관원과 결혼해 봤자 삼 년 후에는 애 셋을 주렁주렁 달고 다니게 될 텐데……. 안 된다. 카르멘이 보기에 쉬잔은 지금껏 어머니가 시키는 대로 너무 고분고분하게 살아왔다.

그러니까 무엇보다 어머니로부터 자유로워져야 했다. 어머니는 자신이 좋다고 믿는 무기가 아닌 다른 무기로 자유와 존엄성을 얻을 수 있다는 사실을 이해하지 못한다. 카르멘은 어머니를 잘 알았고, 방조 제방 얘기도 불하지 얘기도 잘 알았다. 카르멘은 어머니를 보면 주변을 집어삼키는 괴물이 떠오른다고 했다. 어머니는 평야에서 살아온 농부들의 평화를 무너뜨렸다. 심지어 태평양에 맞서 이기려 했다. 카르멘에 따르면 조제프와 쉬잔은 어머니를 경계해야 한다. 어머니는 너무 많은 불행을 겪으면서 강력한 마력을 지닌 괴물이 되어 버렸다. 자식들은 어머니의 불행을 위로하느라 곁을 떠나지 못하고, 어머니의 뜻에 무조건 따르고, 어머니에게 그대로 삼켜질 위험에 놓여 있었다.

딸이 어머니를 떠날 방법은 한 가지뿐이었다.

쉬잔은 카르멘이 어머니를 두고 하는 말들이 듣기 거북했지만 모두 사실이었다. 특히 제방이 무너진 뒤로 어머니는 위험해졌다. 하지만 다른 문제는 쉬잔의 남편이 될 세관원과 상관없고, 조 씨는 더더욱 아니었다. 카르멘은 문제를 단순화해 버렸다.

카르멘은 쉬잔의 머리를 손질해 주고 옷을 차려입히고 돈을 쥐여 주었다. 그러면서 시내를 한번 돌아다녀 보라고, 하지만 아무 남자나 따라가서는 안 된다고 했다. 쉬잔은 카르멘이 주는 옷과 돈을 받았다.

쉬잔이 도심 지역을 처음으로 혼자 돌아다닌 것은 그러니까 어느 정도 카르멘의 충고에 따른 것이었다.

열일곱 살에 혼자 식민지의 대도시를 돌아다니게 되리라고 지금껏 단 한 번도 상상해 보지 못했다. 그런데 쉬잔이 알지 못한 게 있었다. 그곳은 엄격한 질서가 지배하는 곳, 그 안에 머무는 사람들 역시 범주에 따라 확실히 구분되기 때문에 어느 범주에 속하지 못할 경우에 갈 데가 없는 곳이었다.

쉬잔은 자연스럽게 걸으려고 노력했다. 5시였다. 여전히 덥기는 했지만 그래도 사람들이 축 처져 있는 오후 시간은 지났다. 낮잠으로 휴식을 취하고 저녁 샤워로 다시 시원해진 백인들이 서서히 거리를 채우기 시작했다. 그들은 쉬잔을 쳐다보았다. 뒤돌아보고, 빙그레 웃었다. 도심 지역 번화가를 혼자 걷는 쉬잔 나이의 백인 여자는 없었다. 길에서 마주치는 백인 소녀들은 모두 운동복 차림으로 여럿이 같이 다녔다. 몇 명은 옆구리에 테니스 라켓을 끼고 있었다. 그 소녀들도 쉬잔을 돌아보았다. 사람들이 돌아보았다. 뒤돌아보면서 빙그레 웃었다. "불쌍한 아가씨가 어디에서 와서 저렇게 거리를 헤매고 있을까?" 심지어 부인들도 혼자 다니지 않았다. 나이 든 여자들도 여럿이 같이 다녔다. 맞은편에서 다가온 여자들이 옆을 지나갈 때마다 미제 담배 냄새와 신선한 돈 냄새가 났다. 하나같이 자신들을 제외한 다른 모든 것에 수모를 안길 만한 여름의 우아함을 갖추고 있었다. 여왕처럼 걸었고, 말했고, 웃었다. 안락한 생활이 주는 놀라운 여유를 드러내는 전체적인 움직임 속에서 몸짓 하나하나가 완벽한 조화를 이루었다. 그에 반해 쉬잔은 우스꽝스러웠고, 눈에 띄었다. 미처 느껴지지 않았을 뿐 전차 선로부터 도심 번화가까지 이어진 대로에 처음 발을 디딘 순간에 이미 시작되었고, 점점 확실해졌고, 중심 번화가에 이를 즈음에는 용서할 수 없는 현실이 되었다. 카르멘이 틀렸다. 이 거리, 이 인도 위를 귀하신 분들과 그 자제들 틈에서 걸어 다닐 권리는 누구에게나 주어진 게 아니다. 누구나 똑같이 마음대로 돌아다닐 수 있는 게 아니다. 이곳에 속한 사람들은 익숙한 배경에서, 동류의 인간들 틈에서 분명한 목적지를 향해 가고 있었다. 쉬잔은 목적지가 없고 동류의 인간도 없었다. 난생처음 서 보는 무대였다.

쉬잔은 다른 생각을 해 보려고 애썼지만 소용이 없었다.

그녀는 어디서나 눈에 띄었다.

사람들이 쳐다보는 시선이 와닿을수록 자신이 추문을 낳고 있음을, 너무도 추하고 어리석은 대상이 되었음을 확신했다. 누군가 그녀를 주목해 보기 시작하면 곧 벼락처럼 사방으로 퍼져 나갔다. 이제 마주치는 사람 모두가, 도시 전체가 그녀를 아는 것 같았다. 쉬잔이 할 수 있는 것은 없었다. 완전히 포위당한 채로, 자기에게 날아와 꽂힌 눈길을, 그 눈길이 지나가고 나면 곧 이어지는 다른 사람의 눈길을 감내하면서, 점점 커지는 웃음소리를, 옆으로 지나가고 뒤에서도 흙탕물처럼 덮치는 웃음소리를 감내하면서 계속 걷는 수밖에 없었다. 쓰러져 죽지는 않았지만 인도 가장자리를 따라 걸어가는 동안 차라리 쓰러져 죽어 버리고 싶었고, 도랑물에 빠져 흘러가 버리고 싶었다. 죽을 만큼 수치스러웠다. 그녀는 스스로를 증오했고, 모든 것을 증오했다. 도망쳤고, 모든 것에서 도망치고 싶었다. 전부 벗어 던지고 싶었다. 우선 카르멘이 빌려준 커다란 파란색 꽃무늬 원피스, 상트랄 호텔에서나 어울리는 너무 짧고 너무 꽉 끼는 원피스를 벗어 던지고 싶었다. 그리고 밀짚모자, 이런 모자를 쓴 사람은 아무도 없다. 헤어스타일, 이런 머리를 하고 다니는 사람은 아무도 없다. 하지만 그건 괜찮다. 문제는 머리부터 발끝까지 꼴불견인 그녀 자신이었다. 우선 두 눈이 싫었다. 도대체 어디를 쳐다보란 말인가. 그리고 쓰레기나 다름없는 축 늘어진 두 팔, 또 이 심장, 이 저속한 짐승은 어쩌란 말인가. 거기다 아무것도 할 수 없는 두 다리는 어떤가. 또 도대체 누가 이런 너절한 핸드백을 들고 다닌단 말인가. 어머니, 지긋지긋한 내 어머니의 것, 아, 어머니가 그만 죽어 버렸으면!

쉬잔은 안에 뭐가 들었든 핸드백을 도랑에 던져 버리고 싶었다. 하지만 누가 그런 일을 하겠는가. 핸드백을 도랑에 던졌다가는 모두 달려와 그녀를 둘러쌀 터였다. 좋아, 그러라지. 핸드백과 함께 도랑 속에 누워 서서히 죽으면 된다. 그러면 다들 더는 못 웃겠지.

조제프. 아직은 조제프가 호텔에 돌아오던 때였다. 도심 지역은 그리 넓지 않다. 여기 아니면 조제프가 갈 곳이 없다. 쉬잔은 사람들 틈에서 조제프를 찾기 시작했다. 얼굴 위로 땀이 흘러내렸다. 모자를 벗어 핸드백과 함께 손에 들었다. 조제프는 보이지 않았고, 한순간 극장 입구가 눈에 들어왔다. 들어가서 숨을 수 있는 곳. 아직 영화가 시작하지 않았다. 조제프는 극장 안에 없었다. 아무도 없었다. 조 씨도 없었다.

피아노 연주가 시작되고 불이 꺼졌다. 이제 아무도 그녀를 볼 수 없고 해칠 수 없다. 쉬잔은 행복해서 울음을 터트렸다. 오후의 어두운 극장 안은 오아시스였다. 고독한 사람들의 밤, 인위적이고 민주적인 밤, 모두를 평등하게 만드는 영화의 위대한 밤, 진짜 밤보다 더 진짜인, 어떤 진짜 밤들보다 더 매혹적이고 더 큰 위안을 주는 밤, 누구나 선택하면 누릴 수 있는, 누구에게나 제공된, 어떤 자선 단체나 교회보다 더 너그럽고 더 큰 선행을 베푸는 밤, 모든 치욕이 위로를 얻는, 모든 절망이 사라지는, 젊음에 달라붙은 청춘의 때를, 그 끔찍한 때를 씻어 내 주는 밤이었다.

젊고 아름다운 여자. 궁정 의상을 입고 있다. 다른 의상은 상상할 수 없다. 지금 입고 있는, 지금 사람들이 보고 있는 저

옷 외에 다른 어떤 것도 상상할 수 없다. 남자들이 그녀를 얻기 위해 파멸한다. 그녀의 자취를 따라가며 볼링 핀처럼 쓰러진다. 쓰러져 있는 희생자들 사이로 여자가 지나간다. 스크린의 전경에서는 희생자들이 여자가 지나간 길을 몸으로 구현하고, 그녀는 이미 멀리 가 있다. 그녀는 바다 위의 배처럼 자유롭고, 점점 더 무심하고, 아름다움이라는 순결한 장치에 끝없이 짓눌린다. 그러다 그녀가 아무도 사랑하지 않는 쓰라린 날이 온다. 그녀는 당연히 돈이 많다. 여행을 떠난다. 베네치아의 카니발에서 사랑이 기다린다. 뛰어난 미남이다. 짙은 눈, 검은 머리카락, 금발의 가발, 무척 고결하다. 남녀가 아직 아무것도 하지 않았지만 이미 그 남자임을, 바로 그임을 알 수 있다. 놀랍게도 그녀보다 먼저 알 수 있다. 그녀에게 알려 주고 싶다. 그가 폭풍우처럼 등장하고 온 하늘이 어두워진다. 여러 번 뜸을 들인 뒤에 대리석 기둥 사이에서, 당연히 그림자를 운하에 던지면서, 마땅히 그런 것들을 비춰야 하는 등불 아래서 부둥켜안는다. 그가 사랑해요 말한다. 그녀가 나도 사랑해요 말한다. 어두웠던 기다림의 하늘이 갑자기 환해진다. 벼락같은 입맞춤. 관객석과 스크린의 거대한 교감. 관객은 스크린 속 인물이 되고 싶다. 아! 그러면 얼마나 좋을까! 두 몸이 엉킨다. 두 몸이 마치 악몽에서처럼 천천히 가까워진다. 두 입이 맞닿을 만큼 가까워지면 몸이 사라지고 머리만 남는다. 그렇게 몸을 잃은 두 얼굴 속에 불가능한 일이 일어난다. 마주 보는 두 사람의 입술이 벌어지고, 더 벌어지고, 갑자기 마치 죽은 사람처럼 턱이 늘어지고, 두 입술이 낙지처럼 달라붙어 서로를 누른다. 굶주린 사람들처럼 미친 듯이 먹으려 들고, 그렇게 서로 상대방에 완전하게 흡수되어 사라진다. 불가능한, 실현될 수 없는 이상, 신체 기관들의 구조상 맞지 않은 일. 하지만 관객의 눈에는 그 시도만 보인다. 실패는 영원히 알 수 없다. 곧 스크린이 환해지고 수의처럼 하얗게 되기 때문이다.

아직 돌아가기는 일렀다. 극장을 나선 쉬잔은 도심 지역의 중심 도로를 따라 걸었다. 영화를 보는 동안에 밖이 어두워져 마치 극장에서의 밤이, 영화에서의 사랑의 밤이 그대로 이어진 것 같았다. 쉬잔은 다시 조제프를 찾았다. 아까와는 다른 이유에서였다. 호텔로 돌아갈 마음이 없었다. 또 너무도 간절히 조제프를 만나고 싶었다.

쉬잔이 마침내 조제프를 본 것은 극장에서 나온 뒤 삼십 분이 지났을 때였다. 여전히 번화가 중심 도로를 걸어 올라가는데 B. 12가 부두 방향으로 그 길을 내려오고 있었다. 차는 아주 천천히 움직였다. 쉬잔은 인도에 서서 차가 오기를 기다렸다가 조제프를 불렀다.

조제프 옆자리에 여자 두 명이 끼어 앉았다. 조제프 쪽에 앉은 여자의 두 팔이 그를 감싸 안고 있었다. 조제프는 술에 취했고, 행복해 보였다.

B. 12가 지나쳐 가려 하자 쉬잔은 인도 가장자리로 달려가서 외쳤다. "조제프!" 조제프는 듣지 못했다. 그를 안은 여자에게 무슨 말인가 하고 있었다.

도로가 워낙 붐벼서 조제프의 차는 아주 느린 속도로 나아갔다.

"조제프!" 쉬잔이 다시 소리쳤다. 몇 사람이 가던 길을 멈췄다. 쉬잔은 차를 쫓아가기 위해 인도 위에서 뒤따라 달렸다. 하지만 조제프는 쉬잔의 목소리를 듣지도 그녀를 보지도 못했다. 이미 두 번 이름을 부른 쉬잔은 아예 쉬지 않고 연달아 소리쳤다. "조제프! 조제프!"

이번에도 못 들으면 차 앞으로 달려들어서 세워 버리고 말리라.

조제프가 차를 세웠다. 쉬잔도 뛰기를 멈추고 조제프를 향해 미소를 지었다. 마침내 만났다는 사실이 놀랍고 기뻤다. 마치 아주 오래전에, 말하자면 어린 시절에 본 뒤 처음 만난 기분이었다. 조제프가 차를 인도 쪽에 세웠다. B. 12는 그대로였다. 문은 여전히 철사로 고정되어 있고, 언젠가 화가 난 조제프가 덮개를 다 뜯어 버린 뒤 앙상하게 남은 녹슨 틀도 그대로였다.

"여기서 뭐 해?" 조제프가 물었다.

"산책 중이야."

"젠장, 옷 꼴이 그게 뭐야?"

"카르멘이 빌려줬어."

"그래서 여기서 뭐 해?" 조제프가 다시 물었다.

여자 중 하나가 조제프에게 무언가를 물어보자 그가 대답했다.

"내 동생이야."

"누구래?" 또 다른 여자가 조금 전의 여자에게 물었다.

"동생이래." 첫 번째 여자가 대답했다.

두 여자 모두 쉬잔을 향해 살짝 수줍은 듯 상냥한 미소를 보냈다. 진한 화장을 했고, 한 명은 녹색, 다른 한 명은 파란색으로 몸에 달라붙는 원피스를 입었다. 조제프를 안고 있는 여자가 더 어렸다. 그녀가 빙그레 웃을 때 옆쪽으로 치아 하나가 빠진 자리가 보였다. 두 여자 모두 항구의 사창가에서 왔을 테고, 조제프는 어디선가 두 여자를, 아마도 극장 앞줄에서 만났을 것이다.

조제프는 난감한 듯 그대로 있었다. 쉬잔은 차에 타라고 말하기를 기다렸지만 조제프는 그럴 의향이 없는 게 분명했다.

조제프가 마지못해 질문거리를 찾아냈다.

"어머니는? 왜 너 혼자 다녀?"

"나도 몰라."

"다이아는?" 조제프가 새로 익힌 어휘를 사용하며 다시 물었다.

"못 팔았어." 쉬잔이 곧바로 대답했다.

쉬잔은 자동차에 팔꿈치를 기대고 서 있었다. 무조건 차에 오를 용기는 나지 않았다. 쉬잔이 뭘 원하는지 알아차린 조제프는 점점 더 난처해했다. 차 안의 두 여자는 무슨 일이 일어나고 있는지 모르는 것 같았다.

"그럼 난 갈게." 마침내 조제프가 말했다.

"잘 가." 쉬잔이 문에 기대고 있던 팔을 획 빼며 말했다.

조제프는 난처한 듯 쉬잔을 쳐다보았다. 그리고 주저했다.

"그리고 어딜 가?"

"나도 몰라! 아무 데나 갈 거야." 쉬잔이 말했다.

조제프가 다시 주저했다. 쉬잔이 멀어져 갔다.

"쉬잔!" 조제프가 힘없는 목소리로 불렀다.

쉬잔은 대답하지 않았다. 조제프는 다시 쉬잔을 부르지 않고 천천히 출발했다.

쉬잔은 그 길을 계속 걸어 대성당 광장까지 갔다. 조제프가 미웠다. 처음과 달리 걸어가는 동안 사람들의 시선이 느껴지지 않았다. 아마도 밤이 되어 눈에 덜 띌 터였다. 어머니라도 마주치면 좋을 텐데. 하지만 소용없는 희망이었다. 어머니가 이 길을 지날 리 없다. 이 길은 한가로이 거니는 길이었다. 어머니는 두꺼비를, 다이아몬드를 들고 도시를 뛰어다녔다. 그리고 조 씨를 찾아다녔다. 먹잇감을 사냥하듯 그를 뒤쫓았다. 말하자면 어머니는 분수를 모르고 도시를 방황하는 늙은 매춘부였다. 전에는 이 은행 저 은행 찾아다녔고, 지금은 다이아몬드 중개인들을 찾아다녔다. 어머니는 그들에게 먹히고 말리라. 어머니가 기진맥진한 상태로 돌아와 먹지도 않고 울면서 잠드는 모습을 보다 보면 결국 은행들 때문에 혹은 다이아몬드 거래상들 때문에 어머니가 죽게 될 것 같았다. 그래도 어머니는 늘 다시 나갔고, 늘 고약한 습관 그대로 불가능한 것을, 스스로 자신의 '권리'라고 말하는 것을 구걸하러 다녔다.

쉬잔은 성당 옆 작은 광장에 놓인 벤치에 앉았다. 곧장 호텔로 돌아가기 싫었다. 보나 마나 어머니는 조제프 욕을 혹은 자기 욕을 쏟아 낼 것이다. 조제프에 대해서는 머지않아 끝날 것이다. 그는 사라질 것이다. 말하자면 지금 그들은 조제프의 임종을 치르는 중이었다. 조제프는 곧 보통 사람들 속으로, 끔찍하도록 진부한 사랑 속으로 사라질 것이다. 이제 조제프는 없다. 그가 뭐라든 소용없다. 오랫동안 더는 어머니를 돌보지 않을 것이다. 이미 어머니를 죽일 준비를 하고 있었다. 거짓말 쟁이다. 거짓말쟁이가 많다. 특히 카르멘.

조제프는 극장에서 여자를 만났다. 여자는 줄담배를 피웠다. 불을 가지고 있지 않아서 조제프가 붙여 주었다. 그녀는 매번 조제프에게 담배를 권했다. 조제프도 연달아 피웠다. 아주 비싼 제일 비싼 좋은 담배, 아마도 유명한 '555'였다. 그들은 극장에서 함께 나왔고, 지금까지 같이 있다. 적어도 카르멘이 간략하게 전해 준 얘기에 따르면 그랬다.

"조제프는 이제 담배만 얻어 피우면 족한 거야."

카르멘은 도심 번화가에 갔다가 조제프를 만났다고, 조제프한테 직접 들었다고 했다. 하지만 거짓말이 아닌지 어떻게 알겠는가. 카르멘은 소식 얻는 출처, 나름의 정보망이 있었다. 조제프가 어디 있는지도 이미 알 테지만 절대 말해 주지 않을 것이다. 조제프는 일주일 내내 낮에도 밤에도 상트랄 호텔에 나타나지 않았다.

그사이 어머니는 다이아몬드 중개인과 보석상을 거의 다 훑었다. 이제 남은 기대는 호텔에 묵는 손님들과 카르멘뿐이었다. 이따금 어머니는 돌연 힘을 내서 중개인들을 더 찾아 나서기도 했지만 전처럼 온종일 도시를 뛰어다니지는 않았다. 조 씨도 더 이상 찾지 않았다. 조 씨를 너무 많이 찾아다닌 탓에 마치 연인에게 진저리를 내는 여자처럼 더는 그러기 싫어진 것이다. 어머니는 조제프가 돌아오는 대로 맨 처음에 1만 1000프랑을 제안했던 중개인에게 다이아몬드를 팔고 캄 평야로 돌아가겠다고 했다. 그 뒤로 대부분의 시간은 조제프가 돌아오길 기다렸다. 조제프가 사라진 날 이후 어머니는 숙박비와 식대를 내지 않았다. 더는 내지 않기로 했다. 어머니는 돈이 다 떨어졌다고 말했다. 카르멘은 조제프가 어디 있는지 분명히 알고 있지만 절대 말해 주지 않을 테고, 결국 조제프가 원 없이 욕구를 충족하도록 내버려 두는 동안에는 카르멘이 돈을 안 받겠다고 암묵적인 동의를 한 셈이라고 생각한 것이다. 어머니는 하루 한 끼밖에 안 먹었다. 카르멘에게 미안해서 그러는지 아니면 그런 협박으로 카르멘의 뜻을 꺾을 수 있으리라는 순진한 기대 때문인지는 알 수 없었다. 쉬잔은 카르멘의 식탁에서 같이 먹었고 카르멘의 방에서 잤다. 저녁 식사 때 외에는 어머니를 보지 못했다. 어머니는 온종일 방에서 잤다. 약을 먹었고, 그리고 잤다. 살다가 힘든 일이 닥칠 때면 늘 그랬다. 이 년 전에 방조 제방이 무너졌을 때는 마흔여덟 시간을 연달아 잤다. 이미 익숙했던 자식들은 크게 걱정하지 않았다.

처음 도심 지역으로 산책 나갔던 날 이후로 쉬잔은 카르멘의 조언을 더는 있는 그대로 따르지 않았다. 매일 오후 도심 지역에 가기는 했지만 곧장 극장으로 들어갔다. 오전에는 주로 상트랄 호텔의 사무실에 앉아 있었고, 카르멘의 일을 대신하기도 했다. 상트랄 호텔에는 이른바 '전용실'이 여섯 개 있었고, 그 때문에 할 일이 많았다. 주로 해군 장교들과 새로 온 매춘부들이 시간당 요금으로 방을 빌렸다. 카르멘은 그런 영업까지 가능한 허가증이 있었고, 그것이 사실상 상트랄 호텔의 가장 큰 수입원이기도 했다. 하지만 카르멘은 돈을 벌기 위해 허가를 신청한 게 아니라고, 정말로 하고 싶어서 그랬다고 주장했다. 평판 좋은 호텔은 지루했을 거라고 덧붙이기도 했다.

한 달 동안 그 방에 묵으며 어디로 갈지 운명이 결정되기를 기다리는 매춘부들도 있었다. 그런 여자들은 이 호텔에서 완벽하게 훌륭한 대우를 받았다. 개중에 보통은 제일 어린 여자들이 사냥꾼이나 농장주를 따라 떠나기도 했다. 하지만 이후에 고원이나 숲 지대의 삶에 적응하는 일은 드물었고, 몇 달 후면 결국 다시 사창가로 돌아왔다. 파리에서 곧장 온 여자들도 있었지만 상하이, 싱가포르, 마닐라, 홍콩에서 온 여자들도 있었다. 모험심이 강하고 돌아다니기 좋아하는 여자들로, 태평양의 모든 항구 도시를 가 보았고 어디에서도 여섯 달 이상 머물지 않았다. 또한 세상에서 아편을 가장 많이 피웠고, 태평양 항로를 오가는 선원들에게 처음 아편 맛을 가르쳐 주기도 했다.

"미련한 여자들이지. 그래도 난 그런 여자들이 제일 좋아."

기르멘이 말했다

카르멘은 이유를 오래 설명하지 않았다. 그저 자기는 매춘부들이 좋다고, 자기도 매춘부라고, 하지만 꼭 그래서만은 아니라고, 그 여자들이 제일 정직하기 때문이라고, 적어도 식민지라는 이 거대한 매음굴 안에서 제일 덜 추잡스러운 존재라고 말했다.

카르멘은 당연히 호텔에 묵는 모든 매춘부들에게 남자들한테서 다이아몬드를 얻어 내라고 조언했다. 그녀는 사무실에 걸어 둔 안내문을 그대로 만들어 전용실 여섯 곳 모두에 걸었다. 심지어 어머니가 왜 다이아몬드를 팔게 되었는지까지 들려주었다.

"당연하지! 누가 그 어머니한테 다이아를 사 주겠어." 카르멘이 씁쓸하게 말했다.

그 씁쓸함을 어머니도 느꼈다. 하지만 원하는 가격에 다이아몬드를 팔 수 있는 곳은 이제 상트랄 호텔뿐이었다. 카르멘은 돋보기가 없으니 흠집을 못 찾을 거라고 했다. 카르멘까지 다이아몬드를 파는 일에 몰두했다. 물론 어머니만큼 심하지는 않았다. 카르멘은 원래 무언가에 정말로 사로잡히지 않는 사람이었다. 새로운 남자에 대한 욕구만이 예외였다. 주기적으로 그런 욕구에 사로잡히면 하던 일을 다 버려두고 외출을 했다. 주로 항구에 배가 들어올 때였다. 카르멘은 저녁 식사 후에 옷을 차려입고 화장을 하고 강을 따라 항만으로 향했다. 어느 날은 저녁에 돌아와서 흘러넘치는 애정을 주체하지 못하며 쉬잔에게 말했다.

"너도 알게 될 거야. 남자들은 밖에 있어야 멋져. 그러니까 가둬 두려 해선 안 돼. 남자들은 거리에서 제일 멋져."

"뭐라고요? 거리에서?" 쉬잔이 당황하며 말했다.

카르멘이 웃었다,

쉬잔은 카르멘의 사무실에 있지 않을 때는 도심 지역의 극장에 있었다. 점심을 먹은 뒤 호텔을 나서서 곧장 아무 극장이나 들어갔다. 나와서는 또 다른 극장으로 갔다. 도시에는 다섯 곳의 극장이 있었고, 상영작이 자주 바뀌었다. 카르멘은 사람들이 왜 영화를 좋아하는지 알 것 같았고, 그래서 쉬잔이 질릴 때까지 영화를 볼 수 있도록 돈을 주었다. 따지고 보면 자신의 강변 나들이나 쉬잔의 극장 나들이가 별로 다르지 않다고 미소 띤 얼굴로 말했다. 카르멘에 따르면 남자와 실제로 자기 전에 극장에서 먼저 자 보는 셈이었다. 영화의 가장 큰 장점은 어린 여자들과 남자들에게 사랑의 욕구를 불러일으키고 그래서 어서 가족을 떠나고 싶게 만든다는 데 있다고, 진짜 가족이라면 무엇보다 가족을 벗어나야 한다고 말했다. 쉬잔은 카르멘의 가르침을 제대로 이해하지 못했지만 자기에게 이토록 관심을 가져 준다는 사실이 뿌듯했다.

매일 저녁 호텔로 돌아온 쉬잔은 카르멘에게 조제프와 다이아몬드에 대해서 물었다. 조제프는 돌아오지 않았다. 다이아몬드는 팔리지 않았다. 조 씨도 나타나지 않았다. 무엇보다 조제프가 돌아오지 않고 있었다. 시간이 갈수록 쉬잔은 조제프의 삶에서 자신이 덜 중요한 존재가 되었다는 사실을, 어떨 때는 아예 존재하지 않는 것과 다르지 않음을 깨달았다. 조제프가 영영 돌아오지 않을지 모른다는 생각까지 들었다. 카르멘이 말한 대로 어머니의 운명은 더는 문제가 되지 않았다. 어머니는 조제프가 돌아오면 살 테고, 조제프가 돌아오지 않으면 죽을 것이다. 어머니의 운명보다 조제프에게 일어난 일, 카르멘에게 오래전에 일어났지만 영원한 자국을 남겨 놓았을, 조만간 쉬잔에게도 일어날 그 일이 더 중요했다. 이미 위협이 닥치고 있었다. 거리의 구석마다, 모퉁이마다, 매일 매 시각이, 모든 영화의 모든 장면이, 살짝 엿본 남자의 얼굴 하나하나가 쉬잔을 카르멘과 조제프의 세계로 밀어 넣고 있었다.

어머니는 쉬잔이 뭘 하면서 시간을 보내는지 한 번도 묻지 않았다. 오직 카르멘만이 관심을 쏟았다. 카르멘은 이것저것 묻다가 질문이 떨어지면 보고 온 영화 얘기를 해 보라고도 했다. 그리고 이튿날 쓸 돈을 주었다. 카르멘은 쉬잔에게 마음이 쓰였다. 조제프가 나타나지 않는 시간이 길어질수록 점점 더 그랬다. 때로는 불안해졌다. 쉬잔은 어떻게 될까? 카르멘은 쉬잔이 어머니를 떠날 수 있어야 한다고, 조제프가 돌아오지 않는다면 더욱더 어떻게든 떠나야 한다고 되풀이해 말했다.

"어머니의 불행은, 결국, 뿌리칠 수 없는 마법 같은 거야." 카르멘이 다시 말했다. "마법을 잊어버리듯이 어머니의 불행을 잊어야 해. 그러려면 어머니가 죽든지 아니면 네가 남자를 만나야 해."

카르멘의 고집스러움을 보면서 쉬잔은 그녀가 조금 단순하다고 생각했다. 그래서 더는 도심 지역을 돌아다니지 않는다는 사실을 말하지 않았다. 첫날 산책이 어땠는지도 말하지 않았다. 말하지 않겠다고 결심한 게 아니라 그날의 산책이 이야 깃거리가 될 수 있다고 생각하지 못했기 때문이다. 특별히 마음에 담을 만한 일도 없었고, 구체적인 사건도 아닌 다른 것을 털어놓는다는 생각을 하지 못했다. 그 다른 것은 수치스러운, 혹은 너무 소중한, 아무튼 말할 수 없는 것이었다. 쉬잔은 카르멘의 말을 가만히 듣고 있었다. 쉬잔이 대면할 수 있는 인간들은 스크린 위의 멋진 인물들, 안도감을 주는 그 인물들뿐임을 카르멘은 알지 못했다.

쉬잔이 돌아오면 카르멘은 자기 방으로 데려가 이것저것 캐물었다. 그 방은 쉬잔의 삶에서 약점이었다. 지금껏 살아오면서 여러 가지를 버텨 냈지만 푹신한 소파와 손으로 무늬를 그려 장식한 쿠션들의 매력에는, 그리고 벽에 걸린 오래전 무도회의 유물인 피에로와 아를르캥에는, 방에 장식된 조화들에는 저항할 수 없었다. 카르멘의 방에 들어서면 쉬잔은 약간 숨이 막혔다. 그래도 어머니의 방보다 이 방에서 자는 게 좋았다. 그녀는 조제프가 이 방에서 카르멘과 잔 것을 알고 있었다. 쉬잔은 자기가 보는 앞에서 카르멘이 옷을 벗을 때면 그 사실을 떠올렸다. 그럴 때마다 차이점이 드러났다. 카르멘이 아니라 조제프와의 차이였다. 카르멘은 키가 컸고, 배가 날씬했고, 젖가슴이 작으면서 조금 납작했고, 다리는 경이로울 만큼 아름다웠다. 매일 저녁 카르멘을 뜯어볼 때마다 자기와 조제프의 차이가 분명히 드러났다. 쉬잔은 카르멘 앞에서 딱 한 번 옷을 벗었다. 카르멘이 와서 얼싸안았다. "넌 꼭 아몬드 같구나." 그리고 조용히 눈물을 닦았다. 그날 저녁 카르멘은 쉬잔에게 제일 처음 만나는 남자를 자기한테 데려오라고 했다. 쉬잔은 카르멘이 원하는 것을 다 약속했다. 하지만 다시는 카르멘 앞에서 옷을 벗지 않았다.

저녁 식사 때 쉬잔은 어머니 방으로 갔다. 늘 똑같았다. 어머니는 침대에 누워 조제프를 기다렸다. 불을 켜 놓는 게 싫어서 늘 어둠 속에 있었다. 침대 옆 작은 탁자 위에 엎어 놓은 유리컵 속에 다이아몬드가 있었다. 어머니는 잠에서 깰 때면 혐오 어린 눈빛으로 반지를 노려보았다. '두꺼비' 때문에 죽고 싶다고도 했다. 너무 운이 없다고, 일부러 만들기도 힘든 불운이라고 덧붙였다. 간혹 약을 너무 많이 먹고 잔 날은 침대에 누운 채로 오줌을 누기도 했다. 그럴 때 쉬잔은 그 장면을 보지 않으려고 창가로 가서 서 있었다.

"어떻게 됐니?" 어머니가 물었다.

"안 왔어요." 쉬잔이 말했다.

어머니는 울기 시작했다. 그리고 약을 한 알 더 달라고 했다. 쉬잔은 어머니에게 약을 건네고 창가로 갔다. 그리고 카르멘이 한 말을 그대로 했다.

"조만간 닥칠 일이었어요."

어머니는 안다고, 아무리 그래도 이렇게 갑자기 조제프를 잃다니 너무 끔찍하다고 말했다. 어머니는 조제프에 대해 말할 때와 다이아몬드에 대해 말할 때 어조가 똑같았다. 조 씨를 찾아다니던 때는 그에 대해 말할 때도 그랬다. "돌아오면 얼마나 좋을까?" 이따금 어머니가 말하면 조제프 얘기인지 조 씨 얘기인지도 알 수 없었다.

어머니는 약 기운 때문에 비틀거리면서 일어섰다. 쉬잔은 어머니가 저녁 먹으러 나가기 위해 옷을 다 입을 때까지 기다렸다. 오래 걸렸다. 쉬잔은 창에 등을 기대고 앉았다. 전차가 지나가는 희미한 소리가 방까지 들렸다. 하지만 이곳에서 볼 수 있는 도시는 태평양에서 들어오는 커다란 정크선들과 항구의 예인선들에 반쯤 덮인 넓은 강이 전부였다. 카르멘의 걱정은 기우였다. 쉬잔은 이미 너무 많은 영화를, 너무 많은 사람들이 사랑하는 모습을, 떠나고 서로 부둥켜안고 마지막 입맞춤을 나누는 모습을, 너무도 많은 해답을, 너무도 많고 또 많은, 너무 많은 예정된 운명을, 물론 잔인하지만 피할 수 없는 숙명적인 저버림을 보았다. 그녀는 이미 어머니를 떠나고 싶었다.

쉬잔이 만난 유일한 사람은 캘커타의 어느 공장에서 생산된 실을 팔러 다니는 영업 대리인이었다. 상트랄 호텔에서 만났다.

이곳 식민지를 거쳐 일주일 후에는 배에 올라 동인도 나라들을 돌아다닐 예정이었다. 한 번 돌아보는 데 이 년이 걸렸고, 매번 한 차례 이곳에 들렀다. 들를 때마다 신붓감으로 어린, 그리고 가능하면 처녀인 프랑스 아가씨를 구하려 했지만 아직 성공하지 못했다.

"괜찮아 보이는 남자가 있어." 카르멘이 말했다. "조제프가 돌아오지 않더라도 너한테는 빠져나갈 문이 남아 있어야지."

키가 크고 머리가 희끗거리는 바르너는 사십 대로 보였고, 트위드 양복 차림에 말소리가 조용하고 거의 웃지 않았다. 그러니까 일상의 행동거지가 정말로 대리인으로 내세울 만한 남자였다. 그런데 지난 십오 년 동안 세계의 큰 방직 공장들을 찾아다니면서 자기 회사에서 제조하는 실의 우수성을 뽐내는 일이 늘 순탄하지만은 않았다. 이미 세계를 몇 바퀴 돌아본 그는 캘커타의 GMB 제사 공장에서 몇 킬로미터 길이로 생산되는 면사의 흡습력에 대해 망상에 가까운 남다른 식견을 지니게 되었다.

카르멘에게 쉬잔 얘기를 들은 바르너는 곧바로 만나 보고 싶어 했다. 그는 조급했다. 그날 저녁 늦게 어머니가 잠들기를 기다려 카르멘의 방에서 두 사람이 마주 앉았다. 쉬잔은 늘 그래 왔듯이 카르멘이 원하는 대로 했다. 서로 소개가 끝난 뒤 바르너는 자기 직업에 대해 이야기했다. 전 세계를 돌아다니며 실을 팔고 있다고, 사람들이 실을 생각보다 아주 많이 소비한다고 했다. 그날 저녁은 그렇게 끝났다. 이튿날 바르너가 쉬잔을 더 알고 싶다면서 카르멘을 통해 데이트를 청했다. 저녁 식사 후에 두 사람이 다시 만났다.

바르너의 차를 타고 극장에 갔다. 바르너가 아주 자랑스러워하는 좀 유별난 차였다. 극장에 도착하자마자 그는 얼마나 훌륭하게 개조된 차인지 쉬잔을 세워 두고 자세히 설명했다. 뒷좌석을 실 견본을 넣어 두는 서랍 상자로 개조한 빨간색 이인승 차였다. 서랍들은 노란색, 파란색, 초록색 등 안에 있는 실 색깔대로 칠했다. 그렇게 안쪽에서 열쇠를 돌리기만 하면 자동으로 열리고 닫히는 서른 개 정도의 서랍이 트렁크 끝까지 길게 열렸다. 세상에 둘도 없는 차라고, 차를 이렇게 개조

할 생각을 한 사람은 자기밖에 없다고 바르너가 말했다. 그렇지만 생각한 것만큼 완벽하지는 않아서 아쉽다고도 했다. 때로 고객이 실을 살펴본 뒤 제자리가 아닌 서랍에 넣는 일이 있는데 그러면 꽤 불편하다고, 곧 손볼 생각이라고 덧붙였다. 이미 방법도 찾아 놓았다. 서랍 제일 안쪽에 자기만 뽑을 수 있는 납작한 클립을 설치하고 그곳에 실패를 고정해 놓을 생각이었다. 그는 서랍을 완벽하게 만들려고 늘 애쓰고 있다고 주장했다. 그러더니 자기도 다 안다는 듯 일반화하면서 어떤 일이 단번에 이루어지지는 않는 법이라고 덧붙였다. 차 주변에 사람들이 스무 명 정도 몰려들었고, 바르너는 그들까지 다 들을 수 있도록 큰 소리로 말했다.

바르너의 자동차를 보면, 그리고 바르너가 자동차에 대해 하는 말들을 들어 보면 의심의 여지가 없었다. 역시나 불운이었다. 그에게 두꺼비를 팔아넘기는 일만 남았다. 쉬잔은 조제프 생각이 간절했다.

그들은 영화를 보고 나서 도시를 벗어나 '댄싱풀'로 갔다. 바르너는 망설임 없이 행선지를 정했다. 아마도 이곳 식민지에 머물 때마다 상트랄 호텔에서 소개받은 여자와 함께 매번 지금의 일정대로 데이트를 했을 터였다.

숲 한가운데 세워진 초록색 방갈로였다. 나무들에 높이 매달아 놓은 베네치아 등불이 대낮처럼 환한 빛을 쏟아냈다. 방갈로를 따라 장안의 화제가 된, 댄스홀을 유명하게 만든 풀장이 있었다. 냇물이 흘러들고 바위들로 둘러싸인 커다란 수반 형태의 공간에 바위틈을 막아 물길을 차단해 풀장을 만든 것이다. 그래도 깊은 곳에서는 계속 약한 물길이 트여 있어 새 물이 흘러들기 때문에 풀장의 물은 늘 깨끗했다. 설치된 조명 기 세 대가 쏟아 내는 수직의 빛줄기들이 풀장을 밝혔다. 풀 장 바닥과 옆면은 자연 상태의 암석 그대로 온통 키 큰 해저 해초들로 덮여 있고, 그 사이로 펼쳐진 오렌지색과 보라색 자 갈들이 찬란한 해저의 꽃들과 어우러졌다. 물이 워낙 맑고 고 요해서 풀장의 바닥 풍경은 마치 수정 속에 고정된 듯 세부적 인 것까지 정확하게 보였다. 세 개의 조명기 외에도 색색의 베 네치아 등불들이 숲속의 녹색 하늘에서 흔들리며 풀장 쪽으 로 빛을 보냈다. 풀장 주변으로는 짧게 깎은 잔디밭이 있고, 그 잔디밭 한복판에 역시 녹색으로 칠해진 샤워장들이 줄지 어 서 있었다. 이따금 샤워장 문이 열리면서 남자 혹은 여자 의 나신이, 놀랍도록 흰, 빛 받은 숲 그림자가 흐릿해 보일 정 도로 눈부신 살이 나타났다. 벌거벗은 몸은 잔디밭을 달려서 물속에 뛰어들며 빛나는 포말을 일으켰다. 잠시 후 포말이 사 라지고 푸르스름한, 우유를 쏟아부은 듯 유려한 나신이 물 위 로 올라왔고, 그 몸이 물 안에서 마음껏 헤엄치는 동안 무도 장의 음악이 멈추고 조명도 모두 꺼졌다. 담대한 사람들이 이 따금 그렇게 물속에 뛰어들어 해초들의 엄숙한 부동성을 휘 저으며 지나다니다가, 경련하듯 느릿느릿하게 한없이 물속을 헤엄치다가 잠시 후 반짝이는 영광스러운 물거품의 소용돌이 를 일으키며 물 위로 올라왔다.

무도장 발코니에 팔꿈치를 기댄 남자들과 여자들이 그 광 경을 조용히 지켜보았다. 물에 뛰어드는 게 허용되어 있기는 했지만 모두 지켜보는 앞에서 용기를 내는 사람은 극히 드물었다. 물속에 있던 남자가 사라지면 곧 조명이 켜지고 오케스트라 연주가 다시 시작되었다.

"백만장자들이 저러고 놀죠." 존 바르너가 말했다.

쉬잔은 그와 마주 앉았다. 주위에는 식민지를 수탈하는 주요 흡혈귀들, 쌀과 고무와 은행과 고리대금의 흡혈귀들이 테이블에 앉아 있거나 춤을 추었다.

"난 술은 안 마십니다. 한잔 드시겠어요?" 바르너가 물었다.

"코냑 마실래요." 쉬잔이 대답했다.

쉬잔은 상대가 자기를 싫어하게 만들고 싶었지만 일단은 미소를 지어 보였다. 애써 미소 지을 필요가 없는 사람과 함께라면 얼마나 좋을까. 조제프는 떠나 버렸고 어머니는 죽기만을 바라는 지금, 정말로, 매일 더 욕구가 간절해졌다.

"어머님께선 어디 편찮으신가요?" 질문을 찾아낸 바르너가 물었다.

"오빠를 기다려요. 그래서 병이 났고요." 쉬잔이 대답했다.

아마도 카르멘한테 이미 들었으리라.

"어디 있는진 몰라요. 여자를 만났을 거예요."

"오! 그게 무슨 이유가 됩니까?" 바르너가 분개했다. "나라면 절대 어머니를 버리지 않겠어요. 사실 우리 어머니는 성녀나 다름없죠."

쉬잔은 바르너 어머니의 성스러움에 전율했다.

"우리 어머니는 그렇지 않아요. 내가 오빠였어도 똑같이 했을 거예요." 쉬잔이 말했다.

쉬잔은 냉정을 되찾았다. 지금이다.

"정말 어머니가 성녀라고 생각하신다면 증명해 보이셔야죠."

"증명하라고요?" 바르너가 놀라서 물었다. "당연히 하고 있죠. 어머니가 절 그리워하신 적은 한 번도 없습니다."

"아무리 그래도 한 번은 좋은 선물을 해 드려야 하지 않을까요? 그래야 더는 걱정할 게 없죠."

"무슨 말인지 모르겠군요." 여전히 놀란 얼굴로 바르너가 말했다. "어떤 점에서 걱정할 게 없다는 거죠?"

"어머니에게 아름다운 반지를 하나 사 드리면 더는 아무것도 안 드려도 되잖아요."

"반지요? 뭣 때문에 반지를 드리죠?"

"예를 들면 그렇다는 거예요."

"어머니는 보석을 좋아하지 않아요. 아주 검소하시죠. 매년 영국 남쪽에 작은 땅을 사 드리고 있고요. 어머니가 가장 좋아하시는 겁니다."

"나라면 다이아가 더 좋겠어요. 땅은 똥 덩어리예요."

"오! 어떻게 그런 말을 쓰죠?"

"이것도 프랑스어인걸요." 쉬잔이 말했다. "춤추고 싶어요."

바르너가 쉬잔에게 춤을 청했다. 바르너는 춤을 아주 정확하게 추었다. 쉬잔이 바르너보다 키가 작으니 춤추는 동안 그녀의 눈이 바르너의 입 높이에 닿았다.

"프랑스 여자들은 최고이면서 최악이죠." 바르너가 춤추면서 이야기를 시작했다.

하지만 프랑스 여인의 눈과 머리카락 높이에 닿아 있는 동안에 바르너의 입은 단 한 번도 그 머리카락을 스치지조차 않았다.

"젊은 프랑스 아가씨를 얻으면 가장 헌신적인 동료, 가장 확실한 조력자로 만들 수 있죠." 바르너가 다시 말을 이었다.

일주일 뒤면 이 년 여정을 떠나야 하는 바르너는 마음이 급했다. 그가 원하는 건 정확히 말하자면 아직 남자를 가까이해 본 적이 없는 열여덟 살짜리 아가씨였다. 그렇다고 남자를 겪은 여자들에 대해 선입견을 가진 건 아니라고(그런 여자들이 필요하죠! 그가 말했다.), 경험상 남자를 처음 겪는 여자를 가르치는 게 제일 낫고 제일 빠르기 때문이라고 했다.

"지금껏 열여덟 살짜리 프랑스 아가씨를 찾았죠. 나의 이상형이거든요. 열여덟 살은 경이로운 나이죠. 내가 직접 빚어서 자그마하고 아름다운 장식품을 만들 수 있으니까요."

조제프라면 이렇게 말했으리라. 장식품 같은 어린 여자애들은 신물 나, 귀찮아!

"난 카르멘처럼 되고 싶어요." 쉬잔이 말했다.

"오!" 바르너가 탄성을 질렀다.

바르너 역시 카르멘과 자려고 시도했을 테지만 그는 카르멘이 원하는 먹잇감이 아니었다. 그리고 카르멘은 그 먹잇감을 쉬잔에게 넘겨주려는 것이다.

"카르멘처럼. 하지만 카르멘보다 낫게요." 쉬잔이 말했다.

"아직 잘 모를 테지만 카르멘 같은 여자와 결혼할 수는 없어요."

그는 쉬잔의 순진함을 측은해하며 웃었다.

"사람마다 다르겠죠. 누구나 할 수 있진 않을 거예요." 쉬잔이 응수했다.

다시 차에 올라 호텔 앞까지 왔을 때 바르너는 쉬잔과 같은 종류의 견본을 만날 때마다 이미 여러 번 내뱉었을 말을 다시 되풀이했다.

"내가 그토록 오랫동안 찾아온 아가씨가 되어 주시겠습니까?"

"어머니에게 얘기하셔야 해요. 하지만 미리 말씀드리는데 나는 카르멘과 같은 부류예요."

결국 이튿날 저녁 식사 후에 바르너가 어머니를 만나기로 했다.

"저는 이 공장에서 실적과 평판이 가장 좋은 영업 대리인으로 꼽힙니다." 바르너가 말했다.

어머니는 아주 희미한 호기심만 담긴 눈길로 그를 쳐다보았다.

"성공했다니 운 좋은 사람이군요. 그렇게 말할 수 있는 사람은 많지 않죠." 어머니가 말했다. "그러니까 실을 판다고요?"

"대단치 않아 보일 수 있지만 상당히 중요한 산업입니다. 전 세계에서 소비되는 실의 길이는 상상할 수 없고, 판매액 또한 상상하기 힘들죠."

어머니는 믿지 못하겠다는 표정이었다. 실 파는 일로 풍족하게 살 수 있다는 생각을 해 본 적이 없는 게 분명했다. 바르너는 재산이 제법 불어나고 있다고 말했다. 매해 영국 남부에 땅을 매입하는 중이고, 은퇴 후에는 그곳에서 살 예정이라고도 했다. 어머니는 여전히 건성으로 들었다. 바르너의 말을 믿지 못해서가 아니라 영국 남부에 투자한다는 게 어떤 의미인지 전혀 와닿지 않았기 때문이다. 어머니에게는 너무 먼 곳이었다. '투자'라는 말을 듣는 순간 어머니의 눈에 다이아몬드의 광채 같은 것이 번득였지만 아주 잠깐이었고, 더는 반응이 없었다. 어머니는 피곤하고 몽롱해 보였다. 그렇다 해도 중요한 상황이었다. 처음으로 누군가 쉬잔에게 청혼을 했다. 어머니는 바르너의 말을 잘 들으려고 애쓰는 기색이 역력했지만 생각은 먼 곳에 가 있었다. 조제프 곁에.

"이렇게 신붓감을 구한 지 오래됐나요?" 어머니가 물었다.

"몇 년 됐습니다." 바르너가 대답했다. "카르멘에게 제 얘기를 들으셨을 줄 압니다. 프랑스 속담대로 기다릴 줄 아는 자가 얻지 않겠습니까?"

"프랑스어를 잘하시네요." 어머니가 말했다.

이제, 두 명째다. 쉬잔은 생각했다. 머저리 두 명. 늘 그렇듯이 늘 운이 없다.

"힘들겠군요." 어머니가 몽상에 젖은 듯한 목소리로 말했다. "나도 몇 년 동안 기다렸지만 아무 소용이 없네요. 지금도 기다려요. 절대 끝이 안 나죠."

"난 안 좋아해요, 기다리는 거." 쉬잔이 말했다. "참고 기다리는 건 조제프 말대로 엿 같아요."

바르너는 조금 놀랐다. 어머니의 귀에는 쉬잔의 말 중에 조제프라는 이름밖에 들리지 않았다.

"그 애가 혹시 죽은 걸까. 죽었을 수도 있지……." 어머니가 말했다.

"그렇게 기다리다 보면 점점 괜찮아질 거예요." 쉬잔이 말했다.

"반대죠. 오히려 점점 더 받아들여지지 않을 겁니다." 바르너가 아첨하듯 말했다.

"전차에 깔렸나 보다." 어머니가 나지막한 목소리로 말했다. "왠지 자꾸 그 애가 전차에 깔렸을 것 같구나."

"말도 안 돼요. 절대 그럴 리 없어요." 쉬잔이 말했다.

바르너는 잠시 자기 얘기를 멈추었다. 쉬잔과 어머니가 관심을 보이지 않아도 불쾌한 내색을 하지 않았다. 조제프가 사라진 얘기인가 보다 짐작했고, 그런 종류의 모험에 대해 경험이 없지 않다는 뜻으로 미소를 지어 보였다.

"전차에 깔리지도 않았고 엄마보다 행복하게 있을 테니 걱정하지 말아요." 쉬잔이 말했다. "천배는 더 행복할걸."

어머니는 도심 지역의 경계를 순환하는 전차 선로를, 그리고 서부 대로를 계속 쳐다보았다. 어머니가 자주 밖을 내다보는 것은 혹시라도 B. 12가 눈에 띌까 해서였다.

"흔히 젊은이의 일탈이라고 부르죠." 마침내 바르너가 분명한 목소리로 말했다. 그리고 의미심장한 미소와 함께 덧붙였다. "그 길을 거쳐 가는 것도 좋습니다. 물론 거쳐서 나오면 더 좋고요."

바르너는 잔을 요리조리 만졌다. 잘 가꾼 가느다란 두 손이 조 씨의 두 손을 떠올리게 했다. 바르너 역시 문장 반지를 끼었지만 다이아몬드는 없었다. 그의 이름 머리글자인, 부둥켜안은 연인들처럼 얽혀 있는 B 자와 J 자만 장식되어 되어 있었다.

"조제프한텐 절대로 그냥 거쳐 가는 게 아니에요." 쉬잔이 단호하게 말했다.

"그 문제는 이 아이 말이 맞아요." 어머니가 말했다.

"삶이 책임지고 아드님을 지혜롭게 만들어 줄 겁니다." 바르너가 살짝 오만함이 섞인 투로 말했다. 마치 조제프 같은 젊은 이들에게 삶이 무엇을 준비해 두고 있는지 안다는 투였다.

쉬잔은 문득 자기 가슴을 만지려 애쓰던 조 씨의 손이 떠올랐다. 바르너의 손이 닿아도 마찬가지겠지. 같은 종류의 손.

"삶은 나서서 아무것도 해 주지 않아요." 쉬잔이 말했다. "조제프는 보통 사람과는 다르고요."

바르너는 당황하는 것 같지 않았다. 그는 자기 생각을 밀고 나갔다.

"그런 유형의 남자들은 여자를 행복하게 해 주지 못하죠. 정말입니다."

어머니가 무언가를 기억해 냈다.

"그러니까 내 딸과 결혼하고 싶은 건가요?"

쉬잔을 향해 고개를 돌린 어머니가 멍한 것 같으면서 상냥한 표정으로 미소를 지었다. 바르너가 살짝 얼굴을 붉혔다.

"그렇습니다. 그럴 수 있다면 무척 기쁘겠습니다."

조제프, 조제프. 만일 조제프가 이 자리에 있었으면 앤 당신하고 안 잔다고 말했을 텐데. 카르멘이 말하길 바르너는 날 데려가는 내기로 3만 프랑을 제안했다. 다이아보다 1만 프랑이 더 많았다. 조제프라면 그래도 안 된다고 할 텐데.

"실을 판다고 했죠?" 어머니가 물었다.

바르너는 놀랐다. 세 번째 같은 질문이었다.

"캘커타에 있는 제사 공장의 실을 판매하는 영업 대리인입니다." 바르너가 인내심을 발휘하며 다시 대답했다. "그 공장을 위해 세계 각지를 돌면서 엄청난 양의 주문을 따내죠."

어머니는 여전히 창밖으로 전차 선로를 바라보면서 무언가 생각하기 시작했다.

"얠 당신에게 줄지 말지 잘 모르겠네요. 이상하게, 마음을 못 정하겠어요."

"직업이 이상해요." 쉬잔이 작은 소리로 말했다.

바르너가 그 말을 듣고 쉬잔의 '장난'에 지나치게 큰 의미를 부여했다.

"대부분은 한가합니다. 전 늘 중역들을 상대하거든요. 아시겠지만 그 정도 직급에서는 모든 일이 서류로 처리되죠. 그래서 시간이 아주 많답니다."

그렇다면 다른 남자하고 도망갈 틈도 없겠네. 카르멘이 말하던 탈출구는 이미 끝장이다.

"프랑스어를 잘하시네요." 어머니가 이상한 어조로 다시 한 번 말했다.

우쭐해진 바르너가 미소를 지었다.

"얘가 당신을 계속 따라다니게 되나요?" 어머니가 물었다.

"GMB에서는 직원들이 아내와 함께 다닐 수 있게 해 줍니

다. 아이들도." 바르너가 아직 남아 있는 젊음의 뻔뻔스러움을
동원해 말했다.

바르너의 여정을 따라다닌다는 게 어떤 걸까? 어머니는 알
지 못했을 테고, 잠시 말이 없다가 불쑥 내뱉었다.

"난 찬성도 반대도 아니에요. 참 이상하네요."

"오히려 생각을 안 해야 답이 나올 때가 많죠." 쉽게 낙심하
지 않는 바르너가 말했다.

"어머니가 하려는 얘기는 그게 아니에요." 쉬잔이 나섰다.

어머니는 눈치 보지 않고 길게 하품을 했다. 자꾸만 흐트러
지는 생각을 붙잡아 주의를 집중하느라 지친 것이다.

"오늘 밤에 생각해 보는 게 낫겠어요." 어머니가 말했다.

바르너가 가고 어머니와 쉬잔만 남았다.

"넌 저 사람이 어떠니?" 어머니가 물었다.

"난 사냥꾼이 좋아요." 쉬잔이 말했다.

어머니는 아무 말도 하지 않았다.

"내가 아주 오래 떠나 있게 되잖아요." 쉬잔이 말했다.

이 일과 관련해 어머니가 미처 생각해 보지 못한 문제였다.

"아주 오래?"

"삼 년이요."

어머니가 또 생각에 잠겼다.

"조제프가 돌아오지 않는다면 그게 더 나을 수도 있겠지.
이상한 직업이기는 하지만 그래도 조제프가 안 돌아오면 별
수 없지 않겠니?"

어머니는 열려 있는 창문의 사각 틀 속 하늘을 멍하니 쳐다보았다. 쉬잔은 알았다. 늘 그랬다. '쟤는 계속 내 곁에 남을 거야. 영원히 있을 거야.' 어머니는 이렇게 생각했다. 어머니는 3만 프랑이 아니라 자신의 죽음을 떠올린 것이다.

"조제프는 돌아와요! 조만간 올 거예요!" 쉬잔이 외쳤다.

"확실하진 않지." 어머니가 말했다.

"안 돌아온다 해도…… 난 사냥꾼이 더 좋아요."

어머니는 미소를 짓더니 단번에 긴장이 풀렸다. 어머니가 쉬잔의 머리카락을 쓰다듬었다.

"왜 항상 사냥꾼이 좋으니?"

"모르겠어요."

"걱정하지 말아라. 사냥꾼을 만날 수 있을 테니까. 내가 내일 얘기하마. 네가 날 떠나고 싶어 하지 않는다고."

그러고는 갑자기 제일 중요한 것을 잊고 있다가 떠올린 사람처럼 물었다.

"다이아몬드는?"

"시도해 봤어요. 그 사람한테는 애써 봐도 소용없어요."

"다 똑같구나." 어머니가 말했다.

이튿날 조제프가 떠난 뒤 처음으로 어머니가 일찍 일어났다. 어머니는 바르너의 방으로 갔다. 어머니가 뭐라고 말했는지 쉬잔은 알 수 없었다. 그날 오후 그녀가 사무실에서 카르멘 대신 계산대를 지키고 있을 때 바르너가 찾아왔다. 그는 어머니가 왔었다고 분해하는 표정으로 말했다.

"솔직히 말해서 조금 실망했습니다. 십 년째 찾고 있었으니까요. 당신은 제일……."

"아쉬워할 거 없어요."

쉬잔이 미소를 지었다. 바르너는 미소 짓지 못했다.

"처녀를 구하시는 거라면 이미 오래전에 끝났어요."

"오! 왜 그걸 숨겼죠?"

"지붕에 올라가서 떠들 일은 아니잖아요."

"끔찍하군요!" 바르너가 외쳤다.

"어쩔 수 없죠."

절망에 사로잡힌 바르너가 눈을 들어 허공을 향했다. 그의 눈길이 카르멘이 붙여 놓은 종이에 가닿았다. 아름다운 다이아몬드 팝니다.

"저…… 저 다이아몬드가…… 당신 건가요?" 바르너가 꺼져 가는 목소리로 물었다.

"물론이죠." 쉬잔이 대답했다.

"오! 그렇게 부도덕하게, 어쩌면 그렇게 수단과 방법을 가리지 않을 수 있죠?" 바르너가 다시 물었다.

"당신도 실을 팔잖아요." 쉬잔이 대답했다.

쉬잔은 한 사람을 더 만났다. 이번에는 조 씨였다. 어느 날 오후 상트랄 호텔을 나서는데 호텔 입구에 조 씨의 리무진이 서 있었다. 쉬잔을 본 조 씨가 침착한 발걸음으로 다가왔다.

"잘 있었어요? 드디어 당신을 찾았군요." 조 씨가 의기양양한 어조로 말했다.

평소보다 더 잘 차려입은 것 같았지만 추한 생김새는 그대로였다.

"당신이 준 반지를 팔러 왔어요. 우리한텐 쓸모가 없으니까요." 쉬잔이 말했다.

"상관없어요. 어쨌든 당신을 찾아냈군요." 조 씨가 애써 씩씩하게 웃으며 말했다.

정말로 그는 쉬잔을 오래 찾아다닌 것 같았다. 사흘, 아니

어쩌면 그보다 더 오래되었을 것이다. 이곳 도시에서 조 씨는 조제프와 어머니의 감시에서 멀리 떨어져 있어서인지 방갈로에서처럼 주눅 들어 보이지 않았다.

"그러고 어딜 가는 거죠?"

"극장에 가요. 매일."

조 씨가 믿을 수 없다는 표정으로 쉬잔을 쳐다보았다.

"그런 차림으로, 혼자서요?" 조 씨가 물었다. 그리고 평소처럼 통찰력을 발휘하며 덧붙였다. "당신같이 아름다운 아가씨가 그렇게 차려입고서 혼자 극장에 간다고요?"

"아름답든 아니든, 아무튼 혼자 가요."

조 씨가 눈을 내리깔았다. 그는 말없이 가만히 서 있다가 아주 소심하게 말했다.

"오늘은 그만두는 게 어때요? 극장에 뭐 하러 그렇게 열심히 가요? 건전하지 못하고 삶에 대해 그릇된 생각들을 갖게 할 텐데."

쉬잔은 완벽하게 광을 낸 조 씨의 리무진을 바라보았다. 흰색 제복 차림의 운전사도 자기가 모든 자동차의 부품 중 하나인 듯 흠잡을 데가 없었다. 운전사는 철저히 무표정했다. 최대한 관심 없는 척하는 것만이 유일한 관심사 같았다. 하지만 그는 조 씨와 쉬잔 사이에 있었던 모든 일을 알고 있었다. 쉬잔이 웃어 보였지만 운전사는 그녀가 사람이 아니라 자동차를 향해 웃기라도 한 것처럼 여전히 무표정했다.

"그릇된 생각들은, 조제프 말처럼, 멋대로 생각해요. 당신이 뭐라든 난 극장을 포기할 마음이 없으니까."

조 씨의 손가락에 여전히 굵은 다이아몬드 반지가 보였다. 지난번에 쉬잔에게 준 것보다 세 배는 컸고, 흠집도 없었다. 다이아몬드는 조 씨의 손가락 위에서 무엇을 하고 있을까. 그리고 다이아몬드의 주인은, 그의 마음과 몸은 이 도시에서, 삶에서 무엇을 하고 있을까.

"같이 산책하지 않을래요?" 조 씨가 얼굴을 붉히며 물었다. "우리가 마지막으로 나눈 대화에 대해 얘기해 보고 싶기도 하고…… 당신도 알겠지만 난 정말 끔찍하게 괴로웠어요."

"그랬을 거예요." 쉬잔이 말했다. "그래도 난 극장에 가고 싶어요."

조 씨는 쉬잔을 머리부터 발끝까지 훑어보았다. 그녀를 알고 지낸 뒤 처음으로 운전사 외에 지켜보는 사람이 없는 자리였다. 조 씨의 시선은 쉬잔이 욕실에서 벗은 몸을 보여 주던 때와 조금 비슷했다. 극장에 갈 때 마주친 남자들에게서도 받아 본 시선이었다. 상트랄 호텔로 돌아오는 길에 식민지 파견 부대의 병사들이 말을 건 적도 있었다. 하지만 그런 병사들은 매춘부들한테만 접근하니까 그들이 쉬잔에게 말을 건 것은 카르멘이 준 옷 때문이었을 것이다. 병사들이 아니라 거리에서 마주친 남자라면 쉬잔이 기꺼이 따라갈 수 있었을 텐데 그런 남자들은 한 번도 다가와서 말을 걸지 않았다. 극장에서는 따라갈 뻔한 남자가 있었다. 영화가 상영되는 동안 의자 팔걸이 위에서 그와 쉬잔의 팔꿈치가 닿았고, 몇 차례 눈길도 마주쳤다. 그런데 남자는 다른 남자와 일행이었고, 극장을 나와서는 둘 다 군중 속으로 사라져 버렸다. 쉬잔은 다시 혼자 남았다. 그날 낯선 남자의 팔에서 느껴진 것은 일종의 온기였다. 정체 모를 슬픔을 달래 주는, 장 아고스티의 입맞춤을 떠올리게 하는 온기. 그날 이후 쉬잔은 극장의 풍요로운 어둠 안에서 남자들을 만날 수 있다고 확신했다. 조제프도 극장에서 여자를 만나지 않았는가. 삼 년 전에 카르멘 이후로 처음 같이 잔 다른 여자 역시 극장에서 만났다. 그 일은 오로지 극장에서, 스크린 앞에서만 단순해진다. 같은 영상을 앞에 두고 낯선 사람과 함께 있을 때 그 낯선 사람에 대한 욕망이 이는 것이다. 불가능이 손 닿을 수 있는 자리로 다가오고, 가로막던 장애물들은 납작해져 상상의 것이 된다. 거리에서는 그녀가 사람들을 피하고 사람들은 그녀를 피하지만, 극장에서는 적어도 누구나 도시와 동등해진다.

"꼭 가야겠으면 같이 갑시다." 조 씨가 말했다.

쉬잔은 조 씨와 함께 레옹 볼레를 타고 극장으로 갔다. 운전사는 극장 입구에서 기다렸다. 영화가 상영되는 내내 조 씨는 쉬잔을, 쉬잔은 영화를 바라보았다. 쉬잔은 조 씨의 눈길이 전처럼 거북스럽지는 않았다. 어떻게 보면 다시 또 혼자인 것보다는 조 씨와, 그리고 그의 리무진과 함께인 게 나았다. 조 씨는 이따금 쉬잔의 손을 잡았고, 손에 힘을 주었고, 몸을 기울였고, 포옹을 했다. 그곳 극장의 어두움 속에서는 받아들일 수 있었다.

극장을 나온 뒤 조 씨는 쉬잔을 번화가의 카페로 데려가 아페리티프를 사 주었다. 그는 여전히 행복해 보였고, 머릿속에서 어떤 계획이 무르익고 있는 것 같았다. 아마도 쉬잔에게 하고 싶을 말을 뒤로 미루면서 이것저것 다른 이야기를 했다. 쉬잔이 반지 이야기를 꺼냈다.

"아주 비싸게 팔았어요. 당신이 생각하는 것보다 훨씬 더 비싸게."

조 씨는 대꾸하지 않았다. 그는 반지와 관련된 모든 감정을 이미 삭였다.

"조제프는요?" 조 씨가 물었다.

조제프가 사라진 지 열흘째였다.

"잘 지내요. 극장에 갔을 거예요. 돌아가기 전에 도시 생활을 즐기는 거죠. 우린 그렇게 큰돈을 가져 본 적이 없으니까요. 어머니가 은행 돈을 일부 갚았어요. 그래서 어머니도 기분이 아주 좋아요."

조 씨는 어머니와 조제프가 자기에 대한 결정을 번복하지 않았는지가 알고 싶었다.

"설령 어머니가 보자고 해도 받아들이지 말아요. 당신이 가진 걸 털어 가려는 거니까. 어머니에게 필요한 건 매일 반지 한 개씩이에요. 그 이하로는 안 돼요. 이젠 맛을 들였으니까⋯⋯."

"압니다." 조 씨가 얼굴을 붉히며 말했다. "하지만 당신을 볼 수만 있다면 못 할 일이 없죠⋯⋯."

"하루에 반지 한 개라고요. 당신이 감당하지 못할⋯⋯."

조 씨는 말을 돌렸다. 그리고 깊은 연민이 담긴 목소리로 말했다.

"앞으로 어쩔 거죠? 평야에서 살기 너무 힘들잖아요."

"걱정하지 말아요. 오래가진 않을 테니까." 쉬잔이 빤히 쳐다보며 대답했고, 조 씨의 얼굴이 다시 벌겋게 달아올랐다.

"무슨…… 계획이 있나요?" 그가 몹시 괴로운 표정으로 물었다.

"글쎄요." 쉬잔이 웃으면서 대답했다. "아마 카르멘의 호텔에 머물게 되겠죠. 하지만 날 원하면 돈을 아주 많이 내야 할 거예요. 역시 조제프 때문이죠."

조 씨는 어떻게 받아들여야 할지 당혹스러운 대화를 끝내고 싶었다.

"차로 바래다줄게요."

쉬잔이 받아들였다. 그녀는 조 씨의 차에 올랐다. 차를 타니 편안했다. 조 씨가 쉬잔에게 한 바퀴만 돌아 보자고 했다. 조 씨의 자동차는 자신의 동족들인 번쩍거리는 차들이 가득한 도시를 부드럽게 달렸다. 어둠이 내린 뒤에도 자동차는 여전히 도시 속을 달렸다. 한순간 도시가 불을 밝혔고, 밝은 곳과 어두운 곳이 뒤섞인 혼돈이 펼쳐졌다. 이제 그 혼돈 속으로 부드럽게 빨려 들어갔고, 조 씨의 자동차가 지날 때 흩어졌던 혼돈은 차가 지나자마자 뒤에서 다시 한곳으로 모였다. 자동차는 그 자체로 해답이었다. 사물들은 차가 그 속을 나아가는 데 따라 의미를 띠었다. 또한 영화였다. 목적지 없이 끝없이 달리는 자동차는 삶에서는 별로 볼 수 없지 않은가.

어둠이 내리자 조 씨가 다가와 쉬잔을 껴안았다. 여전히 자동차는 밝음과 어두움이 섞인 도시의 혼돈 속을 지나갔고, 조 씨의 손은 떨고 있었다. 쉬잔은 그의 얼굴을 보지 않았다. 조 씨가 아주 조금씩 다가와 앉았고, 쉬잔은 가만히 있었다. 그녀는 도시에 취했다. 도시를 달리는 이 자동차만이 유일하고 영광스러운 현실이었다. 차가 지나간 흔적을 따라서 온 도시가 빛을 내며, 우글대며, 끝없이 넘어지고 무너졌다. 이따금 조 씨의 손이 쉬잔의 가슴에 닿았다. 그리고 한번, 그가 말했다.

"당신 가슴이 참 예뻐."

아주 나지막하게 한 말이었다. 그래도 어쨌든 말했다. 처음이었다. 그사이 조 씨의 맨손이 그녀의 맨가슴에 놓여 있었다. 쉬잔의 눈앞에서 흥분한 가슴이 무시무시한 이 도시보다 높이, 도시에 서 있는 어떤 것보다도 높이 솟아올랐다. 가슴이 도시를 이겼다. 쉬잔이 미소를 지었다. 그리고 당장 답을 알아야겠다는 듯 열성적으로 조 씨의 손을 잡아 허리에 가져다 댔다.

"그럼 이건요?"

"뭐라고요?" 놀란 조 씨가 물었다.

"내 허리는 어떠냐고요?"

"무척 아름다워요."

조 씨는 쉬잔을 바로 옆에서 바라보았다. 쉬잔은 도시를 바라보고 그러면서 자기 자신만을 바라보았다. 자신의 가슴과 허리와 다리가 지배하는 제국을 외로이 바라보았다.

"사랑해." 조 씨가 나지막하게 말했다.

쉬잔이 지금까지 읽은 단 한 권의 책 속에서, 그 뒤에 본 영화들 속에서, 사랑해, 이 말은 연인들의 대화에서 단 한 번, 겨우 몇 분 동안 이어지지만 수개월의 기다림을, 끔찍한 이별을, 끝없이 이어진 고통을 지워 버리는 대화에서 단 한 번 말해졌다. 이제껏 쉬잔이 누군가의 입에서 나오는 그 말을 들은 것은 오로지 영화에서뿐이었다. 그 말을 하는 순간이 말한 뒤에 남자에게 몸을 맡기는 순간보다 훨씬 중요하다고, 평생 단 한 번만 할 수 있는 말이라고, 한번 하고 나면 평생 다시는 할 수 없다고, 다시 하게 되면 끔찍한 불명예를 떠안게 된다고, 오랫동안 그렇게 믿었다. 하지만 이제는 그렇지 않음을 알았다. 그 것은 욕망이 일면 본능적으로, 심지어 매춘부들에게도 할 수 있는 말이다. 남자들은 때로 온몸을 고갈시키는 그 말의 힘을 느껴 보기 위해서 그저 한순간 그 말을 내뱉고 싶은 욕구를 느낀다. 듣고 싶은 욕구도 마찬가지다.

"사랑해." 조 씨가 다시 한번 말했다.

그가 쉬잔의 얼굴 위로 좀 더 몸을 숙였다. 그리고 입술이 쉬잔의 입술 위로 마치 따귀가 날아들듯 갑자기 덮쳤다. 쉬잔은 몸을 빼며 비명을 질렀다. 조 씨가 그녀를 껴안으려 했다. 쉬잔은 황급히 문 옆으로 옮겨 앉아 문을 열었다. 그러자 조 씨가 떨어져 앉으며 운전사에게 호텔로 돌아가라고 했다. 호텔까지 가는 동안 두 사람은 한마디도 주고받지 않았다. 차가 호텔 앞에 멈추었을 때 쉬잔은 조 씨에게 눈길 한 번 주지 않고 차에서 내렸다.

쉬잔은 차에서 내린 뒤에야 입을 열었다.

"안 되겠어요. 소용없어요. 당신하고는, 절대 못 하겠어요."

조 씨는 대답하지 않았다.

그렇게 조 씨는 쉬잔의 인생에서 사라졌다. 그날 일에 대해서는 아무도, 심지어 카르멘도 알지 못했다. 어머니만이 예외였다. 하지만 어머니도 한참 뒤에야 알았다.

어느 날 오후에 카르멘이 어머니 방으로 달려와 다이아몬드를 달라고 했다.

"조제프! 조제프가 살 사람을 찾았어요!" 카르멘이 외쳤다.

어머니는 용수철처럼 벌떡 일어서서 조제프를 봐야겠다고 외쳤다. 카르멘은 조제프가 온 게 아니라고, 전화가 걸려 와 도심 지역의 한 카페에서 곧 만나기로 했다고 말했다. 어머니는 같이 가지 않는 게 좋겠다고, 어머니가 가면 자기를 데리러 왔다고 생각할 거라고도 했다. 카르멘이 보기에 조제프는 돌아올지 말지 아직 결정하지 못한 게 분명했다.

어머니는 체념하며 다이아몬드를 건네주었고, 카르멘은 어딘지 모를 약속 장소로 조제프를 만나러 갔다.

그날 저녁에 쉬잔이 극장에서 돌아왔을 때 어머니는 옷

을 차려입고 복도에 나와 방문 앞을 왔다 갔다 하고 있었다. 1000프랑짜리 지폐 다발을 들고 있었다.

"조제프가 팔았구나." 어머니가 의기양양하게 말했다.

그리고 나지막한 목소리로 덧붙였다.

"2만 프랑이다. 내가 원하던 값에 팔았어."

이어 갑자기 어조를 바꾸며 푸념을 늘어놓기 시작했다. 침대에 누워 있기 지겨워 곧장 은행에 가서 대출금 이자를 갚고 싶었는데 돈을 너무 늦게 받는 바람에 은행 업무 시간이 끝났다고, 이번에도 역시 불운이었다고 했다. 말소리를 들은 카르멘이 방에서 나왔다. 그녀는 아주 흡족한 표정이었고, 쉬잔을 껴안았다. 그런데 어머니를 진정시킬 방법이 없었다. 카르멘은 어머니에게 빨리 저녁을 먹자고, 그런 뒤에 외출하는 게 어떻겠냐고 말했다. 어머니는 거의 먹지 못했다. 계속해서 조제프의 능력에 대해, 혹은 자신이 생각 중인 계획에 대해 말했다. 저녁 식사 후 어머니는 쉬잔과 카르멘을 따라 도심 지역의 카페로 갔다. 다만 극장에 가자는 제안은 내일 아침 은행 문 열 때 가야 한다면서 거절했다.

어머니가 돌아간 뒤 카르멘은 쉬잔에게 자초지종을 알려 주었다. 조제프의 여자가 다이아몬드를 샀다. 카르멘도 조제프를 아주 잠깐밖에 보지 못했다. 조제프는 어머니와 쉬잔의 안부를 묻지 않았다. 너무 행복해 보여서 어머니가 애타게 기다리고 있다는 말을 꺼내지도 못했다. 그러면서 다른 사람도 분명 자기처럼 했을 거라고, 누구라도 조제프의 그런 행복을 흔들어 놓지 않았을 거라고 주장했다. 조제프는 카르멘과 헤어질 때 곧 호텔에 와서 어머니와 쉬잔을 방갈로에 데려다줄 거라고 말했고, 아직 날짜를 정하지는 않았다. 카르멘은 조제프가 정말 오기로 마음먹었는지 확실하지 않으니 어머니에게는 아직 말하지 않는 게 좋겠다고 했다.

그렇게 적어도 몇 시간 동안 2만 프랑의 돈이 어머니의 수중에 있었다.

이튿날 아침에 어머니는 곧장 은행으로 달려가 대출금 일부를 갚았다. 카르멘이 말리고 또 말렸지만 듣지 않았다. 일부라도 갚아야 신용을 회복한다고, 그래야 방조 제방을 새로 쌓는 데 필요한 돈을 빌릴 수 있다고 주장했다. 그렇게 대출금 일부를 갚고 난 뒤 연달아 두 가지 일을 추진해야 했다. 첫 번째는 은행에서 어머니가 갚겠다는 돈은 당연히 받아들이면서도 새로운 대출 신청은 승인하려 하지 않았기에 새 대출을 받기 위해 은행장과의 면담을 얻어 내야 했다. 이어진 두 번째는 면담을 얻어 내기는 했지만 너무 멀리 잡혀 버린 날짜를 앞당기는 일이었다. 이자까지 내고 나면 그 날짜를 기다리는 동안에 반지 판 돈이 다 동나 버릴 지경이었다.

두 번째 일이 특히 오래 걸렸고, 그나마 헛일이었다. 그 사실을 깨달은 어머니는 다른 은행으로 가서 두 가지 일을 다시 진행시켰다. 하지만 역시나 아무 소용이 없었다. 식민지에 나와 있는 은행들은 서로 철저하게 연대한 한통속이었다.

이자도 어머니의 생각보다 훨씬 비쌌다. 교섭 과정도 예상보다 훨씬 길었다.

며칠이 지나자 어머니 수중에 돈이 거의 남지 않았다. 어머

니는 다시 자리에 누웠고, 약을 먹었고, 온종일 잤다. 일단 조
제프를 기다리자꾸나, 어머니가 말했다. 조제프, 어머니의 모
든 고통의 원인.

조제프가 돌아왔다. 어느 날 아침 6시경에 카르멘의 방문을 두드리고는 대답도 기다리지 않고 곧바로 들어왔다. 그리고 쉬잔에게 말했다.

"가자. 빨리 일어나."

쉬잔과 카르멘이 벌떡 일어났다. 쉬잔은 옷을 입고 조제프를 따라갔다. 조제프는 문도 두드리지 않고 어머니 방으로 들어가서 침대 앞에 섰다.

"돌아가고 싶으면 지금 당장 가요."

어머니는 어리둥절한 얼굴로 일어나 앉았다. 이어 말없이 작은 소리로 울기 시작했다. 조제프는 어머니를 쳐다보지 않았다. 그냥 창가로 가서 창문을 열고 팔꿈치를 창틀에 괸 채 기다렸다. 어머니는 움직이지 않았고, 몇 분 뒤 조제프가 돌아보았다.

"지금 가든가 아니면 안 가요. 빨리 움직여요."

어머니는 여전히 아무 말 없이 침대에서 내려왔다. 속옷밖에 안 입었고 그 속옷마저도 그다지 깨끗하지 않았다. 어머니는 원피스를 입었고, 땋은 머리를 틀어 올렸고, 여전히 울었다. 잠시 후 침대 밑에서 여행 가방 두 개를 끌어냈다.

조제프는 여전히 창가에 서서 미국 담배를 연달아 피워 댔다. 그 사이에 좀 살이 빠진 듯 보였다. 쉬잔은 방 한가운데 놓인 의자에 앉아 조제프만 쳐다보았다. 조제프는 며칠 밤을 제대로 못 잔 얼굴, 사냥하러 갔다가 새벽에 돌아왔을 때와 같은 얼굴이었다. 희미한 분노로 긴장한 탓에 피로감에 빠져들지도 못하는 것이다. 오늘 어머니와 쉬잔에게 돌아오기로 한 결정은 조제프 혼자 한 게 아니다. "아무리 그래도 데려다주는 건 해야지." 아니면 "그래도 데려다줘야지. 힘들겠지만 그렇다고 그냥 내버려 둘 수는 없잖아." 누군가 그에게 말했으리라.

"날 좀 도와 다오. 쉬잔." 어머니가 말했다.

"난 내 마음이 내킬 때 갈 거예요." 쉬잔이 말했다. "난 여기가 마음에 들어요. 여기만큼 좋은 곳은 처음이에요. 그냥 있을래요."

조제프는 돌아보지 않았다. 어머니가 일어서서 쉬잔의 뺨을 때리려고 서툰 손짓을 했다. 쉬잔은 피하는 대신 어머니의 손을 잡아 움직이지 못하게 했다. 어머니는 별로 놀라는 기색 없이 딸을 쳐다보다가 손을 내리고는 말없이 짐을 여행 가방 속에 쑤셔 넣기 시작했다. 조제프는 여전히 돌아보지 않았다.

그는 어느 것도 그 누구도 보지 않았다. 그냥 미국 담배만 피우고 또 피웠다. 가방을 꾸리는 동안 어머니는 캘커타에서 온 판매 대리인이 3만 프랑을 주겠다며 쉬잔에게 청혼한 이야기를 시작했다.

"글쎄, 겨우 사흘 전에 쉬잔하고 결혼하겠다고 나선 사람이 있구나."

조제프는 듣지 않았다.

"난 남는다고요. 카르멘이 여기 있게 해 줄 거예요." 쉬잔이 말했다. "난 데려다줄 필요 없어. 자기가 없으면 안 되는 줄 아는 사람들, 잘 쓰는 말대로 내가 다 엿 먹일 거야."

어머니는 아무 반응도 하지 않았다.

"실을 판다더구나. 캘커타에서 왔고. 조건이 좋았지." 어머니가 다시 말했다.

"나도 혼자 잘 살 수 있어요." 쉬잔이 말했다.

"난 그런 종류의 직업이 싫단다. 안 그런 것 같으면서 늘 매어 있잖니. 허구한 날 실을 팔러 다니면 지치지 않겠니."

"말해 봤자 오빠는 관심 없어요. 어서 갈 준비나 해요." 쉬잔이 말했다.

조제프는 여전히 돌아보지 않았다. 쉬잔 쪽으로 다시 고개를 돌리던 어머니는 곧 마음을 바꾸어 가방을 쳐다보았다.

"3만 프랑이었지." 어머니가 어조를 바꾸지 않고 말을 이어 갔다. "그 사람이 나한테 3만 프랑을 제안했단다. 3만 프랑이 뭐니? 반지 한 개가 2만 프랑이었는데. 비교나 되니. 우릴 뭘로 봤으면."

문을 두드리는 소리가 났다. 카르멘이었다. 쟁반에 커피 세 잔과 버터 바른 빵, 그리고 끈으로 묶은 꾸러미를 가지고 왔다.

"떠나기 전에 커피 좀 드세요. 샌드위치를 만들었어요." 카르멘이 말했다.

카르멘은 실내복 차림에 머리를 풀어 늘어뜨렸다. 그녀는 빙그레 웃었다. 가방을 내려다보던 어머니도 고개를 들어 미소를 지어 보였는데 두 눈에 아직 눈물이 그렁그렁했다.

조제프는 아무것도 듣지 않고 아무것도 보고 있지 않는 것 같았다. 쉬잔은 커피 잔을 들고 카르멘이 가져온 빵을 천천히 먹기 시작했다. 어머니는 빵에는 손대지 않고 커피만 단숨에 마셨다. 다 마시고 난 뒤 나머지 잔 하나를 조제프에게 가져다주었다.

"자, 여기, 네 커피다." 어머니가 부드럽게 말했다.

조제프는 말없이 잔을 받아 들고서 진저리 난다는 듯 얼굴을 찡그리며 커피를 마셨다. 이어 빈 잔을 의자에 내려놓은 뒤 말했다.

"돈 없는 사람들은 도시에서 빈둥거리며 놀면 안 돼. 생각도 말아야 해. 그랬다간 망하고 말아. 평생 발목에 쇠공을 끌고 다녀야 한다고. 늘 똑같은 쇠공이지. 단 한 발자국이라도 앞으로 나가려 해도 그 쇠공을 끌고 가야 해."

쉬잔은 조제프의 말이 낯설었다. 전에는 이렇게 깊은 얘기를 한 적이 없었고, 일반적인 차원의 판단을 내리는 일도 아주 드물었다. 조제프는 분명 누군가에게서 들은, 들으면서 충격받은 말을 그대로 옮기는 중이었다. 하지만 지금 돌아온 건

짐승 가죽을 판 돈이 다 떨어졌기 때문이고, 수중에 돈이 남지 않았기 때문이다. 누군가의 조언 때문이 아니었다. 그러니까 쉬잔이 짐작한 것과 다른 이유였다.

운전을 시작한 뒤 한동안 조제프는 한마디도 하지 않았다. 반대로 어머니는 쉬지 않고 자신의 계획에 대해 이야기했다. 은행들로부터 다음번 대출 가능성에 대해 진지한 보장을 받아 냈다고, 이자도 전보다 싸다고 말했다.

"내가 아주 잘 해냈단다. 다음번 이자는 5퍼센트가 아니고 2퍼센트로 하기로 했잖니. 그동안 밀린 이자도 다 청산했다. 이제 더는 연체된 게 없지."

조제프는 B. 12가 달릴 수 있는 최대 속력을 냈다. 마치 도시에서 사람을 죽이고 도망가는 사람 같았다. 그는 때때로 차를 멈추었고, 논에서 양동이 물을 퍼 와 라디에이터에 붓고, 오줌을 갈기고, 무엇이 그리 진저리 나는지 알 수 없으나 아무튼 진저리 치며 차에 침을 뱉었다. 아마도 다시 또 두 여자를 데리고 있다는 데 진저리가 났으리라. 그는 두 여자에게 눈길 한 번 주지 않고 차에 올라탔다.

"난 늘 빚을 남겨 두지 않고 깔끔하게 정리해 왔다. 늘 그런 식으로 헤쳐 나왔지."

"집에 돌아가니 좋잖니. 이제 필요한 건 좋은 조건으로 담보 대출을 받는 거란다. 물론 논이 아니라 위쪽의 5헥타르 땅을 잡혀야지. 아쉽지만 방갈로는 이미 오래전에 잡혔으니까."

조제프에게 들으라고 하는 말이었다. 어머니는 평생 처음으로 조제프를 전혀 나무라지 않았다. 호텔에서 아들을 기다린 일주일에 대해 한마디도 꺼내지 않았다. 어머니 말을 듣고 있다 보면 흡사 모든 일이 일사천리로 진행되고 있는 듯했다.

"밀린 이 년 치 이자를 한꺼번에 갚은 게 최고의 효과를 낸 거지. 이젠 좋은 조건의 담보 대출을 받아서 다 해결할 수 있단다. 무엇보다 5헥타르에 대해 영구 불하를 얻어 내야지. 매해 경작했으니 그럴 권리가 있지 않겠니. 소유권 없는 땅에 담보 대출을 신청할 수는 없으니까. 당연한 일이지."

어머니는 명랑하기까지 한 가벼운 어조로 말했다. 그 말대로라면 최상의 일을 성사시킨 셈이었다.

"내가 은행 이자를 다 갚았다는 사실을 토지국에서도 알게될 거다. 그 사람들로서는 방갈로가 있는 위쪽 땅만 떼어 내완전한 소유권을 양도하고 싶지 않겠지. 그러거나 말거나 내권리인데 어쩌겠니. 넌 어떻게 생각하니, 조제프?"

"그만 좀 내버려 둬요. 300킬로미터나 운전했잖아요." 쉬잔이 말했다. "엄마 말대로 엄마의 권리일 수 있지만 얻어 내진못할 거예요. 늘 그랬잖아요. 엄마는 항상 권리가 있다고 생각하는데 사실은 아무 권리도 없어요."

쉬잔을 때리려고 손을 뻗던 어머니는 이제 소용없다는 사실을 기억해 냈다.

"넌 입 좀 다물어." 어머니가 다시 말했다. "알지도 못하면서떠드는구나. 권리가 있으면 얻어 내야지. 사실 담보 대출이 남용되는 건 큰일이긴 하지. 평야 사람들 절반 이상이 땅을 저당잡혔으니까. 처음엔 은행에 잡히고, 다음엔 개인한테 잡히고.

그러다가 은행이 팔아 버리고. 아고스티네도 그렇게 될 거다."

어머니는 한동안 혼자서 이야기했고, 쉬잔과 조제프는 대꾸하지 않았다. 비포장도로가 시작되기 전 마지막 초소까지 왔을 때 조제프가 몇 마디 내뱉었을 뿐이다. 그는 차에서 내려 모터의 상태를 확인했고, 마을 우물로 가서 물을 다섯 통 채웠다. 이어 연료 탱크에 기름을 확인한 뒤 더 넣었고, 엔진 오일도 확인한 뒤 더 넣었다. 모두 필요한 일이었다. 평야에 들어서기 전 마지막 마을이었고, 이후 200킬로미터의 숲을 지나야 했다. 필요한 일을 마친 조제프는 B. 12의 발판에 걸터앉아 마치 막 잠에서 깨어난 사람처럼 손가락을 벌려 천천히, 힘껏, 머리카락을 쓸어 넘겼다. 평소의 급한 성격은 어디로 가버렸는지 출발을 서두르는 기색이 없었다. 쉬잔과 어머니가 조제프를 쳐다보았지만 조제프는 두 여자를 보지 않았다. 아마도 새로운 고독에 젖은 듯했는데 쉬잔과 어머니는 조제프를 그 고독에서 끌어낼 힘을 영원히 잃어버렸다. 어쩌면 조제프는 더는 고독하지 않을지도 모른다. 여자는 이곳에 와 있지 않지만 그래도 지금 조제프와 함께 있었다. 쉬잔과 어머니는 그들의 충만함 앞에서 무력했다. 그저 눈치채고 있다는 티를 살짝 내는, 그렇게 지켜보는 증인의 역할을 할 뿐이었다. 조제프의 생각은 너무 멀리 가 있었고, 또한 너무 개인적이고 분명해서 B. 12의 발판에 앉아 있는 조제프는 잠든 사람과 별반 다르지 않았다. 아예 없는 것과 마찬가지였다. "내가 죽기라도 해야 쳐다봐 주겠구나." 조제프는 아침부터 운전했다. 지금은 저녁 6시였다. 눈 가장자리에 분칠한 듯 둥그렇게 흰 먼지가 내려앉은 모습이 더욱 낯설었다. 조제프는 몹시 피곤하지만 그럼에도 불구하고 평온하고 확실하고 자신 있어 보였다. 손가락을 벌려 머리카락을 길게 훑고 나서 눈을 비볐고, 역시나 막 잠에서 깬 사람처럼 기지개를 켜면서 하품을 했다.

"배고파요." 조제프가 말했다.

어머니가 얼른 카르멘이 싸 준 꾸러미를 풀어서 샌드위치 세 개를 꺼냈다. 그리고 두 개를 조제프에게, 한 개를 쉬잔에게 주었다. 조제프는 한 개만 먹었고, 다른 하나는 B. 12에 올라탄 뒤에 운전하면서 몇 입에 삼켰다. 자식들이 먹는 동안 어머니는 갑자기 밀려온 피로 때문에 잠이 들었다. 그렇게 잠드는 순간에도 어머니는 조제프에게 먹을 걸 더 챙겨 줘야 한다고 생각했을 것이다. 어머니는 한 시간 후 이미 날이 어두워질 즈음에 깨어났다. 그리고 비로소 정상적인 사고의 흐름을 되찾았다.

"괜히 밀린 이자를 갚았나 보다." 어머니가 말했다. 그러고는 나지막한 소리로 혼잣말을 했다. "내 돈을 다 털어 갔어. 전부 다."

카르멘이 말렸는데도 듣지 않았다.

"쓸데없이 정직하게 굴었구나, 카르멘 말이 맞았는데. 그 사람들한테 내 돈은 바닷물에 물 한 방울 더 떨어뜨린 셈일 텐데. 어쩌면 그만도 못할 텐데. 나한텐 그 돈이, 나한텐……. 그걸 갚고 나면 적어도 5만 프랑은 대출해 줄 줄 알았는데."

자식들이 대답하지 않자 어머니가 갑자기 울기 시작했다.

"내 돈을 다 줘 버렸어, 전부 다. 너희 말이 맞나 보다. 난 바보야. 정신 나간 늙은 여자가 맞아."

"그래 봐야 소용없어요." 쉬잔이 말했다. "하기 전에 생각했어야죠."

"전엔 정말 그런가 싶었는데 이젠 확실히 알겠구나. 난 정신 나간 늙은 여자야." 어머니가 신세 한탄을 쏟아냈다. "조제프 이도 엉망진창인데……."

조제프가 두 번째로 입을 열었다.

"내 이 걱정은 안 해도 돼요. 그냥 자요."

어머니는 두 번째로 잠이 들었다.

그리고 2시쯤 다시 깨어났다. 어머니는 깔고 앉아 있던 담요를 빼서 몸에 덮었다. 추웠다. 숲 한가운데 들어왔다. 조제프가 액셀러레이터를 끝까지 밟았고, B. 12는 일정한 속도로 달렸다. 캄까지 얼마 남지 않았다. 어머니가 울먹이는 목소리로 다시 말했다.

"너희가 그렇게 원한다면, 전부 팔고 떠나자."

"뭘 팔 건데요?" 조제프가 물었다. "자요. 소용없어요."

조제프는 운전하면서 주머니들을 뒤지더니 무언가를 찾았다. 그는 한 손으로 운전을 계속하면서 다른 손으로 조금 전 찾은 것을 어머니에게 내밀었다. 헤드라이트 불빛을 받은 작고 반짝이는 물건의 정체가 처음에는 분명하지 않았다. 그러다가 한순간 분명해졌다. 다이아몬드였다.

"자요. 받아요." 조제프가 말했다.

어머니가 놀라서 소리쳤다.

"그거로구나! 두꺼비!"

어머니는 괴로움에 짓눌린 표정이 되어 다이아몬드를 받아
들지 못하고 쳐다보기만 했다.

"어떻게 된 거야?" 쉬잔이 담담한 목소리로 물었다.

다이아몬드 반지를 쥔 손을 여전히 뒤로 뻗은 채 조제프는
어머니가 받아 들기를 기다렸다. 그는 재촉하지 않았다. 싸고
있던 포장지가 없어졌을 뿐 같은 다이아몬드였다.

"나한테 돌려줬어요. 사고 나서." 조제프가 지친 목소리로
대답했다. "이해하려고 애쓰지 말아요."

어머니가 손을 뻗어 다이아몬드를 받더니 핸드백에 넣었다.
그런 뒤에 아주 작은 소리로 조용히 울기 시작했다.

"왜 울어요?" 쉬잔이 물었다.

"다시 시작될 테니까. 전부 다시 시작해야 하니까."

"한탄할 일이 아니잖아요." 쉬잔이 말했다.

"한탄하는 거 아니다. 단지 한 번 더 시작할 힘이 남아 있지
않구나."

어머니는 평야로 옮겨 온 뒤 곧 하사를 고용했다. 그러니까 하사가 어머니를 위해 일한 지 육 년째였다. 그 늙은 말레이족 남자가 몇 살인지는 아무도 알지 못했고, 심지어 자기 자신도 몰랐다. 하사는 자기가 마흔 살에서 쉰 살 사이라고 짐작할 뿐 정확히 알지 못했다. 일거리를 찾아다니며 세월을 보냈고, 그느라 해가 바뀌는 것을 세지 못했기 때문이다. 그가 아는 것은 십오 년 전 비포장도로 공사장에서 일하기 위해 이곳에 온 뒤 단 한 번도 벗어난 적이 없다는 사실뿐이었다.

하사는 키가 컸고, 다리가 비쩍 말랐고, 그 아래 커다란 발은 하도 오래 꼼짝 않고 논바닥 진흙에 서 있은 탓에 라켓처럼 옆으로 납작하게 벌어졌다. 그 정도면 물 위에 떠 있을 수도 있을 것 같았지만 아쉽게도 하사는 그 가능성에 전혀 관심이 없었다. 어느 날 아침 어머니 앞에 나타나 구걸하면서 밥한 그릇만 주면 온종일 숲에 있는 통나무들을 방갈로까지 날라 놓겠다고 했을 때 그는 그야말로 형편없는 최악의 상태였다. 비포장도로 공사가 끝난 날부터 그날 아침까지 아내와 의붓딸을 데리고 먹을 것을 찾아서 들판을, 오두막집 밑을, 마을어귀에 쌓인 쓰레기를 뒤지고 다닌 뒤였다. 몇 년 동안 잠도어머니의 불하지가 속한 작은 마을 방테에서 오두막집들 아래를 옮겨 다니며 잤다. 하사의 아내는 좀 더 젊었을 때 이곳 들판에서 푼돈을 혹은 말린 생선을 받고 남자들에게 몸을 팔았다. 하사는 전혀 불편해하지 않았다. 사실 그는 평야에 처음들어온 십오 년 전부터 지금까지 너무 오랫동안 이어지는 지독한 굶주림 외에는 어떤 일에도 거의 불편해하지 않았다.

그의 인생에서 일어난 가장 큰일은 비포장도로 공사였다. 그는 그 공사장에서 일하러 처음 이곳에 왔다. 사람들이 말해주었다. "넌 귀가 안 들리잖아. 그러니까 람에 비포장도로 공사하는 데 가 봐." 하사는 공사가 시작되던 때부터 있었다. 도로를 낼 자리에 나무를 쳐내고, 흙을 돋우고, 자갈을 깔고, 공이를 내리쳐 다지는 게 일이었다. 인력의 80퍼센트가 도형수들이었고, 식민지의 도형수 감옥을 지키던 원주민 민병대원들이 감시하는 것만 빼면 여느 공사장과 다르지 않았다. 백인들이 마치 버섯을 골라 따듯이 '발견해 낸' 도형수들은 모두 종신형을 선고받은 중범죄자들이었다. 그들은 네 명씩 한 줄로 쇠사슬에 묶인 채로 하루에 열여섯 시간씩 일했다. 그리고 한 줄씩 '원주민을 위한 원주민 민병대' 제복을 입은 감시원 한

명이 붙어 감시했다. 도형수가 아니라도 하사의 경우처럼 민병
대에 등록된 일꾼들도 있었다. 그런 일꾼들은 처음에 도형수
들과 다른 대우를 받았지만 그 차이는 서서히 희미해졌다. 단
지 쫓아낼 수 없는 도형수들과 달리 민병대 일꾼들은 쫓아낼
수 있었다. 그리고 도형수들에게는 먹을 게 나왔지만 그들에
게는 그렇지 않았다. 무엇보다 도형수들에게는 아내가 없다는
이점이 있었지만 민병대 일꾼들에게는 가족이 딸려 있었다.
일꾼들의 가족은 작업장 뒤편의 이동 막사에서 살았고, 계속
아이를 낳았고, 계속 굶주렸다. 민병대원들이 도형수 아닌 일
꾼을 필요로 한 이유는 제일 가까운 마을이라야 몇 킬로미터
는 가야 하는 외진 숲속 공사장에 머무는 몇 달 동안에도 여
자가 필요했기 때문이다. 게다가 남자들과 아이들뿐 아니라
여자들도 말라리아로 자주 죽어 나갔기 때문에 민병대원들은
그만큼 자주 여자를 바꿀 수 있었다.(민병대에는 키니네가 배급
되었다. 날이 갈수록 견고해지고 엄청나게 커지는 그들의 권위를 지
켜 주기 위해서였다.) 아내가 죽으면 일꾼은 쫓겨났다.

  귀가 잘 안 들리는 하사가 공사장에서 쫓겨나지 않을 수 있
었던 것은 결국 상당 부분 아내의 덕분이었다. 처음 일하기 시
작할 때 하사가 아직 녹슬지 않은 잔꾀를 발휘하기도 했다. 최
대한 도형수들과 하나가 되고, 그래서 감독자들이 민병대 일
꾼이라는 불확실한 지위를 잊도록 만드는 게 차라리 유리하
다고 일찌감치 알아차린 것이다. 그렇게 몇 달이 지나자 익숙
해진 민병대원들은 별생각 없이 하사를 도형수들과 똑같이
쇠사슬에 묶었고, 도형수들을 때리듯이 때렸고, 진짜 중범죄

자들과 마찬가지로 그를 쫓아낼 생각을 못 하게 되었다. 그동안 하사의 아내는 모든 일꾼들의 아내와 마찬가지로 쉬지 않고 아이를 낳았다. 전부 민병대원들의 아이였다. 도형수들이든 민병대 일꾼들이든 땡볕 아래서 하루에 열여섯 시간씩 공이질을 하고 나면 어떤 일도, 가장 본능적인 일마저도 할 힘이 남아 있지 않았다. 하사의 아내가 낳은 아이들 중에 딱 한 아이가 굶주림과 말라리아에서 살아남았다. 딸이었다. 하사는 그 아이를 거두었다. 숲속에서 지낸 육 년 동안 천둥처럼 울리는 공이질 소리와 도끼질 소리, 민병대원들의 고함 소리와 그들이 휘두르는 채찍 소리 속에서 하사의 아내는 전부 몇 번이나 아이를 낳았을까? 스스로도 잘 알지 못했다. 그녀가 아는 것은 쉬지 않고 임신 상태였다는 것, 아이가 죽으면 하사가 밤에 일어나서 묻어 주고 왔다는 것뿐이었다.

하사는 죽기 직전까지 얻어맞았다고, 하지만 아무리 얻어맞아도 도로 공사 동안에는 굶지 않을 수 있었다고 말했다. 공사가 끝나자 상황이 변했다. 닥치는 대로 일해야 했고, 일하려 애썼다. 후추 따는 일도 했고, 람 항구에서 하역 인부로도 일했고, 나무꾼으로도 일했고, 여관의 손님을 끄는 일도 했다. 귀가 들리지 않았던 탓에 그나마 오래 할 수 있었던 일은 흔히 아이들 차지의 일이었다. 하사는 물소를 지켰다. 몇 년 동안 추수 때마다 논에서 까마귀 쫓는 허수아비가 되어 찌는 듯한 햇볕 아래 논물 속에 맨발로 서 있었기도 했다. 윗옷을 벗어 홀쭉한 배를 드러낸 채 벼 모종 사이 흐릿한 물에 비친 자기 모습을 바라보면서 긴 배고픔을 되새김질했다. 그런데 그 모든, 그 숱한 비참함을 겪으면서도 오래전에 품은 가장 큰 욕망 한 가지는 살아남았다. 람과 캄을 오가는 장거리 버스의 차장이 되고 싶다는 욕망이었다. 하사가 운전사들에게 다가가서 수없이 시도해 보았지만 시험 삼아 한번 써 보겠다는 사람조차 없었다. 청력 상실이 그 일자리에 치명적인 조건이었기 때문이다. 심지어 하사는 자기 손으로 닦은 비포장도로를 지나는 버스에 단 한 번 타 보지도 못했다. 그가 아는 것은 그 버스들이 비포장도로 위를 달린다는 것뿐이었다. 흔들거리며, 클랙슨을 울리며, 우레와 같은 소리를 내며 지나가는 버스를 하사는 말없이 지켜보기만 했다. 하사가 쉬잔의 집에서 일하게 된 뒤 조제프는 B. 12의 라디에이터에 구멍이 나서 물이 새지 않는지 확인하기 위해 그를 태우고, 그러니까 물뿌리개를 들고 흙받기에 올라가 있게 해서 묶어 놓은 채로 제법 먼 거리를 달리곤 했다. 그럴 때면 하사는 평야에서 가장 행복한 사람이 되었다. 세상을 살면서 이렇게까지 행복해질 수 있으리라고 단 한 번도 생각해 본 적 없을 만큼 행복했다. 그런데 그 일은 전적으로 조제프에게 달려 있었기에 하사로서는 언제쯤 또 시켜 줄지 알 수 없었다. 하지만 곧 먼저 나서기 시작했다. 조제프가 방갈로 밑에서 차를 꺼내면 곧바로 하사가 물뿌리개를 들고 달려와 앞쪽 흙받기 위 깨진 헤드라이트 자리에 올라서서는 알아서 자기 몸을 줄로 묶어 그 줄을 보닛 손잡이에 고정했다. 차가 움직이기 시작하면 하사는 자신의 육 년 노동이 담긴 비포장도로가 시속 60킬로미터의 속도로 펼쳐지는 광경을 늘 한결같이 경탄하면서 눈을 깜빡이며 바라보았다.

하사의 아내와 딸은 보통 때는 벼를 찧고 음식을 만들고 물고기를 잡고 닭들을 돌보았다. 하사는 어머니의 모든 일을 거들었다. 위쪽 5헥타르의 논에 벼 모종을 심는 일과 수확하는 일 외에도 어머니가 어떤 변덕을 부려도 다 해냈다. 자갈을 깔고 꽃과 나무를 심고 다시 옮겨 심고 가지를 치고, 그러다 뽑아 버린 뒤 어머니가 원하는 것을 다시 심었다. 밤에도 어머니가 토지국 혹은 은행에 보낼 편지를 쓰거나 장부 정리를 하는 동안 늘 식탁 맞은편 자리에 늘 어머니의 일에 찬성하는 침묵과 함께 앉아 있었다. 어머니는 하사가 잘 듣지 못하는 것 때문에 짜증이 나서 내보내고 싶을 때가 없지 않았지만 그러지 않았다. 하사의 다리 때문이라고, 그 다리를 보면 절대 쫓아낼 수 없다고 했다. 하사의 다리는 너무 많이 얻어맞아 피부색이 푸르죽죽했고, 마치 올이 성긴 무명천처럼 얄팍했다. 그 다리 때문에 어머니는 해가 갈수록 청력이 나빠져도 그를 데리고 있었다.

하사는 어머니가 집에 거느린 유일한 하인이었다. 도시에서 돌아온 어머니는 하사에게 이제 더는 봉급을 줄 수 없다고, 먹여 주기만 할 수 있다고 했다. 하사는 남기로 했고, 전과 다름없이 열심히 일했다. 그는 어머니의 가난을 알고 있었다. 하지만 어머니의 가난이 자신의 가난과 공통의 척도로 잴 수 있는 게 아니라는 사실 역시 알고 있었다. 아무리 가난해도 어머니의 집에서는 굶지 않았고 지붕 밑에서 잘 수 있었다. 하사는 어머니의 지난 일들을 불하지 이야기까지 알고 있었다. 곡괭이를 들고 바나나무 심을 땅을 일구는 동안 어머니가 큰 소리로 그 이야기들을 해 주었기 때문이다. 어머니는 불쌍한 하사에게 닥친 운명이 이곳 평야를 장악한 토지국과 관련되어 있다는 사실을 깨닫게 해 주려고 무진 애를 썼지만 헛일이었다. 하사의 무지는 치료가 불가능했다. 하사는 가난하게 사는 것이 귀머거리이고 또 귀머거리의 아들이기 때문이라고, 아무도 원망하지 않는다고 했다. 그래도 캄 토지국의 관리들만큼은 싫어했다. 오로지 그 사람들이 어머니에게 한 일 때문이었다.

어머니와 쉬잔, 조제프가 도시에서 돌아온 뒤로 하사는 거의 할 일이 없었다. 어머니는 바나나나무를 버려두었고, 더는 아무것도 심지 않았다. 하루 대부분을 잠만 잤다. 세 식구 모두 게을러져서 때로는 정오까지 잤다. 하사는 식구들이 일어나길 참을성 있게 기다렸다가 쌀밥과 생선으로 식탁을 차렸다. 이제 조제프는 사냥도 안 했다. 이따금 베란다에 서서 길 잃고 숲 언저리로 날아온 물떼새를 총을 쏘아 잡는 게 전부였다. 그럴 때면 하사는 다시 희망을 품고 달려가 땅에 떨어져 있는 새를 들고 왔다. 하지만 조제프는 더는 밤 사냥을 나가지 않았다. 여자를 기다리느라 사냥을 할 수 없다는 사실을 알 길 없는 하사는 조제프가 병이 난 게 아닐까 걱정했다. 조제프는 어머니가 남은 돈으로 다시 사 준 말로 오후에는 전처럼 사람들을 태워다 주는 일을 하기도 했다. 제일 비싼 미국 담배 555를 살 돈을 벌기 위해서였다. 나머지 시간에는 조 씨가 가져다 놓은 축음기를 틀어 놓고 노래를 들었다. 이제는 영어 노래들에 대한 생각이 달라져서 「라모나」와 함께 그 노래들만 좋아했다. 조제프는 잠을 많이 잤고, 안 잘 때는 침대에 누워 줄담배를 피웠다. 여자를 기다렸다.

하사는 밤마다 다시 희망을 품었다. 어머니는 오랜 습관대로 매일 밤 장부 정리를 하거나 계획을 세웠다. 위쪽 땅에 대해 최종적인 소유권을 주장하기로 마음먹고 그 이후에 그 땅을 저당 잡혀 다시 방조 제방을 쌓을 돈을 빌리기로 했다. 이번에는 소규모로 혼자 시도해 볼 생각이었다. 하사는 어머니와 함께 밤을 새웠다. 어머니가 큰 소리로 계산하면 하사는 늘 그 계산이 맞다고 동의했다. "꼭 듣고 있는 것 같지만 분명 아무 소리도 안 들릴 거야. 그래도 지금 내 처지에는 없는 것보다 낫지." 그렇게 하사와 마주 앉아서 밤을 보내는 동안 어머니는 토지국에 보낼 마지막 편지를 썼다. 아무 소용 없는 일인 줄 알았지만 그래도 꼭 써야만 했다. "그자들한테 욕을 하다 보면 마음이 진정되니까." 어머니는 처음으로 자신이 한 약속을 지켰다. 그 편지가 캄의 토지국 관리들에게 보내는 마지막 편지였다. 그리고 이번에는 위쪽의 5헥타르 땅에만 모판을 준비하기로 했다. 전에는 매년 실패하면서도 혹시 모른다며 바다 쪽 땅에도 파종을 했다. 이 년 전의 그 일, 그러니까 제방이 무너진 이후에도 계속했다. 매번 거의 완전히 헛된 일이었지만 어머니는 고집을 꺾지 않았다. 이번에 처음으로 포기했다. 정말로 소용없는 일이라고 드디어 받아들인 것이다. 어차피 더는 돈도 없었다.

한마디로 도시에 머물다가 돌아온 뒤 그들은 이성적이 되었다. 평소처럼 어리석은 희망을 억지로 꾸며 내는 대신에 상향을 받아들여 살아 내기로 결심한 것이다. 그런 어머니가 불하지에 대해 끝까지 버리지 못한 단 한 가지 희망이 있었다. 단시일에 이루어질 수 있는 작은 희망이었다. 바로 토지국 관리들에게 답장을 받아 내는 것이었고, 안 되면 캄에 가서 마지막으로 한 번 더 욕을 퍼부어 주는 것이었다.

"토지국에 가서 말하면 적어도 5헥타르에 대해서는 설득할 자신이 있는데."

마지막 편지 이후 어머니는 더는 편지를 쓰지 않았다. 하지만 매일 밤 언젠가 캄에 가게 될 때 자신의 요구가 어째서 정당한지 설명하기 위한 근거와 이유를 계속 적어 나갔다. 처음에 어머니는 조제프가 새 말로 사람들을 태워 주고 버는 돈을 자기에게 주지 않을까 막연히 기대했다. 조제프에게 말해 보기도 했다. 하지만 조제프는 만일 555 담배를 살 돈이 없으면 지금 계획보다 일찍 이곳을 떠날 수밖에 없다며 거절했다. 어머니가 양보했다. 그러고 나서 조 씨가 준 축음기를 은근히 노리기 시작했다.

"축음기를 뭣 하러 두 대나 가지고 있겠니? 우리 형편에 축음기가 왜 두 개가 필요하겠어?"

쉬잔도 조제프도 자기가 알아보겠다고 나서지 않았다. 쉬잔으로서는 할 수 없는 일이었다. 그 일은 조제프만 가능했다. 사실 어머니가 축음기를 팔려는 게 조제프의 화를 돋우어 마지막으로 영향력을 휘두르고 싶어서인지 정말로 캄에 가서 일주일 동안 머물며 토지국 관리들한테 조르기 위해서인지 알 수 없었다. 언제부턴가 어머니는 세 사람이 모두 축음기를 처분하는 데 찬성한 뒤 정확한 날짜만 못 정한 것처럼 말하기 시작했다.

"그동안 한 번도 생각해 보지 않았는데 조제프는 괜찮은 샌들 한 켤레도 없구나. 그런데 축음기는 두 대나 가지고 있다니." 어머니가 말했다.

그리고 사흘째 되는 날 어머니는 축음기를 두고 미래를 계획하고 결정하기 시작했다. 5헥타르에 대한 담보 대출을 두고, 조 씨의 반지를 두고, 그리고 좀 더 일반적이고 좀 더 지속적으로 방조 제방을 두고 했던 것과 같았다.

"우리 형편엔 축음기 한 대면 족하지. 두 대라니, 세상에, 누가 믿겠니…… . 제일 말도 안 되는 건 어째서 이 생각을 그동안 한 번도 못 했는지…… ."

그러다가 언제부턴가 어머니는 축음기를 판 돈으로 무엇을 할지에 대해 더는 구체적으로 말하지 않았다. 처음에는 분명히 캄에 가서 "그자들한테 욕을 퍼부어 줄" 거라고 했다. 하지만 그 얘기를 건너뛰기 시작했다. 그 대신 꽤 좋은 축음기니까 B. 12 값에 맞먹을 거라고, 적어도 방갈로 지붕의 절반 값은 될 거라고, 아니면 상트랄 호텔에 보름 동안 머물 수 있는 돈이라고 말했다. 어머니는 말하지 않았지만, 그것은 도시에 머물면서 다시 조 씨의 다이아몬드를 팔 수 있게 해 줄 돈이었다.

조제프는 축음기를 파는 일에 아무 관심이 없어 보였다. 정확히는 이쪽 세상에 관계된 어떤 일에도 관심이 없어 보였다. 조제프는 축음기를 파는 일에 찬성도 반대도 하지 않았다. 그러나 어느 날, 어쩌면 어머니가 계속 그 얘기를 하니까, 혹은 너무 지루해서 축음기를 팔러 람에 가기로 했다. 점심 식사가 거의 끝나 갈 때 통고하듯 말했다.

"축음기를 처분하고 올게요."

어머니는 대답하지 않았지만 겁에 질린 눈길로 조제프를 쳐다보았다. 축음기를 팔기로 했다는 것은 축음기 없이 지낼 수 있다는 뜻이었고, 이곳을 떠날 날이 돌이킬 수 없이 다가오고 있다는 뜻이었다. 다시 말해 이미 출발 날짜를 알고 있고, 상트랄 호텔에서 돌아올 때부터 알았다는 뜻이었다. 조제프는 축음기를 가방에 넣고 그 가방을 마차에 실었다. 그러고는 어떻게 팔 생각인지 아무런 설명도 없이 람으로 출발했다. 놀란 하사만이 지금껏 아주 작은 소리조차 들어 본 적 없는 이상한 기구가 떠나는 것을 지켜보았다.

축음기는 셋 중 누구에게서도 아쉬움의 말을 끌어내지 못한 채 그렇게 방갈로를 떠났다. 조제프는 저녁에 빈 가방을 들고 돌아왔고, 식탁에 앉으면서 어머니에게 지폐 한 장을 내밀었다.

"여기요. 빌어먹을 바르 영감한테 팔았어요. 두 배는 나갈 테지만 어쩔 수 없었어요."

지폐를 받아 든 어머니가 방에 들고 가서 치워 놓고 왔다. 그리고 저녁을 차렸다. 어머니가 아무것도 먹지 않는 것만 제외하면 모든 일이 평소와 똑같았다. 식사가 끝난 뒤 어머니가 말했다.

"캄의 토지국으로 그 개자식들을 찾아가지는 않을 거다. 가 봤자 은행들하고 똑같겠지. 내가 그냥 가지고 있어야겠다."

"그게 제일 좋아요." 조제프가 아주 부드럽게 말했다.

어머니는 흥분하지 않고 말하려 애썼다. 이마에 땀이 가득 맺혔다.

"캄에 가야 아무 소용 없지. 내가 그냥 가지고 있을 거야."

그러더니 갑자기 울기 시작했다.

"날 위해서, 이번만은 전부 날 위해서 쓸 거다."

조제프가 일어서서 어머니 앞에 섰다.

"젠장, 왜 또 그러는데요." 혼잣말을 하듯이 작고 낮은 목소리였다. 마치 이제 떠난다는 돌이킬 수 없는 사실에, 그의 행복에 어머니와 쉬잔이 모르는 냉혹한 이면이 숨겨진 것 같았다. 조제프 역시 불쌍한 처지였으리라. 어머니는 조제프의 온화한 말투에 놀란 표정이었다. 앞에 서서 집요하게 자신을 쳐다보는 아들을 바라보다가 한순간 마음을 가라앉혔다.

"왜 축음기를 팔았니, 조제프?" 어머니가 물었다.

"더는 팔 수 있는 게 없게 만들려고요. 확실하게 더 이상 팔 물건이 없게 만들려고. 방갈로도 태워 버리고 싶은데, 젠장, 그러고말고!"

"그래도 B. 12가 있잖아." 쉬잔이 말했다.

"누가 그 B. 12를 몰 수 있겠니?" 어머니가 말했다.

조제프는 대답하지 않았다.

"두꺼비도 팔아야죠." 쉬잔이 불쑥 내뱉었다. "반지 얘기를 하든 안 하든 그건 상관없어요. 팔아야 하는 반지는 여전히 있다고요."

그렇게 도시에서 돌아오고 처음으로 다이아몬드 얘기가 나왔다. 어머니는 눈물을 그쳤고, 평야로 돌아온 뒤 실에 꿰어 창고 열쇠와 함께 목에 걸고 있던 반지를 가슴에서 꺼냈다.

"내가 이걸 왜 그냥 갖고 있는지 모르겠구나." 어머니가 위선적인 말투로 말했다. "이게 얼마짜린데!"

"왜 그렇게 목에 걸고 있죠? 그냥 다른 사람들처럼 손에 끼면 되잖아요. 안 그래요?" 조제프가 물었다.

"그러면 계속 눈에 보이잖니. 난 이 반지가 너무 싫구나."

"거짓말." 쉬잔이 말했다.

식당 구석에 쭈그려 앉은 하사는 그때 처음으로 다이아몬드를 보았다. 하지만 어차피 봐도 아무것도 이해할 수 없었고, 그저 길게 하품만 했다. 하사는 다이아몬드와 자신이 이 집의 유일한 재산이라는 사실을 알지 못했다.

극장에 갔었어. 가서 여자나 찾아봐야지 하는 생각이었지. 카르멘이 지겨워졌거든. 카르멘과 같이 자면 뭐랄까 누이와 잔 기분이 들더라고. 특히 이번엔 더 그랬어. 사실 최근엔 극장이 전처럼 좋지는 않았어. 도시에 도착해서 곧 깨달았지. 막상 가면 좋기는 한데 작정하고 가야 하고, 전처럼 가게 되지는 않았어. 극장보다 더 좋은 다른 할 일이 있는 것도 아닌데 말이야. 누가 보면 지금껏 시간을 허비했으니 더는 허송세월하지 않으려는 줄 알았을 거야. 그런데 막상 극장에 안 가고 그 대신에 할 게 뭐가 있는지 모르겠고, 결국 다시 가게 됐지. 이 얘기, 내가 영화를 전만큼 좋아하지 않게 되었다는 것도 어머니에게 전해 줘. 아마도, 결국에는 어머니도 전만큼 사랑하지 않게 될 거라고도. 극장에 들어가 앉은 뒤에도 늘 여기 들어와 있는 대신에 해야 할 다른 일을 영화 시작 전에 찾아낼 수 있길 바랐어. 하지만 소용없었지. 결국 불이 꺼지고 스크린이 환해지면, 모두 조용해지면 이전과 똑같아져. 더는 아무것도 기다리지 않고, 기분이 좋아지지. 이 얘기를 너한테 하는 건 내가 떠나고 난 뒤에 네가 나를 기억했으면 해서야. 이 얘기도 기억해 주고. 어머니가 죽어도 할 수 없어. 이제 어쩔 수 없어.

결국 내 생각이 틀렸던 거야. 그 여자를 극장에서 만났으니까. 그녀는 불이 꺼지고 영화가 시작된 뒤에 들어왔어. 한 가지도 잊지 않고 너한테 다 얘기해 주고 싶은데 그럴 수 있을지는 잘 모르겠어. 처음엔 제대로 못 봤지. 늘 그러듯이 '이런, 여자가 옆에 앉았네.' 하고 말았거든. 게다가 여자 혼자가 아니었어. 남자하고 같이 왔더라고. 남자가 그녀의 오른쪽에 앉았고, 난 왼쪽에 앉았지. 내 자리가 그 줄 맨 끝자리여서 내 왼쪽엔 아무도 없었어. 잘 기억은 안 나는데 아무튼 뉴스 나오고 영화 초반까지, 그러니까 처음 한 삼십 분 동안에는 여자의 존재를 아예 잊고 있었어. 내 옆에 여자가 있다는 걸 잊었다고. 그래서 영화 앞부분은 다 기억하는데 뒷부분은 거의 아무것도 생각 안 나. 사실 여자의 존재를 잊었다는 말이 완전히 맞지는 않아. 극장에서 어떤 여자든 옆자리에 있으면 그 사실을 잊긴 힘드니까. 여자가 있어도 방해받지 않고 영화를 볼 수 있었다는 뜻이야. 영화가 시작되고 얼마나 지났을까? 아마 삼십 분일 거야. 그땐 앞으로 일어날 일을 몰랐으니까 그런 세세한 것까지 신경 쓰지 않는데 지금은 좀 아쉬워. 지긋지긋한 평야에 돌아온 뒤로 계속 그 순간을 떠올리려 애쓰는 중이거든. 하지만 소용없어,

기억이 안 나.

어쨌든 그렇게 시작됐어. 갑자기 아주 가까이서 규칙적이고 요란한 숨소리가 들리더군. 고개를 내밀고 소리 나는 옆쪽을 쳐다보았지. 그녀 옆자리에 앉은 남자였어. 의자 뒤로 고개를 젖힌 채 입까지 벌리고 자고 있었지. 고단해서 곯아떨어진 사람처럼. 내가 쳐다보는 걸 안 여자가 내 쪽으로 고개를 돌리면서 미소를 지었어. 스크린에서 나오는 불빛에 그녀의 미소가 보였고. "늘 저래요." 여자가 제법 큰 소리로, 남자를 깨우지 않을까 싶을 만큼 큰 소리로 말했어. 다행히 남자는 깨지 않았지만. "항상 저렇다고요?" 내가 물었지. "항상." 그녀가 대답하면서 미소를 짓는데 예뻤어. 무엇보다 목소리가 아름다웠어. "항상."이라고 말하는 순간 그녀와 자고 싶더군. 그 말을 듣는데 누군가 그렇게 말하는 걸 처음 들어 본 느낌이었어. 그녀가 말하기 전엔 한 번도 무슨 뜻인지 이해한 적이 없는 말 같았다고. "오래전부터 당신을 기다렸어요." 꼭 이렇게 말하는 것 같더라니까. 정말로 그렇게 들렸어. 그러고는 다시 영화를 보기 시작했지. 내가 먼저 말을 걸었어. "왜 항상 저렇죠?" "뭐, 별 재미가 없나 보죠." 그러고 나니까 무슨 말을 해야 할지 모르겠더라고. 할 말을 찾느라 영화를 제대로 볼 수 없었어. 그러다 말을 찾기 지겨워서 결국 알고 싶은 걸 물어봤어. "저 사람이 누군데요?" 그녀가 더 환하게 웃더군. 그러고는 고개를 완전히 내 쪽으로 돌렸어. 그렇게 그녀의 입이, 그녀의 치아가 보였지. 이따가 여자가 남자와 함께 극장을 나서면 따라가기로 마음먹었어. 그녀는 잠시 생각하며 나에게 말해 줄지 말지 망설이는 것 같았어. "남편

이에요." 결국 말했지. 내가 물었어. "젠장, 남편이라고요?" 남편
이라면서 저렇게 옆자리에 앉아 자고 있다니 역겨웠어. 우리 어
머니가 아무리 늙었어도, 아무리 많은 불행을 겪었어도 극장에
서 잠들지는 않잖아. 여자가 대답 대신 핸드백에서 담뱃갑을 꺼
냈어. 555였지. 나한테도 한 대 권하면서 혹시 불 가지고 있느
냐고 묻더군. 그 순간에 확신했어. 성냥 불빛에 내 얼굴을 보기
위해 불을 빌려 달라고 한 거라고. 그녀도 나처럼 보자마자 나
하고 자고 싶어진 거지. 불을 빌려 달라고 말하는 순간에 나보
다 나이가 많은 여자라는 걸 안 보고도 알아차렸어. 남자와 자
고 싶은 욕구를 수치스러워하지 않는 여자라는 것도. 갑자기
"혹시 불 있어요?" 하고 남편이 깨지 않게 조용히 말했거든. 영
화 초반에만 해도 남자가 깨든 말든 전혀 신경 쓰지 않았으면
서 말이야. 내가 성냥에 불을 붙여서 내밀었어. 그녀의 길고 반
들반들한 손, 빨간색 매니큐어를 칠한 손톱이 보였지. 눈도 봤
어. 담배에 불을 붙이는 동안에 그녀가 담배가 아니라 날 쳐다
보고 있었으니까. 입도 손톱처럼 빨간색이었는데, 손톱과 입술
이 그렇게 긴밀히 연결된다는 게 좀 충격이었어. 마치 손가락
과 입에 상처가 나 있고, 그 피를 보고 있는 기분이었어. 그래.
피, 조금은 몸 안이잖아. 그 순간에 같이 자고 싶은 욕구가 솟
구쳤고, 영화가 끝나면 B. 12를 몰고 따라가서 사는 데를 알아
내기로 마음먹었어. 필요하다면 도시에 머무는 내내 기다리기
로 했지. 그녀의 눈이 성냥 불빛에 반짝였고, 성냥이 다 타는
동안 그 두 눈이 노골적으로 날 바라보더군. "젊네요." 내가 나
이를 말해 줬어. 스무 살이라고. 그리고 나지막하게 이야기를

주고받기 시작했지. 뭐 하는 사람이냐고 묻길래 람에 산다고, 우리 식구는 부실한 불하지를 떠안는 바람에 허우적대고 있다고 대답했지. 그랬더니 남편은 람에 가 본 적이 있는데 자기는 모른다더군. 자기는 식민지에 온 지 얼마 안 됐다고, 이 년 전에 왔다나. 내가 의자 팔걸이에 놓인 여자의 손 위에 손을 얹었어. 그녀는 가만히 있었고. 남편은 오래전부터 식민지에 와 있었고, 자기는 이 년 전에 남편을 만나러 왔다더군. 이곳에 오기 전에 이 년 동안은 영국 식민지에 살았다고 말했는데 어딘지는 잊어버렸어. 여자의 손을 어루만지기 시작했는데 안쪽은 따뜻하고 바깥쪽은 서늘했어. 그녀는 식민지에서 따분하다고, 정말로, 정말로 따분하다고 했어. 왜 그렇게 따분하냐고? 사람들의 사고방식 때문이래. 그 말을 듣는 순간 캄 토지국의 관리들이 생각나서 식민지에 나와 있는 인간들은 전부 쓰레기라고 말해 줬지. 여자가 미소를 지으며 내 말에 동의하더군. 그 뒤로는 영화가 눈에 들어오지 않았고, 온 신경이 그녀의 손에, 내 손 안에서 서서히 뜨거워지는 그 손에 가 있었어. 스크린 위에서 한 남자가 영화 초반부터 노리고 있던 다른 남자의 총에 가슴을 맞고 쓰러진 장면만 기억나. 보고 있는데, 두 남자 다 본 적은 있지만 오래전에 본 것 같은 느낌이었어. 여자의 손은 정말로 손안에서 한 번도 느껴 본 적 없는 그런 손이었고. 손이 가늘어서 손가락 두 개로 감싸지더군. 야들야들, 꼭 지느러미처럼 야들야들하더라고. 스크린 위에서 죽은 남자 때문에 한 여자가 울기 시작했어. 죽은 남자 위에 엎드려서 흐느꼈지. 우리는 더 이상 얘기를 주고받을 수 없었어. 더는 그럴 힘이 없었거든. 내가 천천히 그녀의 손을 내 손안에 빨아들였어. 어찌나 부드럽고 어찌나 곱던지, 그 손을 망쳐 버리고 싶어질 정도였지. 내가 꽉 쥐어서 아팠을 거야. 힘을 아주 세게 주니까 조금 저항하더군. 남자는 옆에서 계속 자고 있었고. 스크린 속 여자가 죽은 남자 위에 엎드려 흐느낄 때 그녀가 작은 소리로 말했어. "끝났네요." "어쩌죠?" "오늘 저녁에 시간 있어요?" 당연히 있지. 그녀가 자기 하자는 대로 하라고, 끝나고 같이 가자고 하더군. 문득, 이유는 모르겠는데 아무튼 겁이 났어. 이제 곧 환해질 게 두려웠고, 어둠 속에서 손을 어루만지던 여자를 보기가 두려웠어. "그냥 갈래요." 내가 말했지. 얼마나 두려웠는지 넌 상상도 못 할 거야. 다가올 빛이 어찌나 두렵던지. 환해지는 순간에 우리가 더는 존재할 수 없게 되고 모든 게 불가능해질 것 같았어. 아마 잡고 있던 손까지 놓아 버렸을 거야. 그래 맞아, 여자가 내 손을 다시 잡았거든. 의자 팔걸이에 손을 얹었는데, 이번에는 그녀의 손이 내 손 위에 놓였어. 그리고 내 손을 잡더군. 내 손을 감싸려 했지만 당연히 못 했지. 그래도 그 손이 꼭 바이스처럼 죄고 있는 느낌이라 혼자 나가 버리진 못하겠더라고. 이 여자는 극장에서 늘 이런 식으로 남자들을 낚나 보다 싶었지. 어떻게 되나 맡겨 보기로 했어. 그리고 드디어 불이 들어왔어. 여자가 손을 뺐지. 난 곧바로 그녀의 얼굴을 볼 용기가 나지 않았어. 그런데 그녀는 날 보더군. 정말 날 봤어. 난 눈을 내리깔고 가만히 있었는데 말이야. 우리가 나가려고 일어서니까 남자가 화들짝 깨어나더군. 여자보다 나이가 조금 많은 남자였는데 우아하고 키 크고 건장했어. 제법 잘생겼고.

주변 일에 무심하고 밝아 보였어. 극장에서 잠들었다는 데 대해 전혀 민망해하지 않았지. 너도 알지, 비포장도로에 많이 지나가는 그런 유형의 남자. 멋진 자동차를 몰고 전속력으로 달리는 남자. 사냥용 망루를 설치하게 해서 하룻밤 그 안에서 버티며 호랑이를 잡지. 도시의 큰 호텔에서 바르 영감한테 전화를 걸어 몰이꾼 삼십 명을 미리 구해서 데리고 다니기도 하고. 그래, 그런 유형의 남자겠구나 싶었지. 여자가 말했어. "피에르, 이 청년이 람의 사냥꾼이래요. 람 알죠?" 남자가 곰곰 생각하더군. "갔었을 거야. 이 년 전에." 그 말에 마음이 좀 놓였어. "피에르, 이 사람도 오늘 저녁 함께해도 괜찮죠?" "물론이지." 둘이서 다른 얘기도 했을 텐데 등지고 있어서 안 들렸어. 굳이 듣고 싶지도 않았고. 우리는 다른 관객들을 따라 천천히 극장에서 나왔어. 여자 뒤에 섰는데 그녀의 몸이 아주 곧고 단단해 보이더군. 허리는 가늘고. 머리는 좀 이상할 만큼 짧게 잘랐고 흔한 색이었어.

그렇게 나가서 근사한 자동차 앞에 섰지. 들라주 5[25]의 8기통 토르페도였어. 남자가 돌아보더니 나한테 묻더군. "같이 타시겠습니까?" 난 차를 가져왔다고, 따라가겠다고 했어. 남자가 제법 친절했던 거지. 내가 같이 있는 걸 자연스럽게 받아들이는 것 같았고. 오히려 여자가 마치 우리가 오래전부터 아는 사이인 것처럼 더는 나한테 신경 쓰지 않더군. 그녀가 나에게 말했어. "당신 차는 어디 있죠? 그냥 여기 놓고 가요. 우리 차를

25) 1905년 루이 들라주가 설립한 프랑스의 고급 자동차 제조사.

같이 타고." 그러자고, 내 차를 테아트르 광장에 주차해 놓고
오겠다고 했어. 영화가 끝난 뒤엔 극장 앞에 차를 세워 두지 못
하니까. B. 12는 들라주에서 몇 미터 떨어진 곳에 있었지. 내가
B. 12 쪽으로 걸어가는 걸 보더니 남자가 따라오더군. "맙소사!
이 차가 당신 건가요?" 그러면서 극장에 도착했을 때 이 차를
봤다고, 이런 차는 처음 본다고 하더군. 여자가 천천히 다가오
니까 남자가 말했어. "이 사람도 아까 같이 이 차를 봤죠." 그러
고는 둘이서 B. 12를 쳐다보는 거야. 남자는 진지한, 여자는 꿈
꾸는 듯한 표정으로 말이야. 충분히 웃을 만한 일이었는데. 그
렇잖아, 들라주 가까이 낡은 통조림 깡통 같은 꼴불견 자동차
가 서 있었으니 웃을 만도 하지. 그런데 둘 다 웃지 않았어. 오
히려 B. 12를 보고 난 뒤에 남자가 나한테 더 친절하게 구는 것
같았지. 난 차를 테아트르 광장에 옮겨 놓고 그 둘이 기다리는
곳으로 돌아왔어. 그런 뒤에 함께 들라주를 타고 출발했지.

　그렇게 내 인생에서 가장 특별한 밤이 시작됐어.

　내가 운전석 옆자리에 앉았는데 그녀도 앞에 타고 싶어 해
서 결국 남편과 나 사이에 앉았어. 우리가 어디로 가는지, 여자
와 나의 관계가 하물며 남편이 같이 있으니 어찌 될지 알 수가
없었지. 어쨌든 난 그녀 옆에 앉았고, 자동차가 질주했어. 운전
을 기막히게 잘하더라고. 될 대로 되라 싶었지. 난 반바지에 반
팔 셔츠를 입고 테니스 샌들을 신었는데 두 사람은 아주 잘 차
려입었더군. 그래도 그들이 별로 신경 쓰지 않는 것 같으니까
나도 별로 거북하지 않았어. 그들은 이미 B. 12를 봤고, 그것만
으로 충분히 나머지를, 예를 들어 난 양복이 없다는 것까지 알

수 있었겠지. 그런 종류의 일을 이해할 수 있는 사람들이었어.

시내를 벗어날 즈음 여자를 갖고 싶다는 욕망이 일기 시작했어. 남자는 빨리 도착하려고 조급해하는 것 같더군. 목적지가 어디였는지는 지금도 모르겠지만. 아무튼 속도를 높였어. 우리한텐 전혀 신경 쓰지 않았지. 그녀의 몸이 긴장하며 내 몸에 닿는 게 느껴졌어. 두 팔을 엇갈려 올렸는데 한 팔은 자기 어깨, 또 한 팔은 내 어깨 옆에 있었지. 바람이 불어와서 옷이 몸에 달라붙으니까 마치 벗고 있는 것처럼 가슴 형태가 드러났어. 정말로 탄탄해 보이더군. 아름다운 가슴, 풍만하고 모양이 잘 잡힌 가슴이었어. 도시의 불빛을 벗어나고 좀 지났을 때 그녀의 손이 내 어깨를 잡았지. 힘을 주어 꽉 잡았어. 그 순간 그냥 해 버릴까, 단숨에 덮쳐 버릴까 싶었지. 차가 아주 빨리 달렸고, 바람이 세게 불었고, 뭐든 쉬워 보였거든. 영화에서처럼 말이야. 그녀가 온 힘을 다해 내 팔을 붙잡고 있었어. 내가 하지 않을 게 확실해 보이니까 그제야 손을 뺐고. 저녁 내내 그런 식일 것 같았어.

차가 첫 번째 술집 앞에 섰고, "위스키 마십시다."라고 남자가 말했어. 셋이서 정원 안쪽에 있는 작은 바에 들어갔어. 꽉 찼더군. 처음엔 거기서 저녁을 먹는 줄 알았어. 밤 10시였으니까. "위스키 세 잔." 남자는 술을 주문하더군. 술을 마시기 시작한 뒤로, 마실수록 그 사람은 우리한테 무관심해졌어. 마시는 모습을 보니까 이해가 가더라고. 여자와 나는 첫 잔을 마시는 중인데 그 사람은 이미 두 잔을 더 시켰으니까. 게다가 쉬지 않고 연달아 마셨거든. 우린 아직 첫 잔도 다 안 마셨는데. 마치

지난 사흘 내내 술을 못 마셔서 갈증이 난 사람 같았어. 내 놀
린 표정을 본 의사가 미소를 짓더군. 그러고는 아주 조그맣게
말했어. "신경 쓰지 말아요. 저 사람 낙이니까." 난 남자가 제법
마음에 들었어. 말도 별로 안 하고, 어떤 일에도, 아내한테도,
나한테도, 아무 일에도 관심이 없더라고. 정말로 신나서 술만
마셨어. 바 안에 있던 사람들이 그가 술 마시는 모습을 쳐다보
더군. 안 그럴 수가 없었지. 모두 그녀도 바라보았어. 참 아름다
웠으니까. 차 타고 올 때 바람을 맞아서 머리카락이 엉망으로
헝클어졌지. 눈은, 회색이든가 푸른색이든가, 아무튼 아주 옅은
색이었어. 얼핏 보면 장님 같을 정도로. 저런 눈으로는 다른 사
람들이 보는 걸 다 볼 수 없지 않을까, 일부분만 보이지 않을까
싶더라고. 나를 볼 때 말고는 아무것도 안 보는 것 같았어. 나
를 볼 때는 얼굴이 환해지고, 마치 자기 눈이 감당할 수 없다
는 듯 곧 눈꺼풀을 내렸지. 첫 번째 바를 나설 때 그녀가 나를
쳐다보는데 그 순간에 깨달았어. 오늘 밤 난 이 여자와 잘 거라
고, 무슨 일이 있어도 그럴 거라고. 그리고 이 여자도 남자 못지
않게 술을 마시고 싶어 한다고.

다시 차에 탔어. 아무도 말을 안 했지. "사거리에서 조심해
요." 이따금 여자가 남자에게 말하고 남자가 차가 너무 많다고
투덜대는 게 전부였어. 그런데 차가 자꾸 이미 지나온 곳을 다
시 지나가는 거야. 남자는 꼭 그렇게 할 수밖에 없다는 듯 계속
투덜거렸어. 나중에 보니까 그렇지 않았는데 말이야. 굳이 다시
지나지 않고도 갈 수 있었다니까. 어쨌든 이번에는 항만 쪽에
있는 두 번째 바에 들어갔어. 남자는 다시 위스키 두 잔을 마

셨고, 우린 이번에는 한 잔만 마셨어. 그래도 나도 이미 석 잔째였으니까 조금 취기가 오르더라고. 여자도 그런 것 같았지. 즐겁게 마시더군. 저녁마다 이런 식으로 남편을 따라다니며 마시는 걸까. 마음에 드는 남자가 나타나면 오늘처럼 같이 데리고 다니면서 말이야. 그곳을 나올 때 여자가 조그맣게 말했어. "우린 이제 그만 마셔요." 분명 나와 자고 싶은 욕망이 강렬해진 거지. 남자가 비틀거리며 차에 올라타는데 여자가 그 틈을 이용해서 나에게 몸을 기울이더니 입을 맞췄어. 그 순간 난 남자를 차에서 끌어내고 싶었어. 내가 핸들을 잡고 그녀와 함께 도망치고 싶었지. 당장 같이 자고 싶었어. 하지만 이번에도 알아차렸는지 여자가 날 떠밀어 차 문 쪽으로 몰아넣더군.

차가 다시 출발했지. 남자는 제법 취했고, 자기도 그걸 아는 것 같았어. 뒤에 기대앉지 않고 핸들 쪽으로 몸을 똑바로 세워서 앞을 잘 보려고 애쓰면서 속도를 많이 줄이더라고. 우리는 다시 도시를 가로질러 갔어. 무엇 때문에 그런 식으로 같은 길을 들락날락하느냐고 묻고 싶더군. 정작 남자는 뭘 하는지도 모르고 있는 것 같았지만. 일부러 오래 걸리는 길을 고르나 싶기도 했어. 어쩌면 다른 길을 몰라서 그랬을 수도 있고. 식민지 도시에서 그 사람이 아는 게 도심 번화가와 그 주변을 둘러싼 술집들뿐일 수도 있으니까. 아무튼 슬슬 짜증이 나기 시작했어. 무엇보다 차가 너무 천천히 달렸거든. 그자가 멋대로 굴기도 했고. 우리한텐 물어보지도 않고 자기가 좋아한다고 그냥 위스키소다를 시켜 버렸잖아. 그렇게 세 번째 바에 들어갔어. 남자가 곧바로, 역시나 우리한테 묻지도 않고 이번엔 마르텔 석 잔을 시키더군. "신물 나 죽겠네. 마르텔 마시고 싶으면 당신이 나 실컷 마시든지." 한번 들이받고 싶더라고. 에덴 시네마를 나선 지 한 시간째였는데 언제까지 그러고 다닐 건지 정말로 짜증이 났어. "미안합니다. 뭘 마시고 싶은지 물어봤어야 했는데." 남자가 말하더군. 그러고는 내 마르텔도 가져가서 자기가 마셨어. 내가 다시 말했어. "왜 그냥 한곳에서 마시지 않죠?" "당신은 아직 어려요, 아무것도 모릅니다." 그가 제대로 된 말을 한 건 이 대답이 마지막이었어. 내 잔까지 비운 뒤에도 마르텔 두 잔을 더 마시더니 등이 구부정해지기 시작했고, 서서히 몸이 앞으로 기울어졌지. 그런 상태로, 등받이 없는 작은 의자에 앉아 있었어. 더할 나위 없이 행복해 보이더군. 내가 여자한테 저대로 두고 우리끼리 나가자고 했더니, 여자가 이 술집 사람들을 잘 모른다고, 아침에 남편을 무사히 데려다준다는 확신이 없어서 안 된다고 하더군. 난 계속 우겼지. 여자는 계속 거절했고. 그래도 나와 자고 싶은 여자의 욕망만큼은 점점 커졌어. 아예 얼굴에 쓰여 있던걸. 여자가 남자를 가볍게 흔들었어. 그러면서 아직 저녁 안 먹었다고, 11시가 다 되었다고 말했지. 남자가 주머니에서 지폐 한 장을 꺼내 카운터에 내려놓더니 거스름돈 받을 생각도 없이 그대로 일어섰어, 그렇게 밖으로 나왔지.

남자가 아주 천천히 차를 몰았어. 옆에서 여자가 방향을 가리키며 어디서 돌아야 하는지, 어떤 길로 가야 하는지 알려 주면서 말이야. 완전히 지렁이처럼 기어갔지. 그녀가 남편한테 길을 일러 주는 동안 난 원피스를 들추고 천천히 그녀의 온몸을 애무했어. 가만히 있더군. 남자는 아무것도 보지 못하고 그냥 운전만 했어. 멋지잖아, 코앞에서 여자를 애무했는데 남편은 아무것도 못 보다니. 설령 봤더라도 난 계속했을 테지만 말이야. 나한테 뭐라고 하기만 하면 아예 차에서 끌어내 버렸을걸. 그다음에 간 곳은 어느 나이트클럽이었어. 필로티 위에 세운 일종의 방갈로였지. 춤도 추고 밥도 먹게 되어 있더라고. 한쪽에 플로어가 있고, 다른 한쪽에는 식사를 할 수 있는 칸막이 좌석들이 있었어. 들라주를 방갈로 아래 세우고 올라갔지. 계단을 오르는 동안 그녀가 남편을 부축했어. 완전히 맛이 가 버렸거든. 불빛에서 보니까 여자는 매무새가 흐트러졌고 지친 모습이 역력했어. 그 이유를 난 알았지. 나하고 너무 자고 싶었던 것도 있고, 차 안에서 내가 한 일 때문이야. 안에 들어가니까 다들 이상한 표정으로 우리를 쳐다보았어. 남자를 비웃는 것 같았지. 그러니까 내 마음속에서 남자를 없애 버리고 싶은 마음이 수그러들더군. 오히려 그녀만 빼고 누구라도 그를 비웃으면 내가 나서고 싶었는걸. 물론 지겹긴 했어. 얼마나 지겨웠는지 넌 상상도 못 할 거야. 그녀가 남자에게 얼마나 다정한지, 남자는 또 얼마나 느려 터졌는지. 세 번째 바에서 나온 지 이미 사십오 분이 지났는데. 내내 여자의 몸을 애무했고. 도대체 언제까지 그러고 있으라는 거냐고. 그녀가 고른 자리는 플로어 방향을 바라보는 입구 반대쪽의 칸막이 좌석이었어. 남자는 이제 운전을 더 안 해도, 아무것도 안 해도, 심지어 걷지 않아도 되니까 마음이 놓였는지 긴 의자에 그대로 주저앉더군. 아주 잠깐 내가 왜 여기서 이 사람들하고 이러고 있나 하는 생각이 들었지만 여자를 두고 가긴 이미 늦었지. 여자가 남편을 너무 다정하게 대하는 바람에, 그토록 느린, 너무 느린 남자를 너무도 참을성 있게 대하는 바람에 짜증이 나기는 했지만 말이야. 우린 마치 설탕 시럽에 빠져 허우적대는 사람들처럼 서로에게 다가갔어. 하염없이 그러고 있은 거야. 두 시간 전에 에덴 시네마를 나선 뒤로 난 계속 터널 속에서 그녀를 찾았고, 그녀가 눈으로 가슴으로 입으로 계속 부르는데 나는 가닿을 수가 없잖아. 그때 「라모나」가 흘러나왔어. 그러니까 갑자기 움직이고 싶고 춤추고 싶어지더라고. 플로어에 나가 있는 사람이 없었으면 나 혼자서라도 「라모나」에 맞춰 춤을 췄을 거야. 그때까지 내가 춤을 잘 못 춘다고 생각했는데 한순간 춤꾼이 되어 버리더라고. 허공에 매달린 줄 위에서라도 춤출 수 있을 것 같았다니까. 춤추든가 남자를 없애 버리든가 한 가지는 해야 했어. 너도 알겠지만 「라모나」가 생각보다 훨씬 아름다울 때가 있잖아. 그래서 벌떡 일어섰지. 그리고 플로어에 나와 있는 아무 여자나 붙잡고 춤을 청했어. 자그마하고 제법 아름다운 여자였지. 그런데 한 여자를 간절히 바라면서 다른 여자와 춤을 추니까 품에 안긴 여자가 느껴지지도 않더라고. 깃털을 안고 혼자 춤추는 느낌이었어. 자리에 돌아왔을 때 내가 꽤 많이 취했다는 걸 깨달았지. 여자가 두 눈을 크게 뜨고 반짝이는 눈으로 빤히 쳐다보더군. "다른 여자와 춤추기에 소리를 질렀는데 못 듣더군요." 여자가 말했지. 그 순간 그녀가 기분이 몹시 상했다는 걸, 어쩌면, 이유는 모르겠지만 불행하다는 걸 깨달았어. 남자 때문인가 보다 했지. 어쩌면 내가 춤추는 동안에 남자가 무슨 말인가 했다고, 여자를 비난했을지 모른다고 생각했어. 테이블에는 마요네즈를 얹은 삶은 달걀 세 개가 놓여 있었어. 남자가 포크로 한 개를 통째로 찍어서 입에 넣고 씹었지. 입가에 묻은 달걀이 턱으로 흘러내리는 것도 모른 채. 나도 똑같이 포크로 찍어서 한 개를 통째로 입에 넣었어. 여자가 웃기 시작했고, 남자도 웃었어. 그때까진 그래도 웃을 힘이 남아 있었던 거지. 문득 우리 셋이 오래전부터 알고 지낸 사이같이 느껴졌어. 남자가 한입 가득 달걀을 집어넣은 채로 말했지. "이 친구가 마음에 들어." 그러더니 샴페인을 주문했지. 그녀는 내가 다른 여자와 춤춘 뒤로 무언가 마음먹은 것 같았어. 그게 뭔지 샴페인이 나오고 나서 여자가 남자에게 따라 주는 동안에 깨달았지. 남자의 잔이 넘치도록 가득 따르고, 남자가 그 잔을 비울 때까지 계속 병을 들고 기다리더라니까. 남자가 곧바로 마시고, 여자는 자기 잔에 따르고, 내 잔을 채우고, 그런 뒤에 남자에게 다시 따라 줬어. 그러고는 한 번 더, 역시나 병을 손에 든 채로 남자가 두 번째 잔을 비우기를 기다렸지. 그 뒤에 또 한 잔 더 따라 주는데 이번에는 남자한테만 따랐어. 그렇게 네 번을 반복한 거야. 나는 꼼짝 않고 여자를 쳐다보기만 했어. 여자와 내가 완전히 함께할 순간이 다가오고 있음을 깨달았지.

레몬 슬라이스를 얹은 가자미튀김 세 마리가 더 나왔어. 먹을 게 마요네즈 달걀하고 가자미튀김밖에 없었어. 자정이었으니까. 손님이 꽉 찬 뒤로는 술 외에 다른 주문은 안 받는다더군. 남자는 자기 몫의 가자미튀김을 반 먹고 나서 잠이 들었지. 나는 내 샴페인을 다 마셨고, 여자에게 더 달라고 했어. 내 가자미튀김을 다 먹고 나서 그녀가 준 것까지 먹었어. 태어나서 그때처럼 배가 고팠던 적이, 목이 말랐던 적이, 여자를 원했던 적이 없었어.

한순간 여자의 눈이 커지고 손이 가볍게 떨리기 시작했어. 그녀가 일어서더니 남자가 고개를 묻고 엎드려 자는 테이블 위로 몸을 내밀었어. 우리는 키스를 했지. 다시 고개를 드는데 입술이 파리하더군. 내 입속에 그녀의 립스틱 냄새, 아몬드 향내가 났어. 그녀는 여전히 떨고 있더군. 남자는 계속 자고 있었고.

우리는 다시 몸을 앞으로 내밀었고, 깊은 키스를 했어. "사람들이 쳐다보네." 그녀가 말했지. 난 사람들이 봐도 아무렇지 않았어.

남자가 몇 번 잠에서 깼어. 깨어난다는 걸 미리 알 수 있었지. 뭔가 중얼거리면서 몸을 떨기 시작했거든. 그가 고개를 들기 전에 우리가 떨어질 시간이 있는 거지. "우리가 왜 여기 있지?" "걱정할 거 없어요, 피에르. 왜 자꾸 걱정을 해요." 그녀가 부드럽게 달랬어. 그는 마시고 다시 잠들었어. 우린 다시 몸을 숙여 테이블 위로, 눈을 감고 있는 남자의 커다란 머리 위로 입을 맞추었지. 남자가 잠든 동안에 떨어지지 않고 서로의 입 속을 헤집었어. 우리에게서 오로지 두 입이 맞닿은 거지. 그녀는 그때도 떨었어. 심지어 내 입 속에 들어와 있는 입까지 떨더라고. 그가 깨어나더니 아주 느린 마치 마비된 듯한 목소리로 말했지. "술이 없어." 그녀가 샴페인을 따라 줬고. 남자는 완전히 곯아떨어졌어. 잠들어 있는 모습이 뭐랄까, 끔찍한 고통에서 벗어난 것 같더군. 잠이 들면 고통도 같이 잠들고, 눈을 뜨면 고통도 같이 시작되는 걸까. 문득 어쩌면 저 남자가 우리가 무엇을 하는지 아는 게 아닐까 그런 생각이 들었어. 하지만 아닐 거야. 내 생각에 그 사람한테 견디기 제일 힘든 일은 잠에서 깨는 거였어. 다시 불빛이 보이고, 오케스트라 음악이 들리고, 플로어에서 춤추는 사람들이 보이는 게 힘든 거지. 남자가 다시 고개를 들더니 십 초 동안 눈을 뜬 채로 누군가에게 욕을 퍼붓고 나서 다시 테이블 위에 고개를 묻었어. "피에르, 걱정할 거 없어요. 뭐 더 줄까요? 걱정하지 말고 그냥 자요." 그 말에 남자가 미소를 지은 것 같아. "그래, 리나, 당신은 참 다정해." 그녀의 이름이 리나였어. 남자가 가르쳐 준 셈이지. 여자는 남편에게 아주 다정했어. 이젠 그 여자를 아니까 하는 말이지만 마음 놓고 나와 키스를 하기 위해서 그런 게 아니라 남편에 대해 깊은 우정을, 어쩌면 사랑을 품고 있어. 그녀는 남자가 깨어나려 할 때마다 잔에 샴페인을 부어 주었어. 그는 그 잔을 그대로 비웠고. 술이 그의 몸속으로, 마치 모래 속으로 빨려들듯이 들어갔어. 마시는 게 아니라 몸속에 들이부은 거지. 결국 다시 고개를 묻고 잠들었어. 그녀가 얼굴을 내밀었고, 우린 키스를 했지. 그때는 떨지 않더군. 그녀는 머리가 엉망으로 헝클어지고 입술이 창백해졌어. 이제 오직 나에게만, 그녀의 립스틱을 먹어 버리고 머리를 헝클어트려 놓은 나에게만 아름다운 여자가 된 거지. 그녀는 행복에 취했어. 어쩔 줄 몰라 했지. 거침이 없었어. 남자가 중얼거리기 시작했어. 우리 얼굴도 떨어졌지. 남자가 고개를 들고 말하더군. "위스키 마시고 싶어." 여자가 말했어. 분명하게 기억해. "당신은 늘 할 수 없는 걸 원해요, 피에르. 웨이터가 어디 있는지도 모르겠어요. 찾아다녀야 한다고요." 남자가 말했어. "알겠어, 리나, 내가 나쁜 놈이야." 사람들이 우리를 쳐다봤지. 웃는 사람은 없었을 거야. 우리 옆 테이블에서 나와 춤췄던 자그마한 여자와 그 일행도 대화를 멈추고 우리를 쳐다보더군.

남자는 소변이 마려웠어. 힘들게 일어섰지. 홀 반대편까지 그녀가 팔을 부축해서 가야 했어. 남자가 걸어가며 고함을 치더군. "왜 이렇게 아수라장이야!" 어찌나 목소리가 큰지 오케스트라 음악을 뚫고 다 들리더라니까. 그녀가 남자의 귀에 대고 무슨 말인가 했어. 아마도 진정시켰을 테지. 그렇게 둘이 자리를 뜬 사이에 난 샴페인 몇 잔을 연달아 마셨어. 아마 넉 잔이었을 거야. 잘 모르겠어. 키스를 너무 많이 해서 목이 말랐거든. 몸은 그녀를 갖고 싶어서 불붙은 것처럼 뜨거웠고.

혼자 기다리면서 생각했어. 나 자신이 돌이킬 수 없이 변하고 있다고. 손을 보는데 내 손 같지 않더라고. 그동안 내가 가지고 있던 손과 팔이 아니라 다른 손과 팔이 자라난 걸까. 정말로 이전의 내가 아니었어. 하룻밤 사이에 내가 영리해진 것 같고, 지금껏 눈여겨보기는 했어도 제대로 이해하지 못했던 중요한 것들이 다 이해됐어. 물론 그런 부류의 사람들, 그 남자와 여자 같은 사람들을 만난 건 처음이었지. 하지만 전적으로 그 때문에 일어난 일은 아니었어. 그런 사람들이 자유로울 수 있는 건, 충만한 자유를 누리는 건 무엇보다 돈이 많기 때문이라는 사실은 이미 알고 있었으니까. 그래, 꼭 그 때문은 아니었어. 무엇보다 여자를 원해서, 전과 전혀 다르게 원해서, 그리고 또 술을 마시고 취했기 때문이야. 나 스스로 영리하다고 느낀 건 처음이었지만 그런 영리함은 이미 오래전부터 내 안에 들어 있었던 거지. 욕망과 알코올이 섞이면서 그것을 끄집어낸 거고. 우선 욕망이 나로 하여금 감정들을 무시하게, 어머니에 대한 우리의 감정까지 모든 감정을 무시하게 해 줬어. 그래, 그때까지 난 스스로 완전히 감상적인 인간이라고 생각해 왔고 그래서 두려웠는데, 더는 두려워하지 않아도 된다고 깨달았어. 그리고 알코올이 내가 사실은 비정한 인간이라는 분명한 사실을 깨우쳐 줬어. 원래가 비정한 인간이 될 준비가 되어 있었던 거지. 언젠가는 어머니를 떠날, 어머니한테서 멀리 떠나 도시에서 살아가는 법을 배울 그런 인간 말이야. 단지 전에는 그걸 수치스러워하다가 드디어 비정한 인간이 옳다는 사실을 깨달았을 뿐이지. 내가 떠나면 어머니가 캄의 관리들을 혼자 상대해야겠구나 생각한 기억이 나. 그래, 캄의 관리들을 생각했어. 언제가 되든 내가 그자들을 아주 가까이서 알아야 한다고, 그때는 평야에서처럼 그들이 어떤 비열한 짓을 저지르는지 그저 알기만 하는 게 아니라 그 술책들 속으로 들어가고, 그 짓거리에 당하지는 않으면서 속속들이 알아내고, 그자들을 죽일 수 있도록 비정함을 간직해야 한다고 말이야. 평야로 돌아와야 한다는 생각도 다시 했지…… 다 기억나. 지금 내가 진짜 나라는 확신을 얻기 위해 큰 소리로 맹세했고, 이제 끝이라고 마음먹었어. 네 생각을 했고, 어머니 생각을 했고, 이제 끝이라고 마음먹었어. 이제 다시는 어린아이로 돌아갈 수 없다고. 설령 어머니가 죽는다 해도, 그래, 마음먹었어, 어머니가 죽는다 해도 난 떠날 거야.

그들이 돌아왔어. 여자가 남자의 팔을 붙잡아 주었고, 남자는 홀을 가로질러 갔다가 되돌아오느라 힘을 많이 쓴 탓에 몸을 가누지도 못했지. 혹시라도 누가 그를 비웃거나 욕하기라도 했으면 내가 낯짝을 갈겨 버렸을 거야. 그곳에 있는 모든 사람, 취하지 않은 사람들보다 저렇게 취했으면서도 자유로운 그가 더 가깝게 느껴졌거든. 그곳에 있는 사람들 전부 다 행복해 보였어, 그 사람만 빼고. 그녀는, 마음 놓고 키스하려고 남편을 취하게 만들었으면서 마치 그곳에 있는 다른 사람들, 취하지 않은 사람들이 남편을 그렇게 만든 것처럼 다정하게 끝없는 이해심으로 부축해 오더군. 자리에 앉고 나서 병이 빈 것을 보더니 곧 일어나 플로어 반대편에 있는 웨이터에게 가서 한 병을 더 주문하기도 했어. 그런데 웨이터가 술을 빨리 안 가져왔어. 그녀가 다시 몸을 떨었지. 남편이 술이 깰까 봐 겁이 났던 거야. 내가 웨이터를 찾으러 갔어. 구름 위를 걷는 기분이더군. 그렇게 모에트[26] 한 병을 들고 왔어. 때가 다가오고 있었어. 그녀는 남편에게 샴페인 석 잔을 연달아 따라 주었지. 그가 잠들면 깨워서 마시게 하면서 말이야. 그래, 때가 다가오고 있었어. 다 마시고 난 남자가 다시 테이블 위로 고개를 파묻었고, 내가 말했지. "이제 그만 가죠." 여자가 대답했어. "십 분만 기다려서 깨어나지 않으면 가요." 내가 다시 말했어. "혹시 또 깨어나면 내가 집어던져 버리겠어요." 남자는 깨어나지 못했어. 만일 그가 깨어났으면, 정말이야, 내가 덤벼들었을 거야. 그녀와 나는 그를 위해서, 우리 아닌 다른 사람을 위해서 할 수 있는 한계에 이르렀거든. 이제 남편이 깨어나지 않으리라고 확인한 그녀가 그의

---

26) 프랑스 동북부 에페르네를 중심으로 생산되는 샴페인.

어깨를 붙잡고서 그가 앉아 있던 긴 의자에 눕혔어. 웃옷을 열어 지갑을 꺼냈고. 그러더니 일어서서 웨이터를 불렀지. 웨이터가 빨리 안 와서 이번에도 내가 불러왔어. "이 사람 그냥 자게 돼요. 깨어나거든 택시를 불러 주고. 운전사한테 여기 이 주소로 데려다주라고 해요." 그녀가 돈과 명함 한 장을 건네면서 웨이터에게 말했어. 웨이터는 지배인에게 물어봐야 한다며 돈을 안 받더군. 자리가 나길 기다리는 손님이 많은데 여기에 밤새 누워 있어도 되는지 모르겠다는 거야. 고집불통이었지. 절대 돈을 안 받았어. 결국 지배인을 불러올 때까지 또 기다려야 했어. 지배인이 와서는 "빈자리가 없어요. 이분 혼자 이렇게 테이블을 다 차지할 수는 없습니다." 이러더군. 그녀는 당장이라도 울 것 같았어. 내 마음은 이미 지배인의 멱살을 잡고 있었지. 손가락 사이에 그자의 목이 느껴졌다니까. 그녀가 지갑에서 지폐 다발을 꺼내더니 지배인에게 건넸어. "밤새 이 테이블을 쓰는 값을 낼게요." 지배인이 받아들였지. 그녀가 남편을 마지막으로 한번 더 쳐다보았고, 그런 뒤에 드디어 밖으로 나왔어. 난 방갈로 아래 세워 둔 차에 올라타자마자 그녀를 뒷좌석으로 밀치고 입을 맞추었어. 우리 머리 위로 오케스트라가 연주하는 음악 소리, 사람들이 춤추는 발소리가 계속 울려 퍼졌지. 곧 내가 들라주의 운전대를 잡았고, 그녀가 알려 주는 호텔로 갔어. 그곳에서 일주일 동안 머물렀고.

어느 저녁에 그녀가 내 삶 얘기를 들려달라더군. 평야에서 그곳에 왜 왔는지도 물었고. 그래서 다이아몬드 얘기를 했어. 그랬더니 빨리 가서 가져오라는 거야, 자기가 산다면서. 어머니

와 널 데려다주려고 상트랄 호텔로 돌아와서야 반지가 내 주머
니에 들어 있다는 걸 알았어.

조제프의 출발이 다가오고 있었다. 이따금 어머니는 한밤중에 쉬잔의 방으로 와서 조제프 이야기를 꺼냈다. 이것저것 다 생각해 봐도 떠나는 건 해결책이 아닐 것 같다고 했다.

"어떻게 말려야 할지 모르겠구나." 어머니가 말했다. "그렇다고 내가 다른 해결책을 낼 수도 없으니 붙잡을 수도 없고."

어머니는 그 일을 꼭 밤에만, 그리고 쉬잔하고만 얘기했다. 하사를 앞에 앉혀 두고 몇 시간 동안 장부 정리를 하고 나면 그제야 조제프 얘기를 할 용기가 났던 것이다. 낮 동안에는 여전히 환상에 싸여 지냈을 테지만 밤에는 정신이 또렷해져서 차분하게 얘기할 수 있었다.

"그 애가 날 원망한다 해도 할 말이 없지." 어머니가 말했다. "앞으로 너희에게 좋은 일이 생길 수 있다면 내가 죽는 것뿐일 게다. 그러면 토지국에서도 불쌍하게 생각할 테고. 5헥타르 땅만큼은 영구 불하해 주지 않겠니. 그러면 팔고 떠날 수 있을 텐데."

"어디로요?" 쉬잔이 물었다.

"도시로 가야지." 어머니가 대답했다. "조제프는 도시에서 일거리를 찾을 수 있을 테고, 넌 혼처가 나설 때까지 카르멘의 호텔에 있어야지."

쉬잔은 대답하지 않았다. 어머니는 매번 똑같은 말을 해 놓고는 곧바로 나가 버렸다. 어차피 어머니가 하는 말은 쉬잔에게 전혀 중요하지 않았다. 어머니는 어느 때보다 많이 늙어 보였고, 제정신이 아닌 것 같았다. 조제프의 출발이 임박해질수록 쉬잔에게는 어머니가, 어머니의 걱정과 불안이 상관없는 과거로 밀려났다. 오직 조제프만이 중요했다. 조제프에게 일어난 일만이 중요했다. 평야로 돌아온 뒤 쉬잔은 조제프의 곁을 거의 떠나지 않았다. 조제프가 마차를 몰아 람에 갈 때도 거의 매번 따라갔다. 하지만 조제프는 도시에서 있었던 일을 쉬잔에게 모두 들려준 뒤로는, 다시 말해 이곳 평야로 돌아오고 처음 며칠이 지난 뒤로는 거의 말이 없었다. 물론 아무리 말을 안 한다 해도 어머니한테보다는 많이 했다. 조제프는 어머니에게는 못 했다. 사실 조제프가 쉬잔에게 하는 말도 대답이 필요한 말이 아니었다. 그저 여자에 대해 말하고 싶은 욕망을 이기지 못해서 하는 말이었다. 조제프는 거의 대부분 그 여자 얘기만 했다. 지금껏 여자와 함께 그런 식으로 행복할 수 있다는 생각을 해 본 적이 없었다고, 이전에 알았던 여자들은 전부 아무것도 아니었다고 했다. 그 여자하고만은 며칠이라도 침대에 누워 있을 수 있었다고, 정말로 사흘 동안 그 여자와 둘이서 아무것도 먹지 않고 섹스만 했다고도 했다. 그러니까 조제프와 여자는 다른 것은 다 잊어버렸다. 단지 조제프가 어머니 생각을 했다. 그가 상트랄 호텔에 돌아온 것은 돈이 떨어져서가 아니라 어머니 때문이었다.

쉬잔을 데리고 람에 가는 길에 조제프는 조만간 여자가 데리러 올 거라고 털어놓았다. 자기가 같이 떠나기 전에 보름만 기다려 달라고 했다는 것이다. 왜 그랬는지는 정확히 모르겠다면서 덧붙였다. "이 아수라장을 한 번만 더 보고 싶었나 봐. 그래야 마음이 안 흔들릴 테니까." 이제 곧 여자가 올 터였다. 자기가 평야를 떠나고 나면 어머니와 쉬잔은 어떻게 될까, 생각해 보았다고, 오래 생각했다고 했다. 어머니의 미래는 불하지를 떠나서 생각할 수 없다. 불하지는 어머니에게 불치병 같은 악습이었다. "장담하는데, 어머니는 매일 밤 태평양을 막을 제방을 다시 시작해. 어머니 상태가 좋으냐 아니냐에 따라 제방의 높이가 100미터냐 2미터냐 달라질 뿐이지. 제방이 크든 작든 어차피 어머니는 매일 밤 다시 시작해. 너무 멋진 생각이긴 하니까." 그러면서 조제프는 자기도 결코 방조 제방을 잊지 못할 거라고 했다. 어머니를 잊지 못할 거라고, 정확히는 어머니가 견뎌 낸 것들을 잊지 못할 거라고도 했다.

"그건 내가 누구인지를 잊는 것과 마찬가지야. 절대 있을 수 없지."

어머니는 살날이 많이 남지 않았다. 하지만 전과 달리 더는 중요하기 않았다. 누규가 너무도 죽고 싶어 한다면 말리지 말아야 한다. 조제프는 어머니가 살아 있는 것을 아는 한 자기는 살면서 제대로 된 일을 할 수 없을 거라고, 어떤 것도 시도해 볼 수 없을 거라고 했다. 그동안 여자와 몸을 섞을 때마다 어머니가 생각났다고도 했다. 아버지의 죽음 이후 남자와 자본 적 없는, 어리석게도 그래선 안 된다고 믿은, 그래야 자식들이, 아이들이 언젠가 할 수 있다고 믿은 어머니였다. 조제프는 쉬잔에게 어머니가 에덴 시네마의 직원이던 한 남자를 이 년 동안 많이 사랑했었다고, 어머니한테 직접 들었다고, 그런데 매번 자식들 때문에 그 사람과 한 번도 자지 않았다고 말했다. 조제프는 쉬잔에게 에덴 시네마 시절의 이야기를, 어머니가 그곳에서 피아노를 치며 보낸 끔찍했던 십 년의 이야기를 들려주었다. 조제프는 쉬잔보다 컸으니까 더 많이 기억하고 있었다. 어머니한테서 직접 듣기도 했다.

어머니는 에덴 시네마에서 피아노를 치게 되면서 갑자기 다시 피아노 앞에 앉았다. 사범 학교를 졸업한 뒤 십 년 동안 손에서 놓은 상태였다. 그때 일을 어머니는 조제프에게 이렇게 말했다. "악보 앞에서 내 손이 어찌나 멍청하게 놀던지 울기도 했단다. 비명을 지르고 싶을 때도 있었고. 어떨 땐 그냥 나가 버릴까도 싶었지. 피아노 뚜껑을 덮어 버리고 싶기도 했고." 다행히 조금씩 이전의 기량을 되찾았다. 매번 같은 곡을 연주하기도 했고, 오전에 와서 연습할 수 있게 해 주었기 때문이다. 어머니는 언제 일자리를 잃을지 모른다는 불안 속에 살았다. 일하러 가면서 늘 아이들을 데려간 것은 아이들만 집에 두고 갈 수 없어서가 아니라 극장 경영진이 어머니의 운명에 연민을 품게 만들기 위해서였다. 어머니는 늘 영화 시작 시간보다 조금 일찍 갔고, 안락의자 두 개를 피아노 양쪽에 놓고 담요를 깔아 아이들을 눕혔다. 조제프는 기억했다. 사람들이 곧 알게 되었고, 관객 입장 동안에 피아노 자리로 다가와서 두 아이가 잠든 모습을 들여다보는 사람들도 있었다. 그것은 곧 일종의 구경거리가 되었고, 그래서 극장에서도 싫어하지 않았다. 어머니는 조제프에게 말했다. "너희가 너무 예뻐서 사람들이 보러 왔단다. 옆에 장난감과 사탕이 놓여 있기도 했잖니." 어머니는 아직도 그렇게 믿고 있었다. 자식들이 예뻐서 사람들이 장난감을 가져다주었다고 믿었다. 조제프는 한 번도 진실을 말하지 못했다. 어린 조제프와 쉬잔은 불이 꺼지고 뉴스가 시작되면 곧바로 잠들었다. 어머니는 두 시간 동안 피아노를 쳤다. 스크린에서 펼쳐지는 영화의 내용은 알 수 없었다. 피아노가 스크린과 같은 면에, 더구나 관객석보다 상당히 낮은 자리에 있었기 때문이다.

어머니는 십 년 동안 단 한 편의 영화도 보지 못했다. 사실 마지막에는 너무도 능숙해져서 굳이 건반을 볼 필요가 없었지만 머리 위에서 펼쳐지는 영화는 여전히 볼 수 없었다. "어떨 땐 피아노 치는 동안 꼭 내가 잠자고 있는 것 같았단다. 스크린을 한번 보려고 해도, 끔찍하지, 어찌나 어지럽던지. 허연 것과 시커먼 것이 범벅이 되어 머리 위에서 흐느적대는데, 쳐다보면 멀미가 났거든." 한 번, 딱 한 번, 영화가 너무 보고 싶어서 어머니는 아프다는 핑계로 피아노를 쉬고 몰래 극장에 들어갔다. 그런데 영화가 끝난 뒤 극장을 나서는 어머니를 직원 하나가 알아보았고, 그 이후로 어머니는 다시 엄두를 내지 못했다. 십 년 내내 극장에 가고 싶었지만 딱 한 번, 그렇게 몰래 간 게 전부였다. 극장에 가고 싶다는 욕망은 십 년 내내 어머니의 마음속에 살아 있었지만 어머니는 그 십 년 동안에 늙어 갔다. 그리고 십 년 뒤에는 너무 늦었다. 어머니는 평야로 떠나왔다.

어머니에 관한 이런 일들을 떠올리기가 너무 견디기 힘들어서 조제프나 쉬잔은 차라리 어머니가 죽는 게 나을 것 같았다. "이 이야기들, 에덴 시네마 일을 다 기억해 둬. 그리고 넌 어머니가 한 것과 반대로 해." 그렇지만 조제프는 어머니를 사랑한다고 했다. 심지어 어떤 여자를 사랑하더라도 절대 어머니를 사랑한 것처럼 사랑하지는 못할 거라고, 어떤 여자도 어머니를 잊게 만들지는 못할 거라고도 했다. "하지만 어머니와 같이 사는 건, 그래, 그건 못 하겠어."

조제프는 캄의 관리들을 죽이고 떠나지 못하는 것을 아쉬워했다. 그는 어머니가 버스 운전사에게 전해 달라고 부탁한 편지를 먼저 읽어 보았다. 그리고 전하지 않고 가지고 있기로 했다. 영원히 가지고 있기로 했다. 편지를 읽는 동안 조제프는 그동안 바라 온 대로 캄의 관리들을 만나면 그 자리에서 죽여 버릴 수 있는 인간이 된 기분이었다. 죽을 때까지, 앞으로 어떤 일이 일어나더라도, 설령 부자가 된다 해도 언제까지나 그런 인간이고 싶었다. 어차피 캄의 관리들에게 전해진다 한들 아무런 쓸모가 없을 어머니의 편지는 차라리 그에게 훨씬 쓸모 있었다.

결국 조제프의 계획은 그로 인해 어머니가 아무리 고통스러워진다 해도 다름 아닌 어머니가 겪은 일들 때문에 시작되었다. 조제프는 자기가 어머니에게 냉혹해진 것은 필요해서라고, 캄의 관리들에게 냉혹해지는 것만큼이나 필요하기 때문이라고 했다.

쉬잔은 조제프가 하는 말들이 어떤 의미인지 다 이해하지 못했지만, 그럼에도 남자다운 힘과 진실의 찬가를 듣듯이 경건하게 귀 기울여 들었다. 그리고 그 말들을 되씹는 동안 자기도 조제프의 말대로 삶을 이끌어 갈 수 있을 것 같은 느낌이들어 가슴이 뭉클했다. 쉬잔은 자신이 조제프에게서 찬탄하고 있는 것이 자신의 것이기도 함을 깨달았다.

평야로 돌아온 뒤 첫 일주일 동안 조제프는 지치고 슬펐다. 밥 먹을 때만 겨우 일어났다. 거의 씻지도 않았다. 그리고 나더니 정반대가 되어 다시 베란다에서 총을 쏴 물떼새들을 잡기 시작했고, 매일 정성 들여 씻었다. 셔츠는 늘 깨끗했고, 면도도 매일 했다. 어머니는 아들이 떠날 날이 다가왔음을 알아차렸다. 사실 누구라도 조제프를 보면 곧 떠나리라는 것을, 또한 누구도, 무엇도 그를 붙잡아 둘 수 없음을 알았을 것이다. 조제프는 온종일, 매 순간 떠날 준비가 되어 있었다.

한 달 동안 기다림이 이어졌다. 어머니는 당연히 토지국의 답장을 받지 못했고, 은행에서도 마찬가지였다. 하지만 답장이 오든 안 오든 더는 중요하지 않았다. 어머니는 쉬잔을 깨워 조제프 이야기를 하는 것도 그만두었다. 어차피 떠날 거라면 어쩌면 아들이 빨리 떠나기를 바랐을지도 모른다. 조제프가 같이 있는 동안에는 왠지 바르 영감에게 다이아몬드를 사지 않겠냐고 물어볼 수 없었다. 어머니는 축음기를 산 바르 영감이 다이아몬드까지 사 주기를 기대한 것이다. 그래서 바르 영감 얘기를 꺼내기 시작했다. 정확히는 바르 영감 얘기만 했다. 그의 재산에 대해, 가진 능력에 대해 말했고, 자기라면 페르노 밀매 대신에 다른 데 투자했을 거라고 했다. 한 번 더 앞날을 도모하고 싶었던 걸까? 어머니 자신도 확실히 알지 못했으리라. 마찬가지로 조제프가 떠난 뒤 바르 영감에게 두꺼비를 파는 데 성공한다 해도 그래서 그 돈으로 무엇을 할지 어머니는 알지 못했다.

어머니가 계속해서 품어 온 계획 중에 언젠가 방갈로의 초가지붕을 기와지붕으로 바꾸겠다는 계획이 있었다. 물론 기와지붕은 고사하고 지난 육 년 동안은 초가지붕의 이엉마저 새로 이지 못했다. 또한 그 계획들만큼이나 오랫동안 어머니가 품고 살아온 근심 중에 초가지붕의 새 이엉을 이기 전에 벌레가 생길지 모른다는 근심도 있었다. 그 근심이 조제프가 떠나기 며칠 전에 현실이 되었다. 썩은 이엉 속에 벌레들이 어마어마하게 피어났다. 서서히, 규칙적으로 지붕에서 벌레들이 떨어졌다. 맨발에 밟혀 서걱거리고 물 항아리에, 가구에, 접시에, 머리카락에 떨어졌다.

하지만 조제프도 쉬잔도, 심지어 어머니도, 아무도 벌레 얘

기를 꺼내지 않았다. 하사 혼자만 혼비백산했다. 할 일 없이
무료한 게 힘들었던 하사는 어머니가 시키기도 전에 빗자루를
들고 온종일 방갈로 바닥을 쓸었다.

집을 떠나기 며칠 전 조제프는 쉬잔에게 어머니가 캄의 관리들에게 마지막으로 쓴 편지를 건넸다. 그러면서 자기가 떠나기 전에 꼭 읽어 보라고 했다. 어느 날 저녁에 쉬잔은 어머니 몰래 편지를 읽었다. 조제프가 말해 준 내용 그대로였다. 어머니는 이렇게 써 놓았다.

토지국 담당자께.

다시 편지를 드려서 죄송합니다. 내가 보내는 편지들이 성가시리라는 것은 알고 있습니다. 어떻게 모를 수 있겠습니까? 벌써 몇 달째 답장을 받지 못하고 있는데요. 사실 더는 편지를 쓰지 않은 지 이미 한 달이 넘었습니다. 아마 알아차리지도 못했겠지요. 때로 당신이 편지를 읽어 보지 않는 게 아닌가, 뜯지도 않고 쓰레기통에 던져 버리는 게 아닌가 싶기도 합니다. 그 생각이 머리에 워낙 박힌 탓인지 이제 내게 남은 유일한 희망은 당신이 한 번만이라도 편지를, 편지 중 단 한 통이라도 읽어 보는 겁니다. 단 한 번, 당신이 급히 처리해야 하는 다른 일이 없을 때 내 편지 중 어느 하나가 관심을 끌게 되기를 간절히 바랍니다. 그러고 나면 나머지 편지들도, 그 편지에 이어진 다른 편지들도 읽게 될 테니까요. 내가 무슨 생각을 하고 어떤 상황에 놓여 있는지 알고 나면 당신은 더 이상 완전히 무관심하기 힘들 겁니다. 지난 몇 년 동안 당신의 그 끔찍한 직무를 수행하느라 온정이란 게 거의 남지 않았다 해도, 아무리 조금밖에 남지 않았다 해도 나의 상황을 고려하게 될 겁니다.

지금 부탁드리는 건 알다시피 아주 작은 일입니다. 내 방갈로가 있는 5헥타르의 땅에 대해서만 영구 불하를 승인해 주십시오. 내가 불하받은 땅, 당신도 알다시피 전적으로 경작 불가능한 땅의 끄트머리에 있는 땅 말입니다. 부탁이니 그 작은 특혜를 베풀어 주십시오. 그 5헥타르의 땅이 내 소유가 되게 해 달라는 것, 오직 그뿐입니다. 그러면 그 땅을 저당 잡혀서 마지막으로 한 번 더 방조 제방을 일부만이라도 다시 세워 보려 합니다. 이제 내가 왜 제방을 다시 쌓으려 하는지 이유를 알려 드리죠. 사실 간단한 일은 아닙니다. 아마도 당신은 인정하고 싶지 않을 테고 인정하지 않아야 이익에 부합할 테지만, 나는 당신이 왜 반대하는지 이유를 이미 알고 있습니다. 5헥타르의 땅은 아래쪽 100헥타르 땅과 함께 묶여 있고, 정확히 말하자면 경작 불가능한 그 100헥타르 땅에 대한 환상을 만들어 내기 위해 필요합니다, 그 땅을 이용해서 나머지 땅도 같다고 믿게 만드는 거죠. 특히 건기가 되어 바닷물이 완전히 빠지고 나면 누가 의심하겠습니까? 그 5헥타르의 땅 덕분에 당신들은 그동안 네 번이나 서로 다른 네 명한테, 돈이 없어 당신을 매수하지 못한 불쌍한 사람들한테 경작 불가능한 100헥타르의 땅을 불하할 수 있었죠. 그동안 편지마다 여러 번 말했지만 그 불행을 지치지 않고 되새기지 않을 도리가 없군요. 나는 당신들이 저지른 비열한 행위를 앞으로도 절대 받아들이지 못할 거고, 살아 있는 한 마지막 숨을 거둘 때까지 계속 얘기할 겁니다. 당신이 나에게 무슨 일을 했는지, 나 아닌 다른 사람들에게 매일 무슨 일을 하고 있는지 하나하나 되새길 겁니다. 흥분하지 않고, 정중하게, 계속 말할 겁니다. 난 다 알고 있으니까요. 100헥타르의 불하지에서 그 5헥타르를 떼어 내면 결국 불하지 자체가 없어지겠죠. 방갈로를 세울 땅이 없어지고, 그나마 한 해를 버티게 해 줄 수확을 얻을 땅도 사라지고, 불행을 끌어들일 땅이 없어지는 거죠. 한 번 더 얘기하는데 그 5헥타르를 뺀 나머지 불하지는 쓸모없는 땅입니다. 바닷물이 제일 높이 올라오는 7월이면 태평양의 파도가 육지 쪽으로 불하지 너머에서 경계를 이루는 집들까지 닿을락 말락 합니다. 파도가 물러가고 나면 일 년 내내 비가 내린 뒤에야 겨우 소금기가 씻겨 나가는, 그나마도 다 자란 벼의 뿌리 길이에 해당하는 10센티미터 깊이까지만 씻겨 나가는 마른 진흙땅이 되죠. 당신이 속인 희생자들은 도대체 어디에서 살란 말입니까. 난 이 모든 걸 압니다. 당신이 불하지를 완전히 잃을 수 있다는 것까지 말입니다. 그러니 5헥타르의 땅을 영구 불하하면 아무리 손해라 해도 내 요청을 받아들여 주십시오. 내가 왜 그 땅을 원하는지 잘 알잖습니까. 난 그 땅을 위해 십오 년 동안 일했습니다. 정부가 불하하는 그 땅을 사기 위해서 십오 년 동안 개인적인 모든 즐거움을 희생했단 말입니다. 그런데 당신들은 내 인생의 십오 년, 젊음의 십오 년을 바쳐 모은 돈을 받고 나서 무엇을 줬나요? 소금과 물뿐인 사막이었죠. 칠 년 전 어느 날 아침에 내가 그 돈을 봉투에 넣어 경건하게 들고 갔습니다. 내가 가진 모든 것을 당신들에게 건넸죠. 마치 내 몸을 제물로 바치는 기분이었고, 그렇게 바쳐진 내 몸에서 내 아이들을 위한 행복의 미래가 꽃피어 나길 기원했습니다. 당신들이 받은 건 그런 돈이었습니다. 그 봉투 안에 내가 모은 돈 전부가, 나의 모든 희망과 살아갈 이유가, 십오 년 동안의 인내가, 나의 젊음이 송두리째 담겨 있었단 말입니다. 당신들은 너무도 자연스럽게 받았죠. 난 행복해하며 그곳을 나섰습니다. 그래요, 내 인생에서 가장 영광스러운 순간이었어요. 그런데 내가 바친 십오 년의 대가로 뭘 받았습니까? 아무것도. 그저, 바람, 그리고 물이었습니다. 당신들은 내 돈을 훔쳐 갔습니다. 설령 그 사실을 식민지 총독부에 알릴 수 있다 해도, 그럴 방법을 찾아낸다 해도 이미 소용없다는 건 나도 압니다. 넓은 불하지의 주인들이 한목소리로 날 비난할 테고, 당신들이 당장 내 땅을 빼앗겠죠. 내 탄원서가 총독부에 가닿기 전에 당신 상사들이 중간에서 가로채 버릴 테고요. 더 높으니까 더 많은 뒷돈을 요구하고 더 큰 이득을 보는 당신 상사들 말입니다.

알고 있습니다. 그런 방식으로는 당신을 공격할 도리가 없죠.

나도 이미 압니다.

비열한 짓을 제발 멈춰 달라고 내가 얼마나 여러 번 부탁했나요? 조사도 더는 나오지 말라고, 어차피 소용없다고, 바닷물에서, 소금 땅에서 무언가를 자라게 할 수 있는 사람은 아무도 없다고 얼마나 여러 번 말했나요? 당신들은 나에게 아무것도 안 줘 놓고(지치지 않고 1000번이라도 되풀이 말할 수 있습니다.) 정기적으로 조사를 나오다니요. 와서는 이렇게 말하죠. "올해도 경작을 하나도 못 했나요? 규칙을 알고 계시죠, 등등." 그런 뒤에는 할 일을, 봉급을 받게 해 주는 일을 다 했다고 곧 가버리죠. 내가 방조 제방을 쌓는다니까 당신들은 두려워했어요. 그 사막에서 무언가가 자라날까 봐 겁이 났겠죠. 평소처럼 잘난 척하지도 못하더군요. 그러고 보니 내 아들이 허공에 대고 노루 사냥총을 쐈을 때 당신이 어떤 꼴로 도망갔는지 기억하겠죠? 사람들이 잘 쓰는 말로 걸음아 나 살려라 줄행랑을 치더군요. 우리에겐 좋은 기억으로 남을 겁니다. 당신 같은 종류의 사람이 걸음아 나 살려라 줄행랑치는 모습은 우리 같은 사람에게 아주 보기 좋거든요. 아무튼 제방 걱정은 할 필요 없습니다. 태평양을 막는 제방을 버티게 만들기가 아무리 어렵다 해도 당신의 비열한 짓을 고발하는 것보단 쉬울 테니까요. 당신들은 나에게 땅을 불하받았으니 경작하라고 요구하지만 그건 달을 따오라는 말과 마찬가집니다. 조사를 나와서 자동차 시동도 끄지 않은 채로 십 분 머물다 가는 게 전부인 당신도 알고 있잖습니까. 아! 물론 조급할 테죠. 불하지는 한정되어 있고, 내가 그랬듯이 불하받느라 기다리는 사람이 많으니까요. 그러니까 당신들은 자신의 손으로 씨앗을 뿌린 불행이 가져다줄 이득을 잃어 버릴까 봐 두려운 거죠. 내가 불하지를 내놓지 않고 버티면, 빨리 나가떨어지지 않으면 당신에게 뒷돈을 줄 수 없는 불행한 사람들에게 정말로 경작 가능한 불하지를 줘야 하는 상황이 닥칠까 봐 두려운 겁니다.

하지만 부탁입니다, 그만 포기해요. 내 뒤로 더는 누구도 이곳에 와선 안 됩니다. 내가 신청한 일도 곧바로 승인하는 게 좋을 겁니다. 당신이 설령 날 쫓아낼 수 있다 해도 다음번 신청자에게 눈속임용 5헥타르를 보여 주러 와야 할 테고, 그때 이곳 농부들이 당신을 둘러싸고 말할 겁니다. "저 토지국 관리에게 나머지 땅도 보여 달라고 해요. 그 땅에 가서 손가락을 논바닥에 찔러 넣었다가 꺼내서 맛을 봐요. 소금 속에서 벼가 자랄 수 있다고 생각해요? 당신은 이 땅을 다섯 번째로 불하받을 사람이에요. 앞사람들은 다 죽었거나 망했죠." 그 농부들한테는 당신이 할 수 있는 게 없을 겁니다. 그 사람들을 입 다물게 하려면 무장한 민병대를 끌고 와야 할 테니까요. 이런 조건에서도 신청자들에게 불하지를 보여 줄 셈인가요? 아니죠. 내 경고를 잘 듣고 위쪽 5헥타르의 소유권을 나에게 넘겨줘요. 난 당신들이 어떤 힘을 가졌는지 알고, 식민지 총독부에서 부여받은 당신들의 힘이 이곳 평야를 좌지우지할 수 있다는 것도 압니다. 하지만 아무리 내가 당신이 저지르는 비열한 짓, 당신의 동료들이, 당신보다 앞서 있었던 사람들이 저질렀고 당신 뒤에 새로 올 사람들이 저지를, 심지어 총독부까지 저지르고 있는 그 비열한 짓까지 안다 해도(그 사실을 아는 것만으로 내가 죽을 수 있고, 그 무게를 지탱하는 것만으로 한 인간이 죽을 수 있죠.) 나 혼자만 알아서는 아무 소용이 없겠죠. 100명이 저지르는 잘못을 혼자 알아 봐야 아무 쓸모가 없으니까요. 이걸 깨우치는 데 오랜 시간이 걸렸지만 이젠 죽을 때까지 머릿속에 새겨 둘 겁니다. 그리고 이미 이곳 평야에 사는 수백 명이 당신을 알고, 그 중에 200명 정도는 내가 당신을 아는 것만큼 잘 알고 있습니다. 당신이 어떤 방법을 사용하는지, 어떤 식으로 처리하는지까지 상세하게 알죠. 내가 당신이 누구인지 오랫동안 끈기 있게 설명해 주면서 당신 같은 부류의 인간에 대해 열렬히 증오심을 품게 만들었으니까요. 난 그 사람들을 마주칠 때마다 인사 대신, 인사를 대신해서 내 우정을 표현하기 위해 이렇게 말합니다. "이번 주엔 캄 토지국의 개자식들이 안 지나갔어요?" 그 사람들 중에는 언제라도 당신이, 당신 동료들이, 캄 토지국의 관리 세 명이 조사하러 나오면 죽여 버리겠다며 미리 흥분해서 손을 비벼 대는 사람도 있답니다. 물론 아직은 걱정하지 않아도 됩니다. 아직은 내가 그 사람들의 흥분을 가라앉히려 애쓰고 있으니까요. "그래 봐야 소용없어요. 뒤에 쥐 떼가 잔뜩 버티고 있는데 세 마리 죽여서 뭐 하겠어요? 괜히 처음부터 그럴 필요는 없어요……." 이렇게 말한 뒤에 다음에 당신이 새로운 신청자를 데리고 올 때 해야 할 일을 말해 주죠.

쓰다 보니 편지가 길어졌지만 난 밤새도록 시간이 있답니다. 불행이 닥친 뒤로, 방조 제방이 무너진 뒤로 잠을 거의 못 자거든요. 사실 마지막이 될 이 편지를 쓰려고, 이 모든 생각을 알리려고 많이 망설였습니다. 하지만 지금은 좀 더 일찍 했어야 한다고 후회가 되는군요. 당신이 내 일에 관심을 갖게 만들 유일한 방법이었는데 말입니다. 다시 말해서 당신이 나한테 관심을 갖게 만들려면 바로 당신 이야기를 해야 했던 거죠. 당신이 저지른 비열한 짓들에 대해, 무엇보다 당신 자신에 대해서 말입니다. 당신이 이 편지를 읽는다면 당신의 비열한 짓을 내가 얼마나 더 잘 알고 있는지 궁금해서 결국 나머지 편지들도 읽게 될 테니까요.

물론 당신이 조사 나오는 날 죽여 버리겠다고 농부들이 벼르고 있다 한들 아직은 별 소용이 없죠. 하지만 언젠가 나에게 힘이 될 겁니다. 내 아들이 떠나고 내 딸이 떠난 뒤 나 혼자 남게 될 때, 혼자 남은 내가 더는 어떤 것도 상관없을 만큼 절망이 깊어질 때, 그때, 죽기 전에, 아마도, 들판의 들개들이 당신 셋을 잡아먹는 광경이 보고 싶어질 겁니다. 개들이 포식하겠군요. 축제를 벌일 겁니다. 그래요, 난 죽음을 앞두고 농부들에게 말할 겁니다. "여러분 중 누구든 내가 죽기 전에 마지막 기쁨을 주고 싶다면 캄 토지국의 관리 셋을 죽여 줘요." 딱 때가 왔을 때 말할 겁니다. 지금은 그저 "숲 언저리에 있는 우리의 제일 좋은 땅을 빼앗아 후추나무를 심은 중국인 농장주들은 어디서 왔어요?" 하고 농부들이 물으면 당신들 때문이라고, 농부들이 땅문서를 안 가진 것을 이용해서 그 땅을 중국인 농장주들에게 팔았다고 설명합니다. 그러면 농부들이 다시 묻죠. "땅문서가 뭔가요?" 난 이렇게 설명해 줍니다. "여러분은 모르고 있지만 그건 여러분의 소유권을 증명하는 문서예요. 냇가 초입의 새들과 원숭이들이 그냥 사는 것처럼 여러분은 그런 것 없이 살죠. 만일 있다면 누가 여러분에게 줘야 할까요? 여러분의 땅을 마음대로 팔아먹기 위해서 그것을 만들어 낸 바로 그 토지국의 개자식들이죠."

그래요. 경작할 수 없는 내 불하지를 두고 나는 그냥 이런 얘기만 합니다. 하사에게 말하고, 다른 농민들에게 말하죠. 방조 제방을 쌓으러 왔던 농부들에게도 말했어요. 당신들이 어떤 사람들인지에 대해서도 쉬지 않고 설명한답니다. 어린아이가 죽을 때마다 이렇게 말해요. "캄 토지국의 개자식들이 좋아하겠네요." 그러면 그들이 묻죠. "그 사람들이 왜 좋아하는데요?" 그때 내가 진실을 말해 줍니다. 아이들이 많이 죽을수록 이곳 인구가 줄어들고, 그럴수록 토지국 개자식들이 더 확실하게 평야를 지배할 수 있다고. 보다시피 난 진실만 말합니다. 죽은 어린아이 앞에서는 진실을 말할 수밖에 없으니까요. "왜 그들이 키니네를 안 보내 줄까요? 왜 이곳엔 의사가 없을까요? 왜 의료 시설 하나 없고, 건기 동안에 맑은 물을 걸러 낼 명반[27]도 없을까요? 왜 예방 접종 한 번을 안 하는 걸까요?" 내가 이유를 설명해 줍니다. 설령 내가 농부들에게 알려 주는 진실을 당신이 이해하지 못한다 해도, 그것이 이곳 평야에 대한 당신의 개인적인 주장과 동떨어졌다 해도 여전히 진실입니다. 당신들이 아무리 공을 들여도 그 진실은 닥칠 겁니다.

당신들은 잘 모르겠지만 너무도 많은 아이들이 죽어 나가는

---

27) 황산 알루미늄 수용액에 황산 칼륨의 수용액을 넣었을 때 분리되는 결정이며 매염제나 방취제로 쓰인다. 물을 맑게 걸러 내는 데도 쓰였다.

이곳에선 죽은 아이를 논바닥에, 오두막집을 받치는 말뚝 사이에 묻고 맙니다. 자식을 묻은 자리를 아버지가 발로 밟고 다녀 평평하게 만드는 거죠. 결국 죽은 아이가 이 땅에 살았던 흔적은 아무것도 남지 않죠. 그리고 당신들이 탐내는, 당신들이 마저 빼앗아 가려 하는 이곳 평야에서 유일하게 기름진 그 땅에는 아이들의 시체가 가득합니다. 그래서 나는 그 죽은 아이들이 마침내 어디엔가 소용되기를 빌며, 모르는 일이잖아요, 아주 나중엔 어떨지, 그래요, 그 아이들의 무덤으로, 아니면 그 아이들에게 바치는 조사로 소리 내서 말합니다. 나에겐 신성한 말이죠. "캄 토지국의 개자식들이 좋아하겠네." 농부들이 알아야 하는 일이니까요.

난 지금 아주 가난합니다. 그리고 아, 당신들이 알기나 할까요, 내 아들은 이 지독한 가난에 진저리가 나서 아마도 날 떠날 겁니다. 나에겐 그 아이를 붙잡을 용기가 없고, 권리도 없죠. 너무 슬퍼서 잠도 잘 수 없습니다. 이미 오래전부터 밤마다, 그래요, 매일 밤 그 일들을 되새깁니다. 그렇게 되새기기 시작한 뒤로, 그래 봐야 아무 소용 없어진 뒤로, 나도 모르게 언젠가 그 일들이 쓸모 있는 날이 오리라는 희망을 품게 됩니다. 내 아들이, 젊은 그 애가, 당신이 저지른 비열한 짓에 대해 모든 것을 알고 있는 애가 떠나가니 그것이 이미 시작인 셈이라고. 바로 이 생각이 나에게 위안을 줍니다.

그러니 내 방갈로가 있는 5헥타르의 땅을 내어놓아요. 혹시나 당신이 답장을 쓰고 싶어진다면 이렇게 묻겠죠. "그걸로 뭘 하려고 그래요? 어차피 5헥타르로는 부족해요. 설사 땅을 저당 잡혀서 새 제방을 세운다 해도 이전과 마찬가지로 버티지 못할 겁니다." 아! 당신 같은 종류의 사람들은 희망이 뭔지 알기나 할까요. 희망으로 무엇을 할 수 있는지 절대 알지 못하죠. 그저 야망뿐이고, 실패를 모르는 사람들이니까요. 내 대답은 이겁니다. "이번엔 제방이 버텨 줄지 모른다는 희망마저 없다면, 차라리 딸은 사창가에 줘 버리고 아들은 빨리 떠나도록 몰아낸 뒤에 캄 토지국의 관리 셋을 죽이게 하는 편이 낫죠." 당신이 내 입장이 되어 봐요. 다가오는 해에 만일 내가 이 희망조차 가질 수 없다면, 다시 한번 실패할지 모른다는 전망마저 없으면 당신들을 죽이라고 시키는 것 말고 할 수 있는 일이 무엇이 남겠습니까?

내가 번 돈, 불하지를 사기 위해 한 푼 두 푼 모은 그 돈, 맙소사, 그 돈은 모두 어디로 갔나요? 그 돈은 지금 어디 있죠? 이미 황금으로 무거운 당신들의 주머니 속에 들어가 있겠죠. 당신들은 도둑이에요. 죽은 아이들이 다시 살아나지 못하듯이 내 돈, 내 젊음도 결코 되찾을 수 없겠죠. 당신은 그 5헥타르의 땅을 내어놓든가, 아니면 언젠가 비포장도로 변의 도랑 안에서 시체로 발견될 겁니다. 도로를 낼 때 동원된 도형수들이 바닥에 산 채로 묻힌 도랑이죠. 마지막으로 한 번만 더 말합니다. 무엇으로든 살아야 하기에, 희망마저 없다면, 아무리 막연하다 해도 어쨌든 새 제방에 대한 희망으로도 살 수 없다면 난 더없이 경멸스러운 캄 토지국 관리들의 시체들로라도 살아갈 겁니다. 배 속에 집어넣을 게 없는 사람에게는 무서울 게 없답니다.

답을 주실 것을 기대하며, 토지국 담당자께, 이만…… 이하
등등.

다리 쪽 비포장도로에서 긴 클랙슨 소리가 들렸다. 아주 긴 전기 클랙슨 소리였다. 저녁 8시였다. 차가 다가오는 동안 아무도, 심지어 조제프도 소리를 듣지 못했다. 차는 분명 다리 건너편에 서 있을 것이다. 다리는 더위 때문에 못이 헐거워져 차가 지날 때마다 요란한 소리가 났으니 건너왔으면 모를 리 없었다. 다가오는 소리를 들은 사람이 없는 것으로 보아 차가 다리 앞에 온 지 이미 꽤 지났을 수도 있었다. 처음에 여자는 조제프가 알려 준 방갈로가 맞는지 확신이 없었을 것이다. 어둠 속에서 방갈로를, 공사가 끝나지 않은, 난간이 없는 방갈로의 윤곽을 한참 동안 쳐다보았으리라. 그러다가 방갈로 안 아세틸렌 등불 옆에서 조제프의 형체를 발견했을 것이다. 저기가 맞다. 조제프 옆에는 나이 든 부인과 또 한 사람의 형체가 보였다. 저기가 맞다. 그런 뒤에도 여자는 조금 더 기다렸다가 클랙슨을 울렸을 것이다. 더 기다리고, 한순간, 클랙슨 울리기, 둘 사이에 약속된 신호 보내기. 쑥스러워 머뭇거리는 부름이 아니었다. 조심스러운, 하지만 절대 어길 수 없는 부름이었다. 한 달 전부터, 800킬로미터 전부터 기다려 온 순간이었다. 방갈로 앞에서 한 번 더 기다린 뒤에 이제는 해야 한다는 확신이 섰을 때, 그녀는 마침내 클랙슨을 울렸다.

클랙슨이 울릴 때 그들은 저녁을 먹고 있었다. 조제프는 몸에 총알 세례를 받은 사람처럼 심하게 움찔했다. 벌떡 일어서서 의자를 뒤로 밀어냈고, 거실을 지나 방갈로 계단을 뛰어 내려갔다. 어머니는 느릿하게 식탁에서 일어섰고, 마치 이제부터는 스스로의 몸을 더없이 잘 보살펴야 한다는 듯 거실 입구 맞은편에 놓인 긴 의자에 누웠다. 쉬잔은 어머니를 따라가서 옆에 놓인 안락의자에 앉았다. 말이 죽던 날과 비슷한 저녁이 다시 시작되었다.

"왔구나." 어머니가 나지막한 목소리로 말했다.

어머니는 눈을 반쯤 감은 채로 클랙슨 소리가 난 쪽을 응시했다. 얼굴이 창백한 것만 빼면 조는 것처럼 보였다. 어머니는 아무 말도 하지 않았다. 손가락 하나도 움직이지 않았다. 비포장도로는 완전히 깜깜했다. 저기 어둠 속에 조제프와 여자가 부둥켜안고 있으리라. 조제프가 나간 지 한참이 지났다. 차는 출발하지 않았다. 쉬잔은 조제프가 아주 잠시라도 방갈로에 다시 들어왔다 갈 거라고 확신했다. 분명 어머니에게, 아마도 쉬잔에게는 아닐 테지만 어머니에게는 몇 마디라도 남기러 올 터였다.

조제프는 정말로 왔다. 조제프는 어머니 앞에 가만히 서서 쳐다보았다. 이미 지난 한 달 동안 어머니에게 자기 얘기를 한 마디도 안 했다. 제대로 눈길을 준 적도 없었다. 이제 그가 다정하게 말했다.

"며칠만 있다 올게요. 꼭 가야 해요."

어머니가 아들을 올려다보았고, 이번에는 신세 한탄 없이, 울지 않고 아들에게 말했다.

"가거라, 조제프."

분명한 목소리였지만 마치 갑자기 거짓말을 하는 사람처럼 목소리가 갈라졌다. 어머니의 말이 끝난 뒤 쉬잔이 고개를 들어 조제프를 쳐다보았다. 평소의 그와 전혀 다른 모습이었다. 조제프는 어머니를 응시했고, 동시에 웃고 있었다. 웃지 않으려 해도 도저히 멈추지 못하는 기색이 역력했다. 조금 전 그는 어두운 밤에서 왔지만 어쩌면 불길 속에서 왔을지도 모른다. 두 눈이 빛났고, 땀이 흘러내리는 얼굴에서 그를 태워 버릴 듯한 웃음이 나오고 있었다.

"빌어먹을! 돌아온다고요, 맹세해요."

조제프는 그대로 서서 어머니가 어떤 신호라도 하길, 어머니가 절대 할 수 없는 신호를 기다렸다. 한순간 비포장도로 위에 커다란 빛줄기가 나타나더니 먼 곳까지 빛을 쏟아냈다. 헤드라이트 빛줄기가 도로를 칼로 자르듯 둘로 나누었다. 한쪽은 헤드라이트 불빛에서 도로가 솟아난 것처럼 환하고, 다른 쪽은 짙은 밤의 어둠이 내뿜는 질식할 듯한 열기에 덮인 암흑이었다. 헤드라이트 불빛이 비스듬해지더니 이따금 흔들리며 방갈로와 냇물과 잠든 마을을, 그리고 멀리 태평양을 쓸며 회전했고, 반대쪽 비포장도로가 모습을 드러냈다. 방향을 돌리는 동안 차는 아무 소리도 내지 않았다. 들라주 8기통이라는 멋진 차가 분명했다. 몇 시간 후면 조제프와 여자는 도시에 가 있으리라. 조제프가 미친 듯이 차를 몰아 제일 먼저 보이는 호텔에 멈춰서 사랑을 나눌 것이다. 이제 헤드라이트 불빛은 도시 쪽을 향했다. 조제프가 떠나갈 방향이다. 조제프가 돌아보았고, 그의 눈앞에 헤드라이트 불빛이 펼쳐졌다. 그는 눈이 부셨고, 잔뜩 긴장했다. 삼 년 전부터 조용한 결단력을 지닌 여자가 나타나 자기를 어머니에게서 앗아가 주길 기다렸다. 그 여자가 와 있다. 어머니와 쉬잔은 조제프가 병든, 혹은 미친, 혹은 누구나 갖는 최소한의 이성을 잃어버린 사람만큼이나 멀게 느껴졌다. 더는 관계없는 사람, 살아 있어도 이미 죽은 사람이 되어 버린 그를 보고 있기 힘들었다.

조제프는 다시 어머니를 돌아보았고, 어머니가 줄 수 없는 화해의 신호를 기다리며 서 있었다. 그리고 계속 웃었다. 행복으로 가득 찬, 평소의 모습과 전혀 다른 얼굴이었다. 지금껏 누구도, 심지어 쉬잔조차 항상 결연하게 닫혀 있던 조제프의 얼굴이 저렇게, 저토록 뻔뻔하게 속마음을 드러내는 날이 올 줄은 몰랐다.

"젠장, 맹세할게요, 돌아온다고요." 조제프가 다시 말했다. "다 놓고 가잖아요. 소총들까지."

"이젠 네게 소총이 필요하지 않을 게다." 어머니가 말했다.

"이제 가거라, 조제프."

어머니는 다시 눈을 감았다. 조제프가 어머니의 어깨를 잡고 흔들었다.

"맹세할게요. 난 어머니를 버리고 싶어도 못 그래요."

어머니와 쉬잔은 그가 영영 떠난다고 확신했다. 조제프만 아직 확신이 없었다.

"입 맞춰 주렴. 그리고 가거라." 어머니가 말했다.

어머니는 조제프가 흔드는 대로 몸을 내맡겼고, 조제프는 소리쳤다.

"일주일 뒤에 온다고요! 어머니가 더는 날 열 받게 하지 않으면 그때 돌아올게요! 일주일 후에! 왜 날 모르는 사람처럼 굴어요?"

조제프가 쉬잔을 향해 돌아섰다.

"네가 말 좀 해 봐! 빌어먹을! 말 좀 해 보라고!"

"걱정하지 말아요. 조제프는 일주일 후에 돌아올 거예요." 쉬잔이 말했다.

"가거라, 조제프." 어머니가 말했다.

조제프는 방에 가서 물건을 챙겼다. 자동차는 여전히 기다리고 있었다. 헤드라이트는 껐다. 클랙슨도 다시 울리지 않았다. 여자는 조제프에게 시간을, 그의 시간을 주고 있었다. 그녀는 조제프가 힘든 일을 하고 있음을 알았다. 클랙슨을 다시 울리지 않은 채 밤새도록이라도 기다렸을 것이다.

조제프는 테니스 샌들을 신고 방에서 나왔다. 분명 미리 준비해 놓았을 속옷 꾸러미를 들고 있었다. 조제프는 어머니에게 달려가 안아서 일으켜 세우고는 온 힘을 다해 어머니의 머리카락에 입을 맞추었다. 쉬잔에게는 다가가지 않았다. 마지못해 쉬잔을 쳐다보는 눈에 두려움이 어렸고 수치심 같은 것도 있었다. 한순간 조제프는 황급히 어머니와 쉬잔 사이를 지나 방갈로 계단을 뛰어 내려갔다. 곧 비포장도로에서 헤드라이트가 도시 방향으로 빛을 쏟아냈다. 그리고 차가 천천히 출발했다. 소리는 들리지 않았다. 헤드라이트 불빛이 움직였고, 멀어지기 시작했고, 밤의 여백을 점점 더 넓게 남겨 놓으며 멀어져 갔다. 그러다가 아무것도 보이지 않았다.

어머니는 눈을 감고 여전히 같은 자세로 앉아 있었다. 방갈로 안이 너무 조용해서 어머니의 불규칙한 거친 숨소리까지 들렸다.

하사가 아내를 데리고 올라왔다. 그들은 지금까지 전부 지켜보고 있었다. 하사와 아내는 따뜻한 쌀밥과 튀긴 생선을 가져왔다. 늘 그렇듯이 하사가 먼저 말을 꺼냈다. 식탁에 있던 생선과 밥이 식어서 다시 가져왔다고 했다. 평소에는 방갈로에 들어와도 금방 나가곤 하던 하사의 아내까지 남편과 함께 거실 한구석에 쭈그려 앉았다. 도시에 다녀온 뒤 어떤 일이 진행되고 있었는지 하사와 아내는 이제야 깨달았다. 그들의 눈 속에 다시 굶주릴지 모른다는 두려움으로 멍해진 눈빛이 나타났다. 그들은 굶주리지 않을 수 있다고 어머니가 어떤 희망이든 주기를 기다렸다.

"가서 마저 먹거라."

어머니는 얼굴이 벌겋게 상기되었고, 두 눈은 흐릿했다. 쉬잔이 커피 한 사발과 약을 어머니에게 들고 갔다. 하사와 아내가 어머니를 바라보는 눈길은 한 달 전에 어머니가 죽어 가는 말을 바라보던 눈길 그대로였다. 어머니는 커피를 마시고 알약을 삼켰다.

"넌 이게 무슨 일인지 잘 모르지." 어머니가 말했다.

"조제프가 죽은 것만큼 끔찍하진 않잖아요." 쉬잔이 말했다.

"슬퍼하는 게 아니란다. 사실 조제프는 이곳에서 할 일이 아무것도 없잖니. 아무리 찾아도 소용없어. 아무것도 없어."

"가끔 올 거예요."

"끔찍한 건……."

금방이라도 토할 사람처럼 어머니의 입술이 일그러졌다.

"끔찍한 건……." 어머니가 다시 말했다. "그 애가 제대로 된 교육을 한 번도 못 받았다는 거다. 뭘 할 수 있을지 모르겠구나. 정말 모르겠어."

"여자가 도와줄 거예요."

"조제프는 그 여자도 버리고 떠날 거다. 내가 들여보낸 학교마다 다 떠났듯이 어디서든 머물지 못하고 떠날 거야. 나하고 있어야 그나마 오래 머물 텐데……."

쉬잔은 어머니가 옷 벗는 것을 돕고는, 하사와 아내에게 그만 나가라고 손짓했다. 어머니가 침대에 누웠고, 마침내 울기 시작했다. 마치 그동안 울어 본 적이 없는 사람처럼, 드디어, 진짜로 고통을 발견한 사람처럼 울었다.

"두고 보렴. 아직 다가 아니라는 걸 너도 알게 될 거다. 차라리 소총으로 날 쏘고 가야 했는데…… 그 애가 총은 잘 쏘는

데……"

밤중에 어머니가 발작을 일으켰고 거의 죽을 뻔했다. 하지만 이번에도 충분하지는 않았다.

쉬잔은 조제프를 생각했다. 조제프가 완전히 다른 사람이 된 것은 여자 때문도 집을 떠나기 때문도 아니었다. 쉬잔은 이 년 전에 일어난 일을 떠올렸다. 정확히 말하면 방조 제방이 무너진 뒤, 바로 그 주의 일이었다.

그날 번쩍거리는 작은 새 차 한 대가 방갈로 앞에 멈추었다. 거실에 있던 조제프가 베란다로 나갔고, 쉬잔도 따라 나갔다. 조제프는 베란다에 서서 자동차를 쳐다보았다. 중간 정도 키에 갈색 머리, 식민지 모자로 햇볕을 피한 마르고 별 특징 없는 남자 하나가 차에서 내렸다. 한쪽 팔에 서류 가방을 끼고 있었다. 그는 단호한 걸음으로 방갈로 길에 들어섰다. 7월의 바닷물이 밀려오는 때였고, 이런 종류의 남자들은 꼭 그 시기에 나타났다. 그들은 차를 타고 평야의 불하지들을 조사하러 다녔다. 그 일을 한다고 꽤 많은 봉급을 받고, 심지어 업무용 자동차까지 제공받았다. 버스는 절대 타지 않았다.

"안녕하십니까? 어머니 계십니까? 얘기할 게 있는데요." 남자가 말했다.

"토지국에서 니 왔어요?" 조제프가 물었다.

남자는 베란다 밑에 서서 놀란 얼굴로 쉬잔과 조제프를 번갈아 보았다. 쉬잔을 쳐다본 것은 이번에 처음 보는 그녀가 꽤 예뻤기 때문이다. 조제프를 쳐다본 것은 언제 어디서나 당황스럽고 위압적이고 불안을 자아내는 그의 거친 성격이 노골적으로 드러났기 때문이다. 쉬잔은 지금껏 조제프만큼 예의와 담을 쌓은 사람을 본 적이 없었다. 조제프를 모르는 사람들은 어떤 어조로 그에게 말해야 하는지, 어떤 방식으로 그를 대해야 하는지, 아무리 자신만만한 사람이라도 당황하지 않을 수 없게 만드는 그의 난폭함을 어떻게 없앨 수 있는지 알지 못했다. 조제프는 한 손으로 턱을 감싸고 난간에 몸을 기댄 채로 상대를 쳐다보았다. 아마도 토지국 관리는 저만큼 차분하면서 난폭한 눈길을 난생처음 겪을 터였다.

"어머니를 왜 보자는 거죠?" 조제프가 물었다.

남자는 거의 상냥하게 미소 지으려 애썼다. 쉬잔이 잘 아는 미소였다. 사람들이 조제프 앞에서 저런 미소를 짓곤 했다. 나중에 조 씨에게서도 자주 보았다. 그러니까 겁먹은 미소였다.

"조사 기간입니다." 관리가 상냥하게 대답했다.

조제프는 누가 갑자기 간질이기라도 한 듯이 웃음을 터뜨렸다.

"조사? 조사라고요? 하고 싶으면 마음대로 해요. 젠장, 뭐든지 마음껏 하라고요."

관리는 곤봉으로 머리를 맞은 사람처럼 갑자기 고개를 숙였다.

"하라고요, 왜 안 해요? 당신 일을 하는데 왜 어머니가 필요하죠?"

그 순간 쉬잔의 눈에는 조제프가 더없이 잘생겨 보였다. 그동안 토지국 관리들에 대해 많은 이야기를 들었다. 엄청난 재산을 가졌고, 신성에 가까운 재량권을 휘두른다고 했다. 그런데 지금 조제프가 내려다보고 있는 저 사람은 우스꽝스러웠다. 빨리 와서 보라고 어머니를 부르고 싶은 것을 참았다. 문득 자기도 나서서 조제프처럼 말하고 싶어졌다.

"어서 해요. 오빠가 하라잖아요." 쉬잔이 말했다.

"혹시 배가 필요하면 가서 빌려 오지." 조제프가 말했다.

관리는 고개를 들었지만 조제프의 눈길을 마주 보지 못했다. 그는 진지한 분위기로 바꾸려 애썼다.

"난 직무를 수행하러 왔고, 불하지의 3분의 1 이상을 경작해야 하는 최종 유예 시한이 올해 종료된다는 사실을 알려 드립니다."

그때 집 밖에서 나는 말소리를 듣고 어머니가 나왔다.

"무슨 일이니?"

어머니는 자그마한 남자를 금방 알아보았다. 캄의 사무실로 찾아간 어머니를 수십 번이나 대기실에서 기다리게 한 사람이었다. 이 사람에게 어머니가 보낸 편지만도 쉰 통쯤은 될 터였다.

　조제프가 어머니 쪽으로 고개를 돌리며 그냥 있으라는 듯 손짓을 했다. 그리고 지금까지와는 다른 목소리로 어머니에게 말했다.

　"내가 알아서 할게요."

　불하지와 관련된 일에 조제프가 나선 것은 처음이었다. 그런데 목소리가 어찌나 은밀한지 마치 앞으로는 조제프가 알아서 하기로 이미 어머니와 이야기된 것 같았다. 어머니가 미처 알아채지 못하는 사이 조제프는 청년이 되었고, 전과 다른 힘이 생겼다.

　토지국 관리는 어머니 앞에서 모자를 벗지 않았다. 그저 고개를 한 번 까딱하면서 인사말을 중얼거렸다. 어머니는 피곤해 보였다. 최근에 입기 시작한, 어떤 모양인지 설명하기 힘들고 형태가 없는, 그 안에서 몸이 난파선 잔해처럼 떠다니는, 얼핏 보면 가운 같은 평퍼짐한 원피스를 입고 있었다. 마침 제방이 무너진 뒤 어머니가 처음으로 머리를 손질한 날이었다. 뒤로 땋아 내려 끄트머리를 타이어 고무줄로 묶은 회색의 머리채가 순진하게, 우스꽝스럽게 어머니의 등 위에 늘어져 있었다.

　"아! 왜 안 오나 했네요." 어머니가 말했다. "당신들이 늦을 리가 없는데."

　조제프는 어머니에게 아무 말 말라고 한 번 더 손짓을 했다. 굳이 어머니가 나서서 대답할 필요가 없었다.

　"제방이 잘 버텨 냈어요." 조제프가 말했다. "제대로 수확을 거뒀고요. 지금껏 이만한 수확을 본 적 없을 만큼."

어머니가 아들을 쳐다보면서 무슨 말인가 하려고 입을 열었지만 결국 한마디도 꺼내지 못했다. 그러다 갑자기 표정이 완전히 뒤바뀌어 단 몇 초 만에 피로가 씻은 듯이 사라지고 기쁨이 가득한, 오로지 기쁨만 남은 얼굴이 되었다.

관리는 당황한 표정으로 어머니를 쳐다보았다. 어머니가 나서서 도와주기를, 어머니마저 아들에게 합세하지 않기를 바랐을 것이다.

"이상하군요……. 운이 없었다고 들었는데……." 관리가 말했다.

"그렇죠." 조제프가 말했다. "그래도 당신보다 우리가 운이 좋아요. 당신은 보다시피 운이 없잖아요."

"그러네. 딱 봐도 알겠네." 쉬잔이 말했다.

남자는 얼굴이 시뻘게졌다. 그는 따귀처럼 날아든 굴욕의 흔적을 씻어 내기 위해서 손을 뺨에 살짝 가져다 댔다.

"전 뭐 그렇게 한탄할 만한 일은 없습니다." 토지국 관리가 말했다.

"우리라고 다를까!" 조제프가 말했다.

그는 거침없이 웃었다. 쉬잔은 조제프만큼 마음에 드는 남자를 앞으로도 절대 만날 수 없으리라 절감했고, 그 순간이 뇌리에 박혔다. 다른 사람들은 조제프가 조금 미쳤다고 생각할지도 모른다. 아닌 게 아니라 그가 아무 이유 없이 B. 12의 부품들을 악착같이 들어낼 때는 그렇게 생각할 만했다. 하지만 쉬잔은 처음부터 조제프가 미치지 않았다는 것을 알고 있었다. 지금 토지국 직원을 앞에 세워 둔 그를 보면 알지 않는가! 조제프는 절대 미치지 않았다! 조제프는 정확히 필요한 것을 찾아내서 하고 있다! 웃통을 벗은 채로 베란다 난간 아래를 내려다보며 조제프는 자신이 찾아낸 방법에 너무도 흡족해했다. 말끔하게 차려입은 남자가 얼굴이 붉게 상기된 채 짓밟히는 모습을 보면서 몰염치에 가까운 기쁨을 느꼈다. 그동안 너무도 굳건하던, 누구나 두려워하던 토지국 관리의 권력을 산산조각 내어 버린 것이다.

"진지하게 얘기해야 할 것 같군요. 그게 여러분에게도 이득이고……."

"우리한테도 이득이라고? 들었니? 저분이 우리 이득 얘기를 하는구나!" 어머니가 관객들을 자기 대사에 주목하도록 만들려는 연극배우의 어조로 자식들에게 말했다.

그리고 어머니도 웃었다. 어머니는 조제프에게 붙잡힌 한 마리 새였다. 사실 조제프가 저런 식으로 웃는 것은 어머니를 닮았다. 전날 어머니를 울게 만든 이유가 오늘은 갑자기 웃게 만들었다.

"젠장! 우린 충분히 진지하게 얘기하는 중이라고!" 조제프가 말했다. "진지하지 못한 건 당신이지. 맡은 일을 하고 싶으면 빨리 가서 제방을 조사해요. 하사에게 말해서 배를 준비해 줄 테니까. 다 돌아보는 데 여섯 시간이면 충분할 테니 가서 전부 보고 와요."

토지국 관리는 모자를 들어 올리고 땀을 닦았다. 마당은 해가 쨍쨍했고, 아무도 그에게 방갈로로 올라오라고 권하지 않았다. 그는 이미 제방이 버텨 내지 못했다는 사실을 알고 있었다. 어차피 버티지 못할 것을 공사 시작 전부터 알았다. 지금 관심은 제방이 아니라 웃고 있는 이들을 조용히 시키는, 뜻하지 않게 자신의 권위가 저들의 웃음 속에서 실추되는 순간을 멈추는 것이었다. 그는 이 가족이 어차피 자기를 억지로 제방에 내려보낼 수는 없으리라 생각하며 어떻게든 상황을 모면할 방법을 찾아보았지만 뜻대로 되지 않았다. 두리번거리면서 빠져나갈 구멍을 살폈다. 그는 한 마리 쥐였다. 당연히 토지국 관리는 권력이 시험받는 일에 익숙하지 않았다. 그는 아무것도 찾지 못했다.

"하사!" 쉬잔이 소리쳤다. "배 준비해! 여기 토지국 관리분이 타셔야 하니까 서둘러!"

관리가 고개를 들더니 억지 미소를 지었다. 쉬잔을 향해 다 이해한다고, 연민까지 느끼고 있다고 말하려는 것 같은 미소였다.

"그럴 필요 없습니다. 여러분이 불운을 겪은 사실을 알고 있습니다. 일대에 다 알려진 일이니까요." 토지국 관리가 말했고, 이어 고개를 돌려 어머니를 쳐다보면서 부드러운 힐난조로 덧붙였다. "제가 이미 말씀드렸는데요."

"내 제방은 멀쩡하다니까요!" 어머니가 말했다. "아마도 자비로운 하느님이 제방이 버티게 해 주셨나 봐요. 그랬다면 이유는 오로지 그걸 보는 당신네 토지국 인간들의 낯짝을 구경할 기회를 주시려는 걸 테죠. 이렇게 당신이 왔고요. 우리한테 그 낯짝을 보여 주려고 온 거잖아요."

쉬잔과 조제프가 웃음을 터뜨렸다. 어머니가 이런 식으로 말하면 자식들은 말로 표현하기 힘들 만큼 행복했다. 토지국 관리는 웃지 않았다.

"여러분의 운명이 내 손에 달렸다는 걸 아실 텐데요." 그가 말했다.

하다 안 되니 협박을 시도한 것이다. 조제프가 웃음을 멈추고 방갈로 계단을 몇 개 내려섰다.

"그렇다면 당신의 운명은? 그건 우리 손에 있을 것 같지 않고? 당신이 내려가지 않으면 내가 강제로 배에 태워 내려보낼 생각이거든. 제방 앞에 가기도 전에 일사병으로 쓰러질걸? 혹시 마음이 바뀌었거든 지금 도망가는 게 나을 거야. 하지만 서둘러야지."

관리가 조심스럽게 방갈로 길 쪽으로 몇 발자국 걸음을 옮겼다. 조제프가 따라오지 않는다는 확신이 들자 몸을 돌려 쉰 목소리로 말했다.

"전부 보고하겠소! 알아 둬요!"

"여기 와서 말하지그래?" 조제프가 당장 달려 내려갈 기세로 발을 구르며 소리쳤다.

관리는 놀라서 황급히 네다섯 걸음 더 물러섰다 조제프가 따라오지 않는다는 사실을 깨달았다.

"개자식들! 개자식들! 도둑놈들!" 어머니가 외쳤다.

분노를 원 없이 터뜨린 굴레에서 풀려난, 젊음을 되찾은 어머니가 조제프 쪽으로 고개를 돌렸다.

"속이 후련하구나. 개만도 못한 작자들 같으니." 어머니가 말했다.

그리고 다시 관리 쪽을 쳐다보았다. 도저히 멈출 수가 없었다.

"도둑놈들! 살인자들!"

관리는 돌아보지 않았다. 몸이 뻣뻣해진 채로 차를 세워 둔 곳을 향해 신중한 걸음을 옮겼다.

"네 번째다. 이 땅을 불하받은 게 우리가 네 번째라고. 모두 망하거나 죽었지. 저놈들은 살이 쪘고." 어머니가 말했다.

"네 번째라고요?" 놀란 조제프가 말했다. "젠장, 네 번째라니 난 몰랐어요. 왜 말 안 해 줬어요?"

"나도 얼마 전에 알았단다. 너한테 말하는 걸 잊었구나."

조제프는 무엇을 할 수 있을지 궁리했다. 그리고 찾아냈다.

"조금만 기다려요." 조제프가 말했다.

조제프는 방으로 달려가더니 곧 마우저 소총을 들고 나타났다. 그리고 웃음을 터뜨렸다. 어머니와 쉬잔은 얼어붙어서 아무 말도 못 하고 조제프만 쳐다보았다. 토지국 관리를 죽이려는 걸까. 그 순간 모든 게 변할 것이다. 모든 게 끝나고, 모든 게 다시 시작될 것이다. 조제프는 소총을 한쪽 어깨에 올려놓고 토지국 관리를 조준했다. 정확히 조준했다. 그리고 마지막 순간에 총구를 하늘을 향하며 허공에 대고 총을 쏘았다. 무거운 침묵이 이어졌다. 관리는 있는 힘을 다해 차를 향해 달려갔다. 조제프가 쩡쩡 울릴 만큼 큰 소리로 웃었다. 어머니와 쉬잔도 따라 웃었다. 관리는 웃음소리를 들었을 테지만 걸음아 나 살려라 계속 달렸다. 차 앞까지 가서 재빨리 올라탔고, 방갈로 쪽에 눈길 한 번 주지 않고 람을 향해 전속력으로 차를 몰았다.

그날 이후 토지국 관리는 '경고장'을 발송하는 것으로 만족했다. 한 번도 조사를 나오지 않았다. 조제프가 떠나고 나면 다시 오겠지만, 아직은 조제프가 떠난 것을 모를 터였다.

이제 방갈로 앞에는 심지어 토지국 관리도 오지 않으니 멈춰 서는 사람이 아무도 없었다. 쓰임이 사라진 총알들이 탄약통 안에 남아 있었다. 그의 순결한 마우저 총도 주인을 잃고 하릴없이 벽에 매달려 있었다. 그리고 B. 12가, 조제프가 "내 분신이야."라고 말하던 B. 12가 방갈로 아래 중앙 필로티 사이에 처박혀 먼지를 뒤집어쓴 채 녹슬어 갔다.

모종판에 이끌린 사냥감들이 평야로 내려왔다. 그래서 해마다 이 무렵에는 사냥꾼들의 자동차가 꽤 많이 지나갔다. 더구나 사 년 전부터 람이 사냥지로 점점 명성을 얻으면서 지나는 차들이 매해 늘어났다. 우선 멀리 비포장도로 위에서 모터 소리가 들려오고, 소리가 점점 커지고, 이어 방갈로 앞에서도 소리가 들렸다. 그때는 모터 소리가 평야 전체를 덮어 버리는 것 같았다. 차들이 방갈로 앞쪽으로 다 지나가고 나면 람의 숲을 가로지르는 클랙슨 소리만 긴 메아리처럼 울려 퍼졌다. 간혹 그 소리가 몇 시간 동안 이어지기도 했다. 그럴 때면 쉬잔은 다리 아래 그늘로 가서 누웠다.

어머니가 발작을 일으켰고, 며칠 뒤에 의사가 왔다. 의사는 그다지 염려하는 표정이 아니었다. 알약 복용량을 두 배로 늘려 처방해 주었고, 안정을 취하라고, 하지만 좀 일어나서 운동을 매일 하라고 조언했다. 의사가 말하길 지금 어머니에게 필요한 일은 조제프 생각을 덜 하는, 걱정들을 줄이는, "삶의 의욕을 되찾는" 거라고 했다. 어머니는 시간을 맞춰서 약을 먹기로 했다. 약을 먹으면 잠이 들기 때문이었다. 하지만 그뿐이었다. 절대로 일어나 움직이려 하지 않았다. 처음 며칠 동안은 쉬잔이 계속 졸라 보았지만 소용없었다. 어머니는 고집을 꺾지 않았다.

"내가 일어나면 그 애를 더 기다리게 될 거다. 더는 기다리고 싶지 않구나."

어머니는 거의 온종일 잠을 잤다.

"이십 년 동안 이렇게 잠잘 날을 기다렸단다." 어머니가 말했다.

어머니는 정말로 자고 싶어서, 기뻐하며, 고집스레, 지금껏 많이 잤던 어느 때보다 많이 잤다. 그렇게 자고 일어나면 물건들에 관심을 보이기도 했다. 대부분은 다이아몬드였다.

"내가 언젠가 일어나서 그걸 처분해야 할 텐데."

그러면서 여전히 창고 열쇠와 함께 목에 걸고 있는 다이아몬드 반지를 쳐다보았다. 그럴 때 전만큼 심하게 진저리 치는 것 같지는 않았다.

곧 쉬잔은 어머니가 먹기로 한 약을 세 시간에 한 번씩 챙기는 것 외에는 어머니의 뜻대로 하게 내버려 두었다. 조제프가 떠난 뒤 어머니는 처음으로 불하지에 대해 완전히 무관심해졌다. 토지국이든 은행이든 어머니는 더는 어떤 것도 기다리지 않았다. 위쪽 5헥타르에 벼를 재배하기 위한 모종판도 이번에는 하사가 나섰다. 어머니는 하사가 일하는 동안 쳐다보기만 했다. 식탁에 매번 따뜻한 쌀밥과 튀긴 생선이 오르는 것도 하사 덕분이었다. 쉬잔은 그 음식을 어머니의 침대로 가져갔고, 어떨 땐 어머니 침대에 앉아 같이 먹기도 했다.

식사 때, 그리고 잠자리에 들기 전을 제외하면 어머니는 온종일 한마디도 하지 않았다. 심지어 쉬잔이 방에 들어가도 제대로 쳐다보지 않았다. 대부분은 저녁에 잠자리에 들기 전에 겨우 입을 뗐다. 하는 말은 거의 매번 똑같아서 언젠가 일어나 바르 영감한테 가야겠다는 얘기였다.

"1만 프랑. 이번엔 1만 프랑만 줘도 팔아야겠다."

쉬잔도 매번 똑같이 대답했다.

"나쁘지 않아요. 다 더하면 3만 프랑이잖아요."

그러면 어머니는 쑥스러운 듯 억지 미소를 지었다.

"거봐라, 다 방법이 있잖니."

때로 쉬잔이 다른 대답을 하기도 했다.

"아직 팔 필요 없지 않아요? 급할 것도 없는데."

사실 어머니도 분명한 생각은 없었다. 반지를 팔면 그 돈으로 뭘 할지도 생각이 없었다. 어머니가 아는 것은 오로지 더는 제방을 쌓지 않는다는 것뿐이었다. 어쩌면 그 돈으로 떠날 수 있을 터였다. 아니면 아무 이유 없이, 그냥 1만 프랑을 수중에 지니고 싶어서 그 돈이 필요할 수도 있었다.

쉬잔은 세 시간마다 방갈로에 올라가 어머니의 약을 챙기고는 다시 내려와 다리 옆에 앉았다. 방갈로 앞쪽에 멈춰 서는 자동차는 한 대도 없었다. 조 씨의 자동차, 그 차라도 와서 서 있던 시절이 그리워지기까지 했다. 어쨌든 차 한 대가 와서 있었으니까. 설령 아무도 안 탄 자동차라도 서 있으면 아예 없는 것보다 나을 듯했다. 마치 방갈로가 더는 사람들의 눈에 보이지 않게 된 것 같고, 다리 옆에 앉아 있는 그녀 역시 사람들 눈에 보이지 않는 것 같았다. 방갈로가 있고, 그보다 조금 가까운 곳에 한 소녀가 기다리고 있다는 사실을 아무도 알아채지 못하는 걸까.

어느 날 쉬잔은 어머니가 잠든 틈을 이용해 어머니 방 옷장에서 조 씨가 선물해 준 물건들 꾸러미를 꺼냈다. 우선 그녀가 가진 옷 중에 가장 아름다운 원피스, 람의 바에 갈 때 입었고 도시에서도 가끔 입었던, 조제프가 매춘부 차림 같다고 말했던 원피스를 꺼냈다. 멀리서도 눈에 띄는 새파란 색이었다. 입을 때마다 조제프가 자꾸 소리 지르며 화를 내는 바람에 몇 번 입지도 못했다. 이제 조제프가 떠나고 없으니 걱정할 게 없지 않은가. 조제프가 떠났으니, 그녀를 버려두고 갔으니 이젠 그냥 입어도 된다. 옷을 입으면서 쉬잔은 자신이 아주 중요한, 지금까지 한 일 중에 어쩌면 가장 중요한 일을 하고 있음을 깨달았다. 두 손이 떨렸다.

하지만 지나는 자동차들은 파란색 원피스를 입은, 매춘부 차림을 한 소녀 앞에서 전과 다름없이 멈추지 않고 지나가 버렸다. 쉬잔은 사흘간 시도해 보고는 그날 저녁에 옷을 냇물에 던졌다.

아무 일도 일어나지 않은 채로, 조제프의 편지도, 심지어 은행에서의 연락도, 토지국에서 오는 경고장도 없이 삼 주가 지났다. 삼 주 동안 아무도 나타나지 않았다. 그러다 어느 날 아침에 아고스티가 왔다. 혼자, 자동차 없이 왔다.

아고스티는 곧장 방갈로로 가지 않고 다리 옆에 있던 쉬잔에게 왔다.

"어머니가 하사를 통해서 전갈을 보내셨어. 부탁할 일이 있다고."

"어머니가 좀 아파." 쉬잔이 말했다. "조제프가 떠났다는 사실이 아직 받아들여지지 않는 거야."

아고스티의 누나도 이 년 전에 람 항구의 세관원을 따라 이곳을 떠났다. 그래도 소식은 전해 왔다.

"어차피 다 떠날 거야. 그건 상관없어." 아고스티가 말했다. "제일 고약한 건 조제프가 편지를 안 보낸다는 거야. 돈이 드는 일도 아닌데. 누나가 떠났을 때 우리 어머니도 거의 쓰러질 뻔했는데 편지를 받고 나선 나아졌거든. 지금은 괜찮아. 익숙해져서."

언젠가 람의 바에서 「라모나」가 흘러나올 때 쉬잔과 아고스티는 키스를 했다. 그때 아고스티는 쉬잔을 밖으로 데리고 나가 입을 맞췄더랬다. 쉬잔이 야릇한 표정으로 그를 바라보았다. 아고스티는 정말로 조제프를 닮았다.

"여기서 온종일 뭐 해?"

"차들을 기다려."

"바보 같은 짓이야." 아고스티가 나무라듯 말했다.

"다른 할 일이 없잖아." 쉬잔이 말했다.

아고스티는 잠시 뜸을 들이긴 했지만 결국 쉬잔의 말에 동의했다.

"따지고 보면 맞는 말이지. 그런데 차가 멈춰 서서 같이 가자고 하면 어쩔 건데?"

"같이 갈 거야. 어머니가 아프지만 그래도 곧바로 따라나설 거야."

"바보 같은 소리." 아고스티가 확신 없는 어조로 말했다.

어쩌면 그도 이전의 입맞춤을 떠올렸는지 야릇한 표정으로 쉬잔을 바라보았다.

"우리 누나도 그렇게 기다렸어."

"원하기만 하면 돼. 결국엔 이루어져." 쉬잔이 말했다.

"네가 원하는 게 뭔데?" 아고스티가 물었다.

"떠날 거야."

"누구하고 떠나는지는 상관없고?"

"상관없어. 일단 떠나고 나중에 생각할 거야."

아고스티는 무언가를 곰곰 생각하는 것 같았지만 말을 꺼내지는 않았다. 그는 방갈로로 올라갔다. 아고스티는 조제프보다 두 살이 많았고, 여자를 아주 좋아했다. 그가 아편과 페르노 밀매를 한다는 건 평야 사람들이 다 아는 사실이었다. 아고스티는 작은 체구에도 힘이 무척 셌다. 웃을 때면 니코틴으로 둘러싸인 커다랗고 촘촘한 치아가 위협적인 모습을 드러냈다. 쉬잔은 다리 밑에 누워서 아고스티가 어머니를 보고 나오길 기다렸다. 머릿속에 아고스티에 대한 생각이 거세게 밀어닥쳤다. 그가 온 뒤로 다른 모든 생각이 사라졌고, 오로지 그만 생각났다. 마음만 먹으면 충분했다. 아고스티는 평야 이쪽에 남은 유일한 남자였다. 그리고 그 역시 이곳을 떠나고 싶어 했다. 「라모나」를 들으며 입을 맞춘 게 벌써 일 년 전 일이고, 어쩌면 아고스티는 이미 잊었을지 모른다. 쉬잔이 그때보다 한 살 더 먹었다는 사실도 잊었을까? 들리는 말에 의하면 아고스티는 평야의 예쁜 원주민 여자들을 전부 다 가졌다. 그렇지 않은 덜 예쁜 여자들도 가졌다. 람의 백인 여자들 중에도 그 일을 할 수 있을 만큼 젊은 여자들은 모두 마찬가지였다. 쉬잔만이 예외였다. 용기를 내서 마음만 먹으면 된다.

"어머니가 바르 영감한테 팔아 보라고 이걸 줬어." 아고스티가 다가와서 말했다.

그는 다이아몬드를 들고 있었다. 전혀 조심스러워하지 않았고, 심지어 작은 공처럼 다이아몬드를 손바닥에 얹어 튕기기까지 했다.

"팔아 줘. 엄마가 좋아할 거야."

아고스티가 생각에 잠겼다.

"어디서 났는데?"

쉬잔이 몸을 일으키고는 미소를 지으며 아고스티를 바라보았다.

"어떤 남자가 줬어."

아고스티도 미소를 지었다.

"레옹 볼레 타고 오던?"

"당연하지. 나한테 다이아를 줄 사람이 또 어디 있겠어?"

아고스티는 아주 주의 깊게 쉬잔을 바라보더니 잠시 후 입을 열었다.

"설마 했는데…… 너 정말 헤픈 애구나."

"그 남자하고 안 잤어."

쉬잔은 여전히 미소 짓고 있었다.

"못 믿겠는걸."

아고스티는 웃음기 없는 얼굴로 다이아몬드를 쳐다보았다.

"이걸 팔아 줘야 한다니. 아무리 바르 영감한테라도, 기분 더럽군."

"그 남자 혼자 내가 자기랑 잘 거라고 믿었어. 그건 다르지."

"정말로 그자하고 아무 일 없었어?"

쉬잔이 마치 상대를 놀리듯이 더 환하게 미소를 지었다.

"씻을 때 가끔 내 몸을 보여 줬어. 알몸으로. 그게 다야."

아고스티의 머리 속에 조제프가 잘 쓰던 말이 마치 취기 속에서처럼 감미롭게 떠올랐고, 마치 취기 속에서처럼 저절로 입 밖으로 나왔다.

"젠장, 추잡스럽군." 아고스티가 말했다.

그러면서도 아고스티는 쉬잔을 아주 주의 깊게 살폈다.

"겨우 그걸 보겠다고……."

"난 정말 나쁜 년이야." 쉬잔이 말했다.

"그렇게 말하진 마."

쉬잔이 다이아몬드를 가리켰다.

"그게 바로 증거인걸."

아고스티가 다시 들렀다. 이번에 쉬잔은 그가 자기를 보러 온 것을 알아차렸다. 아고스티는 방갈로에 올라가지도 않았다.

"바르 영감 일은 잘될 거야." 아고스티의 어조가 조금 이상했다. "안 사겠다고 하면 페르노 대 주는 걸 관두거나 아예 고발해 버려야지." 그러더니 선언하듯 덧붙였다. "며칠 있다 데리러 올게. 우리 집 파인애플밭 보러 가자."

아고스티가 미소 짓고는 「라모나」를 휘파람으로 불기 시작했다. 그러고 나서 간다는 인사도 없이 휘파람을 불면서 그냥 가 버렸다.

아고스티가 다녀가고 이틀이 지났을 때 조제프에게서 연락이 왔다. 잘 지내고 있고 제법 괜찮은 일자리도 찾았다는 아주 짧은 내용이었다. 조제프는 돈 많은 미국인들이 고원 지대로 가는 사냥을 안내한다고, 돈이 꽤 벌린다고 했다. 또 한 달쯤 후 방갈로에 들르겠다고, 어머니와 쉬잔도 보고 총을 가져갈 거라고도 했다. 조제프의 주소는 상트랄 호텔이었다. 어쨌든 연락할 게 있으면 그리로 하라고 했다. 쉬잔이 큰 소리로 읽었지만 어머니는 직접 읽어 보겠다며 편지를 달라고 했다. 그리고 조제프가 철자를 많이 틀린 것을 보았다. 조제프가 어머니를 괴롭히기 위해서 일부러 그러기라도 한 것처럼 어머니는 속상해했다.

"그 애가 철자를 많이 틀린다는 걸 잊고 있었구나. 나한테 보내기 전에 누구한테든 읽어 달라고 했어야지."

어쨌든 조제프의 첫 편지가 온 뒤로 어머니는 마음이 누그러졌다. 어머니는 조제프의 철자 오류에 매달렸고, 그러느라 몇 시간 뒤에는 삶의 활력을 되찾은 것 같았다. 어머니는 아고스티를 기다리기 시작했고, 쉬잔에게 아고스티가 들렀는지 귀찮도록 물었다. 그렇게 하루에 두 번씩 아고스티를 찾았다. 쉬잔은 아고스티에게 들은 대로 바르 영감이 반지를 살 것 같다고, 안 사면 아고스티가 페르노를 더는 대 주지 않겠다고 협박까지 했다고 말했다. 그리고 아고스티가 며칠 뒤에 들르기로 했다고, 분명 반지를 팔아서 올 거라고까지 덧붙였다. 어머니는 아고스티가 안 오면 직접 바르 영감에게 가 보겠다고, 돈이 필요하다고 했다. 조제프를 만나러 가기 위해서였다. 어머니가 교사였는데 어떻게 아들이 그렇게 철자를 많이 틀릴 수 있느냐고도 했다. 어머니는 당장 도시로 가서 조제프에게 기본적인 문법 규칙이라도 가르쳐야 한다고, 안 그랬다가는 도시는 평야와 다른 곳이기 때문에 결국 창피를 당하게 된다고 주장했다. 그런데 조제프를 가르칠 수 있는 사람은 오로지 어머니 자신뿐이었다. 마침내 돈의 용도가 생긴 것이다. 어머니가 어찌나 조바심을 내는지 쉬잔은 결국 아고스티가 자기네 파인애플밭을 보러 가자고 했다고, 데리러 올 거고 그때 반지판 돈을 가져올 거라고 말하고 말았다. 몇 분 동안 어머니는 반지 이야기를 잊었다. 몇 분 동안 아무 말도 하지 않았고, 조금 전까지의 조바심이 한순간에 사라졌다. 잠시 후 어머니는 쉬잔에게 파인애플 농장을 보러 가겠다고 하길 잘했다고, 홀

륭한 농장이라고 말했다.

"같이 간다고 나한테 말했다는 것을 아고스티한테 말하지 말거라." 어머니가 덧붙였다.

모종판의 벼들이 이미 진한 초록색으로 자라서 곧 옮겨 심어야 할 때가 되었다. 모종판에서 뽑아 보름 뒤쯤에 옮겨 심을 때까지 다발로 묶어 놓은 모들이 여기저기 눈에 띄었다. 하사가 쉬잔에게 우리도 시작해야 하지 않느냐고, 모종판의 모들이 다 자라서 이제 옮겨 심어야 한다고 말했다. 쉬잔이 어머니에게 전했고, 어머니는 하사의 판단이 그렇다면 해도 된다고 대답했다. 그러면서 자기는 아무 생각이 없다고, 하든 말든 상관없다고 했다. 하지만 이튿날이 되자 생각해 보니 모종판의 모를 뽑는 게 낫겠다고, 농사짓는 집에서 모를 썩게 둘 수는 없다고 했다.

"우리가 떠나면 추수 전에라도 하사가 팔 수 있겠지."

하사가 아내를 데리고 모를 뽑기 시작했다. 딱 한 번 어머니가 일어서서 베란다로 나가 그 모습을 지켜보았다. 하사와 아내는 비가 며칠 더 내리길 기다렸다가 위쪽 5헥타르의 땅에 모를 옮겨 심기 시작했다. 마치 그동안의 무료함이 견디기 힘들었다는 듯 열심히 일했다. 그들은 어머니가 단 한 번뿐일지언정 어쨌든 자기들이 일하는 걸 보기 위해 일어선 것을 보며 상태가 걱정했던 것만큼 나쁘지는 않다고 믿었다.

쉬잔은 시간 맞춰 방갈로에 올라가서 어머니의 약을 챙겼고, 그러고 나면 밖으로 나와 다리 옆에 앉아 있었다. 그곳, 다리 옆의 자리는 쉬잔이 자신을 감내할 수 있는 유일한 자리였다. 자동차들이 여전히 다리 앞을 지나갔고, 아이들이 여전히 다리 옆에서 놀았다. 아이들은 냇물에서 헤엄쳤고, 물고기를 잡았다. 때로는 다리 난간에 앉아서 늘어뜨린 두 다리를 흔들며 사냥꾼들의 자동차를 기다렸다. 그러다가 자동차가 나타나면 뒤따라가며 비포장도로 위를 달렸다. 그 계절에는 그야말로 날씨가 푹푹 쪄서 비가 오면 오히려 더 더웠다. 아이들은 사방에서 몰려나와 다리 주위에 모였고, 비를 맞으며, 미친 듯이 날뛰며, 고함을 지르며 신나게 놀았다. 비를 맞은 아이들의 머리에서 때와 이가 범벅이 된 시커먼 땟국물이 깡마른 목을 따라 흘러내렸다. 비는 모두에게 유익했다. 아이들은 입을 벌리고 고개를 들어 게걸스럽게 빗물을 받아먹었다. 어머니들은 아직 걷지 못하는 어린애들을 데리고 나와 오두막 초가집의 빗물받이 홈통 아래에 발가벗겨 앉혀 놓았다. 해와 놀고 덜 익은 망고와, 떠돌이 개와 노는 아이들은 비가 와도 놀았다. 하지만 쉬잔은 조제프가 있을 때처럼 맘껏 놀지 못했다. 아이들이 노는 모습, 사는 모습을 바라보기만 했다. 그조차 권태로웠다. 아이들은 놀았다. 언제나 놀았다. 죽을 때만이 예외였다. 가난으로 죽을 때에만 놀기를 멈췄다. 언제나 어디서나 놀았다. 발가벗은 아이들의 팔다리를 따뜻하게 해 주려고 어머니들이 피워 놓은 불 앞에 앉은 아이들은 눈이 흐리멍텅하고 손은 보라색이었다. 아이들은 어디서나 죽었다. 세상 어디에서나 마찬가지였다. 미시시피에서. 아마존에서. 만주 땅의 생기 잃은 마을들에서. 수단에서. 캄 평야에서. 어디서나 여기처럼 가난 때문에 죽었다. 가난의 망고 때문에. 가난의 쌀 때문에. 가난의 젖, 가난한 어머니들이 미처 만들지 못한 젖 때문에 죽었다. 아이들은 머리카락에 이가 수북한 채로 죽었고, 아버지들은 아이들이 죽으면 몸속의 이가 곧바로 죽은 아이들의 몸을 떠나는 걸 알지 않느냐고, 그러니까 곧바로 묻어야 한다고, 안 그러면 이가 퍼질 거라고 했고, 그러면 어머니가 애를 좀 보게 해 줘요, 기다려요, 그러면 아버지가 집 안에 이가 퍼지면 어쩌려고 하면서 죽은 아이를 안고 나가 아직 식지 않은 몸을 오두막집 아래 진흙 속에 묻었다. 그렇게 수많은 아이들이 죽어 갔고, 그래도 람의 비포장도로에는 여전히 그만큼 많은 아이들이 나와 놀았다. 아이들이 너무 많아서 어머니들은 미처 다 돌보지 못했다. 걷고, 헤엄치고, 자기 몸의 이를 잡고, 물고기를 잡고, 그 모든 일을 아이들은 어머니 없이 배웠다. 그리고 어머니 없이 죽었다. 아이들은 걸을 수 있는 나이가 되면 곧바로 평야 아이들의 집결지인 비포장도로에, 그 도로 위의 다리에 모였다. 평야 어디에서나, 어느 마을에서나 모두 비포장도로로 쳐들어왔다. 아이들은 결코 익을 틈이 없는 망고를 따기 위해 나무에 올라가 있을 때가 아니면 늘 비포장도로 위에 있었다. 식민지 전역에 도로와 비포장도로가 있는 어느 곳에서나 아이들과 떠돌이 개는 자동차 통행을 가로막는 골칫거리였다. 아무리 규정을 만들고 경찰이 나서고 처벌까지 해도 해결되지 않았다. 비포장도로는 언제나 아이들 차지였다. 때로 아이를 친 운전자가 차를 세우기도 했다. 그러고는 부모에게 보상금을 지불한 뒤 다시 떠났다. 하지만 대부분은 부모가 멀리 있기 때문에 아무것도 지불하지 않고 가 버렸다. 개나 닭 혹은 돼지를 쳤을 때는 운전자들이 아예 차를 멈추지도 않았다. 그나마 아이를 쳤을 때만 자기 일정에서 약간의 시간을 할애했다. 운전자가 떠나고 나면 곧 다른 아이들이 벌 떼처럼 모여들었다. 람을 오가는 버스, 바퀴 달린 장치들, 사냥꾼들이 울려 대는 전기 클랙슨 소리, 움직이는 쇳덩이, 거품 이는 냇물, 그리고 잘못 먹으면 죽는 망고가 바로 평야 아이들의 운명을 손에 쥔 신이었다. 그 외에 다른 어떤 신도 아이들의 운명에 관여하지 못했다. 절대 못 했다. 아니라고 말하는 사람은 거짓말쟁이었다. 그래서 백인들은 못마땅했다. 아이들은 그들의 차가 지나가는 길을 가로막았고, 다리를 망가뜨렸고, 자갈을 치웠다. 심지어 양심의 문제까지 만들었다. 아이들이 너무 많이 죽죠. 백인들이 말했다. 그랬다. 앞으로도 계속 죽어 갈 터였다. 아이들이 너무 많았다. 가난을 향해 열린, 소리 지르는, 내어놓으라고 조르는, 뭐든 게걸스럽게 먹어 치우는 입이 너무 많았다. 아이들은 그래서 죽었다. 땅 위에 쏟아지는 햇빛도 너무 많았다. 들판에도 꽃이 너무 많이 피었다. 그리고 또? 너무 많지 않은 게 뭐가 있을까?

사냥꾼들, 생명을 앗아 가는 자들의 긴 클랙슨 소리는 멀리부터 들렸다. 가까워질수록 점점 더 분명해졌다. 이어 먼지구름을 일으키며 나무다리가 우지끈거리는 불쾌한 소리와 함께 차들이 지나갔다. 쉬잔은 차들을 더는 전처럼 쳐다보지 못했다. 이제 비포장도로는 쉬잔이 자기를 데리고 떠나 줄 남자가 멈춰 서길 기다리며 쳐다보던 그 길이 아니었다. 너무도 오래 기다려 온 쉬잔에게 비포장도로는 더 이상 같은 길일 수 없었다. 이제 비포장도로는 이곳을 벗어나길 오랫동안 기다리던 조제프가 떠나간 길이고, 조 씨의 레옹 볼레가 어머니를 현혹하며 나타난 길이고, 장 아고스티가 며칠 뒤에 데리러 오겠다고 말하러 왔던 길이다. 오로지 하사에게만 영원히 같은, 막연한, 눈부신, 한 번도 가 보지 않은 길이었다.

비가 오는 날에도 쉬잔은 방갈로 베란다 아래로 가서 비포장도로가 마주 보이는 자리에 앉아 비가 그치기를 기다렸다. 기다림이 너무 길어지면 『할리우드 영화』를 가져와서 조제프가 좋아하던 배우 라켈 메예르[28]의 사진을 찾아보았다. 이전에는 라켈의 얼굴, 놀랍고 신비스럽고 형제처럼 다정한 아름다움을 간직한 그녀의 얼굴에서 많은 위안을 얻었다. 하지만 이제 쉬잔은 조제프를 데려간 여자를 상상할 때 라켈 메예르를 떠올렸다. 조제프는 라켈의 얼굴이 세상에서 가장 아름답다고, 완벽하고 결정적인, 어떤 공격에도 월등하게 버텨 낼 수 있는 얼굴이라고 말했다. 그러나 그 얼굴은 더 이상 쉬잔에게 위안을 주지 않았다. 라켈 메예르가 크게 나온 사진 옆에 「라 비올레테라」[29]를 부른 최고의 가수 라켈 메예르가 바르셀로나 거리를 걷고 있다.”라는 설명이 붙은 다른 사진도 있었다. 사진 속의 라켈은 인파가 붐비는 거리를 성큼성큼 걷고 있었다. 행복에 젖어 크게 다리를 뻗으며 삶을 가로질렀고, 장애물들을 빨아들였고, 그러니까 당혹스러우리만큼 손쉽게 그 장

---

28) Raquel Meller(1919~1920). 스페인 출신 배우이자 가수.
29) 20세기 초에 만들어진 하바네라곡의 제목. 스페인어로 '오랑캐꽃을 파는 여자'를 뜻한다.

애물들을 소화해 버렸다. 하지만 그 모습에서도 쉬잔은 조제프의 의사가 떠올랐다. 책을 덮었다. 자기에게는 자신의 고민거리가 있고, 라켈 메예르 역시 그녀만의 고민이 있으리라고, 처음으로 그런 생각이 들었다. 라켈 메예르가 아무리 쉽게 고민거리를 해결해도, 사진에서처럼 바르셀로나 거리를 걸어 다녀도 쉬잔이 평야를 떠날 시간, 그녀의 시간은 조금도 앞당겨지지 않았다.

장 아고스티가 왔다. 이번에는 차를 타고 왔다. 그의 차는 르노이고 B. 12보다 훨씬 새 차이고 더 빨랐다. 조제프가 오랫동안 부러워하던 차였다. 아고스티는 쉬잔의 방갈로에 올 때 보통은 마차를 타거나 걸어서 길을 따라 사냥을 하며 왔다. 르노를 몰고 왔다가 조제프가 한 바퀴만 돌아 보게 빌려 달라고 할까 봐 신경 쓰였기 때문이다. 언젠가 한번 빌려주고는 세 시간을 기다려야 했다. 조제프가 차 주인을 까맣게 잊고 람까지 가 버린 것이다. 아고스티는 장난스럽게 웃으며 그때 일을 이야기했다.

"조제프가 그나마 멀쩡하게 구는 건 여자들한테뿐이야. 너 좋다는 남자를 그렇게 질색한 것도 아마 그자가 끝까지 레옹 볼레를 안 빌려줬기 때문일걸."

아고스티와 쉬잔은 차를 타고 천천히 파인애플밭이 있는 곳까지 갔다. 아고스티는 차를 방갈로 입구에서 한참 먼 우거진 나무들 뒤에 세웠다. 딸이 떠난 뒤로 아들이 밖에 나가면 온종일 기다리며 비포장도로를 지켜보는 어머니의 눈에 띄지 않기 위해서였다. 그들은 꽤 한참 동안 오솔길을 걸어 올라갔다. 언덕 위쪽에 조금 안으로 들어간 곳이 아고스티네 방갈로 자리였다. 파인애플밭은 언덕 능선에 있었다. 줄지어 선 파인애플나무가 죽어 버린 곳이 많았지만 어떤 줄은 아주 잘 자라고 있었다.

"인산칼슘 비료 덕이야." 아고스티가 말했다. "시대에 뒤처지지 말아야지. 지금 내가 시험해 보는 중이야. 삼 년 정도 더 해 보고 돈 벌어서 여길 떠날 거야."

파인애플밭은 열대의 숲 바로 앞으로, 나무 한 그루 없이 찌는 듯한 열기가 내리쬐고 있었다. 아고스티네 논 역시 7월의 바닷물에 전부 잠겨 버렸지만 그래도 그들은 이 언덕 능선에 옥수수와 후추나무, 파인애플을 심어서 헤쳐 나왔다. 게다가 장 아고스티는 바르 영감과 페르노 밀매를 했다. 은퇴한 하사관이던 아버지 아고스티는 참전 용사 자격으로 땅을 불하받았는데, 토지국을 매수하지 못해 경작 불가능한 땅을 받았다. 아고스티 가족은 오 년 전에 평야에 왔다. 아버지 아고스티는 곧 아편을 피우기 시작했고, 불하지에는 아예 관심을 끊었다. 이따금 이틀 혹은 사흘 동안 사라지기도 했는데 그때마다 람의 아편 흡연장에 가 있었다. 아들 아고스티가 람을 오가는 버스 운전사들에게 연락했고, 그중 한 명이 아버지 아고스티를 태워 억지로 방갈로로 데려왔다. 그래 봐야 다시 나갔다. 아버지 아고스티는 두세 달에 한 번 유럽으로 돌아가겠다며 집안의 돈을 전부 챙겨서 나섰지만 매번 람의 아편 흡연장 앞에 멈춰 섰다. 그리고 일단 그 안에 들어서면 자신이 하려던 일을 깡그리 잊었다. 아버지와 아들은 자주 치고받고 싸웠다. 늘 같은 곳, 파인애플밭 아래서였다. 싸움을 지켜보던 어머니 아고스티는 둘을 떼어 놓기 위해 언덕을 달려야 했다. 굵게 딴 두 갈래 머리채를 등 뒤로 출렁이며, 제발 도와 달라고 애타게 성모 마리아를 부르며, 줄지어 선 파인애플을 뛰어넘어 달려 내려가서 아버지 아고스티에게 몸을 던졌다. 그 장면이 어찌나 자주 되풀이되었는지 어머니 아고스티는 나이가 들었는데도 여전히 암거미처럼 날렵하고 날씬했다.

아고스티 가족은 모두 문맹이나 다름없었다. 토지국이나 은행에 편지를 써야 할 때마다 어머니를 찾아왔다. 그래서 쉬잔은 그 집 일을 자기 집 일만큼 잘 알았다. 아고스티네가 버텨 내는 것은 무엇보다 바르 영감의 중개로 장 아고스티가 페르노와 아편 밀매를 하는 덕분이라는 것까지 알았다. 그 덕분에 장 아고스티는 어머니에게 돈을 가져다줄 수 있었고, 람의 회관에 방을 하나 빌릴 수 있었다. 아고스티는 여자들을 그 방으로 데려가서 잤다. 하지만 쉬잔만큼은 파인애플밭으로 데려오고 싶었다. 쉬잔은 그 이유를 알지 못했지만 아마도 나름의 이유가 있었을 것이다.

낮잠 시간이었고, 비포장도로의 이쪽 숲 방향으로는 아무도 없었다. 아이들은 비포장도로 건너편 논에서 노래를 부르며 물소를 지켰다.

"넌 결국 다리 옆에서 날 기다린 거야." 아고스티가 말했다.
"다행히 내가 왔지. 조제프가 떠난 걸 알고 네가 어떨지 궁금
했거든. 네 어머니의 연락이 없어도 와 봤을 거야."

"조제프가 떠났어도 난 한 번도 네 생각 안 했어."

아고스티는 조제프가 이따금 그러듯이 소리 내지 않고 웃
었다.

"내 생각을 했든 안 했든 어쨌든 넌 날 기다린 거야. 어차피
나밖에 없잖아."

쉬잔이 미소를 지어 보였다. 아고스티는 쉬잔을 어디로 데
려가서 무엇을 할지 잘 아는 것 같았다. 그런 단호한 모습에
쉬잔은 마음이 놓였다. 그리고 전에 아고스티를 따라나섰던
그날보다 지금이 분명 더 잘하는 일이라는 생각이 들었다. 사
실 아고스티가 조금 전에 한 말은 맞다. 아고스티는 이 평야의
어디에선가 한 소녀가 혼자 사냥꾼들의 차를 살피고 있다는
생각을 버텨 내지 못하는 남자였다. 어머니가 와 달라고 연락
하지 않았어도 어느 날이든 르노를 타고 왔을 것이다.

"숲으로 들어가자." 아고스티가 말했다.

어머니 아고스티는 잠든 모양이었다. 깨어 있다면 이미 아
들을 부르고도 남았다. 아버지 아고스티는 방갈로 그늘에서
아편을 피우고 있을 터였다. 장 아고스티와 쉬잔은 파인애플
밭을 지나 숲으로 들어갔다. 숲속은 바깥과 달리 아주 시원
해서 마치 물속에 들어온 것 같았다. 아고스티는 빈터에서 걸
음을 멈췄다. 어찌나 좁은지 얼핏 보면 빽빽하고 높은 나무들

에 둘러싸인 짙은 초록색 구덩이 같았다. 쉬잔은 나무에 기대 앉아 모자를 벗었다. 정말로 그곳은 네 개의 벽으로 둘러싸인 방보다 온전한 안도감을 주는 공간이었다. 하지만 그래서 굳이 이곳으로 쉬잔을 데려온 거라면 쓸데없는 일이었다. 조제프는 떠났고, 어머니도 허락했다. 심지어 전에 조제프가 여자를 구하러 람에 간다고 했을 때보다 더 쉽게 허락했다. 아마도 쉬잔은 장 아고스티가 람의 회관에 빌려 놓은 방을 더 좋아했을 것이다. 덧창들을 닫은 창문 틈새로 들어오는 햇빛만 빼면 극장 안의 격렬한 어둠과 비슷했을 테니 말이다.

아고스티가 쉬잔 옆에 앉았다. 그리고 쉬잔의 두 발을 어루만졌다. 아고스티처럼 맨발이었고 하얗게 먼지가 덮였다.

"왜 늘 맨발로 다녀? 괜히 많이 걷게 했네."

쉬잔이 조금 어색한 표정으로 미소를 지었다.

"괜찮아. 내가 원한 건데 뭐."

"그건 맞지. 그런데 넌 정말 누구라도 따라갔을 것 같아?"

"응. 누구라도 따라갔을 거야."

아고스티가 웃음을 멈추었다.

"막장이구나."

아고스티는 쉬잔을 제외한 모든 여자를 다 가졌다. 그런 영광 덕분에 그의 얼굴은 행운의 얼굴이 되었다. 아고스티가 쉬잔의 블라우스 단추를 끄르기 시작했다.

"난 다이아는 못 줘." 아고스티가 부드럽게 웃으며 말했다.

"따지고 보면 다이아 때문에 지금 내가 여기 있는 건데 뭐."

"바르 영감한테 팔았어. 1만 1000프랑에. 어머니가 말한 것보다 1000프랑 더 받았지. 괜찮지?”

“괜찮네.”

“돈은 지금 내 주머니 안에 있어.”

쉬잔의 가슴이 드러나기 시작했고, 아고스티는 쉬잔의 두 가슴이 완전히 드러나도록 블라우스 자락을 벌렸다.

“사실 넌 나쁜 년이 맞아.”

아고스티는 소리를 더 낮추며 심술궂게 덧붙였다.

“네가 다이아 하나쯤 받을 만한 것도 맞아. 그보다 더 큰 가치가 있지. 신경 쓸 거 없어.”

쉬잔의 옷을 다 벗긴 아고스티는 자기 옷을 밑에 깔아 준 뒤 그 위에 천천히 쉬잔을 눕혔다. 그리고 쉬잔의 몸에 손을 가져다 대기 전에 몸을 조금 일으켜 그녀를 바라보았다. 쉬잔은 눈을 감았다. 조 씨가 축음기와 다이아를 무기로 자신의 벗은 몸을 보았다는 사실을 잊고 처음으로 몸을 보여 주고 있다고 확신했다. 그녀의 몸에 손을 대기 전에 아고스티가 물었다.

“이제 돈이 생겼으니 뭐 할 거야?”

“몰라. 어쩌면 떠날지도.”

아고스티가 입을 맞추는 순간 쉬잔은 바의 필로티 그늘에 있을 때 바르 영감의 전축에서 흘러나오던 「라모나」를, 바다가 감싸며 영원하게 만들어 주던 그 곡조를 떠올렸다. 그때부터 쉬잔은 아고스티의 손안에서 세상과 함께 물 위에 떠 있었다. 그리고 아고스티가 하고 싶은 대로, 해야 하는 대로 하게 내버려 두었다.

저녁이 꽤 늦었다. 어머니 방에 등이 켜져 있었다. 아고스티는 차를 반대 방향으로 돌린 뒤 방갈로 길 입구의 다리 가까이 차를 세웠다. 쉬잔은 서둘러 내릴 마음이 없는지 움직이지 않았다.

"너 조금 그렇겠다." 아고스티가 말했다.

아고스티는 목소리도 조제프와 비슷했다. 어떤 효과를 노리고 일부러 그러지 않아도 원래 딱딱한 억양이 그랬다. 쉬잔과 아고스티는 숲속 빈터의 나무 아래 누워서 두 번 사랑을 나눴다. 처음 도착해서 한 번, 나설 때 한 번 더 했다. 돌아가려고 막 일어서려는데 아고스티가 다시 쉬잔의 옷을 벗겼고, 다시 입을 맞추었다. 그리고 다시 시작했다. 그 두 번 사이에 아고스티는 쉬잔에게 이것저것 이야기했다. 자기도 평야를 떠나고 싶다고, 하지만 조제프처럼 여자의 도움을 받아 떠나지는 않을 거라고, 돈을 벌어서 떠날 거라고 했다. 조제프가 떠난다는 건 알려진 일이었다고, 놀라울 게 없었다고도 했다. 조제프가 평야로 돌아온 뒤 다시 떠나기까지 한 달 동안 바르 영감의 바에서 몇 번 만났을 때 아고스티는 조제프가 여자가 곧 데리러 올 거라는 말을 듣기도 했다. 많은 사람들이 그렇듯이 아고스티 역시 조제프를 제대로 알지 못했다. 하지만 조제프 이야기를 할 때 질투심 없이 일종의 소박한 경탄을 드러냈다. 그의 말을 들어 보면 조제프는 그에게 늘 문젯거리였고, 답을 찾을 수 없는 질문거리들을 던졌다. 그래서 아고스티는 많은 사람들이 믿듯이 조제프가 조금 미쳤다고, 말도 안 되는 일을 할 수 있는 사람이라고 믿었다. 조제프와 같이 사냥을 한 적이 있는데 그렇게 겁 없이 사냥하는 사람은 처음 보았다고, 조금 질투가 날 때도 있었다고 했다. 이 년 전 밤 사냥을 할 때였다. 아고스티는 너무 무서웠지만 조제프는 그렇지 않았다. 심지어 아고스티가 무서워하고 있다는 사실을 알아채지도 못했다. "그날 이후 난 조제프와 완전히 친구일 수 없었어." 조제프와 아고스티는 수컷 표범을 죽인 뒤 그 짝인 젊은 암컷 표범에게 쫓기는 중이었다. 한 시간 동안 쫓겨 다녔다. 조제프는 도망을 치면서도 계속 표범을 향해 총을 쏘았다. 몸을 숨기고서도 총을 쏘았다. 총을 쏠 때마다 그들의 위치가 드러났고, 표범은 점점 더 사나워졌다. 한 시간 후에 마침내 조제프가 표범을 잡았다. 그때 조제프의 탄창에는 총알이 두 발밖에 남지 않았다. 비포장도로에서 2킬로미터나 떨어진 곳이었다. 그날 이후 아고스티는 웬만해서는 조제프와 함께 사냥하러 가지 않았다.

아고스티는 조제프가 이미 몇 달 전부터 어떤 방법으로든 떠나고 싶어 했다고, 평야에서의 삶을, 캄 토지국 관리들의 비열한 짓을 더는 못 견디겠다고 했다고 알려 주었다. 어느 날 람에서 같이 술을 마시고 돌아오는 길에 조제프가 자기는 매번 사냥에서 돌아올 때, 도시에 다녀올 때, 여자와 자고 났을 때, 그럴 때마다 주변의 모든 게 역겹다고, 자기 자신도 진저리 난다고 고백했다고도 말했다. 아무리 짧은 순간이라도 캄 토지국 관리들의 비열한 짓을 잊을 수 있었다는 사실이 너무 역겹고, 차라리 죽고 싶었다는 것이다. 제방이 무너진 해였다. 토지국 관리들을 죽이고 싶은 욕구가 마음속에 더없이 강렬하던 때였다. 조제프가 사는 게 그토록 진저리 나게 된 것은 토지국 관리들을 죽이지 못하는 자신이 너무 비겁하게 느껴졌기 때문이다.

쉬잔은 아고스티에게 조제프 이야기를 하지 않았다. 어머니한테라면 모를까 누구한테도 할 수 없었다. 하지만 이제 어머니는 아들의 여전한 철자법 오류와 다이아몬드 외에는 어떤 것에 대해서도 말할 의욕이 없었다.

아니다. 그 순간에 쉬잔에게는 자신을 향한 아고스티의 몸짓, 그의 몸이 자기 몸으로 다가오던 방식, 처음 사랑을 나눈 뒤 그가 한 번 더 그녀를 갖고 싶어 하던 욕망, 그것이 중요했다. 아고스티는 주머니에서 손수건을 꺼내 쉬잔의 허벅지에 흘러내리는 피를 닦아 주었다. 그리고 떠나기 전에 조금도 역겨워하는 내색 없이 피 묻은 손수건 끝을 입에 넣어 침을 묻힌 뒤 한 번 더 마른 핏자국을 닦아 주었다. 사랑 속에서라면 어떤 차이도 사라질 수 있음을 쉬잔은 결코 잊지 않을 것이다. 쉬잔은 옷을 입을 생각을 하지 않았고, 일어서서 돌아가려고도 하지 않았다. 결국 아고스티가 옷을 입혀 주었다. 차에 오르기 전에 아고스티는 어머니한테 가져다 드리라며 파인애플을 하나 잘랐다. 부드럽고 치명적인 방식으로 파인애플의 밑동을 베었다. 그 순간 쉬잔은 아고스티가 그녀에게 했던 몸짓들을 떠올렸다. 아고스티가 조제프에 대해 한 말들은 중요하지 않았다.

쉬잔은 르노에서 내리려 하지 않았다. 차가 멈춰 선 뒤 십 분 넘도록 가만히 있었다. 아고스티는 그런 쉬잔이 놀랍지 않았다.

아고스티가 쉬잔을 안았다.

"해 버린 게 잘된 일이라고 생각해, 아니라고 생각해?"

"잘된 일이야."

"내가 같이 올라가서 어머니를 뵐게."

쉬잔은 좋다고 했다. 아고스티는 차를 돌려 좁은 길로 들어가서 방갈로 앞에 차를 세웠다. 거의 밤이었다. 어머니는 자리에 누웠지만 잠은 들지 않았다. 방 한구석에 하사가 웅크리고 앉아 늘 그러듯이 어머니가 어떤 기미라도 보이기를, 늘 똑같이 그러듯이 아직 더 살 거라는, 아직 더 먹을 거라는 기미를 보이기를 기다렸다. 쉬잔이 온종일 다리 옆에 나가 있는 일이 잦아진 뒤로, 그리고 모를 옮겨 심는 일이 끝난 뒤로 하사는 점점 더 자주 어머니 방에 들어와 있었다. 방갈로는 끔찍하리만치 적막했다.

어머니는 고개를 돌려 아고스티를 쳐다보며 미소를 지었다. 격한 감정에 휩싸인 표정이었다. 미소를 짓느라 얼굴에 경련이 일었다. 어머니는 쉬잔이 들고 있는 파인애플을 보았다.

"고맙구나." 어머니가 곧바로 말했다.

아고스티는 거북해 보였다. 방에는 의자가 없었다. 그는 어머니의 침대 발치에 앉았다. 조제프가 떠난 뒤로 어머니는 정말 많이 여위었다. 오늘은 너무 많이 늙고 지쳐 보였다.

"조제프 걱정을 괜히 많이 하세요." 아고스티가 말했다.

어머니는 쉬잔이 침대에 내려놓은 파인애플을 아무 생각 없이 어루만졌다.

"걱정 안 해. 걱정 아니란다." 어머니는 애써 추스르며 덧붙였다. "앨 데리고 나가 줘서 고맙구나."

"조제프는 잘 헤쳐 나갈 거예요. 머리가 기가 막히게 좋잖아요."

"널 보니까 좋구나. 이웃 사이에 너무 못 보고 지냈지. 쉬잔이 커피 가져올 테니 마시고 가렴."

쉬잔은 잘 보이도록 문을 열어 두고 식당으로 갔다. 조제프가 떠난 뒤로 방갈로 안에 등을 하나만 켜 놓았다. 그나마 하사가 신경을 쓰는 덕분에 부엌 장에는 늘 커피가 준비되어 있었다. 쉬잔은 두 개의 그릇에 커피를 붓고 어머니의 약을 챙겼다.

"람에서 가끔 뵈었잖아요." 아고스티가 말했다. "레옹 볼레를 타고 다니는 남자가 올 때 늘 같이 오셨으니까."

어머니가 쉬잔을 향해 고개를 돌리고 부드럽게 미소를 지었다.

"그 사람이 어쩌고 있을지 가끔 궁금하구나."

"도시에 있을 때 한 번 만났어요." 쉬잔이 말했다.

어머니는 아무 말도 하지 않았다. 어머니에게는 이제 조 씨의 일이 자신의 청춘만큼이나 멀게 느껴졌다.

"차 하나는 끝내주게 근사했죠. 하지만 그 작자 꼬락서니는……." 아고스티가 말했다.

아고스티가 슬그머니 장난스레 웃었다. 아마도 쉬잔이 말해준 일, 자기 혼자 아는 일을 떠올렸을 것이다.

"너도 꼭 조제프처럼 말하는구나." 어머니가 말했다. "가엾게도 생긴 건 정말 별로였지……. 하지만 그렇다고……."

"꼭 그래서 조제프가 싫어한 건 아니에요. 아무것도 모르는 인간이라서 그랬죠."

"사람마다 아는 데 한계가 있는 법이지." 어머니가 말했다. "그렇다고 뭐라 할 수는 없지 않겠니. 나쁘거나 심술궂은 사람은 아니었는데."

"어쩔 수 없이 사람들을 싫어하게 될 때가 있어요. 조제프도 그랬던 거고요. 어쩔 수 없었을 거예요."

어머니는 대답하지 않았다. 한참 동안 아고스티를 바라보기만 했다.

"조제프가 그 사람이 준 축음기를 팔려고 들고 왔을 때 바르 영감 가게에서 봤어요. 그 축음기가 집에서 사라지게 돼서 기분이 좋다고 했어요."

"꼭 그 사람이 준 죽음기라서 그런 건 아니란다. 만일 방갈로를 팔 수 있었으면 그 앤…… 너도 조제프가 어떤 앤지 잘 알잖니."

어머니와 아고스티는 더 할 말이 없었다. 어머니는 아고스티를 점점 더 주의 깊게, 점점 더 분명한 관심을 드러내며 쳐다보았다. 새로운 관심거리를 발견한 게 분명했다. 쉬잔만 그 사실을 알아차렸고 아고스티는 아직 아니었다.

"너도 바르 영감의 바에 자주 가는구나." 마침내 어머니가 입을 열었다. "페르노 밀매를 아직 하고 있니?"

"해야죠. 후추 수확한 돈 절반을 아버지가 날려 버렸거든요. 그리고 전 그 일이 싫지 않아요."

어머니는 커피를 마시고서 쉬잔이 가져다 놓은 알약을 삼켰다.

"그러다 발각되면 어쩌려고?"

"토지국 관리들처럼 세관원들도 매수할 수 있어요. 그리고 잡힐 수 있다는 생각을 하면 안 돼요. 그런 생각하면 절대 못 해요."

"그래, 생각 안 하는 게 낫겠지. 네 말이 맞다."

어머니는 쉬잔과 말하기를 피했다. 아고스티는 마치 어머니를 처음 만나는 것처럼 어색해했다. 어쩌면 방갈로가 너무 엉망이라 놀랐을 수도 있다. 아고스티의 어머니는 고생해 가며 방갈로를 손봤다. 람에서 전기를 끌어왔고, 지붕을 얹었고, 천장까지 갖추었다. 그러니 여기보다 훨씬 좋았고, 벽의 판자 사이도 벌어지지 않았다. 아고스티 어머니는 남자들이 떠나지 않도록 붙잡아 두려면 무엇보다 집을 잘 꾸며 둬야 한다고 믿었다. 아들을 최대한 오랫동안 잡아 두기 위해 벽마다 복제 그림 액자들을 걸고, 테이블마다 색깔 있는 테이블보를 깔고 의자에는 사람이 그려진 쿠션들을 얹어 두었다. 장 아고스티가 쉬잔의 방갈로에 저녁에 찾아온 것은 처음이었다. 아주 이른 아침에 온 적은 있었다. 사라진 아버지를 찾아다니다가 혹시 조제프가 사냥에서 돌아오는 길에 마주치지 않았는지 물어보러 왔을 때였다.

"쉬잔한테 들었는데 조제프 소식이 왔다면서요. 제가 걱정할 필요 없다고 말씀드렸잖아요."

"네 말이 맞았다. 하지만 철자를 얼마나 많이 틀렸는지 그 때문에 내가 병이 날 것 같구나."

"전 더 많이 틀리는걸요." 아고스티가 웃으며 말했다. "어차피 그리 중요한 일 아닌데요 뭐."

어머니가 미소 지으려 애썼다.

"중요한 일이란다. 그 애가 대체 왜 그렇게 철자를 많이 틀리는지 모르겠구나. 쉬잔도 그만큼 틀리지 않는데."

"필요하면 배우겠죠. 늘 걱정만 하지 마세요. 저도 철자법을 배울 생각이에요. 그래야죠."

쉬잔은 몇 달 만에 처음으로 어머니를 자세히 살폈다. 어머니는 그동안의 모든 실패를 받아들이고 체념한 것처럼 보였지만 예전의 격정을 완전히 억누르지는 못했다. 어쨌든 애써 상냥하고 원만한 태도로 아고스티를 대하고 있었다.

"조제프가 설령 마음을 먹어도 배우기 아주 힘들 것 같다는 생각이 들기도 한단다. 워낙에 이런 종류의 일하고는 거리가 먼 아이라서 지겨워하고 절대 못 익힐 것 같구나."

"왜 그렇게 늘 걱정거리를 찾아내요?" 쉬잔이 말했다. "이젠 조제프가 철자를 많이 틀려서 걱정이네요. 매번 뭐라도 만들어 내야 직성이 풀리나 봐요."

어머니는 맞는 말이라는 표시로 고개를 끄덕였다. 이제 어머니는 자신에 대해서마저 더 알아야 할 것이 없었다. 그러다 어머니가 갑자기 쉬잔과 아고스티에게는 아무 관심 없이 뭔가 하고 싶은 다른 얘기를 한참 동안 곱씹었다.

"만일 말이다." 어머니가 드디어 입을 열었다. "만일 아이들이 어렸을 때 누군가 나한테 얘들이 나중에 스무 살이 되어서도 철자법을 틀릴 거라고 말했다면 아마 난 차라리 아이들이 죽는 편이 낫다고 생각했을 거다. 젊을 땐 그랬지. 지독했어."

어머니는 쉬잔도 아고스티도 더는 쳐다보지 않았다.

"물론 이후엔 바뀌었지. 그런데 지금 다시 젊었을 때처럼 그런 생각이 드는구나. 조제프가 그렇게 많이 철자를 틀릴 바에야 죽는 게 낫겠다고."

"조제프는 머리가 좋아요." 쉬잔이 말했다. "마음먹으면 익힐 거예요. 원하기만 하면 충분하다고요."

어머니는 그렇지 않다고 손짓했다.

"아니, 이젠 익히지 못할 거다. 내가 간다면 모를까, 그 일을 누가 맡아 해 주겠니. 할 사람은 나밖에 없는데. 개가 머리가 좋다고 말하지만 정말 그런지 모르겠구나. 그 애가 떠난 지금 전부 다시 생각해 보면 아무래도 그 애가 머리가 좋은 것 같진 않구나."

여전히 강하고 스스로 어찌하지 못하는 노여움이 어머니의 말에 파고들어 있었다. 어머니는 탈진한 듯 지쳐 보였다. 말하면서 땀을 많이 흘렸다. 아마도 노여움의 힘을 총동원해서 무기력과 싸우는 중이리라. 약을 두 배로 늘린 뒤로 어머니가 다른 사람과 처음 나누는 대화였다.

"철자법이 다는 아니잖아요." 아고스티가 말했다. 어머니가 자기를 두고 얘기한다고 느껴져서 한 말일 수도 있었다. 혹은 어머니를 진정시키기 위한 말이었을지도 모른다.

"뭐가 또 있는데? 그보다 더 중요한 건 없지. 네가 편지를 제대로 쓰지 못한다면 아무것도 할 수 없단다. 그럼 뭔가가 없는 셈이지. 그래, 말하자면 팔 하나가 없는 셈이야."

"어머니가 토지국에 수없이 편지를 써서 무슨 소용이 있었는데요?" 쉬잔이 물었다. "다 쓸데없었죠. 그 작자한텐 어머니가 보낸 수많은 편지보다 오빠가 공중에 대고 쏜 총 한 발이 훨씬 효과가 있었잖아요."

어머니는 아고스티와 쉬잔의 말을 받아들이지 않았다. 철자법을 둘러싼 대화가 이어질수록 어머니는 두 아이를 설득할 근거를 찾아내지 못해서 점점 더 절망했다.

"내 말을 제대로 이해하지 못하는구나. 공중에 총을 쏘는 건 누구나 할 수 있는 일이지만 개자식들로부터 스스로를 지키려면 다른 게 필요하단다. 너희가 그걸 이해했을 때쯤이면 이미 늦겠지. 결국 조제프는 개자식들한테 당하고 말 테고. 그 생각을 하면 차라리 그 애가 죽는 편이 낫다는 생각이 드는구나."

"스스로를 지키려면 뭐가 필요한데요?" 장 아고스티가 물었다. "캄 토지국 관리들한테 맞서서 뭘 해야 하죠?"

어머니가 시트 밖으로 손을 뻗어 침대를 두드렸다.

"그야 모르지. 하지만 분명 할 일이 있고, 조만간 그럴 때가 올 거다. 거기 있는 작자들을 죽여 버릴 수 있을 거라고. 그것만이 날 기쁘게 할 수 있지. 그것 말곤 아무것도 없단다. 이젠 조제프도 아니다. 그래, 그걸 보기 위해서라면 벌떡 일어설 것 같구나."

어머니는 잠시 말없이 가만히 있다가 크게 뜬 두 눈을 반짝이며 몸을 일으켜 앉았다.

"너도 알잖니. 난 이 불하지를 사기 위해 십오 년 동안 일했단다. 십오 년 동안 불하지 생각만 했지. 재혼할 수도 있었지만 아이들에게 남겨 줘야 할 불하지에서 마음이 멀어질까 봐 포기했는데. 그런데 지금 내 꼴이 어떤지 보렴. 네가 잘 봐 두고 절대 잊지 않으면 좋겠구나."

어머니는 눈을 감고 힘이 다 빠져서 베개에 몸을 기댔다. 남편이 입던 오래된 셔츠 차림이었다. 목에는 다이아몬드는 없이 창고 열쇠만 걸려 있었다. 어차피 이제 아무런 의미가 없었다. 지금 어머니는 누가 와서 훔쳐 가도 넋 놓고 있을 것이다.

"조제프 말이 옳았다는 생각이 드는구나. 점점 확실히 알겠어. 그리고 내가 지금 침대에 누워 있는 건 조제프 때문이 아니란다. 아파서도 아니고. 그런 게 아니야."

"그럼 뭣 때문인데요?" 쉬잔이 물었다. "뭐 때문이죠? 말해봐요."

어머니의 얼굴에 주름이 잡혔다. 이제 아고스티 앞에서 울기 시작하려는 걸까.

"모르겠다." 어머니가 어린애 같은 목소리로 말했다. "그냥 침대에 누워 있으니 좋구나."

어머니가 아고스티 앞에서 울지 않으려고 참는 기색이 역력했다.

"내가 일어나면 더 뭘 할 수 있겠니. 이제 누구를 위해서든 아무것도 할 수 있는 게 없지."

어머니는 두 손을 들어 올렸다. 하지만 그 손은 곧 무력감과 격한 노여움의 몸짓으로 침대 위에 떨어졌다.

"위쪽에선 다들 파인애플을 심었어요." 잠시 후 쉬잔이 말했다. "잘 팔린대요. 괜찮을 것 같아요."

어머니가 고개를 뒤로 젖혔지만 참으려 애써도 눈물이 흐르기 시작했다. 쓰러지지 않도록 어머니를 붙잡으려는 듯 아고스티가 앞으로 다가갔다.

"거긴, 그 땅은 마른땅이잖니." 어머니가 울면서 말했다. "이쪽엔 파인애플도 못 심어."

어느 길로 다가가든 결국 어머니의 가장 고통스럽고 생생한 곳을 건드렸다. 이제 더는 어머니에게 아무 얘기도 할 수 없었다. 그동안의 실패들은 엉킨 그물처럼 전부 연결되어 있었다. 너무도 긴밀하게 이어져 어느 하나를 건들면 무조건 다른 것이 다 따라왔고, 매번 어머니를 절망에 빠뜨렸다.

"그리고 내가 뭘 위해 바나나를 심겠니? 누굴 위해서?"

아고스티가 일어서서 가까이 다가가더니 어머니의 머리맡에 한동안 서 있었다. 어머니도 가만히 있었다.

"이제 가야겠어요." 아고스티가 말했다. "다이아 판 돈 가져왔어요."

어머니가 시뻘겋게 달아오른 얼굴로 단숨에 몸을 일으켰다. 장 아고스티는 말아서 핀으로 꽂은 1000프랑짜리 지폐 뭉치를 주머니에서 꺼내 어머니에게 건넸다. 어머니는 기계적으로 받아 들었고, 그렇게 돈뭉치가 반쯤 벌어진 어머니의 손바닥에 놓였다. 어머니는 고맙다는 말도 하지 않았고, 지폐에 눈길을 주지도 않았다.

"날 용서하렴." 어머니가 부드럽게 말했다. "하지만 사람들이 하는 말들은 나도 다 안단다. 파인애플 생각도 했었지. 캄의 공장에서 과일 주스를 만들려고 비싸게 산다는 것도 알고. 사람들이 나에게 해 줄 수 있는 말은 나도 이미 다 알고 있어."

"이제 가야겠어요." 아고스티가 되풀이해 말했다.

"그래, 가 봐라." 어머니가 말했다. "또 올 거지?"

아고스티가 얼굴을 찡그렸다. 아마도 그 순간 아고스티는 어머니가 지금 자기에게 어떤 대답을 기다리는지, 무슨 말을 하길 바라는지 깨달았을 것이다. 설사 아주 모호할지언정 다시 오겠다는 언질이 필요했다.

"잘 모르겠어요, 아마 올 겁니다."

어머니가 대답 없이 손을 내밀었다. 고맙다는 말도 없었다. 아고스티는 쉬잔과 함께 방을 나섰다. 그들은 방갈로 계단을 내리깠다. 이고스티는 불편해 보였다.

"어머니가 하는 말에 신경 쓰지 마." 쉬잔이 말했다. "너무 지쳐서 그래."

"저기 길 끝나는 데까지 같이 가자."

아고스티는 여전히 거북해 보였다. 쉬잔과 같이 걷고 있지만 머릿속으로는 딴생각을 하고 있었다. 아까 오후에는 전혀 달랐는데. 분명 그녀를 주의 깊게 바라보면서 이렇게 말했다. "이대로의 네가 좋아." 쉬잔이 길 중간에 걸음을 멈췄다.

"저기까지 안 갈래, 그냥 들어갈래."

놀란 아고스티가 걸음을 멈췄다. 이어 미소를 짓고는 쉬잔을 껴안았다. 쉬잔은 아무런 표정 없이 가만히 있었다. 그녀가 지금 아고스티에게 해야 하는 말은 정확한 단어로 전하기 힘든 말이었다. 이제껏 이런 식의 노력은 해 본 적이 없었다. 그러니까 가진 힘을 다 동원해서 쉬잔은 아고스티가 지금 자기를 안고 있다는 느낌을 느끼지 못하게 막아야 했다.

"겁먹지 않아도 돼." 마침내 쉬잔이 말했다.

"무슨 소리야?" 아고스티가 쉬잔을 안고 있던 팔을 쭉 펴고 얼굴을 마주 보며 물었다.

"난 너 같은 남자하고 결혼할 생각 없어. 맹세해. 이 얘기 다신 할 일 없을 거야. 앞으로 어머니가 뭐라고 말하든지 신경 쓰지 마. 맹세하는데, 절대로 결혼 안 해."

아고스티는 야릇한 표정으로 쉬잔을 바라보았다. 그러다가 긴장을 풀며 웃음을 터뜨렸다.

"내가 보기에 너도 조제프만큼 제정신이 아니야. 왜 나와 결혼 안 한다는 건데?"

"내가 원하는 건 떠나는 거야."

아고스티가 진지해졌다. 조금 당황한 표정이었다.

"나도 너하고 결혼할 생각 한 적 없어."

"알아." 쉬잔이 말했다.

"어쩌면 나 다시 안 올지도 몰라." 장 아고스티가 말했다.

"잘 가."

아고스티가 멀어지다가 되돌아와서 쉬잔을 다시 붙잡았다.

"정말 아까 오후에 숲에서도 나와 살 수 있다는 생각을 한 번도 안 했어?"

"응. 숲에서도 안 했어."

"단 일 분도?"

"같이 산다고? 절대 아니야. 조 씨하고 사는 것만큼도 생각 안 했어."

"그자하곤 왜 안 잤는데?"

"그 사람 얼굴 못 봤어?"

아고스티가 웃었고, 쉬잔 역시 고요한 안도감이 가득한 얼굴로 웃기 시작했다.

"그건 그래! 람에서 그자가 너하고 나타나면 다들 웃겨 죽는 줄 알았지. 키스도 안 했어?"

"한 번도 안 했어. 조제프도 안 믿을 테지만."

"그래도 좀 심하네."

고요한 승리였다. 승리를 흐트러뜨리는 주름 하나 없었다. 아고스티가 다정하게 쉬잔의 팔을 잡았다.

"나하고여서 기뻐. 하지만 내 생각에 넌 조제프 못지않게 제정신이 아니야. 이제 난 안 오는 게 낫겠어."

쉬잔이 멀어졌고, 이번에는 아고스티가 붙잡지 않았다.

쉬잔은 조용히 어머니의 방으로 들어갔다. 어머니는 잠들지 않았다. 방에 들어서는 쉬잔을 반짝이는 눈으로 말없이 쳐다보았다. 가슴에 얹은 한쪽 손에는 여전히 아고스티가 놓고 간 1000프랑짜리 지폐 뭉치가 놓여 있었다. 세어 보지도 않은 듯했다. 아마도 지금 저 돈으로 무엇을 할지 생각하고 있을 것이다.

"괜찮아요?" 쉬잔이 물었다.

"괜찮아." 어머니가 힘없이 대답했다. "아고스티네 아들이 제법 괜찮구나."

"그만 자요. 그래 봤자 똑같아요."

"넌 참 까다롭구나. 조제프가 말한 건⋯⋯."

"걱정 말아요." 쉬잔이 말했다.

쉬잔이 어머니에게서 물러나 아세틸렌등을 들었다.

"어디 가니?"

쉬잔은 등을 들고 다시 어머니 쪽으로 갔다.

"오빠 방에서 잘래요. 안 될 거 없잖아요."

어머니가 눈을 떨구더니 얼굴이 다시 벌게졌다.

"맞다, 안 될 것 없지. 걘 떠나고 없으니까."

쉬잔은 조제프의 방으로 들어갔다. 아직 잠들지 않은, 여전히 손에 1000프랑짜리 지폐 뭉치를 든 어머니를 어둠 속에 혼자 남겨 두었다.

어머니의 힘없이 늘어진 어리석은 손 안에 더는 소용없는 돈이 놓여 있었다.

조제프의 방은 주인이 떠나던 날에 남겨진 그대로였다. 침대 옆 탁자에는 조제프가 회수해 놓고 급히 떠나느라 다시 총알을 장전하지 못한 빈 탄창들이 놓여 있었다. 반 정도 남은 담뱃갑도 놓고 갔다. 침대는 흐트러지고, 시트에 여전히 조제프가 누웠던 흔적이 남아 있었다. 벽에 걸린 사냥총들도 모두 그대로였다. 쉬잔은 시트를 잡고 흔들어 지붕에서 떨어진 벌레들을 떨어트렸다. 그리고 조심스레 시트를 다시 펴고는 옷을 벗은 뒤 자리에 누웠다. 조제프가 있으면 아고스티와 잤다고 말해 줄 텐데. 하지만 조제프는 없고, 그 얘기를 들어 줄 사람이 없었다. 쉬잔은 장 아고스티의 몸짓을 몇 번이고 하나하나 상세히 되짚어 보았다. 그 몸짓은 마음속에 매번 같은 동요와 안도감을 자아냈다. 쉬잔은 평온함을 느꼈다. 이제껏 몰랐던 것들을 새로 알게 된 평온이었다.

어느 날 오후에 쉬잔이 나가고 없을 때 어머니가 마지막 발작을 일으켰다.

　쉬잔과 숲에 갔던 날 결심한 것과 달리 아고스티는 이튿날 다시 찾아왔다. "안 올 수가 없었어." 그 이후에도 매일 낮잠 시간에 르노를 몰고 찾아왔다. 어머니를 보러 방갈로에 올라가지는 않았다. 와서는 쉬잔을 데리고 람의 회관에 빌려 놓은 방으로 갔다. 어머니도 알고 있었다. 쉬잔에게 좋은 일이라고 생각했다. 어머니의 생각은 틀리지 않았다. 파인애플밭에 함께 간 날과 어머니의 죽음 사이 그 일주일 동안 마침내 쉬잔은 사냥꾼들의 차를 향한 어리석은 기다림을, 그 헛된 꿈을 버렸다.

　어머니는 쉬잔에게 곁에 붙어 있지 않아도 된다고, 알아서

약을 먹을 수 있으니 침대 옆 의자에 가져다 놓기만 하라고
했다. 그래 놓고 아마도 시간 맞춰 약을 먹지 않았을 것이다.
결국 쉬잔이 어머니를 혼자 둔 것이 죽음을 앞당겼을 수도 있
다. 그럴지도 모른다. 하지만 어머니의 죽음은 너무 오래전부
터 준비되어 왔고, 어머니 스스로 죽음에 대해 너무 자주 말
했기에 며칠 빨라졌다 한들 그리 중요하지는 않았다.

저녁에 람에서 돌아오던 쉬잔과 아고스티는 하사가 비포장
도로에 서서 빨리 오라고 손짓하는 것을 보았다.

이미 심한 경련을 동반한 발작이 일어났고, 그 뒤로는 한
번씩 움찔하기만 했다. 어머니의 얼굴과 팔 곳곳에 보라색 반
점이 보였다. 어머니는 숨을 쉬지 못했고, 목구멍에서 알아들
을 수 없는 비명이 저절로 새어 나오곤 했다. 모든 것을 향한,
자기 자신을 향한 분노와 증오의 외침이었다.

어머니의 상태를 확인한 아고스티는 조제프에게, 그러니까
상트랄 호텔에 전화를 걸기 위해 곧장 르노를 몰아 람으로 갔
다. 쉬잔은 이번만큼은 아무런 희망도 내비치지 않는 하사와
함께 어머니 곁에 머물렀다.

어머니는 움찔거림도 사라지고 의식 없이, 움직임 없이 가
만히 누워 있었다. 간신히 숨만 붙은 혼수상태의 얼굴은 점점
이상해졌다. 얼굴이 이상한, 비인간적인 피로감, 그리고 그에
못지않게 이상하고 비인간적인 기쁨 사이에 찢겼다. 그러다가
마지막 숨을 거두기 직전에는 기쁨과 피로가 모두 사라졌다.
어머니의 얼굴은 더 이상 고독을 드러내지 않았고, 세상을 향
해 무언가 말하는 것 같았다. 그 얼굴 위에 보일 듯 말 듯 희

미하게 빈정거림이 나타났다. 내가 이겼어. 다 이겼어. 캄 토지국의 관리부터 지금 날 쳐다보고 있는 저 아이, 내 딸까지 다이겼어. 이런 말이었을까. 혹은 그동안 믿었던 모든 것, 어처구니없는 일들을 벌이느라 바쳤던 자신의 진지함에 대한 조롱이었을까.

어머니는 아고스티가 돌아온 뒤 얼마 지나지 않아 숨을 거두었다. 쉬잔은 어머니의 몸 위로 웅크리고 있었고, 그렇게 몇 시간 동안 같이 죽고 싶었다. 너무도 열렬히 죽고 싶었다. 아고스티도, 아직 기억이 너무나 가까이 있는 그와 나누었던 쾌락도 쉬잔이 마지막으로 한 번 더 유년기의 혼란스럽고 비극적인 무절제로 돌아가는 것을 막지 못했다. 새벽이 되어서야 아고스티가 쉬잔을 어머니의 침대에서 억지로 끌어내 조제프의 침대에 눕혔다. 아고스티도 곁에 누웠다. 그리고 잠들 때까지 품에 안아 주었다. 쉬잔이 잠드는 동안에 아고스티는 그녀가 조제프를 따라 떠나게 두지 못할 것 같다고, 그녀를 사랑하게 되었다고 말했다.

쉬잔을 깨운 것은 8기통 들라주의 클랙슨 소리였다. 쉬잔이 베란다로 달려 나갔다. 조제프가 차에서 내렸다. 조제프는 혼자 오지 않았다. 여자가 따라 왔다. 조제프가 쉬잔에게 손짓했고, 쉬잔이 달려갔다. 쉬잔이 좀 더 가까이 왔을 때 조제프는 알아챘다. 어머니는 이미 숨을 거두었다. 너무 늦게 왔다. 조제프는 쉬잔을 밀치고 방갈로로 달려갔다.

쉬잔도 따라 들어갔다. 조제프는 침대 위 어머니의 시신에 고개를 묻고 있었다. 쉬잔은 조제프가 아주 어릴 때부터 우는 것을 보지 못했다. 조제프는 이따금 고개를 들어 끔찍한 애정이 담긴 표정으로 어머니를 바라보았다. 그리고 어머니를 불렀다. 어머니에게 입을 맞추었다. 하지만 감긴 어머니의 두 눈에는 물처럼 깊은 보랏빛 그림자가 가득했다. 닫힌 입에는 아득한 현기증을 일으킬 듯한 침묵뿐이었다. 손은 얼굴보다 더했다. 포개진 두 손은 이미 끔찍할 정도로 무용한 물체가 되어 어머니가 살아오면서 바쳤던 열정이 얼마나 헛되었는지 소리치고 있었다.

쉬잔은 방에서 나왔다. 아고스티가 조제프의 여자와 함께 거실에서 기다리고 있었다. 울어서 두 눈이 충혈된 여자는 쉬잔이 방을 나설 때 멈칫하며 뒤로 물러섰다가 곧 안도한 것 같았다. 조제프가 나오는 줄 알고, 나와서 자기를 비난할까 봐 두려웠던 것이다.

아고스티 역시 단호하고 참을성 있게 무언가를 기다렸다. 조제프를, 그에게 쉬잔 얘기를 할 순간을 기다렸으리라. 하지만 이제 쉬잔에게는 상관없었다. 설령 아고스티가 조제프에게 쉬잔 얘기를 한다 해도 그것은 정말로 그녀의 얘기일 수 없었다. 그녀에 대해 아고스티가 하는 말은 틀린 말일 수밖에 없었다. 물론 쉬잔은 지난 일주일 동안, 어제까지도 매일 오후에 아고스티와 사랑을 나누었다. 어머니도 알았고, 내버려 두었다. 어머니는 딸을 아고스티에게 주었다. 그와 사랑을 나누게 했다. 하지만 지금 이 순간 쉬잔은 사람들이 사랑을 나누는 세상 쪽에 있지 않았다. 물론 언젠가는 다시 할 수 있게 될 테지만 지금으로선 세상의 다른 쪽, 어머니 쪽, 임박한 미래가

너는 ~별 자리가 없는 쪽, 장 아고스티가 모든 의미를 잃고 마는 쪽에 있었다.

쉬잔은 아고스티 옆에 앉았다. 하지만 그녀에게 아고스티는 이미 조제프의 여자와 다름없이 근본적으로 낯선 존재였다.

아고스티가 일어나 부엌 장으로 가더니 연유 한 그릇을 타왔다.

"좀 먹어야 해." 아고스티가 말했다.

쉬잔은 연유를 마셨다. 맛이 썼다. 어제저녁부터 아무것도 먹지 않았지만 납처럼 무거운 무언가가 배 속에 가득 들어서 며칠 동안 안 먹어도 배고프지 않을 것 같았다.

오후 2시였다. 농부들이 고인의 명복을 빌기 위해 방갈로 주위에 모여들었다. 쉬잔은 어젯밤 장 아고스티가 자기를 안아서 조제프의 침대에 데려다줄 때 거실 문틈으로 농부들을 본 기억이 났다. 사람들이 뭘 하러 왔는지 알지 못하는 조제프의 여자는 여전히 두려움에 젖은 눈으로 방갈로 밖을 쳐다보았다.

"하사가 떠났어." 아고스티가 말했다. "람으로 가는 버스에 태워 주고 돈도 좀 줬어. 하루도 지체 없이 일자리를 찾아야 한다며 갔어."

어른들이 모여 있자 아이들까지 와서 발가벗은 채 방갈로 마당의 흙먼지 속에서 놀았다. 아이들이 뛰어다녀도 농부들은 마치 날아다니는 파리 떼를 보듯 전혀 관심이 없었다. 그들은 조제프가 방에서 나오기를 기다렸다.

여자가 더 이상 견디지 못했다.

"조제프 때문에 돌아가셨어요." 그녀가 나지막하게 말했다.

"특별히 누구 때문이 아니에요." 아고스티가 말했다. "조제프 때문이라고 말하면 안 돼요."

"본인은 그렇게 생각할 거예요. 끔찍하겠죠." 여자가 다시 말했다.

"오빠는 그렇게 생각하지 않을 거예요. 걱정 안 해도 돼요." 쉬잔이 말했다.

여자는 아주 겸손했다. 정말로 아름답고, 너무도 우아했다. 여기까지 오느라 피곤할 텐데 불안으로 일그러지기까지 한 화장도 안 한 얼굴이 더없이 아름다웠다. 조제프한테 들은 대로 눈동자 빛깔이 너무 옅어서 얼핏 보면 빛 때문에 멀어 버린 눈 같았다. 여자는 쉬지 않고 담배를 피웠고, 하염없이 방문을 쳐다보았다. 그녀의 눈길, 아니 존재 전체가 조제프를 향한 필사적인 사랑을 쏟아냈다. 이제는 그 사랑에서 빠져나올 수 없게 되었음을 그대로 드러냈다.

마침내 조제프가 방에서 나왔다. 어느 누구에게 특별히 더 눈길을 주지 않고 공평하게, 끔찍한 무력감에 젖은 똑같은 눈길로 그는 거실에서 기다리던 세 사람을 쳐다보았다. 그러고는 말없이 쉬잔 곁에 앉았다. 여자가 케이스에서 담배 한 대를 꺼내 불을 붙여 건네주었다. 조제프는 담배에 굶주린 듯 빨아들였다. 그러다 방갈로를 둘러싸고 있던 농부들을 보았다. 조제프가 일어서서 베란다로 나갔다. 쉬잔, 아고스티, 여자도 따라 나갔다.

"어머니를 보고 싶으면 보셔도 됩니다." 조제프가 말했다.

"모두 들어와서 보세요. 아이들까지 전부."

"이곳을 떠날 건가요?" 한 남자가 물었다.

"영원히 떠날 겁니다."

여자는 원주민들의 말을 몰랐다. 낯선 세계에 당황한 그녀는 조제프와 농부들을 번갈아 쳐다보았다.

"그자들이 불하지를 몰수하러 올 테니 총 하나는 남겨 둬요." 남자 하나가 다시 말했다.

"전부, 특히 총들을 모두 여러분에게 두고 가겠습니다. 만일 내가 여기 남아 있다면 나도 같이 그 일을 했을 겁니다. 하지만 이곳을 떠날 수 있는 사람은 모두 떠나야죠. 나는 떠날 수 있고, 그래서 가려고 합니다. 다만 말해 둘게요. 그 일을 할 때 잘해야 합니다. 그자들의 시신을 마지막 마을 너머 숲속에, 여러분도 아는 그곳 두 번째 빈터로 가져가요. 이틀 뒤면 아무것도 남지 않을 겁니다. 옷은 저녁에 불 피우는 생나무에 던져 버리고, 신발과 단추는 조심해야 합니다. 타고 난 재는 땅에 묻고요. 그자들이 타고 온 차는 좀 멀리 끌고 가서 냇물에 빠뜨려야 합니다. 물소들한테 둑 위로 끌고 가게 해서 좌석에 큰 돌을 채워 넣고 방조 제방 쌓을 때 파 놓은 자리에 밀어 넣어요. 두 시간 후면 바닥 진흙 속에 완전히 빠져 들어가서 아무것도 안 남겠죠. 무엇보다 들키지 않도록 조심해야 합니다. 여러분 중 단 한 사람도 고발되면 안 됩니다. 그럴 바에야 차라리 전부 같이 고발당하는 게 낫죠. 1000명이 같이 벌인 일이라면 그자들도 여러분을 어쩌지 못할 테니까요."

조제프는 어머니 방에 들어가서 비포장도로 쪽으로 난 문과 마당 쪽으로 난 문을 열었다. 농부들이 들어왔다. 아이들은 신이 나서 방갈로의 이 방 저 방을 돌아다녔다. 조제프는 여자와 쉬잔이 기다리는 거실로 왔다. 아고스티가 조제프에게 말을 꺼냈다.

"나머지 일들도 생각해야지."

조제프는 손가락을 머리카락 속에 밀어 넣었다. 맞는 말이었다. 나머지 일들도 생각해야 했다.

"오늘 밤에 캄으로 모시고 갈게. 묻어 드려야지." 조제프가 말했다. 그리고 나지막하게 덧붙였다. "내일이라도 곧."

아고스티는 어머니를 이곳에 오늘 저녁에 묻는 게 나을 거라고 말했다. 여자도 그게 낫겠다고 했다.

아고스티와 여자가 여자의 자동차를 타고 람으로 갔다. 조제프는 아고스티가 와 있다는 게 무엇을 의미하는지 이미 짐작했다. 쉬잔과 둘이 남게 된 조제프가 자기는 다시 도시로 갈 거라고, 원한다면 같이 가도 된다고 말했다. 그러면서 함께 갈지 결정해서 마지막 순간에, 그가 떠날 때 말해 달라고 했다. 이어 조제프는 자기 방으로 가서 탄창을 챙기고 벽에 걸린 총들을 꺼냈다. 그리고 거실 탁자 위에 아무렇게나 내려놓았다. 농부들이 이것들을 어떻게 숨겨 놓을지 의논하는 동안 조제프는 어머니의 침대에 걸터앉아 아직 허락된 남은 시간 동안 계속 어머니를 바라보았다.

아고스티와 여자가 람에서 돌아왔을 때는 거의 밤이 다 된 시각이었다. 자동차 지붕에 원주민들이 만든 밝은색 나무 관이 실려 있었다. 방갈로 길에 들어선 들라주가 마당까지 와서

섰다.

아고스티는 쉬잔을 다리로 데려갔다. 그는 조제프와 농부들이 어머니를 관에 넣는 동안에 쉬잔이 방갈로 안에 있게 하고 싶지 않았다. 쉬잔과 단둘이 있게 된 아고스티가 말했다.

"네가 떠나는 걸 막을 마음은 없지만 가기 전에 얼마 동안만이라도 나와 함께 지내고 싶다면……"

방갈로 쪽에서 둔탁하고 규칙적인 소리가 들렸다. 쉬잔은 아고스티에게 말하지 말라고 했다. 그리고 다시, 전날 밤처럼, 계속 울었다.

쉬잔은 방갈로로 돌아갔다. 여자가 거실에 앉아 소리 없이 울고 있었다. 쉬잔은 어머니 방으로 갔다. 의자 네 개를 가져다가 그 위에 관을 올려놓았다. 침대에는 어머니 대신 조제프가 누워 있었다. 이미 울음은 그쳤지만 고통스러운 무력감이 다시 그의 얼굴에 번졌다. 쉬잔이 들어온 것도 알아차리지 못하는 듯했다.

아고스티가 커피를 준비해서 잔 네 개에 따랐다. 그리고 조제프와 쉬잔을 불렀다. 마지막으로 아세틸렌등을 밝히는 것도 아고스티의 생각이었다. 그는 각자의 앞에 커피 잔을 내려놓았다. 그는 조제프가 어서 떠났으면 했다.

"밤이 깊어 가네." 여자가 나지막한 소리로 천천히 말했다.

조제프가 일어섰다. 긴바지 차림에 멋진 적갈색 구두를 신었고, 머리도 전보다 짧게 잘랐다. 말쑥하고 우아했다. 조제프는 여자에게 눈길을 주지 않았지만, 반대로 여자는 조제프에게서 한순간도 눈을 떼지 않았다.

"이제 떠나야겠어." 조제프가 말했다.

"쉬잔이 나와 함께 있든 다른 누군가와 있든 이젠 별로 중요하지 않아." 아고스티가 불쑥 내뱉었다.

"중요하지 않지. 그냥 결정하기만 하면 돼." 조제프가 말했다.

아고스티가 담배를 피우기 시작했다. 얼굴이 좀 창백했다.

"떠날래. 어쩔 수 없어." 쉬잔이 아고스티에게 말했다.

"난 널 붙잡을 수 없어. 나라도 너처럼 했을 거야." 결국 아고스티가 말했다.

조제프가 일어섰고, 다른 사람들도 일어났다. 여자는 차에 시동을 켜고 그 자리에서 차를 돌려 방향을 바꾸었다. 아고스티와 조제프가 관을 실었다.

밤이 이슥해졌다. 농부들은 그들이 완전히 떠나는 것을 보고 나서 집에 돌아가려고 기다리고 있었다. 아이들은 해가 사라질 때 이미 집으로 돌아갔다. 오두막에서 아이들이 재잘거리는 감미로운 소리가 들려왔다.

가난과 권태의 절망을 그리는,
침묵과 비명의 목소리

마르그리트 도나디외는 1914년에 프랑스령 인도차이나에서 태어났다. 코친차이나의 수도이던 사이공 근교, 도나디외 부부가 교육 공무원으로 일하던 자딘이었다. 어머니 마리 르그랑은 프랑스 북부 지방에서 초등 교사로 일하다가 당시 많은 프랑스 젊은이들처럼 식민지 땅에서의 새로운 삶을 꿈꾸었고, 그 꿈을 먼저 이루고 돌아온 플라비엥 옵스퀴르와 결혼했다. 신혼의 옵스퀴르 부부는 1905년에 인도차이나로 가는 배에 오르지만 꿈꾸던 식민지 생활은 오래가지 못했다. 플라비엥 옵스퀴르가 병이 나서 귀국한 뒤 몇 주 만에 사망한 것이다. 너무 짧게 끝난 행복은 훗날 『연인』에서 "맞아, 그런 이름이었지."라고 회고될 만큼 희미한 기억으로 남았다.[1] 혼자 사이공에 돌아온 옵스퀴르 부인은 아내와 사별한 뒤 두 아들을 키우던 자딘의 교장 앙리 도나디외를 만났고, 1909년에 두 번째 결혼을 했다. 그런데 두 아들 피에르와 폴이 태어나고 얼마 지나지 않아 이번에도 남편이 병이 나는 바람에 삼 년 만에 귀국해야 했다. 고향인 로테가론 지방의 뒤라스에서(아직 태어나지 않은 딸 마르그리트 도나디외는 훗날 이 지명을 필명으로 삼아 작가 마르그리트 뒤라스가 된다.) 건강을 회복한 앙리 도나디외는 식민지 생활을 청산하고 싶어 했다. 하지만 마리 도나디외는 남편을 남겨 두고 두 아들과 함께 코친차이나로 돌아갔고, 아내가 보내오는 간청의 편지들을 이기지 못한 앙리 도나디외도 곧 다시 배에 올랐다. 그리고 1914년에 딸 마르그리트가 태어났다.

이후에도 건강 문제로 가족을 데리고 두 차례 더 프랑스에 다녀와야 했던 앙리 도나디외는 1918년에 하노이 초등학교의 교장으로 발령받는다. 함께 발령받는 데 실패한 마리 도나디외는 호안끼엠 호숫가의 집을 사서 사설 학교를 운영하며 베트남 부유층 아이들을 기숙시키기도 했다. 그곳이 훗날 『물질적 삶』에 고백된, 네 살의 마르그리트가 열한 살짜리 베트남 남자아이와 함께한 성적 체험이 일어난 곳이다.[2] 1920년에 앙리 도나디외는 다시 캄보디아 프놈펜에 발령을 받고, 이번에는 마리 도나디외도 교사 자리를 얻는 데 성공한다. 그렇게 메콩 강변의 화려한 저택에서 마리 도나디외의 인생에서 가

1) 마르그리트 뒤라스, 김인환 옮김, 『연인』(민음사, 2007), 110쪽.
2) 마르그리트 뒤라스, 윤진 옮김, 「하노이」, 『물질적 삶』(민음사, 2019), 35쪽.

장 풍요롭고 편안한 생활이 시작되지만 그곳은 곧 끔찍한 기다림의 장소로 변한다. 이듬해 다시 병이 난 남편이 이번에도 본국 체류가 그리 길지 않으리라 생각하고 혼자 떠났다가 돌아오지 못한 것이다. 귀국 직후에 상태가 급격히 악화된 앙리 도나디외는 몇 달 뒤 고향 뒤라스에서 숨을 거두었고, 남편이 죽음과 싸우던 그 몇 달 동안 마리 도나디외는 귀국을 거부하고 프놈펜에 남아 불안과 싸웠다.(딸 마르그리트를 데리고 자면서 밤새도록 독백을 하기도 했다!) 그녀는 남편의 사망 전보를 받고도 의붓아들들이 장례를 치르는 동안 귀국을 거부했고, 심지어 남편의 사망증명서가 없어서 거부된 연금을 수령하기 위해 청원서들을 보내면서도 계속 버텼다.

이듬해 결국 귀국해서 상속 문제를 처리한 마리 도나디외는 더는 식민지로 돌아가고 싶지 않았지만 발령지 변경을 위한 청원이 받아들여지지 않아 다시 배에 오를 수밖에 없었다. 그리고 돌아가고 싶지 않던 프놈펜 발령을 취소시키기 위해 다시 수많은 청원서를 보낸 뒤에 마침내 메콩강 삼각주의 도시 빈롱에서 여학교 교장 자리를 얻었다. 그렇게 훗날 작가 뒤라스의 작품 세계에 큰 영향을 끼치게 되는 빈롱 생활이 시작된다.(뒤라스의 여러 작품에 등장하는 거지 여자와 안 마리 스트레테르는 이 시절에 만들어진 인물이다.) 무엇보다『태평양을 막는 제방』[3]의 소재가 된 사건, 즉 빈롱에서 600킬로미터 떨어진

---

3) 이 책 제목은 '태평양을 막는 방파제'로 통용되었는데, 방파제는 해안의 바다를 거친 난바다의 파도로부터 막기 위한 시설물이다. 이 책에서처럼 육지로 침범하는 바닷물을 막기 위한 시설물은 방조 제방 혹은 방조 벽이다.

캄보디아 프레이놉의 토지를 사들인 뒤 경작에 실패한 일 역시 빈롱 시절의 일이다. 이후 마리 도나디외가 사덱의 여자 기숙 학교 교장이 되었을 때 마르그리트는 사덱의 집과 사이공의 기숙 학교를 오가게 되고, 그때가 바로 『연인』에 이야기된 콜랑의 중국인 연인의 시기다. 1931년에 임기를 마친 마리 도나디외가 귀국하면서 마르그리트는 처음으로 프랑스 학교에 다니며 파리 생활을 맛본다. 이듬해 다시 어머니를 따라 사이공으로 떠났다가 바칼로레아를 마친 1933년에는 혼자 배에 올랐다. 마르그리트 도나디외는 그렇게 열아홉 살에 마지막으로 떠나온 고향을 그 뒤로 한 번도 다시 찾지 않았다. "나는 고향이 없다." 그녀가 한 말이다. 뒤라스에게 "자연과 기후"로 각인된 유년기의 고향은 어른이 되어 떠나올 때는 "만들어진 그곳에 두고" 와야 하는 곳이었다.4)

1933년 소르본 대학교 법학부에 입학한 마리 도나디외는 문학과 연극에 심취했고, 무엇보다 많은 남자를 만났다. 그중에서 가장 깊은 관계를 이어 간 것은 장 라그롤레였다. 부유하고 잘생긴, 그러나 훗날 뒤라스의 소설 속에 등장하는 '부영사'처럼 우울한 감수성을 지닌 라그롤레는 자신이 소개해 준 친구 로베르 앙텔므와 연인이 사랑에 빠지자 자살 소동을 벌이기도 했다. 마르그리트는 1937년에 대학교를 졸업한 뒤 식민성에 취직했고, 곧 앙텔므와 결혼했다. 그 시기에 소설을 쓰

---

4) 마르그리트 뒤라스, 윤진 옮김, 「집」, 『물질적 삶』(민음사, 2019), 75쪽.

기 시작하는데 1941년에 완성한 「타느랑 가족」이 갈리마르사의 출간 원고를 심사하던 레몽 크노에게 거절당하는 좌절을 겪게 된다. 이듬해는 더 혹독했다. 1942년 나치 치하의 파리에서 첫아이가 태어나자마자 사망했고, 일본군의 공격을 받은 사이공에서 작은 오빠 폴마저 병으로 사망했다. 품에 안아 보지도 못한 첫아들과 무덤도 없이 "공동 묘혈 속으로, 방금 전에 던져진 다른 시체들 위로"[5] 던져진 작은오빠의 죽음은 그녀의 내면에 깊은 상처를 남기게 된다. 이듬해 「타느랑 가족」이 제목을 바꾸어 플롱 출판사에서 『철면피들』로 출간되면서 마르그리트 도나디외는 작가 마르그리트 뒤라스가 된다. 곧이어 두 번째 소설 『평온한 삶』을 쓰던 시기에 뒤라스는 출판물 관리위원회 일을 하다가 만난 디오니스 마스콜로와 격정적인 사랑에 빠진다. 로베르 앙텔므 역시 연인이 있었고, 이후 네 사람은 오랫동안 사상적 동지로 함께하게 된다. 훗날 프랑스의 대통령이 되는 프랑수아 미테랑이 이끄는 레지스탕스 운동에도 같이 가담했고, 1944년 게슈타포에 체포된 앙텔므를 이듬해 전쟁이 끝난 뒤 다하우에서 데려온 것도 디오니스 마스콜로였다. 당시 거의 죽음을 앞둔 끔찍한 상태로 돌아온 앙텔므를 보며 뒤라스는 감당하기 힘든 충격을 겪었고, 아마도 그 기억 때문인지 유대인들에게 특별한 애착을 드러냈다. 뒤라스는 1947년에 "태어날 아이가 가질 성씨를 위해서"[6] 앙텔

---

5) 마르그리트 뒤라스, 윤진 옮김, 「젊은 영국인 조종사의 죽음」, 『마르그리트 뒤라스의 글』(민음사, 2019), 54쪽.
6) 마르그리트 뒤라스, 유효숙 옮김, 『고통』(열림원, 1997), 97쪽.

므와 이혼했고, 같은 해 디오니스 마스콜로와의 사이에서 그녀가 수시로 "나의 아이"라고 부르는 아들 장 마스콜로가 태어났다.

그리고 1950년 뒤라스는 몇 년간 준비해 온『태평양을 막는 제방』을 세상에 내놓는다. 이 소설은 상업적인 성공을 거두지는 못했지만 비평가들에게 찬사를 받으며 공쿠르상 후보에 오르기도 했다. 단 한 사람, 인도차이나에서 막 귀국해 중부의 소도시 옹젱에 작은 성을 마련해 정착한 어머니 마리 도나디외는 딸의 책이 사실을 왜곡했다며 격노했고, 결국 모녀는 의절하게 된다. 이후 뒤라스는『지브롤터의 선원』,『타르퀴니아의 작은 말들』을 연달아 발표했고,『태평양을 막는 제방』의 영화화 판권으로 파리 근교 노플르샤토에 본격적인 창작 활동의 둥지가 될 집도 마련했다. 그즈음 뒤라스의 삶에서 중요한 의미를 갖는 두 가지 사건이 일어났다. 우선 딸에게 침묵의 금기로 남아 있던 어머니 마리 도나디외가 세상을 떠났고, 다른 하나는 또 다른 운명의 남자 제라르 자를로의 등장이다. 뒤라스 스스로 "교수대에 오르는 심정"[7]이었다고 고백한 만남 이후 두 사람은 시나리오 등 여러 작업을 함께했고, 폭력과 술을 동반한 격정적인 사랑이 이어졌다.(평생 이어질 알코올 중독의 뿌리가 된다.) 이 시기에 나온 작품이 자를로에게 헌정된 짧은 소설『모데라토 칸타빌레』다. 전통적인 소설 양식

---

7) 마르그리트 뒤라스, 윤진 옮김, 「거짓의 남자」,『물질적 삶』(민음사, 2019), 109쪽.

을 따르던 이전 소설들과 다른 새로운 뒤라스를 알린 이 소설은 출간과 동시에 베스트셀러가 되었다. 뒤라스의 창작 활동에 깊은 흔적을 남긴 알랭 레네와의 만남도 이 시기의 일이다. 『태평양을 막는 제방』을 영화화한 르네 클레망의 「해벽(This Angry Age)」을 마음에 들어 하지 않았던 뒤라스는 자신에게 시나리오를 맡긴 알랭 레네가 영상 위에 부재와 고통을 그려 내는 방식에 공감했고, 그렇게 완성된 「히로시마 내 사랑」은 이후 그녀가 직접 만들게 될 영화들의 배아가 된다.

뒤라스는 노플르샤토의 집과 노르망디 트루빌의 바닷가에 새로 마련한 아파트를 오가며 집필 활동을 이어 갔고, 그녀의 가장 문제적 작품들로 꼽히는 『롤 베 스타인의 환희』와 『부영사』를 썼다. 그즈음 뒤라스의 글쓰기는 소설을 넘어 연극과 영화로 확장된다. 연극에서는 소설 『부영사』를 각색한 「인디아 송」, 『태평양을 막는 제방』을 각색한 「에덴 시네마」가 보여 주 듯 배우들의 연기나 동작 대신 목소리만으로 텍스트를 끌어 내는 새로운 방식을 시도했고, 「라 뮈지카」를 시작으로 직접 영화를 만들면서 「나탈리 그랑제」, 「갠지스강의 여인」, 「인디아 송」, 「트럭」, 「카이사레아」, 「오렐리아 스테네르」 등 서사에 의존하지 않는 실험적 영화를 추구했다.

뒤라스의 삶에 찾아온 또 한 번의 전기는 유명한 '1980년 여름'이다. 글을 쓰면서 늘 술을 마시던 뒤라스는 1975년경부터 알코올 중독 증세를 보였고, 1980년 초에 결국 병원으로 실려 갔다. 한 달여 만에 퇴원한 그녀는 오 년 전 노르망디 캉에서 열린 영화 「인디아 송」 상영회에서 만난 뒤 계속 편지를 보내오던 얀 르메에게(그는 『타르퀴니아의 작은 말들』을 읽고 뒤라스에게 매료된 대학생이었다.) "아직까지 살고 있는 게 얼마나 힘겨운 일인지"[8] 말하기 위해 처음 답장을 보냈다. 그리고 그해 여름 스물여덟 살의 동성애자 얀 르메는 뒤라스가 직접 지어 준 얀 앙드레아라는 이름으로 일흔 살의 뒤라스의 삶에 들어왔다. 이후 뒤라스는 마지막까지 그와 함께하며 작품 활동을 이어 갔다. 남매간의 근친상간적 욕망을 다룬 「아가타」와 한 어머니가 죽은 딸의 기억을 더듬어 가며 젊은 여자와 주고받는 대화로 이루어진 「사바나 베이」 같은 연극, 「아가타」를 다시 영화화한 「아가타와 무한의 독서」, 긴 암전이 등장하는 「대서양의 남자」 같은 영화, 그리고 빈롱 시절을 회고한 『연인』, 강제 수용소에 끌려간 앙텔므를 기다리던 시간을 회고한 『고통』, 얀 앙드레아와의 '불가능한' 사랑을 그려 낸 소설 『파란 눈 검은 머리』 등이다. 사실 뒤라스는 한 이야기를 소설, 연극, 영화로 여러 번 다시 썼다. 소설을 쓰면서 그 이야기를 연극으로 만들려면 어떤 무대와 배우의 어떤 동작이 필요한지, 또한 영화로 찍으려면 어떤 화면이 필요한지 미리 그려 보기도 했다.(소설 『죽음의 병』 뒤에는 그런 내용의 글이 붙어 있다.) 뒤라스에게 소설과 영화, 연극은 구별되는 세계가 아니라 같은 '글쓰기'가 발현되는 공통의 영역이었다.

---

8) 마르그리트 뒤라스, 윤진 옮김, 「나비르 나이트의 목소리」, 『물질적 삶』(민음사, 2019), 160쪽.

죽음을 앞둔 마지막까지 글쓰기를 이어 간 뒤라스는 말년에 삶과 책을 둘러싼 일상의 내면을 고백한 에세이『물질적 삶』,『연인』을 영화적 이미지로 다시 쓴[9] 소설『북중국의 연인』, 얀 앙드레아를 '스테네르'라는 허구의 이름으로 등장시킨 자전적 소설『얀 앙드레아 스테네르』, 죽음을 앞둔 작가에게 글이 무엇이었는지, 보다 정확하게는 글을 '쓰다'라는 행위가 무엇이었는지 들려준 에세이『마르그리트 뒤라스의 글』, 얀 앙드레아와 주고받는 대화 형식으로 삶과 문학을 이야기한『이게 다예요』등을 남겼다. 그렇게 마지막까지 병마와 싸우며, 술과 씨름하며, 남자를 사랑하며 책을 쓴 뒤라스의 말년에 가장 큰 반향을 일으킨 것은 아무래도 칠십 대의 작가가 십 대 후반 그리고 삼십 대 초반의 자기 삶을 가림막 없이 고백한 두 권의 책『연인』과『고통』일 것이다.『연인』의 대담한 고백은 출간 전에 성공을 어느 정도 낙관한 미뉘 출판사의 예측을 뛰어넘어 한 달 만에 10만 부가 넘게 팔리는 베스트셀러가 되었고, 그해의 공쿠르상까지 차지하며 뒤라스에게 세계적인 명성을 안겨 주었다.『고통』의 출간은 다른 결과를 불러왔다. 오래전에『태평양을 막는 제방』에 담긴 허구화된 자전적 고백만으로도 분노했던 어머니가 이미 세상을 떠나 '중국인 연인'에 관한 일인칭의 고백을 읽을 수 없었던 것과 달리 나치에 끌려간 앙텔므를 기다리던 시간과 파리로 돌아온 그가 생사의 기로

---

9) 이 소설을 더 유명하게 만든 장자크 아노의 영화가 제작될 동안 알코올 중독 치료 때문에 참여할 수 없었던 뒤라스는 완성된 영화를 역시나 마음에 들어 하지 않았다.

를 헤매던 시간을 회고한 『고통』은 앙텔므의 분노를 불러왔다. 자신의 내밀한 기억이 대중에게 공개된 것을 받아들이지 못한 로베르 앙텔므는 이혼 이후에도 오랫동안 동지이자 동료로 지내 온 뒤라스와 결별을 선언했고, 뒤라스는 1990년 먼저 세상을 떠난 로베르의 장례식에도 끝내 참석하지 않았다. 그리고 1996년 파리의 아파트에서 얀 앙드레아의 손을 잡고 숨을 거둔 여든두 살의 뒤라스가 안장되던 날 몽파르나스 묘지에 짧고, 강렬하고, 거센 소나기가 쏟아졌다.

* * *

『태평양을 막는 제방』의 지리적 배경은 이야기 속에 주어진 대로 한쪽에는 "왠지 촌스러운 남중국해라는 이름 대신 어머니가 고집스레 태평양이라고 부르는 바다가 있고, 반대로 동쪽에는 산맥이, 아시아 내륙의 고원 지대에서 시작하여 해안의 곡선을 따라 시암만으로 들어갔다가 다시 나와 수많은 섬들, 점점 더 작아지는, 하지만 하나같이 짙은 열대의 숲으로 덮인 섬들까지 이어지는 산맥으로 막힌" 곳이다. 그곳은 당시 식민지 주둔군의 해군 기지와 보충대가 있던 레암과 코친차이나의 수도 사이공으로 이어진 도시 캄포트 사이의 프레이놉 지역이다.(소설 속에서 레암, 캄포트, 프레이놉은 람, 캄, 방테로 바뀌고, 사이공은 이름 없이 '도시'로만 지칭된다.) 이전의 두 소설 『철면피들』과 『평온한 삶』이 이미 애증으로 뒤엉킨 가족이 겪는 가난, 앞날의 기대가 사라진 권태라는 동일한 주제를 그리고 있기만 『태평양을 막는 제방』에서는 그 모든 이야기가 작가의 유년기의 장소 인도차이나로 옮겨진다. 뒤라스는 생전에 마지막으로 출간된 일종의 문학적 유서라 할 수 있을 『이게 다예요』에서 지금껏 쓴 책 중에 어떤 책이 제일 좋으냐고 묻는 얀 앙드레아에게 『태평양을 막는 제방』을 꼽았다. 그리고 덧붙였다. "어린 시절."[10] 『태평양을 막는 제방』은 삼십사 년 뒤 세상에 내놓게 될 『연인』과 같은 뿌리를 가진다. 한 권에서는 캄보디아의 평야에서 살아가는 쉬잔의 이야기가 삼인칭의 허구로 주어지고 또 한 권에서는 사이공 기숙 학교에 다니는 마르그리트의 이야기가 일인칭의 직접적인 고백으로 주어지지만 두 작품은 하나의 이야기다. 쉬잔은 마르그리트이고, 쉬잔의 오빠 조제프 속에는 거칠고 세상에 대해 공격적이던 마르그리트의 큰오빠 피에르, 프레이놉의 방갈로에서 함께 「라모나」를 듣던 작은오빠 폴이 동시에 들어 있다. 그리고 발작적으로 쉬잔을 때리던 어머니는 광기에 휩싸여 딸을 때리던 도나디외 부인이다. 두 남편의 죽음을 겪었고, 평생 교사였던 자신의 자부심을 깎아내리는 아들들을 안타깝게 지켜보았고, 돈을 벌기 위한 거의 모든 시도에 실패했고, 자신의 뜻이 가로막힐 때마다 수많은 탄원서를 썼던, 그러나 거지 여인을 받아 주던, 가난한 아이들을 돌보던 마리 도나디외는 『태평양을 막는 제방』의 어머니에 그대로 살아 있다.

뒤라스는 『태평양을 막는 제방』과 『연인』에 대해 이렇게 말

---

10) 마르그리트 뒤라스, 고종석 옮김, 『이게 다예요』(문학동네, 1996), 11쪽.

했다. "위장을 했고, 개인적인 몇 가지 사실을 다르게 바꾸어 놓았다. 독자의 호기심을 덜 자극하고, 그럼으로써 독자가 읽어 주었으면 하고 내가 바라는 이야기에서 독자가 멀어지지 않게 했다. 첫 이야기, 사라진 그 이야기에 모든 것이 들어 있었다. 『연인』이 나올 때까지 계속 그랬다."[11] 물론 자전적 글쓰기의 차원에서 보자면 뒤라스가 자신이 겪은 식민지의 모순과 가난을 실제보다 훨씬 극화한 게 사실이다.[12] 한편으로는 어머니의 광기 어린 집착에 나름의 의미를 부여하기 위해서였을 테고, 또한 자신이 유년기에 목격한 식민지의 현실을 세상에 알리고 싶었을 것이다. 실제로 『태평양을 막는 제방』에 그려진 식민지의 현실은 그 식민지가 주는 부를 너무도 당연하게 국가적 자부심으로 받아들이던 당시의 프랑스 독자들에게 큰 충격을 안겼다. 식민지의 폐해를 전하는 목소리가 그 땅의 원래 주인들이 아니라 새 주인이 되는 데 실패한 백인들의 것이라는 사실이 식민주의의 고발로서 이 작품이 갖는 한계일수 있겠지만, 어쩌면 실패한 욕망이 담긴 그런 목소리가 인도차이나가 한창 독립 전쟁 중이던 1950년에 이른바 '본토'의 독자들이 떠안아야 했던 불편함 혹은 막연한 죄책감을 더 날카롭게 만들었을지도 모른다.

그리고 조 씨라는 인물을 둘러싼 또 다른 중요한 위장이 있

---

11) 마르그리트 뒤라스, 윤진 옮김, 「책」, 『물질적 삶』(민음사, 2019), 99쪽.
12) 뒤라스의 가족은 실제로는 그 정도로 가난하지 않았고 소설의 내용과 달리 프레이놉의 땅도 토지국 관리의 조직적인 기만행위가 아니라 도나디외 부인이 개인 간의 거래에서 속아 잘못 샀다.

다. 『연인』의 중국인 여인이 십 대의 마르그리트에게 관능의
세계를 알게 해 준 아름답고 섬세한 남자인 것과 달리 『태평
양을 막는 제방』의 조 씨는 못생기고 혐오스러운 남자이고 쉬
잔의 벗은 몸을 구걸해서 한 번 보는 게 전부였다. 무엇보다
조 씨는 콜랑의 연인과 달리 아시아인으로 그려지지 않았다.
정확히 말하면 "식민지에서 일확천금에 성공한 전형적인 투기
꾼의 외아들"로 소개된 조 씨가 사이공의 '백인 도시'의 일원
이라는 간접적인 정황 외에는 분명히 백인이라고 단정 짓게
하는 구절도 나오지 않는다. 오히려 그가 어머니에게 고개 숙
여 인사하는 대목처럼 간접적으로 아시아인를 떠올리게 하는
대목들도 있다. 어쨌든 1950년의 독자들이 자연스럽게 조 씨
를 백인으로 받아들인 것과 달리,[13] 어머니가 살아 있는 동안
꼭 필요했을 위장을 깨뜨린 『연인』을 읽고 난 독자들의 눈에
는 조 씨가 더 이상 전과 같을 수 없다.

　『태평양을 막는 제방』은 캄 평야의 불하지에서 살아가는
가족의 이야기로 그곳에서 1920년대의 어느 때,[14] 방갈로에

---

13) 『태평양을 막는 제방』을 처음 영화화한 르네 클레망의 「해벽」에서 조 씨
는 미카엘이라는 이름을 가진 백인으로 각색된다. 이후 2008년에 제작된
리티 판의 영화 「더 시 월(The Sea Wall)」에서는 중국계 캄보디아인으로 등
장한다.
14) 시간적인 지표로 분명하게 주어진 것은 어머니가 프랑스 북부의 어느
마을에서 교사로 일하던 1899년이 전부다. 이후 이십여 년의 기간(결혼 후
첫 두 해에 두 아이가 태어나고, 남편이 죽은 뒤 이 년간 개인 교습을 하고,
십 년 동안 에덴 시네마에서 일하고, 이 년 동안 기다려서 불하받은 땅에

서 이른바 '운송업'을 가능하게 해 주던 말이 죽은 날부터 역시 방갈로에서 어머니가 죽는 날까지의 시간을 그린다. 이 가족을 이끌어 온 어머니는 너무 많은 불행을 겪느라 병이 났고, 미래가 없는 어머니는 이름도 없이 늘 '어머니'라고만 불린다.[15] 어머니는 지금껏 식민지를 지배하는 은행-토지국과 싸워 왔고, 그런 사회적 힘과 달리 탄원서조차 보낼 수 없는 진짜 힘, 태평양과도 싸웠다. 그리고 졌다. 우기가 되면 밀려들어 소금기로 땅을 말려 버리는 태평양은 새로운 삶을 위해 멀리 떠나온 어머니의 꿈이자 동시에 방조 제방으로 구현되는 모든 노력을 "단순하고 가차 없는 공격"으로 무너뜨리는 자연의 힘이며, 남중국해 혹은 시암만이라고 불러야 할 그 바다를 태평양이라고 부르게 만드는 어머니의 망상의 상징이다. 불행 때문에 "주변을 집어삼키는 괴물"이 된 어머니는 자식들에게 "정신 나간 늙은 여자"이고 고함, 눈물, 잠만이 도피처다. 자식들은 그런 어머니에게 진저리 치고, 그런 어머니를 사랑해서 떠나지 못한다. 이 기이한 가족은 공동의 적 앞에서는 서로 뭉쳐 강력한 한편이 되고, 그럴 때 가장 큰 무기는 광기에 가까운 웃음이다. 이들은 수시로, 갑자기, 웃음을 터뜨린다. 하지만 그렇게 버티는 일이 너무 고단하고 싫증 나면 서로 물어뜯고 서로를 삼킨다. 이들의 불행의 근원은 가난이다. 물론 그 가난

온 지 육 년째다.)을 꼽아 보면 1920년대로 추정할 수 있다.

15) 『태평양을 막는 제방』을 연극으로 다시 쓴 「에덴 시네마」에서 어머니는 자신의 지난 삶에 대해 이야기하는 쉬잔, 조제프, 하사, 조 씨에 둘러싸인 가운데 낮은 곳에 거의 말없이 앉아 있는 모습으로 형상화된다.

은 평야의 농부들, 특히 아이들, 또한 미병대 인부 경력 때문에 '하사'라고만 불리는 방갈로의 유일한 하인이 상징하는 절대적인 가난과는 다르다. 그들의 가난은 정확히 말하면 부자가 되겠다는 꿈을 이루지 못해 가난해진 사람들의 상대적 가난이다.

방갈로의 가족은 가난한, 정확히는 가난해진, 그래서 뻔뻔해진 사람들이다.(뒤라스가 제일 처음 쓴 소설의 제목이 '철면피들'임을 기억하자.) 이들의 뻔뻔함은 아들 조제프에게는 늘 위압적인 공격성으로 나타난다. 그 공격성은 어머니를, 정확히는 어머니의 고통을 향한 증오의 다른 면인 죄의식에서 나온다. 조제프는 "사냥에서 돌아올 때, 도시에 다녀올 때, 여자와 자고 났을 때", 한마디로 삶의 즐거움을 누릴 때마다 자기 자신에 대한 혐오에 휩싸인다. 하지만 그런 조제프가 쉬잔에게는 숨 쉴 수 있게 해 주는 유일한 존재다. 산에서 내려와 바다로 흘러드는 냇물은 쉬잔이 어머니를 피해 조제프와 있을 수 있는 유일한 도피처다. 쉬잔은 오빠 조제프의 말과 행동을 따라 하고, 늘 그를, 정확히는 그만 바라보고 있다. 조 씨를 거부한 쉬잔이 아고스티에게는 자신을 허락한 것은 그가 조제프처럼 평야의 남자이고 또 조제프를 닮았기 때문이다. 특히 조제프와 잤던 카르멘이 옷 벗는 모습을 쳐다보는 장면에서 쉬잔은 카르멘에게 자신을 투영하여 질투를 느끼기보다는 오히려 조제프의 자리에 서며, 자주 언급된 뒤라스와 작은오빠 폴 사이의 근친상간의 욕망을 넘어서는 동일시의 감정을 엿보게 한다. 외부인의 눈에 쉬잔은 낯선, 알 수 없는 소녀다. 가족 외에 그녀를 가장 가까이서 이해한 아고스티의 눈에도 "제정신이 아닌" 여자이고, 오로지 그녀를 성적 대상으로 갈망할 뿐인 조 씨의 눈에는 부도덕한 인간이다. 하지만 쉬잔에게는 "세상에 자기를 바치려는 순간"에 축음기를 들먹이며 "매음"을 강요한 조 씨가 오히려 부도덕하다. 쉬잔은 어머니와 오빠의 불행을 감내하느라 자기 자신을 감내할 자리가 남지 않았고, 그래서 뻔뻔해졌을 뿐이다. 조 씨에게 축음기와 다이아몬드를 받으면서도 쉬잔은 그 행위가 갖는 도덕적 의미보다 오빠가 누릴 즐거움을 떠올리고, 그래서 당당하다.[16) 조제프 없이 남겨진 쉬잔이 스스로를 감내할 수 있는 곳은 바깥세상으로 이어진 비포장도로 옆, 그리고 극장이 마련해 주는 "인위적이고 민주적인 밤"뿐이다. 쉬잔은 비포장도로를 보며 자신을 평야 밖으로 데려가 줄 사람을 기다리고 극장 안에서 스크린에 펼쳐지는 사랑이 자신의 일이 되길 기다리지만, 사실상 그녀가 기다리는 것은 어머니의 죽음이다.

뒤라스의 소설 세계에서 『태평양을 막는 제방』은 작가 특유의 글쓰기가 정립되기 이전의 작품으로 분류되었고, 실제로 소설의 글쓰기 자체에 대한 관심보다는 자전적 소설로서의 특성과 식민주의에 대한 비판이라는 관점에서 많이 다루어져 왔다. 사실 뒤라스의 소설 중에서 예외적으로 긴 분량으

---

16) 뒤라스는 『연인』이 출간된 뒤 앙텐 2의 좌담 프로그램 「아포스트로프」에 출연했을 때 무엇이 그녀를 중국인 연인 곁에 머물게 했느냐는 베르나르 피보의 질문에도 '돈'이라고 대답했다.

로 안섰던 이 이야기에는 후기 작품들에 익숙한 독자들에게는 낯선 측면들이 있다. 하지만 훗날 '뒤라스적 글쓰기'라 지칭될 것들의 원형질, 무엇보다 삶의 고통을 세상에 내어놓는 뒤라스 특유의 방식은 그대로 담겨 있다. 가장 눈길을 끄는 것은 서술을 이어 가는 화자의 불안정한 시점이다. 전체적으로 삼인칭으로 이어진 서술에서 인물들의 모든 것을 아는 것 같던 화자가 수시로 사라지면서 외부의 시선이 나타나는데, 그 외부의 시선은 흔히 볼 수 있는 것처럼 객관적으로 관찰하는 게 아니라 느끼고 짐작한다.(그래서 소설 속에는 확정할 수 없는 상태를 나타내는 프랑스어 조건법이 많이 사용된다.) "아고스티는 여자들을 그 방으로 데려가서 잤다. 하지만 쉬잔만큼은 파인애플밭으로 데려오고 싶었다. 쉬잔은 그 이유를 알지 못했지만 아마도 나름의 이유가 있었을 것이다." 이런 식이다. 때로 화자는 인물들에게 목소리를 넘겨준다. 그것은 다성성(多聲性)이라 부를 만한 게 아니라 주의를 기울이지 않으면 잘 눈에 띄지도 않는 흔들림 혹은 떨림이다. "의사는 제방이 무너진 충격을 발작의 원인으로 진단했다. 아마도 틀린 생각이다. 어머니가 품고 있는 그토록 깊은 원한은 아주 서서히, 한 해 한 해, 하루하루 쌓여 온 것일 수밖에 없다."에서처럼 진짜 중요한 '진단'은 화자를 밀어낸, 어머니의 마음속에 쌓인 원한을 공유하는 자식들의 목소리로 전해진다. 조 씨가 방갈로에 찾아오는 대목에서도 뒤의 문장은 조 씨로 인해 균열이 생길 오빠 조제프의 삶을 걱정한 쉬잔의 말일 수밖에 없다. "쉬잔은 조 씨를 바라보며 약간의 연민을 느꼈다. 앞으로 이 남자가 방갈로에 자주 찾아온다면 조제프는 견뎌 내지 못할 것이다." 드물지만 삼인칭의 서술을 깨뜨리며 쉬잔이 불쑥 '나'를 내세울 때도 있다. "하늘에 상오리들과 굶주린 독수리들이 날아다녔다. 이따금 상오리 한 마리가 내려와 뿌연 냇물 위에서 춤을 추었다. 앞으로 몇 달 동안, 그 뒤에 또 몇 달 동안 내가 볼 세상은 저게 전부다." 나아가 누구인지 특정하기 힘든 인칭 대명사 'on'이 수시로 개입하면서(일반적인 사람들을 지칭하는 이 인칭 대명사는 번역 속에 담아 내기 무척 힘들다.) 부유하듯 흔들리는, 혹은 떨리는 서술이 완성된다.

이야기 서술에서 앞으로 돌아가는 방식도 특징으로 꼽을 수 있다. 일반적인 '플래시백'과 달리 이야기는 수시로 짧게 이전으로 돌아간다. 도시에서 돌아온 조제프가 쉬잔에게 들려주는 긴 고백, 어머니가 토지국에 보내는 긴 편지, 혹은 하사 같은 주변 인물들의 과거가 길게 회고되기도 하지만, 그보다는 이야기의 현재 속에서 일어나는 일들을 서술할 때 먼저 사건을 알려 주고 뒤로 돌아가서 그 배경을, 그 사건을 만든 진짜 이유를 알려 주는 방식이 자주 사용된다. 예를 들어 만난지 한 달 만에 조 씨가 축음기를 들고 왔다는 사건이 주어지고, 곧바로 뒤로 돌아가 쉬잔의 벗은 몸을 보기 위해 축음기를 내걸게 된 조 씨의 노력과 그에 대한 쉬잔의 환멸이 그려지는 식이다. 이렇게 잦고 짧게 바로 앞으로 돌아가는 방식은 서술을 하나의 선이 아닌 겹겹이 쌓인 층이 되게 한다. 사건의 진행뿐 아니라 어떤 대상을 설명 혹은 묘사할 때도 천천히 떠올리며 말하는 것 같은, 침묵과 망설임이 섞인, 겹쳐지며 쌓이는 뒤라스 특유의 글쓰기가 잦은 쉼표의 사용과 함께 완성된다. 이 소설에서 가장 아름다운 대목으로 꼽을 만한 극장에 대한 묘사를 보자. "고독한 사람들의 밤, 인위적이고 민주적인 밤, 모두를 평등하게 만드는 영화의 위대한 밤, 진짜 밤보다 더 진짜인, 어떤 진짜 밤들보다 더 매혹적이고 더 큰 위안을 주는 밤, 누구나 선택하면 누릴 수 있는, 누구에게나 제공된, 어떤 자선 단체나 교회보다 더 너그럽고 더 큰 선행을 베푸는 밤, 모든 치욕이 위로를 얻는, 모든 절망이 사라지는, 젊음에 달라붙은 청춘의 때를, 그 끔찍한 때를 씻어 내 주는 밤이었다." 독자는 글을 눈으로 읽어 나가는 게 아니라 목소리를 귀로 듣는 것 같은 느낌을 받는다. 태평양의 소금기에 절어 버린 가족의 광기와 폭력을 그린 이 이야기에서 독자는 가난과 권태에 질식해가는 인물들의 소리 없는 비명을 듣고, 가쁜 숨의 헐떡임과 차가운 침묵으로 한 줄씩 채워 나가는 뒤라스의 목소리에서 그녀가 전하는 글쓰기의 고통과 쾌락을 맛본다.

2021년 8월
윤진

작가 연보

1914년   베트남 남부의 자딘에서 태어났다. 본명은 마르그
            리트 도나디외(Marguerite Donnadieu). 아버지는
            수학 교사, 어머니는 토착민 학교 프랑스어 교사.
            2남 1녀 중 막내.

1918년   아버지 사망.

1930년   사이공 리요테 기숙 학교에 진학했다. 샤슬루로바
            고등학교에서 중고등 과정을 수학했다.

1932~1933년 바칼로레아를 치른 후 프랑스에 영구 귀국. 파리
            에서 생활하며 수학, 법학, 정치학을 공부했다.

1937년   식민지청 근무.

1939년   로베르 앙텔므와 결혼했다.

1940~1942년 필리프 로크와의 공저인 『프랑스 제국(L'Empire

ſiançais)』출간. 축파 협회에서 근무했다.

첫아이의 죽음. 중일 전쟁 중 작은오빠 사망. 디오니스 마스콜로와 첫 만남.

1943년 마르그리트 뒤라스라는 필명으로 첫 책『철면피들(Les Impudents)』을 출간했다. 앙텔므, 마스콜로와 함께 '국제 전쟁 포로 해방 기구'에 가입. 프랑수아 미테랑의 레지스탕스 활동에 협력했다.

1944년 로베르 앙텔므가 체포되어 부헨발트 강제수용소와 다하우 강제 수용소에 차례로 수용되었다. 공산당에 가입. 전쟁 포로들과 강제 수용자들에 대한 정보를 모아 신문《리브르》를 발행했다.『평온한 삶(La Vie tranquille)』출간.

1945년 앙텔므 귀환. 앙텔므와 함께 '우주촌'이라는 출판사를 세웠다.

1946년 이탈리아에서의 여름휴가. 앙텔므와 이혼.

1947년 아들 장 마스콜로가 태어났다.

1950년 『태평양을 막는 제방(Un barrage contre le Pacifique)』출간. 공산당에서 제명되었다.

1952년 『지브롤터의 선원(Le Marin de Gibraltar)』출간.

1953년 『타르퀴니아의 작은 말들(Les Petits Chevaux de Tarquinia)』출간.

1954년 『숲속의 나날들(Des Journées entières dans les arbres)』출간.

1955년 첫 희곡『광장(Le Square)』출간.

1957년	마스콜로와 헤어졌다.
1958년	『모데라토 칸타빌레(Moderato Cantabile)』를 출간했다. 알제리 전쟁의 속행에 반대하여, 그 뒤에는 드골 정권에 반대하여 투쟁했다.
1960년	『앙데스마스 씨의 오후(L'Après-midi de Monsieur Andesmas)』 출간. 알랭 레네의 영화 「히로시마 내 사랑(Hiroshima Mon Amour)」의 시나리오를 집필했다.
1961년	앙리 콜피의 영화 「그토록 오랜 부재(Une aussi longue absence)」의 시나리오를 집필했다. 제라르 자를로와 함께 쓴 이 시나리오로 1963년에 메디치상을 받았다.
1964년	『롤 베 스타인의 환희(Le Ravissement de Lol V. Stein)』 출간.
1965년	『부영사(Le Vice-Consul)』 출간.
1966년	폴 스방과 함께 「라 뮈지카(La Musica)」를 공동 감독했다.
1968년	5월 혁명에 참여했다.
1969년	『그녀는 말한다, 파괴하라고(Détruire, dit-elle)』를 영화로 제작.
1971~1976년	『사랑(L'Amour)』 출간. 「노란 태양(Jaune le soleil)」, 「나탈리 그랑제(Nathalie Granger)」, 「갠지스강의 여인(La Femme du Gange)」, 「박스테, 베라 박스테(Baxter, Vera Baxter)」, 「캘커타 사막 속의 베네

치아라는 이름(Son nom de Venise dans Calcutta désert)」등의 영화를 발표했다. 트루빌의 로슈누아르 호텔과 파리, 그리고 그녀의 저택이 있는 노플르샤토를 오갔다. 1975년에는 「인디아 송(India Song)」이 칸 영화제에서 예술 및 비평 부문을 수상했다. 1976년에는 「숲속의 나날들」이 장 콕도 상을 받았다.

1981년	「로마의 대화(Dialogue de Rome)」에 대한 기자 회견을 위해 캐나다, 미국, 이탈리아로 여행을 했다.
1982년	뇌이의 병원에서 알코올중독 치료를 받았다.
1984년	『연인(L'Amant)』 출간. 이 작품으로 공쿠르 상을 받았다. 『아웃사이드(Outside)』 출간.
1985년	『고통(La Douleur)』 출간.
1986년	"올해 최고의 소설"이라는 찬사와 함께 『연인』으로 리츠파리헤밍웨이상을 수상했다. 『파란 눈 검은 머리(Les Yeux bleus, Cheveux noirs)』 출간.
1987년	『에밀리 엘Emilie L)』과 『물질적 삶(La Vie matérielle)』 출간.
1988년	심각한 혼수상태에 빠져 입원.
1991년	갈리마르 출판사에서 『북중국의 연인(L'Amant de la Chine du Nord)』과 희곡 『영국인 애인(L'Amante Anglaise)』 출간.
1992년	폴 출판사에서 『얀 앙드레아 스테네르(Yann Andréa Steiner)』 출간.

1993년	갈리마르 출판사에서 『마르그리트 뒤라스의 글(Écrire)』을, 폴 출판사에서 『바깥세상(Le Monde extérieur)』 출간.
1995년	『이게 다예요(C'est tout)』 출간.
1996년	3월 3일에 사망.

세계문학전집 **387**

태평양을 막는 제방

1판 1쇄 펴냄 2021년 8월 27일
1판 4쇄 펴냄 2024년 7월 18일

지은이   마르그리트 뒤라스
옮긴이   윤진
발행인   박근섭, 박상준
펴낸곳   (주)민음사

출판등록   1966. 5. 19. (제 16-490호)
서울특별시 강남구 도산대로1길 62(신사동) 강남출판문화센터 5층 (우편번호 06027)
대표전화 02-515-2000 팩시밀리 02-515-2007
www.minumsa.com

한국어 판 © (주)민음사, 2021. Printed in Seoul, Korea

ISBN 978-89-374-6387-7 04800
ISBN 978-89-374-6000-5 (세트)

세계문학전집 목록

세계문학전집은 계속 간행됩니다.